이렇게
달콤해서

이렇게 달콤해서

초판 1쇄 찍은 날 | 2014년 01월 07일
초판 1쇄 펴낸 날 | 2014년 01월 14일

지은이 | 르비쥬
펴낸이 | 서경석

편 집 장 | 권태완
편집책임 | 장미연
편   집 | 손수화
디 자 인 | 이혜정

펴낸곳 | 도서출판 청어람
등록번호 | 제1081-1-89호
등록일자 | 1999. 5. 31
어람번호 | 제5-0360호

주소 | 경기도 부천시 원미구 심곡2동 163-2 서경B/D 3F (우) 420-822
전화 | 032-656-4452 팩스 | 032-656-4453
http://www.chungeoram.com
E-mail | chungeorambook@daum.net

ⓒ 르비쥬, 2014

ISBN 978-89-251-3647-9 03810

Chungeoram romance novel

이렇게
달콤해서

르비쥬 장편 소설

청어람

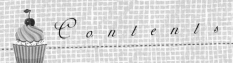

Contents

 프롤로그

"개명을 하고 싶습니다."

단정히 앉은 남자의 입술이 열렸다. 느릿하게 깜빡이는 남자의 눈꺼풀 사이로 무감한 눈동자가 슬쩍 내비쳤다. 곧게 뻗은 콧날 아래로 굳게 다문 입술, 그리고 사내다운 턱 선이 그의 반듯한 성격을 설명해 주는 듯했다.

모처럼 온 가족이 함께한 저녁 식사에 허허 웃음을 짓고 있던 인환의 얼굴이 구겨진 종잇장처럼 일그러졌다. 쪼르르 소파에 앉아 막 차와 과일을 입에 대려던 가족들의 시선이 일제히 한곳으로 집중되었다.

"뭐?"

"개명이요. 개명을 해야겠습니다."

"영칠아."

맞은편 소파에 앉아 있던 영일이 당황한 음성으로 동생을 부르자 영칠이라 불린 남자의 무감한 시선이 스윽 돌아섰다. 어릴 적 이름을 바꿔달라고 떼쓸 때마다 참 많이도 혼났다. 그때마다 저를 감싸고 토닥여 준 이들이 바로 영일과 영이, 나이 차 많은 두 형님이다.

"나이가 몇인데 아직도 이름 타령을……."

명선이 슬쩍 뒷말을 흐리며 영칠을 바라보았다. 말은 이렇게 했어도 나이 마흔에 얻은 늦둥이에게 애가 쓰이는 건 사실이다. 그때, 영칠이라 이름을 짓겠다던 남편을 좀 더 말리지 못한 게 이렇게 두고두고 후회를 불러올 줄이야.

"개명 따윈 안 된다고 말씀하실 거라면 그만두십시오. 영칠이란 이름보다 땡칠이란 별명이 더 친숙한 접니다."

"어머! 아직도 도련님 이름 갖고 놀리는 사람이 있어요?"

찻잔을 내려놓은 난희가 눈을 동그랗게 뜨며 영칠에게 말했다.

"잊으셨습니까? 형수님 처음 인사 오셨을 때."

"에이, 그땐 그냥 친해지려고."

"저 그때 중학생이었습니다."

"그러고 보면 세월 참 빠르죠?"

옆에 앉은 남편을 돌아보며 난희가 해맑게 웃음 지었다.

"네 이름은……."

굳게 입을 다물고 있던 인환이 막 입술을 움직이는 순간 고개를 든 영칠이 재빨리 뒷말을 이어받았다.

"알고 있습니다. 오늘 또 들으면 벌써 삼백팔십칠 번째 듣는."

외아들로 외롭게 자란 인환은 어려서부터 형제 많은 집을 부러워했다. 아내 명선과 결혼을 하고 마주한 첫날밤 우린 적어도 칠 남매는 낳읍시다, 하고 다짐했을 정도로 인환은 자식에 대한 애착을 보였다.

첫째 영일을 낳고 2년 뒤 둘째 영이를 가졌을 때만 해도 영삼, 영사…… 영칠까지 일곱을 낳을 수 있을 거라 생각했다. 하지만 첫째 때와 달리 둘째를 낳을 때 지독한 난산으로 고생을 한 명선으로 인해 크게 가슴을 쓸어내린 인환은 바로 자식에 대한 욕심을 버렸다. 그러다 기대도 않던 늦둥이가 십 년 가까운 세월을 훌쩍 넘어 들어서게 되었고, 이름 끝 자에 '칠'을 넣어 칠 남매에 대한 아쉬움을 달래게 된 것이다.

"오만 됐어도 이러지 않습니다. 칠은 너무 과하셨습니다."

'도영오, 나름 괜찮은데'라며 영칠이 중얼거렸다.

"칠이 과하다? 팔이랑 구도 있는데?"

눈썹을 휜 인환이 슬쩍 떠보듯 묻자 '그건!'이라며 대뜸 소리친 영칠이 다음 말을 잇지 못한 채 부들부들 입술을 떨었다.

"서른두 해를 도영칠로 살아왔으면서 이제 와 새삼스럽게."

식은 찻잔이 아쉽다는 듯 두 손으로 감싸 쥔 인환이 찻물을 머금으며 말을 흐리자 선뜻 영칠의 의견을 두둔하고 나서지 못하는 명선이 안타까운 얼굴로 한숨을 흘렸다.

특별히 모난 성격이거나 경우 없는 행동을 하는 이는 아닌데 가끔 어느 하나에 집착하거나 고집을 부릴 때가 있었다. 그 쇠심줄 같은 고집은 칠순을 넘긴 지금껏 단 한 번도 꺾인 적이 없었다. 적당히 포기하는 것이 가정의 평화를 위한 길임은 그녀를 포함한 가족 모두가 잘 알고·있는 사실이다. 그런데 한동안 잘 견디는 듯하던 영칠이 반기를 든 것이다.

앞접시에 놓인 딸기를 집어 든 난희가 고개를 기울였다.

"도련님 이름이요, 나름 반전 매력이 있는데."

식구들이 다 모인 자리에서 이 이야기를 꺼낸 건 나름 도움을 바란 것이지 반전 매력을 끄집어내 달란 것은 아니었다. 생각했던 것과 다르게 흘러가는 분위기에 설핏 미간을 좁힌 영칠의 입술이 한일자로 굳게 다물렸다.

"도련님 그렇게 눈썹 모으고 있음 얼마나 무서워 보이는데요. 근데 영칠이란 이름이 왠지 모를 친근감을 줘요."

"그 왠지 모를 친근감을 주기 위해 이 이름을 계속 쓰고 싶은 생각은 없습니다."

"아으, 도련님은 말투도 너무 딱딱해요. 설마 연애할 때도 그러는 건 아니죠?"

난희의 질문에 온 식구의 시선이 영칠을 향해 쏟아졌다.

그러고 보니 저 녀석, 연애라는 걸 하긴 하나?

주변의 시선을 쓱 돌아보며 그딴 걸 귀찮게 왜 하느냐고 대꾸하려던 영칠이 가만히 턱을 문질렀다.

"연애할 땐, 안 그럽니다."

영칠의 말에 일제히 믿을 수 없단 표정들을 지었다.

'네가?'

'연애를?'

'애인이 있어?'

"흠. 사귀는 사람이, 있는 거냐?"

평온함을 가장한 채 인환이 넌지시 물어오자 눈빛을 밝힌 영칠이 표 나지 않게 입술 끝을 들어 올리곤 허리를 바로 세웠다.

"있으면 뭐 합니까, 곧 헤어질 건데."

느긋한 얼굴로 그가 중얼거리자 여기저기서 원성이 쏟아지기 시작했다.

"뭐?"

"왜?"

"왜요?"

곧바로 돌아온 가족들의 반응에 슬쩍 눈썹을 치켜올린 영칠이 만족스러운 얼굴로 턱을 들어 올렸다. 주위를 쭉 둘러본 영칠이 손에 든 포크로 과일을 푹 찍으며 조용히 말했다.

"이름이 마음에 안 든답니다."

"아니, 이 땅에 영칠이란 이름으로 당당히 살아가는 이들이 얼마나 많은데!"

인환이 버럭 소리를 지르자 수긍하듯 고개를 끄덕인 영칠이 안타깝다는 표정으로 작게 한숨을 뱉었다.

"그러게요. 저도 당당히 살아가고 싶지만 제 심장 안의 그녀는 그렇지 못한가 봅니다."

심장 안의 그녀?

영칠의 입에서 흘러나온 그 낯간지러운 표현에 촉각을 세우고 있던 모두의 눈과 입이 있는 대로 쩍 벌어졌다. 그와 반대로 이를 사리문 채 숨을 삼킨 영칠은 간질간질 올라오는 무언가를 꾹꾹 눌러 참느라 애를 쓰고 있는 중이엇다. 참아야 한다, 참아야 한다…….

처음부터 거짓말을 할 생각은 분명 아니었는데 연애란 말에 재깍 반응을 보이는 가족들의 눈빛에 저도 모르게 입술이 움직여 버렸다.

절대 남자가 좋은 건 아닌데, 그렇다고 여자에 관심을 둔 적도 없는 것 같다. 아이가 없는 큰형 내외나 결혼이란 제도에 얽매이고 싶지 않다며 리버럴(Liberal)한 인생을 외치는 작은형까지. 칠순이 넘은 연세에도 손자 한 번 안아보지 못한 부모님은 당연히 자신에게 마지막 희망을 걸며 그가 결혼할 날을 손꼽아 기다리고 계실 텐데 이런 부모님의 기대를 이용하면서까지 개명을 해야 하나. 무심한 척 앉아 있지만 뾰족이 날을 세운 양심에 마음이 불편했다.

하지만 여기서 흔들릴 순 없다. 보아하니 잘만 넘기면 도영네트웍스 드라마 제작기획본부장이란 긴 직함에 어울릴 만한 이름으로 개명할 기회가 주어질 수도 있을 것 같았다. 아까 말한 대로 제 이름이 도영오만 되었어도 절대 개명 따위는 꿈꾸지 않았을 것이다.

"그 아이한테 제 매력을 충분히 어필하지 못했던 게지."

속상한 마음 반, 화가 나는 것도 반. 조금은 누그러진 말투로 인환이 중얼거리자 이내 모질게 마음을 다잡은 영칠이 무심한 듯 대꾸했다.

"넘친답니다, 이름보다."

뒤의 '이름보다'를 강조한 영칠이 곧바로 말을 덧붙였다.

"그래서 부담스럽다고, 헤어지잡니다."

누구라도 부담스러울 것이다. 부담스러워야만 한다. 반드시 그래야만 한다.

정적이 흘렀다. 포커페이스를 유지한 채 영칠이 꿀꺽 마른침을 삼켰다. 분위기를 보아하니 뭔가 긍정적인 결과를 이끌어낼 수도 있을 것만 같았다. 자꾸만 올라가려는 입술 끝을 간신히 끌어 내린 영칠이 느릿하게 고개를 들어 올렸다. 자신을 향해 고정되는 시선에 고민에 잠겼던 인환이 무언가를 결심한 듯 찻잔을 내려놓았다.

"그 아이, 한번 보자."

"네?"

예상치 못한 답에 '네?' 하고 묻는 영칠의 목소리가 투박하게 갈라졌다. 목 안으로 커다란 주먹이 박혀든 것만 같았다. 그가 꿀꺽 숨을 삼켰다. '그래서 부담스럽다고, 헤어지잡니다'라고 목소리를 깔면 '이름이 문제라면, 개명하는 것에 대해 고민해 보자꾸나' 하고 한발 물러선 답이 들려올 줄 알았는데, 역시나 그렇게 호락호락한 분이 제 아버지일 리가 없다.

눈치를 살피는 게 느껴졌다. 절대 말려들어선 안 된다. 거짓인 게 들통 나는 날엔 도영칠이 도영팔로 개명당할 수도 있는 노릇이었다. 애써 태연함을 가장한 영칠이 슬쩍 고개를 돌리며 목소리를 깔았다.

"가뜩이나 부담스럽다는 사람한테 그러고 싶진 않습니다. 진짜 사랑한다면 원하는 대로 헤어져 주는 게……."

"32년 만에 찾은 사랑을 그렇게 떠나보낼 수는 없지. 일단 애비가 만나보마."

쿠구궁! 천둥이 친다.

나만 믿어라.

정말 부담스러운 미소가 영칠을 향해 쏟아졌다.

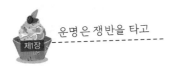

제1장 운명은 쟁반을 타고

『늦게까지 유학원을 돌아다녔더니 좀 피곤하네요. 이 나이에 낯선 땅에서 새로운 사람들과 익숙하지 않은 언어로 생활해야 한다는 게 막막해서 아직 쉽게 결정을 내리지 못하고 있지만, 어쨌든 내 자신의 미래에 관한 일이니 빨리 결정을 해야겠죠. 순대렐라님은 어떤 하루를 보냈나요? 물론 행복한 하루였겠죠?』

모니터에 뜬 쪽지 내용을 물끄러미 바라보던 채경의 얼굴에 우울감이 깃들었다.

"유학…… 가는구나. 이제 겨우 친해졌나 했는데."

후우! 절로 한숨이 새어 나왔다.

남자? 까짓것, 없으면 어때 하면서도 실은 로그인을 하자마자 반짝반짝 보이는 새로운 쪽지를 열어볼 때마다 마음이 설렌다. 언제나 따뜻한 말로 그녀의 투정을 도닥여 주는 멋진 남자. 얼굴도, 직업도, 나이도 모른 채 알고 지낸 지난 3개월이 그나마 그녀에겐 유일한 휴식처였는데 아쉽게도 유학을 가나 보다. 뻥 뚫린 가슴 안으로 찬바람이 슝슝 몰아쳤다.

'이 나이에'란 표현을 쓴 걸 보니 30대 초반쯤? 그래서 마음이 잘 통했던 거군. 그 사실이 스물아홉의 채경에겐 더더욱 안타깝게 다가올 뿐이었다. '어쩌면'이라 기대했던 오프라인 상에서의 만남은 물거품이 되어버렸다. 적어도 그가 유학을 마치는 그날까지는.

땅이 꺼져라 한숨을 내쉬며 쪽지를 보는데 마지막 글귀가 저 하늘의 별처럼 반짝거렸다.

『순대렐라님은 어떤 하루를 보냈나요? 물론 행복한 하루였겠죠?』

채경이 고개를 저으며 중얼거렸다.

"아뇨. 시작부터 그지 같네요."

백수 주제에 늦잠을 잔다고 '이년아, 이적지 퍼자서 어째야!' 하고 엄마한테 질펀하게 욕을 얻어먹었다. 펑펑 노는 백수라 해도 일요일에 자는 늦잠은 좀 더 달고 맛있는 건데 엄마는 백수 주제에 일요일, 월요일이 어디 있냐며 등짝을 때렸다. 엄마의 심정을 이해 못하는 건 아니지만 눈물이 쏙 빠지게 매운 손맛만큼은 절대 이해하고 싶지 않았다.

잠시 생각에 빠졌던 채경이 키보드 위에 올린 손가락을 톡톡 움직여 답 쪽지를 썼다.

『낯선 곳으로의 유학이라……. 쉽게 결정할 수 있는 문제는 아니겠네요. 여전히 내 앞가림도 못하고 있는 제가 주제넘게 뭐라 말씀드리겠어요. 하지만 무얼 하든 자신을 믿고 멈추지 않는 것, 그것이 재능도 운도 뛰어넘는 유일한 길이란 걸 말씀드리고 싶네요. 어떤 선택을 하든 뭘더님 자신을 믿고 멈추지 않는 길이 되었으면 좋겠어요. 파이팅』

얼른 쪽지 내용을 살핀 채경이 보내기 버튼을 클릭했다.
유학 가면 당분간은 바빠서 쪽지 주고받을 여유도 없겠구나.
밀려드는 아쉬움에 예전에 받았던 쪽지들을 하나하나 클릭해 읽었다.

『독하게 앓고 있는 이 시간이 내가 성장하고 있는 시간이라고 생각하세요. 남들이 날든 뛰든 나는 나의 속도로 내가 가고자 하는 길을 따라 타박타박. 걷기가 힘들면 잠깐 한숨 돌리고 또 타박타박. 그러다 보면 어느 날엔가 갈 수 있겠지요. 도착하고 싶어 했던 그곳에.』

어쩜 이렇게 말도 잘하는지.

『새벽이 오기 전의 어둠이 가장 짙다고 하죠. 좌절하고 스스로를 힘들게 하는 것도 엄청난 에너지가 드는 일이잖아요. 그럴 바에야 그 에너지를 움직이고 배우는 데 쓰는 게 어떨까 싶어요.』

따뜻한 마음씀씀이 하며. 어느새 채경의 얼굴에 따뜻한 미소가 지어졌다. 한 손이 척 그녀의 가슴 위로 얹혀졌다.

"대체 이 남잔 어떤 사람일까?"

행복한 상상을 하던 채경의 시선이 책상 위에 놓인 거울로 향했다.

아직은 스물아홉이라는 무슨 드라마 제목 같은 넋두리를 해대며 거울을 본다.

눈? 김태희…… 보다 좀 작네. 게다가 찢어졌다.

코? 한가인…… 보다 좀 낮아.

입? 송혜교…… 보단 좀 커. 그래서 좀 많이 먹지.

그래도 피부 하나만큼은 자신 있다.

'우유 빛깔 신채경!'

근데 그 우유가 남들이 생각하는 흰 우유가 아닌 초코 우유라는 서글픈 현실.

그녀는 안다. 테리우스는 캔디에게만 나타나고 루이는 츠쿠시에게만 나타난다는 사실을.

그래서 신데렐라의 왕자님은 신데렐라에게만 나타난다는 비극적 사실을 감내하며 29년을 살아왔다.

때마침 슬픈 현실을 달래는 엄마의 목소리가 방문을 넘어 들려왔다.

"밥 먹어!"

흠. 이 냄새, 꽃게탕이다.

식탁 위에 놓인 꽃게탕에서 모락모락 김이 오르고 있다. 빨갛게 익은 꽃게와 쑹덩쑹덩 썰어 넣은 채소, 그리고 얼큰한 된장 국물이 보기만 해도 침이 고일 정도다. 등짝을 때릴 때만 제외하면 엄마의 손맛은 진짜 환상적인데. 엄마 영옥과 마주 앉은 채경이 땀을 삘삘 흘리며 찌개 속 꽃게를 우적우적 발라 먹으며 입술을 열었다.

"보통 다른 집에선 이런 건 저녁 메뉴 아닌가? 아침부터 너무 거하지, 우린."

"해주면 다 처묵을 거면서 꼭!"

"또 봐라. 밥 배 부르기 전에 욕부터 얻어먹어 배 터지겠네. 엄만 세상에서 나만 만만해?"

잔뜩 볼을 불린 채경이 뿌 입술을 내밀고 투덜거리자 영옥의 날선 시선이 돌아왔다.

"그러니까 기훈이도 좀 붙잡아 앉혀놓고 먹이란 말이야. 만날 저렇게 샌드위치 쪼가리나 먹으니까 살이 안 찌지. 뭐, 원래 살 안 찌는 체질이기도 하지만."

말은 이렇게 해도 누구보다 살갑게 기훈을 챙기는 엄마임을 잘 알고 있다. 채경을 향해 질펀하게 쏟아내던 전라도 사투리가 기훈을 대할 땐 언제 그랬냐는 듯 담백한 서울말로 여과되는 것만 보더라도 알 수 있으니까.

'왜, 일요일인데 더 자지 않고.'

'도서관 가려고요.'

'그럼 꽃게탕이랑 한술 뜨고 나가. 데우기만 하면 돼.'

'아뇨. 그냥 갈게요.'

'꽃게탕 싫으면 얼른 샌드위치 만들어줄게.'

'괜찮아요. 정 배고프면 나가다 하나 사 먹을게요.'

'그래도 집에서 만든 게…… 그래, 편한 대로 해.'

보지 않아도 아침에 오갔을 대화가 상상되었다.

"모르는 사람들이 보면 엄마랑 나만 먹고 기훈이는 굶기는 줄 알겠어."

채경의 투덜거림에 바라보던 영옥이 탁! 하고 젓가락을 내려놓았다. 채경을 바라보는 영옥의 눈에 원망의 빛이 깃들었다.

"딸년이라는 게 모지락시럽긴."

"그래, 딸. 근데 기훈이도 엄마 아들이야. 상전이 아니라."

"누가 그걸 모르냐."

"알면서 그렇게 만날 쩔쩔매?"

"그럼 어째야 쓰까. 붙잡아 앉혀다가 걸레질이라도 시키냐."

"나한테 시키는 걸레질, 기훈이한테 못 시킬 건 뭐야."

"……."

"기훈이라서 못 시키지."

"은채경!"

"그래, 은채경한테 시키는 걸레질, 신기훈한테도 시키란 말이야."

"이년이."

"언제까지 이러고 살 거야. 아주 그냥 숨 막혀 미치겠어."

"그러니까 성 바꾸라고!"

"누가 지금 그 얘기해? 그리고 새아버지도 안 계시는 마당에 이 나이 먹어서 성은 바꿔 뭐에 쓰게. 놀림받던 것도 다 어릴 적 얘긴데."

속상한 얼굴로 채경이 중얼거렸다. 화를 누르느라 부르르 입술을 떨던 영옥이 기어이 울음을 터뜨렸다.

"에그! 그래, 에미 팔자가 박복해서 남편을 둘씩이나 잡아먹고 이리고 산다. 미안타."

"왜 또 얘기가 그리로 흘러?"

초등학교 1학년 때까지 그녀의 이름은 완벽한 은채경이었다. 걸음마를 막 떼었을 때 돌아가셨다는 아버지의 성을 딴 때문이다.

그로부터 십여 년이 지나 그녀가 막 초등학교 2학년이 되었을 때 엄마는 기훈의 아버지, 즉 채경의 두 번째 아버지와 재혼을 했고, 그와 동시에 그녀는 아버지도 신씨고 동생도 신씬데 너는 왜 은씨냐는 질문에 시달려야 했다. 하지만 대한민국의 호적 제도에 대해 반론을 제기하기엔 그때 그녀의 나이는 너무 어렸다.

찢어진 눈이 콤플렉스인 그녀는 처음 기훈을 만나던 날, 최대한 친절해 보이기 위해 입이 찢어져라 웃어줬다. 그런데 기훈은 그녀를 보자마자 울음보를 터뜨렸다. 자기를 째려봤다나 뭐라나. 나참, 날 때부터 찢어진 눈을 어쩌라고.

그런데 하늘도 무심하시지. 그런 채경을 따뜻하게 다독여 주던 새아버지마저 얼마 지나지 않아 저세상으로 가버리셨다. 영옥은 무슨 이런 더러운 팔자가 있느냐며 대성통곡을 했고, 채경은 아버지 없이 살아야 할 남은 인생이 서러워 대성통곡을 했고, 기훈은 아마 아버지 없이 홀로 남은 자신을 새어머니와 누나가 구박할까 두려워 대성통곡을 했을지도 모르겠다.

이런 기훈이 내내 마음 쓰인 영옥은 이왕이면 좋은 옷, 좋은 음식을 기훈에게만 챙겨줬다. 그런데 물만 먹어도 살이 찌는 영옥의 그 저주받은 몸매가 고스란히 채경에게도 유전되었을 줄이야. 배 터지게 먹여놔도 도무지 살이 찌지 않는 기훈 때문에 두 사람은 주위 사람들로부터 기훈은 굶기고 모녀끼리 배터지게 먹어댄다는 흉흉한 소문을 듣게 되었다. 게다가 기훈의 성이 하필 신씨인 탓에 두 사람은 가끔 신데렐라의 계모 모녀가 된 듯한 기분을 떨칠 수가 없었다.

영옥의 살뜰한 보살핌에도 불구하고 기훈은 언제부턴가 자꾸만 밖으로 돌기 시작했다. 경제적으로 무능했던 기훈의 아버지와 달리 영옥은 본인 명의의 건물과 가게에서 나온 수입이 상당했다. 어린 마음에도 기훈은 고아나 다름없는 자신이 이 집에 빌붙어 있단 생각을 갖고 있던 모양이다. 어쩌면 당연한 일이었을지 모른다. 가족이란 이름으로 한집에 살긴 했지만 외모부터 다른 그들이 갑자기 처음부터 그랬던 양 섞여들 순 없었을 테니. 더 친해지거나 뭔가를 노력할 필요는 없다고 생각했는지 기훈은 물에 뜬 기름처럼 데면데면하게 굴었다. 딱히 좋지도, 나쁘지도 않은 관계가 유지됐다. 대충 이대로 살아가다 보면 언젠가 자신도 결혼을 할 테고, 그렇게 자연스럽게 멀어지는 것도 괜찮은 방법이라고 생각한다. 문제는 대체 그날이 언제 올지 모른다는 것이긴 하지만.

"이놈의 지지배는 지가 먼저 나오라고 해놓고."

횟집 구석자리에 앉아 우적우적 생오이를 씹고 있던 채경이 입술을 삐죽이며 테이블 위의 소주병 집어 들었다.

안 그래도 기분이 꿀꿀하던 차에 다짜고짜 술을 마시자며 전화를 걸어온 현아의 전화가 무척이나 반갑기는 했다. 그런데 막상 술을 마시자고 부추긴 장본인인 저는 무슨 쇼 프로 마지막에 등장하는 톱스타처럼 여태 모습을 드러내지 않고 있었다. 아무래도 먼저 시작해야 하나 보다 하고 병뚜껑을 따려는데 얼굴이 잔뜩 일그러진 채 가게 문을 열고 들어서는 현아의 모습이 보였다.

"잔소리할 거면 그냥 삼켜."

채경 앞에 털썩 주저앉은 현아가 손을 내저으며 말했다. 마침 주방 안에서 나온 주인아주머니가 현아를 향해 반갑다는 듯 눈인사를 하며 회가 담긴 접시를 테이블 위에 내려놓았다.

회 접시를 후딱 눈으로 살핀 현아가 젓가락으로 회 밑에 깔려 있는 천사채를 들춰보며 툴툴거렸다.

"이모, 인간적으로 우리 사이엔 이런 뽕브라 깔지 말자."

"어이구! 맵시 나게 보이려고 하는 게 뽕브란데 뽕브랄 깔지 말라면 밋밋한 게 뭔 맛이래."

"먹지도 못하고, 쓸데없잖아."

"원래 뽕브라가 그렇지. 막상 벗겨놓으면 암것도 아니라 허전하고 화나고."

적나라한 주인아주머니의 표현에 슬쩍 볼을 붉힌 채경이 아주머니의 팔을 툭 쳤다.

"어흐, 이모는. 올 때마다 19금이야."

"뽕브라 타령은 쟤가 먼저 시작했다."

억울하다는 듯 현아를 바라본 주인아주머니가 마늘 접시가 비었다는 옆 테이블의 주문에 '예!' 하고 대답하곤 '맛있게들 먹어' 하며 톡톡 등을 두드리고 사라졌다.

소주병을 향해 손을 뻗은 현아가 쪼르르 술을 따랐다. 뒤늦게 통, 하고 술잔을 부딪친 채경이 걱정스런 얼굴로 물었다.

"왜, 무슨 일인데?"

"내가 진짜 드러워서."

"똥 푸다 온 건 아닐 테고, 왜?"

"확 그냥 다 엎어버리려고."

"뭘?"

"뭐긴 뭐야, 계약이지."

"뭐? 그게 어떻게 하기로 한 계약인데 엎어?"

"내 말이. 오죽하면 내가 그걸 엎을 생각을 하겠어."

꽤나 속이 상했는지 웬만한 일엔 금세 얼굴을 펴는 현아가 내내 인상을 찌푸린 채 남은 술잔을 비웠다.

"이 바닥에는 이런 말이 돌아. 1년차 작가는 돈이 없고, 2, 3년차 작가는 시간이 없고, 4, 5년차 작가는 친구가 없고, 5, 6년차 작가는 애인이 없고, 7, 8년차 작가는 싸가지가 없고, 10년차 작가는 감이 없다."

탁, 하고 테이블 위에 잔을 내려놓은 현아가 입가에 흐르는 술을 손등으로 쓱 닦으며 채경을 바라봤다.

"하지만 3년차인 나는 여전히 돈이 없다. 대신 시간은 많지."

몇 년 전에 한 방송국 드라마 공모전에서 장려상으로 입상했던 현아는 데뷔작이자 그녀의 유일한 대표작인 단막극 한 편만을 방송에 내보인 후 다시 지망생 신분으로 돌아간 터다. 그러다 몇 달 동안 공들여 준비한 기획안에 관심을 가지는 제작사가 있다며 곧 계약을 하게 될 것 같다며 좋아했는데 갑자기 그것을 뒤엎는다 한다. 자세한 사정을 물어볼까 하다가 괜히 상처만 건드릴 것 같아 그냥 입을 다물었다.

"정말로 공모전에만 당선되면 그날부터 회당 삼천 받는 스타 작가로의 길이 펼쳐지는 줄 알았는데, 젠장. 공모전에 당선되고도 다시 공모전 준비를 하게 될 줄이야."

"계약 엎고 다시 공모전 준비하려고?"

"응."

공모전에 당선되던 그해였던가. 공모전을 진행하던 방송사에서는 그 공모전을 끝으로 단막극 공모전을 폐지한다고 했다. 당선되었다며 깨춤을 추던 현아는 '단막극으로 당선된 사람 앞에 단막극이 없어진다는 건 잘못 태어났으니 다시 엄마 뱃속으로 들어가란 말과 똑같은 거야' 하며 울부짖었다. 한동안 하던 방황을 끝내고 다시 마음을 잡는 듯했는데 이렇게 또 막히는 걸 보자니 마음이 좋지 않았다.

"시간만큼이나 많은 건 날고 기는 작가들이야. 젠장. 입봉만 할 수 있다면 악마에게 내 영혼이라도 팔 수 있는데, 악마도 예쁜 것들만 찾아다니는지 나한텐 코빼기도 안 비친다."

어느새 비어버린 잔에 쪼르르 술을 따라주자 술잔을 만지작거리며 현아가 길게 한숨을 내쉬었다.

"요즘 들어 특히 두려운 건, 나는 최선을 다해 꿈을 이루려고 열정을 가지고 이 일에 임한다고는 하지만 어찌 됐건 그 결과물이 없다는 거지. 결과물, 즉 입봉 이꼬르 돈이다."

"다들 그렇지, 뭐."

"그래도 넌 적어도 돈 걱정은 안 하고 살잖아."

현아의 말에 채경이 픽 웃었다.

"누가 들으면 갑부 집 딸인 줄 알겠네."

"빌딩 세만 받아도 그게 어디야."

"언제부터 3층 건물을 빌딩이라 불렀냐?"

채경이 어이없다는 얼굴로 묻자 현아가 어깨를 으쓱였다.

"어설픈 빌딩보다 잘나가잖아. 게다가 아줌마 가게도 엄청 잘된다며."

"그러냐? 나는 몰랐는데."

채경이 심드렁하게 대꾸하자 슬쩍 눈을 흘긴 현아가 젓가락으로 회를 한 무더기 집어 들었다. 분명 다이어트한다고 했던 것 같은데. 바라보던 채경이 고개를 갸웃하며 현아를 바라봤다.

"살 뺀다고 하지 않았냐?"

"안 되겠어."

현아가 절레절레 고개를 흔들자 그럴 줄 알았다는 듯 입술 끝을 들어 올린 채경이 바짝 앞으로 당겨 앉으며 말했다.

"그래. 네 입에서 다이어트 소리 나올 때부터 알아봤다."

"친구가 돼서 하는 말 봐라."

"일찌감치 정신 차리란 말이지."

"친구의 희망을 무참히 짓밟는 나쁜 지지배. 그래도 꿈은 버리지 않을 거야."

"식탐부터 버려."

회 한 점을 입에 넣으며 우물거리는 채경을 쭛, 하고 바라본 현아가 꿋꿋한 얼굴로 고개를 들고 말했다.

"오랫동안 꿈을 그리는 사람은 마침내 그 꿈을 닮아간대."

"누가 그런 헛바람을 넣어? 같이 미니 준비하자고 꼬드기던 그 선배?"

"이런 무식한. 앙드레 말로라고 있다."

"생전 듣도 보도 못한 남의 말 들을 게 아니라 앞에 있는 네 친구 말이나 들어."

채경의 말에 뭐라 반박하려던 현아가 한숨을 내쉬며 어깨를 늘어뜨렸다.

"나도 말은 이렇게 하는데, 꿈꾸는 대로 다 닮아가는 건 아니겠지?"

"그치. 그건 성공한 1%의 사람들에게나 해당되는 거야. 공모전에서 대상 먹은 회당 삼천 작가가 너한테 열심히만 하면 언젠가 꿈이 이뤄지네 하면 아, 그런가 싶지만, 막상 똑같은 말을 공모전에 만날 떨어지는 작가 지망생이 했다 생각해 봐."

고민에 빠진 듯 젓가락을 내려놓은 현아에게 뭘 그런 걸 고민하느냐는 듯 다시 젓가락을 쥐어준 채경이 눈을 마주하며 말했다.

"너나 잘해, 너나."

현아의 눈이 대뜸 가자미눈이 됐다.

"너는 진짜 독하게 현실적이야."

"내가 발 딛고 선 곳은 드라마가 아니니까."

"그러니까 더더욱 꿈이라도 꿔야지."

"현실과의 괴리가 너무 크잖아."

"그렇다고 꿈에서까지 옆집 아저씨 같은 남자랑 연애하고 싶진 않아."

"네가 꾸는 꿈은 45kg이냐, 드라마냐, 아님 김수현이냐?"

채경의 질문에 흐흐, 웃음을 흘린 현아가 새치름하게 눈을 뜨며 허리를 세웠다.

"45kg의 내가 대본을 썼는데, 그 드라마 주연이 김수현인 거지. 1타 3피. 아우, 밥 안 먹어도 배부를 것 같아."

그러면서 연신 회를 집어 입에 넣는다.

"블록버스터급 판타지였군."

"쳇. 마치 쪽지남과의 거친 판타지 로맨스 따위는 한 번도 상상해 본 적 없는 사람처럼 말하는 저 가증스런……."

"유학 간단다."

단번에 현아의 말을 잘라낸 채경이 씁쓸한 얼굴로 중얼거렸다.

"유학? 어디로?"

"몰라. 아무튼 준비 중이래."

"만나보기도 전에 이별이라니. 야, 얼굴 한번 보자 그래."

"웬 오버."

뜬금없다는 듯 슬쩍 눈을 치뜬 채경이 술병을 잡자 얼른 술병을 낚아챈 현아가 술잔을 채워주며 눈을 반짝였다.

"궁금하잖아."

귓가로 들려오는 현아의 목소리가 달콤하기는 했다. 하지만……

"내가 열아홉만 됐어도 그랬을지 모르지."

시선을 내리며 채경이 술잔을 집어 들었다.

"스물아홉이니까 그래야만 하는 거지."

채경의 잔에 제 잔을 부딪친 현아가 크게 고개를 끄덕였다. 채경의 마음이 슬쩍 동했다.

"봤는데 이상하면?"

"빠르게 지워 버리는 거고."

"진짜 괜찮으면?"

"일단 발가락을 걸쳐."

"발가락?"

"찜을 해놓으라고. 유학 다녀오는 동안 어떤 변수가 생길지 모르니까 지금처럼 쪽지나 메일도 주고받고 전화 통화도 하면서 인연의 끈을 놓지 않는 거지."

"음, 그럴듯하긴 한데, 네가 몇 년째 솔로더라?"

그 질문을 끝으로 두 사람은 말없이 술잔을 비워 나갔다. 누가 누구에게 조언을 해줄 처지가 아니란 걸 깨달았기 때문이다. 빈

술병은 늘어만 갔고, 추가로 주문한 회 접시가 그들 앞에 놓였다.

✽

펙!

잠결에 맞은 등짝에 얼얼한 통증이 전해졌다. 자다가 맞은 날벼락이 오늘이 처음은 아니지만, 특히나 술 먹은 다음날 가해지는 폭력은 수십 마리의 딱따구리가 일제히 제 머리통을 쪼는 듯한 두통과 함께 그녀를 더욱 뒤흔들고 만다.

"어이구, 술 냄새. 언능 안 인나냐."

어젯밤 현아와 늦게까지 주거니 받거니 술잔을 기울이다가 12시를 넘겨 들어왔나 보다. 테이블 밑에 쌓아둔 일곱 개의 빈병까지 센 기억이 있는데 그 뒤론 필름이 끊긴 듯했다.

"언능 세수하고 밥 먹어. 기훈이도 지금 먹는다니까."

숨 쉬기도 버거워 죽겠는데 밥은 무슨 밥.

"밥 생각 없어."

그녀가 미간을 찡그리며 중얼거리자 다시 한 번 등짝을 내려치는 손길이 느껴졌다.

"없어도 우겨 여."

아픈 것도 아픈 거지만 서럽기까지 하다. 휙 고개를 돌린 채경이 영옥을 향해 바락 소리를 질렀다.

"아, 진짜! 엄만 기훈이밖에 안 보여?"

"어떻게 안 보여. 이 물렁한 살들이."

손가락으로 쿡 채경의 팔을 찌른 영옥이 얼른 일어나라는 듯 등을 다독였다. 병 주고 약 주고. 엄마를 향한 작은 원망을 내비치는데 침대에 걸터앉은 영옥이 채경을 바라보며 말했다.

"오늘은 가게 좀 나와 있어."

"갑자기 가겐 왜?"

1년째 백수로 놀긴 해도 웬만해선 가게 나오란 말은 잘 하지 않는 엄마인데, 갑자기 무슨 일인가 싶은 채경이 아픈 머리를 꾹꾹 누르며 물었다.

영옥은 하루 유동 인구만 백만이라는 강남역 부근—전에 현아가 말한 그녀 소유의 3층짜리 빌딩(?)—에서 황태요리 전문점을 운영 중이다. 물론 말이 필요 없는 최고 상권에 자리 잡고 있기도 하지만, 20년 가까이 한결같은 맛을 유지하는 야무진 손맛 덕분에 추석과 설 연휴를 제외한 나머지는 항상 문전성시를 이루는 대박 맛집이다.

"김 지배인 애가 돌이라……."

"벌써 그렇게 됐나?"

"긍께. 애 안 들어선다고 돌부처 코까지 갈아 마시던 게 엊그제 같은디."

"엑! 진짜?"

"애만 가질 수 있다면 뭔들 못하겠어. 부모 마음이 다 그런 거지. 암튼 이따 가게 좀 나와 있어야. 김 지배인 쉬는데다가 성열 엄마까지 몸살이 심해 오늘 나올 수 있을까 싶다."

목을 긁적이며 하품을 하던 채경이 마침 눈에 들어온 달력을 바라보다 소리쳤다.

"어? 오늘 토요일이잖아! 엄청 바쁠 텐데!"

"나 편하자고 돌잔치를 평일에 하랄 순 없잖여. 서로서로 편의 봐줘야지. 나도 잠깐 들러 얼굴 좀 보고."

바쁜 토요일에 세 명이나 빠진다는 얘기다. 후와! 오늘 하루는 죽어나겠군.

"아으, 대체 엄마 딸 편의는 언제 봐줄 건데?"

"얼큰하게 황태국 끓여놨다."

대뇌의 전두엽이 방긋 미소 짓는 소리가 들리는 것 같다.

채경의 엄지손가락이 영옥을 향해 바짝 들려졌다.

*

탁.

손에 들린 기획안 파일을 덮은 영칠이 회의실 탁자에 마주 앉은 이들을 향해 시선을 두며 입을 열었다.

"올라온 기획안들 살펴는 봤는데……."

말끝을 흐리는 그의 말에 기획팀장과 CP가 꿀꺽 침을 삼킨다. 설마 이번에도 퇴짜인 건가.

"우리 회사에서만큼은 불륜이나 기타 쓸데없이 자극적인 소재는 좀 지양했으면 합니다."

역시나. 기획팀장의 얼굴이 일그러졌다. 어떻게 만날 산채비빔밥 같은 드라마만 찍을 수 있겠는가. 때론 MSG가 들어간 감칠맛

나는 드라마도 만들어줘야 시청률도 오르고 따라서 광고도 붙는 것인데, 고고하기만 한 젊은 본부장님은 먹거리 X파일 진행자 같은 얼굴로 사람 목을 죄고 있었다. 막장 작가로 유명하긴 하지만 썼다 하면 시청률 30%는 너끈히 넘기는 모 작가와 사고 한번 쳐보자며 술잔을 기울이던 게 열흘 전인데 이제 와서 물거품을 만들 수는 없었다.

"본부장님 뜻은 잘 알지만 이른바 막장이라 불리는 자극적 소재의 드라마가 자꾸 언급되는 건 어쨌든 그만큼 시청자들의 관심을 받고 있다는 뜻인데…… 이 점을 전혀 간과할 수는 없는 상황이라……."

기획팀장이 눈을 찔끔거리자 옆에 있던 CP도 얼른 그의 말을 거들고 나섰다.

"욕하면서 보는 드라마가 이젠 일종의 중독성을 지니게 된 셈이죠. 아, 매워 하면서도 더 매운맛을 찾는 은근한 중독성. 그러다 보니 오히려 착한 드라마가 시청자에게 외면당하는 경우가 종종 발생하기도 하구요."

특유의 무감한 눈빛으로 두 사람을 바라본 영칠이 손가락으로 톡톡 테이블을 두드렸다.

"착한 드라마라 외면당한 게 아니라 대본이 재미없었던 것 아닙니까?"

"그, 글쎄요."

"편당 제작비가 얼만데 글쎄요, 소리가 나옵니까?"

주머니에서 얼른 손수건을 꺼낸 기획팀장이 이마에 맺힌 땀을 닦으며 안경을 치켜올렸다.

"드라마에서나 있을 법한 로망을 현실 감각에 맞춰 잘 버무렸던 '그녀를 위한 드라마'나 엉뚱한 상상력이 돋보였던 '아찔하게 달콤한', 그리고 퓨전 사극의 새 장을 열었던 '열여덟, 서른'까지 어때요. 이 드라마들이 맵게 맵게를 원하는 자극적인 소재였습니까?"

그가 휘익 눈썹을 휘자 모두의 고개가 푹 수그러들었다.

"제가 생각하는 드라마는 그런 겁니다. 오늘 회의는 이만 마치죠."

차갑게 일별한 영칠이 기획안을 집어 들며 몸을 일으키자 덩달아 몸을 세운 두 사람이 체념한 얼굴로 꾸벅 머리를 숙였다.

지잉, 지잉.

주머니 안에서 느껴지는 진동에 얼른 손을 집어넣으며 가벼운 목례로 답을 한 영칠이 전화기를 꺼내 들며 발신자를 확인했다.

작은형.

내가 이렇게 인기 폭발이었던가. 큰형에 이어 작은형까지 줄줄 걸려오는 전화에 어깨를 으쓱인 영칠이 통화버튼을 밀었다.

"네."

〈아직 점심 전이지? 조금 있으면 서울 도착하니까 같이 밥 먹자.〉

"밥이 목적이 아니실 텐데요."

〈우쭈쭈, 우리 막내, 벌써 많이 시달렸구나?〉

"형님."

그가 피곤한 듯 뒷목을 주물렀다.

〈알았어, 알았어. 일단 밥부터 먹자. 강남역 근처에 '황태마루'라고, 황태요리 전문점이 있어. 예약해 뒀으니까 먼저 가서 기다려라. 금방 날아갈 테니까.〉

"저 황태 별로 안 좋아합니다."

〈알아. 내가 먹고 싶어서 그래.〉

끙, 한숨을 쉰 영칠이 낮은 목소리로 덧붙였다.

"기다릴 테니 운전 조심해서 오십시오."

✳

"난실에 정식 6인분! 7번 테이블에 구이 백반 3인분! 참, 죽실에 국물 한 그릇 더 달래요!"

전쟁터가 따로 없었다. 홀에서 불러대는 손님들에 일일이 눈 맞추며 주문받으랴, 금세 카운터로 날아와 계산 받으랴, 주방에서 나온 음식 테이블을 방마다 나르랴.

일이 손에 붙은 것도 아니고 어설프기 짝이 없는 모양으로 이리저리 뛰어다니다 보니 움직이는 건 남들 열 배인데 겨우 십분의 일의 몫을 해내고 있는 채경이었다. 영옥이 보았다면 벌써 등짝으로 손이 몇 번이나 날아왔을 것이다.

가뜩이나 정신없어 죽겠는데 난실 손님에 딸린 아이들까지 말썽이다. 식당이 무슨 놀이터도 아니고, 소리를 지르며 뛰어다니는 통에 벌써 아슬아슬한 상황을 몇 번이나 맞았는지 모르겠다. 손님들이 눈살을 찌푸리는 것도 문제지만 뜨거운 국물이 오가는 터라 자칫하면 위험한 상황을 초래할 수도 있었다.

처음엔 애써 웃는 낯으로 '여기서 그러면 안 돼' 하며 사탕까지 쥐어줬건만 '에이, 누룽지 사탕이잖아. 안 먹어요!' 하며 대뜸 사탕을 집어 던진 아이들 때문에 붉으락푸르락 혈압을 올리고 있는 중이었다.

"아오, 진짜 내 새끼들 같았으면."

공공장소에서의 기본예절조차 가르치지 않는 저 난실의 엄마들은 숟가락질은 제대로 배우고 밥을 먹는 걸까. 숟가락질만큼 당연한 것을 아이들한텐 왜 안 가르치는 건지.

"죽실에 추가 국물!"

쯧쯧 혀를 차던 채경이 주방 안에서 들려온 목소리에 '예!' 하고 고개를 돌렸다.

"국물 뜨거우니까 조심해."

찬모 아주머니의 당부에 고개를 끄덕인 채경이 딱 넘치기 일보 직전의 가득 담긴 국그릇을 보며 '후하기도 하시지' 하며 웃음 지었다.

조심스럽게 걷는다고 걷는데도 요령이 없는 탓인지 찰랑거리던 국물이 기어이 그릇을 넘어 쟁반 위로 쏟아지고 있었다. 잔뜩 신경을 곤두세운 채 걷는데 우두두 달려오는 한 무리의 아이들이 보였다. 서로 잡기놀이라도 하는 것인지 장난을 치며 달려오는 아이들은 쟁반을 든 채 서 있는 채경을 미처 발견하지 못한 것 같았다. 미처 피할 틈도 없이 제 가슴으로 부딪쳐 오는 아이들을 느끼며 채경이 반사적으로 쟁반을 옆으로 휘둘렀다.

난 몰라. 벌어진 상황이 어찌 되었을까 두려운 마음에 질끈 눈을 감았다.

탁, 쿵!

"윽!"

둔탁한 마찰음과 함께 갑자기 들려온 남자의 신음 소리에 채경이 번쩍 눈을 떴다.

"으앙!"

다행히 뜨거운 국물 세례는 피해갔지만 갑자기 벌어진 상황에 놀란 아이들이 울음을 터뜨렸다. 그 아래로 웬 남자 한 명이 슈트 상의에 국물을 뒤집어쓴 채 누워 있었다. 제가 휘두른 쟁반에 머리라도 맞은 건가.

"국물 뜨거우니까 조심해."

순간적으로 떠오른 찬모 아주머니의 당부에 냅다 냉장고 문을 연 채경이 손에 잡히는 대로 물병을 쥐었다. 단숨에 뚜껑을 딴 채경이 생각할 겨를 없이 남자의 옷 위로 찬물을 쏟아부었다.

"엇, 피다!"

피라는 말에 얼른 고개를 들어보니 누워 있는 남자의 머리에서 검붉은 피가 흘러나오고 있었다.

"아까 넘어지면서 테이블 모서리에 머리를 부딪친 것 같은데."

가까이에 앉아 있던 손님이 테이블 모서리를 손으로 가리키며 중얼거렸다. 그러니까 제가 휘두른 쟁반에 휘청 중심을 잃은 남자가 테이블 모서리에 머리를 박고 쓰러져 피를 흘리고 있다는……

갑자기 혼이 쭉 빠져나가는 느낌이다. 남자의 옆에 나란히 눕고 싶다. 정신을 잃고 싶은 건 당신이 아니라 나인데. 그녀가 다급하게 전화기를 꺼내 들었다. 아무것도 생각나지 않는 머릿속은 그저 까맣기만 했다. 전화기를 움켜쥔 그녀가 울먹이듯 주위를 둘러봤다.

"119가 몇 번이죠?"

 2시간 16분

　채경은 머리 CT를 찍으러 간 남자를 기다리며 응급실 침대에 걸터앉아 있었다. 남자에게서 벗겨낸 슈트 상의와 넥타이, 그리고 손목에 채워져 있던 시계를 무슨 부적이라도 되는 양 꼭 움켜쥔 채.

　죽지는 않겠지.

　남자의 머리에서 흘러나오던 피가 반복 재생을 누른 화면처럼 자꾸만 눈앞에서 어른거렸다.

　정말 드라마에서나 보던 장면이었다. 누군가에게 맞고 쓰러지던 남자는 하필 책상 모서리나 돌 따위에 머리를 부딪친다. 그리고 머리를 부딪친 남자는 절대 '아, 대따 아파' 하며 벌떡 몸을 일으키지 않는다. 다만 기억을 잃거나 피를 흘리며 죽어갈 뿐.

　온몸이 와들와들 떨려왔지만 애써 눈을 부릅뜬 채경은 초조하게 결과를 기다리며 응급실을 지키고 있는 중이었다. 정신을 잃지 않고 이렇게 앉아 있는 게 신기할 정도로 채경은 사실 겁에 질려 있는 상태였다.

"이 손님이랑 같이 오신 일행분 안 계세요?"

119에 전화를 걸고 그녀는 식당이 떠나가도록 남자의 일행을 찾았다. 하지만 아직 일행이 도착하지 않은 것인지 아니면 혼자 밥을 먹으러 온 것인지 남자의 일행이라 나선 사람은 아무도 없었다.

무슨 정신에 병원까지 쫓아왔는지는 모르겠지만 그 와중에도 지갑을 챙겨온 게 신기하기만 하다. 물끄러미 지갑을 내려다보고 있는데 지잉, 하고 진동이 느껴졌다.

"으헉!"

경기를 하듯 놀라며 어깨를 들썩인 채경이 덜덜 떨리는 손으로 슈트 안주머니에서 연신 진동을 일으키고 있는 휴대전화를 꺼내 들었다.

작은형.

발신자를 확인한 채경이 아, 하고 정신을 차렸다. 남자의 가족. 상황을 알려야 했다.

얼른 통화버튼을 밀어 올린 채경이 휴대전화를 귀에 갖다 대자 '작은형'이라 짐작되는 남자의 목소리가 우렁차게 들려왔다.

〈영칠, 감히 네가 형을 까?〉

도영칠. 그것은 남자의 이름이었다. 접수를 하느라 어쩔 수 없이 남자의 지갑에 있는 신분증을 확인한 것을 떠올리며 채경이 눈을 깜빡거렸다.

〈차가 막혀서 조금 늦게 왔더니…….〉

"저기, 도영칠 씨 지금 병원에 있는데요."

방금 전 들은 이름을 되뇌며 전화기를 두 손으로 감싸 쥔 채경이 덜덜 떨리는 목소리로 전화를 받았다. 잠시의 침묵 끝에 '여보세요?' 하고 되묻는 목소리가 들려왔다.

"그게, 그러니까, 도영칠 씨가 좀 다쳐서요. 아니, 조금이 아니라 어쩌면 좀 많이."

〈사고? 교통사곱니까?〉

"아뇨. 식당에서, 그러니까, 저 때문에……."

〈거기가 어딥니까?〉

"여기 혜명대병원이요. 응급실로 오시면 돼요."

〈알겠습니다.〉

손에 들고 있던 전화기가 천 근은 되는 것처럼 침대 위로 떨어졌다. 조금은 안심이 되는 것 같았다. '당신이 감히 내 동생을!' 하며 다짜고짜 머리채부터 잡힐지도 모르지만 그래도 남자의 가족과 연락이 되었다는 사실에 안도했다.

이번엔 힐긋 제 전화기를 들여다봤다. 아직 전화가 없는 걸 보면 엄마는 아직 돌잔치에서 돌아오지 않은 것 같았다. 미리부터 걱정시키기 싫어 가게 사람들에게 단단히 단속을 해두긴 했지만 엄마가 가게에 들어가는 순간 재연배우에 빙의된 직원들에 의해 제가 저지른 모든 상황이 신속하게 전달될 것이다.

드르륵.

이동침대의 바퀴 소리가 가깝게 들려오더니 바로 발 앞에서 멈췄다. 고개를 들어보니 CT실에 갔던 남자가 되돌아와 있었다. 여전히 눈은 감긴 채였지만 다행히 남자의 얼굴 위로 흰 천이 덮여 있진 않았다. 채경이 벌떡 일어나 의사에게 다가갔다.

"저기, 어떤가요?"

"환자분이 테이블 모서리에 머리를 박고 쓰러졌다고 하셨죠?"

"네."

"우선 부딪칠 때 찢어진 상처 봉합을 할 거고요, 지금 CT상으론 안쪽에 출혈 흔적은 없는데 드물게 초기엔 이상 소견이 없다가 뒤늦게 뇌출혈이 발생하는 경우가 있거든요. 일단 하루 이틀 정도는 입원하셔서 경과를 지켜봐야 할 것 같습니다."

CT상으론 일단 출혈 흔적이 보이지 않는다는 의사의 설명에 잠시 안도의 숨을 쉬던 채경이 잊고 있던 사실을 떠올렸다.

"참, 가슴에 뜨거운 국물이 쏟아졌는데."

"안 그래도 말씀 듣고 바로 살펴봤는데 옷 위로 쏟아진데다 양이 많지 않아서인지 살짝 붉은 정도예요. 걱정하실 정돈 아니에요."

"아!"

십년감수했다는 표정으로 그녀가 가슴을 쓸어내리자 이내 사무적인 말투가 귓가로 들려왔다.

"상처 봉합하는 동안 보호자분은 입원 수속해 주세요."

의사의 말에 채경이 고개를 기울였다. 작은형이 오는 길일 텐데, 기다려야 하나?

"그리고 환자분 깨어나시면 아마 머리가 아프거나 어지럽다 하실 겁니다. 뇌진탕 때문에 그런 거니까 아픈 거 참지 말고 바로 의료진 호출해 주세요."

뇌진탕이란 소리에 다시 또 심장이 덜컥거렸다.

"저기, 혹시…… 기억을 잃거나 그럴 일은 없겠죠?"

"드물게 일시적인 기억 상실이나 착란 상태가 올 수도 있지만, 지켜봐야죠."

별로 심각하게 말하지 않는 걸 보니 걱정할 만한 상태는 아닌가 보다. 그런데 왜 아직 정신을 못 차리는 걸까.

"으으."

찢어진 부위의 머리카락을 밀고 마취 주사를 놓을 때 침대에 엎드려 있던 남자가 신음을 흘렸다. 상처 부위를 덮은 초록색 소독포가 거추장스러운 듯 남자가 더듬더듬 손을 올리자 마스크를 쓴 의사가 '봉합할 겁니다. 움직이지 마세요' 하고 주의를 줬다. 처음에 잠시 꼬물거리던 남자도 점점 상황이 인식되는지 얌전히 몸을 맡긴 채 누워 있었다.

아무리 남의 살이라도 생살을 꿰매는 광경을 지켜볼 순 없었다. 눈을 질끈 감고 고개를 돌리고 있자 잠시 후 실이 잘리는 소리가 들렸다.

"다섯 바늘 꿰맸습니다. 당분간 물 들어가지 않게 조심하시고요, 마취 주사 때문에 좀 몽롱하실 수 있습니다."

뚜벅뚜벅 의사가 사라지자 넓은 응급실에 남자와 단둘이 남겨진 듯한 긴장감이 느껴졌다. 머리에 하얀 거즈를 붙이고 있는 남자의 뒤통수가 무섭게만 느껴졌다. 일단 무조건 머리부터 숙였다. 사과가 우선이었다.

"저기, 정말 죄송합니다. 뜨거운 국물을 들고 있는데 갑자기 애들이 나타나는 바람에…… 경황이 없어 피한다는 게 그만……."

슬쩍 눈을 들어보니 그저 숨만 쉬고 있는지 남자의 등만 오르락내리락 움직이고 있었다.

"작은형이란 분이랑 통화됐어요. 여기 응급실로 오신댔으니까 금방……."

"영칠아!"

말이 채 끝나기도 전에 들려온 다급한 목소리에 채경의 고개가 휙 돌아갔다. 30대 중후반으로 보이는 남자와 40대 초반의 남자, 그리고 나이 지긋한 어르신 한 분이 일렬로 서서 동그랗게 눈을 뜬 채 이쪽으로 오고 있었다. 정말 희한한 건 세 사람이 다 똑같이 생겼다는 것. 그리고 보니 누워 있는 남자도 저 사람들과 판박이인 양 똑같이 생겼다. 가족으로 추정되는 남자들이 우르르 다가왔다.

"아까 전화 받으신……?"

채경을 향해 다가온 30대 중후반의 남자가 시선을 마주하며 물었다. 작은형인가 보다.

채경이 고개를 끄덕이자 일제히 아, 하며 채경을 바라봤다.

저기, 지금 시선을 받아야 할 사람은 제가 아니라 이쪽 분인 것 같은데.

채경이 쭈뼛쭈뼛 몸을 돌리자 침대에 엎드려 있던 남자가 미간을 찡그리며 몸을 일으키고 있었다. 반사적으로 후다닥 다가간 채경이 남자를 부축해 일으키자 세 남자의 시선이 오묘하게 빛났다.

힘들어 보이기에 부축을 했을 뿐인데 왜 저렇게 바라보는…….

아, 설명이 필요하겠구나.

"머리를 부딪쳐서 의식을 잃으셨는데, 방금 전에 다섯 바늘 꿰맸고요. 아, 가슴에 뜨거운 국물 쏟은 건 괜찮은가 봐요. 옷이 젖은 건 제가 찬물을 좀 많이 부어서."

말이 끝나기가 무섭게 바짝 다가온 남자—작은형으로 추정되는—가 다짜고짜 채경의 손목을 잡았다.

"본인 손도 신경 못 쓸 정도로 영칠일 생각하면서 그깟 이름 때문에 어떻게 헤어진단 소릴 합니까?"

이건 또 뭔 소리래?

멀뚱히 따라 올라간 시선 끝에 물집이 잡혀 벌겋게 익어 있는 저의 손이 들어왔다. 쟁반을 휘두르는 순간 쏟아진 국물은 남자의 가슴보다 저의 손에 먼저 열기를 안겨줬던가 보다. 겨를이 없어 느끼지 못하고 있던 통증이 그제야 몰려오기 시작했다. 몹시도 쓰라린 것이 욱신욱신 상처를 파내듯 누군가 곡괭이질이라도 하는 것 같았다.

"아니, 저는⋯⋯."

"손부터 좀 놓으시지요."

순간 묵직한 저음이 허공을 가르며 들려왔다. 침대를 향해 고개를 돌리자 머리가 아픈 듯 관자놀이를 누르던 남자가 천천히 고개를 들며 입술을 열었다.

"우선 치료 먼저 해야 할 것 아닙니까."

그건 맞는데, 누가 누굴 생각하고 누가 누구랑 헤어진다는 건지. 손이 잡힌 채 얼이 나간 얼굴로 서 있는데 마침 다가온 간호사가 아직도 수속 안 하고 뭐 하느냐는 얼굴로 뭉쳐 있는 사람들을 바라봤다.

"보호자분, 얼른 가서 입원 수속부터 해주세요."

저는 여기 상황부터 정리 좀 해주셨으면 하는데요. 채경이 난감한 얼굴로 미소 지었다.

"저보고 뭘 하라고요?"

화상 치료를 마치고 오자 갑자기 제 팔을 잡고 '잠깐 얘기 좀 합시다' 하며 다짜고짜 밖으로 끌고 나온 남자의 얼굴을 채경이 뜨악해 바라봤다. 도영칠이란 이름의, 죽을 때까지 절대 잊지 못할.

"그냥 저랑 헤어지겠다고만 하시면 됩니다."

"그렇게 설명 안 해도 당연히 헤어질 사이인데요."

치료와 함께 적절한 보상이 끝나면 당연히.

"그러니까 약간의 설명이 필요하단 말씀입니다."

"그러니까 그 약간의 설명이 누구한테 왜 필요한 거냐고요."

어이없다는 듯 올려다보는 채경의 얼굴을 무심히 바라보던 영칠이 몸을 숙여 그녀의 귓가에 낮게 속삭였다.

"한 사람의 인생이 걸린 문제니까요."

"저기……."

머리를 다친 사람은 저쪽인데 왜 내 머리가 이렇게 아픈 것인지.

선 채로 턱을 괸 채경이 가만히 눈을 깜빡거리며 영칠을 바라봤다.

"병원을 나갈 때쯤 저희 아버님이 그쪽을…… 아, 이름이 어떻게 됩니까?"

"채경이요, 은채경."

"아마 은채경 씨를 따로 부르실 겁니다."

"100% 제 잘못이니까 병원비 외에 추가 보상도 제가 다……."

"그딴 거 필요 없습니다."

채경의 말을 급하게 잘라낸 영칠이 짧게 숨을 들이쉬곤 금세 말을 이어나갔다.

"아버님이 뭐라 물으시건, 뭐라 회유하시건 그냥 저랑 헤어지겠다고만 하면 되는 겁니다."

당부하듯 말하는 영칠의 긴 속눈썹 아래로 까만 동공이 맑게 빛나고 있었다. 그 안에 내가 있어……. 지금 내가 이런 낭만적인 착각에 빠져 있을 때가 아니지. 시선을 피하는 채경의 머릿속으로 의

사와 나눴던 대화 일부분이 파편처럼 날아와 박혔다.

"드물게 일시적인 기억 상실이나 착란 상태가 올 수도 있지만, 지켜봐야죠."

"혹시…… 우리가 사귄 사이라는, 그런 기억이 막 떠오르고 그런 건가요? 아, CT 말고 MRI 찍어야 할 것 같은데."

채경이 울상을 지으며 머리를 쓸어 올리자 오히려 답답하다는 듯 한숨을 내쉰 영칠이 다시 그녀의 시선을 단단히 마주하며 입을 열었다.

"약간의 통증이 있는 것만 제외하면 저는 지극히 정상입니다."

"네, 네."

체념한 듯 채경이 고개를 끄덕거리자 마음에 들지 않는다는 듯 쯧, 하고 혀를 찬 영칠이 미간을 좁혔다.

"설명하기 복잡한 사연이 있어 그럽니다. 괜히 이상한 사람 취급 하지 마십시오."

"……."

"진짜 이상한 사람 아닙니다."

"……."

"물론 이상한 사람으로 보일 수는 있겠지만."

잠시 말을 끊은 영칠이 슬쩍 채경의 얼굴을 살피며 뒤통수를 긁적였다.

"은채경 씨의 말 한마디에 제가 영구가 될 수도, 영오가 될 수도 있습니다."

이미 머리에 영구 땜빵을 한 남자가 영구가 될지 모른다는 걱정을 저렇게 화보 촬영하는 모델처럼 하고 있다니. 현실감 없는 상황에 포옥 한숨을 내쉬니 간절한 눈빛과 함께 정중한 부탁이 이어진다.

"부탁드립니다."

낮게 깔린 목소리가 잔잔한 파문을 일으키며 채경의 마음을 흔들었다. 사실 평생 살면서 이런 남자와 헤어지겠다는 간 큰 선언을 할 기회가 있을 거라 생각이나 해보았겠는가. 헤어지지 말아달라 매달리는 것도 아니고, 그냥 헤어지겠다고 한마디 하면 된다는데. 딱히 가게에서의 일을 없던 것으로 해주겠다는 유혹 때문이아니라, 병원비도 신경 쓸 것 없단 소리에 넘어간 게 아니라, 그냥인간적으로다가 그렇다는 거지.

"내가 영칠이 아비 되는 사람이외다."

영칠이란 남자의 얼굴에서 ctrl+c를 해서 그대로 ctrl+v 한 듯한 얼굴로 마치 '내가 네 애비다' 라는 반전 대사를 읊조린 듯 '놀랐소?' 하며 바라보는 인자한 미소에 채경도 덩달아 어색한 미소를 지어 보였다.

"네. 하하."

"손은 좀 어떤지. 아깐 경황이 없어서……."

붕대로 감긴 채경의 손을 바라보며 인환이 묻자 별것 아니라는 듯 채경이 손을 흔들어 보였다.

"괜찮습니다."

말은 그렇게 했지만 사실 칼로 손등을 난자한 듯 욱신욱신 쓰라렸다.

"많이 아팠을 건데 어떻게 우리 영칠이부터……."

말끝을 흐린 인환이 안쓰럽다는 얼굴로 숨을 내쉬자 채경이 고개를 갸웃했다. 아까부터 자꾸 당연한 말씀을.

"도영칠 씨밖에 눈에 안 들어와서……."

"그러니까, 그렇게 우리 영칠일 생각하면서."

"당연한 건데요. 그리고 제가 저지른 일이고."

"다시 생각해 주면 안 될까요?"

"예? 뭘요?"

채경의 물음에 인환이 깊게 한숨을 내쉬었다. 이마에 파인 주름도 덩달아 깊어지는 듯했다.

"나는 일곱 명의 자식을 두고 싶었소."

"네에."

갑자기 왜 이런 얘기를 듣고 있는지는 모르겠지만 어른이 말씀하시니 일단 고개를 끄덕였다.

"그런데 셋뿐이야. 애들 엄마가 둘째 낳을 때 워낙 고생을 했거든. 그러다 마흔 넘어 그 녀석이 생겼는데……."

그때는 몰랐다. 그로부터 두 시간이 넘게 고개를 끄덕이고 있을 줄은. 그리고 그것이 삼백팔십팔 번째 남자가 들었을지 모를, 어쩌다 그가 영칠이란 이름으로 살게 되었는지에 관한 장황한 연설이 될 거란 사실을.

어째서 그토록 애절한 눈으로 헤어지겠다 말해달라 부탁했던 건지 두 시간 하고도 16분이 지나고 마침내 고개를 들었을 때에야 깨달았다.

"헤어지겠습니다."

그렇게만 말하면 모든 것이 해결될 줄 알았다.

✼

〈너 지금 어디여?〉

전화기 너머로 쩌렁쩌렁 울리는 엄마의 목소리에 질끈 눈을 감은 채경이 시트 등받이에 몸을 기대며 대꾸했다.

"택시 안. 지금 가는 중이야."

피곤이 잔뜩 눌어붙은 얼굴로 채경이 중얼거리자 잔뜩 쏘아붙일 듯 날 선 소리가 잠잠하게 가라앉았다. 이러면 오히려 불안한데. 욱신거리는 손을 내려다보며 '막지도 못하잖아' 하고 중얼거렸다.

채 5분도 되지 않아 멈춰 선 택시에서 내린 채경이 황태마루 간판을 보며 한숨을 내쉬었다. 그러다 단념한 듯 크게 어깨를 으쓱였다. 그래, 어디 한번 맞아보자. 등짝이 더 아픈지 손이 더 아픈지.

"손은 왜 이려?"

가게 문을 열자마자 대뜸 달려온 영옥이 채경의 손을 움켜쥐며 물었다. 찌릿하게 밀려오는 통증에 으, 하고 미간을 찡그리자 영옥이 냉큼 손을 놓으며 '내가 못살아' 하며 가슴을 쳤다.

"국물에 좀 뎄어."

"그거 몇 시간을 못 버텨 그래."

한숨을 내쉰 영옥이 바짝 다가와 채경의 손을 자세히 살폈다.

"흉 지는 거 아녀?"

툴툴거리는 듯한 말투지만 한가득 걱정이 배어 있었다.

"얼마간은 거무스름하게 남을 건데, 치료 잘 받고 시간 지나면 괜찮을 거래."

"대그빡 깨진 남자는?"

"병원에. 하루 이틀 입원해야 한대."

"뇌에 이상 있고 그런 건 아니고? 엄마 안 놀랑게 숭쿠지 말고 말해라."

"지극히 정상."

"딴 디도?"

"응."

"다행이네. 저기, 합의금 같은 건 달라고 안 하냐?"

"그딴 거 필요 없습니다."

병원비 외에 추가 보상을 하겠다던 제 말을 단칼에 잘라내던 목소리가 떠올랐다. 해달라는 대로 '헤어지겠습니다' 하고 못을 박아놨으니 더 이상의 요구는 없을 테지. 근데 사람 맘이란 게 워낙 간사하니까 혹 무슨 일이 생기걸랑 연락하라고 전화번호를 알려

주긴 했는데.

머리를 털어낸 채경이 문제없다는 듯 자신 있게 말했다.

"그런 거 없어도 돼."

"병원비랑 돈 들어갔을 거 아녀."

엄마한테까지 삼백팔십구 번째 사연을 늘어놓고 싶진 않아.

"암튼 잘 해결됐으니까 신경 안 써도 돼. 그나저나 가게 바빠서 어떻게 했지? 나까지 사고를 친 통에."

조금은 미심쩍은 듯 입매에 힘을 주던 영옥이 금세 얼굴을 풀어내며 채경에게 눈을 흘겼다.

"걱정할 정신은 있으면서 엄마한테 전화할 생각은 못허냐?"

"걱정할까 봐 그랬지."

"하여간 물가에 내놓은 애도 아니고."

"미안."

"놀라긴 했는지 그새 얼굴이 반쪽이네. 얼른 들어가. 김 지배인 없어서 엄만 가게 있어야 항게."

식당 일로 거칠어진 영옥의 손이 채경의 볼을 한차례 쓰다듬고 지나갔다. 오랜 시간 함께 손을 맞춰온 직원들이 있어 예전처럼 종일 허리 한 번 펴지 못한 채 주방 일에 시달리는 것은 아니었지만 사실 맛을 위한 작은 양념 하나까지도 영옥의 손길을 거쳐야만 했다. 여자 혼자 몸으로 이렇게 자리를 잡기까지 엄마가 겪었을 고생을 모를 리 없는 채경은 거친 입담 속에서도 은근슬쩍 내어놓는 사랑에 어울리지 않는 투정을 부리기도 했다.

"칫, 엄마는 만날 기훈이 편만 들고."

"이년아 저년아 해도 넌 믿고 뽀칠 내가 있잖여."

"이년 저년 욕만 안 했지 따뜻하게 감싸 안는 모정은 기훈이가 더 많이 느낄걸. 왜, 내가 욕 얻어먹는 거 보니까 그것도 부럽대?"

"삐끄지 말어. 엄마 없이 4년을 지내다 나 만나 겨우 맘 붙이려는데 지 아빠 저세상으로……. 내가 아무리 지 엄마입네 해도 기훈이 입장에선 세상에 아무도 없는 것이여."

"몰라."

"너도 서운하겠지만…… 나는 일단 기훈이부터 챙길 수밖에 없어."

가만히 눈을 깜빡이던 채경이 배를 문지르며 헤, 웃음 지었다.

"정신없어서 아직 점심도 못 먹었는데, 밥 먹고 가면 안 되나?"

"이적지 뭐 하느라 밥도……."

흐유, 숨을 삼킨 영옥이 '앉아 있어' 하고 말하곤 몸을 돌렸다.

"그냥 대충 국물에 말아줘!"

주방으로 사라지는 영옥의 뒤에 크게 소리치자 멈칫 걸음을 멈춘 영옥이 채경을 돌아봤다.

"이년아, 네 엄마가 식당 주인이다."

모를 리 없는 사실을 인지시켜 주기 위해서가 아니라 놀란 가슴에 그 시간까지 밥도 챙겨 먹지 못한 딸내미가 안쓰러운 탓일 것이다. 그 마음이 느껴져 채경이 방싯 웃음 지었다.

"그럼 호박죽부터 코스별로 줘."

"먹기도 전에 배가 부르지, 저게."

그러면서도 대뜸 호박죽부터 담는 영옥이었다.

제3장 남자의 제안

남편과 자식을 모두 출근시키고 맞는 오전의 여유로움이 휘어진 난 잎 가득 곱게 묻어났다. 꽃대가 올라온 난 화분을 둘러보던 명선이 막 허리를 펴는 순간 방문을 연 난희가 붉게 충혈된 눈가를 티슈로 찍어내며 걸어 나오고 있었다.

"왜 또? 주인공이 죽은 게야?"

명선의 물음에 훌쩍거리던 난희가 코끝을 빨갛게 붉힌 채 픽 웃음 지었다.

"어머님도, 참. 시작한 지 몇 회 안 됐는데 벌써 주인공이 죽으면 어떡해요."

"하도 통곡을 하면서 나오길래 벌써 죽었나 했다."

"아침 드라마는 왜 이렇게 갈등이 심한 걸까요?"

나이답지 않은 말간 눈빛으로 창밖을 바라보며 던진 난희의 질문에 소파에 몸을 앉힌 명선이 흐음, 소리를 내며 고개를 저었다.

"전 따뜻하고 행복하고 재미난 드라마가 좋은데 요즘엔 그런 드라마가 잘 없는 것 같아요."

"그건 나한테 할 얘기가 아니라 영칠일 붙잡고 할 말이지."

"아이, 어머님은. 도련님네 드라만 빼구요."

"그럼 영칠이네 것만 보든가."

"어떻게 그것만 봐요. 이것도 보고 저것도 봐야……. 근데 어머닌 왜 드라마를 안 보세요?"

"갈등 많은 드라마 싫다 그랬지?"

"네."

"나도 그렇다. 봉천동 영길네 부엌에 오늘 끼니거린 있으려나, 쪽방촌 김씨는 올 더윌 어떻게 견디나, 난 그거 들여다보기도 벅차."

까마득하게 많은 불빛 중에 중간쯤 하고 사는 게 얼마나 감사한 일인지. 어스름 저녁 무렵 쪽방촌을 나서는 명선의 가슴엔 늘 돌덩이가 얹힌 듯 묵직한 안타까움이 꼬리를 물고 이어졌다.

"어머님은 정말 대단하세요. 전 한 달에 한 번 고아원에 가 이불 밟는 것도 숨차던데."

"다 요량껏 하는 게지."

'그나마 아프지 않고 건강한 게 복이야' 하며 낮게 한숨을 내쉬는데, 맞다 손뼉을 짝 친 난희가 눈을 반짝이며 명선을 바라봤다.

"도련님 연애한다는 그 아가씨요. 처음엔 그냥 하는 소린가 했는데, 세상에, 정말인가 봐요. 아버님은 뭐라세요? 그이 말론 자기 손 다친 것도 모르고 도련님부터 챙겼다던데."

그것이 참.

"내 설득이 먹히지 않는 아인 처음이오."

한 시간 넘게라고는 했지만 아마 두 시간은 훌쩍 넘었을 남편의 구구절절한 사연에 묵묵히 고개를 끄덕이던 아가씨는 끝끝내 헤어지겠다는 고집을 꺾지 않았다고 한다. 제 몸 상한 것도 모르고 영칠일 챙기면서도 이름만큼은 양보가 되지 않았던가. 그깟 이름이 뭐라고. 낮은 한숨이 새어 나왔다.

"인연이 아닌가 보지."

끄응, 몸을 일으킨 명선이 병원에나 가봐야겠다며 중얼거렸다.

＊

베개를 등에 괸 채 비스듬히 앉아 있던 영칠의 눈꺼풀이 느릿하게 움직였다. 혼자 침상을 지키고 있는 혼자만의 공간. 오랜만에 느껴보는 적막이 낯설게 다가왔다. 고개를 들어 초점을 세우자 허공을 부유하던 먼지가 커다란 창을 통해 들어오는 햇살 사이로 꿈틀거렸다.

"그 아가씨랑 얼마나 시귄 거냐?"

어제저녁 잔뜩 가라앉은 얼굴로 물으시던 아버지의 음성이 떠올랐다.

얼마라고 해야 적당할까. 한 달은 좀 짧은 감이 있고 일 년이라 하자니 너무 깊다.

"삼 개월쯤 되었습니다."

대강 그렇게 둘러대고 나니 아무런 말 없이 '음' 하고 고개만 끄덕이셨다. 다행히 그냥 그렇게 마무리되어 넘어갈 것 같았다. 역시 거짓말은 할 짓이 못 된다. 고개를 저으며 낮게 한숨을 내쉬는데 조용히 문을 두드리는 소리가 들렸다.

"네."

스륵 열린 문으로 명선이 들어섰다. 손에 들린 찬합을 보니 도시락을 싸오신 듯하다. 아침에 들어온 식판도 사실 손도 대지 않고 고스란히 물린 탓에 허기가 지긴 했다.

"네 형수도 온다는 걸 내가 말렸다."

"잘하셨습니다."

'어머, 도련님 머리가 영구 같아요.'

고개까지 뒤로 젖히며 까르르 웃음을 터뜨릴 형수를 떠올리며 영칠이 숨을 내쉬었다. 악의가 있어 그러는 것이 아닌 줄 알면서도 가끔 나이에 어울리지 않는 형수의 과한 감정 표현이 부담스러울 때가 있었다. 갑자기 두통이 몰려왔다.

"내일이면 퇴원할 건데 뭐 하러 오셨어요."

"젓가락 둘 곳 몰라 깨작거리고 있을 게 빤한데 어찌 그냥 있누."

타이르기도, 또 굶겨보기도, 나중엔 매를 들기도 했건만 아들의 고집을 바로잡진 못했다.

"밥이 없어 굶는 이도 있다!"

"먹는 거 하나 정도는, 그 정도는 제 맘대로 해도 되는 거잖아요!"

내성적이긴 해도 교우 관계나 학교생활에 있어 문제 한 번 일으킨 적 없는 아들은 그날 파르스름한 눈빛을 드러내며 크게 반항했다. 매를 들던 명선은 그날 이후 아들의 편식에 대해 더 이상 입을 떼지 않았다. 그래, 먹는 것 하나 정도는. 어린것이 얼마나 쌓인 게 많았으면 그런 눈빛을 보였을까. 무작정 안 된다, 견뎌라, 누르기만 했던 가슴 위로 깊이를 알 수 없는 안타까움이 쿵쿵 절구질을 했다. 무작정 숟가락만 들이민다고 사람이 커가는 건 아닐 테니까.

"점심 식사 왔습니다."

가벼운 노크 소리와 함께 식판을 든 직원이 빠끔히 얼굴을 내밀었다. 문가로 걸어간 명선이 '도시락을 챙겨 왔으니 혹 필요한 이가 있거든 주시오' 하고 다시 자리로 돌아왔다.

"식사 넣지 말라고 이따 간호사들한테 말해두어야겠다."

묵묵한 손길로 들어 올린 간이 테이블 위로 찬합을 늘어놓으며 명선이 힐끗 바라봤다.

"그 아가씬 왔다 갔니?"

명선의 물음에 그게 누구던가 잠시 눈을 깜빡이던 영칠이 아, 하고 고개를 저었다.

"헤어질 거라니까요."

"쉽구나."

타박하듯 뱉어낸 말엔 은근한 아쉬움이 배어 있었다.

계속 신경을 쓰셨던 건가. 죄스런 마음이 불편하게 차올랐다.

"잊어버리세요."

무덤덤한 얼굴로 명선을 바라보는데 노크라고 할 수 없는 기척과 함께 문이 열렸다. 얼굴을 드러낸 인환이 뒷짐을 진 채 성큼성큼 걸어와 명선의 옆에 멈춰 섰다. 갸우뚱 영칠의 시선이 올라섰다.

원래 자식들에게 별로 살가운 성격도 아닌데다가 병원에 누워 있긴 하지만 이렇게 회사 일을 보다 말고 달려올 정도로 큰 부상도 아니었기에 그의 갑작스런 방문은 사뭇 의아하기만 했다.

"점심 먹냐?"

인환이 힐끗 찬합을 내려다봤다.

"잘한다. 애비는 애가 달아 밥도 못 먹고 달려왔구만."

멀뚱한 시선이 딸려 올라갔다.

"무슨 일 있으세요?"

영칠의 물음에 한참 동안 숨만 씩씩 내쉬던 인환이 낮은 음성으로 입술을 열었다.

"미안하다."

귓가로 들려온 낯선 소리에 지금 이게 무슨 소린가 싶어 선뜻 이해를 하지 못하던 두 사람이 곧 번쩍 눈을 키웠다.

"아버님?"

"여보?"

호흡을 고른 인환이 바닥에 시선을 둔 채 입매에 힘을 주었다.

"처음엔 그냥 괘씸했다. 차라리 변명이라도 늘어놓았으면 싶었는데 그마저도 뚝 잘라내는 게."

아무리 머리를 굴려도 떠오르는 생각이 없었다. 뭐지? 무엇 때문에 아버님이 사과를? 무엇이 괘씸하고 무엇을 잘라냈다는……

"밤에 잠이 안 와 곰곰이 생각해 보니 그런 거야. 나는 내 자식 이름이 도영칠인 게 자랑스럽다만 막상 그 아이 입장에선, 또 네 입장에선 그게 아닌 게지."

맙소사! 아직 끝난 게 아니었던가.

"영칠이란 이름이 충분히 걸릴 수 있다."

한숨을 뱉어낸 인환이 비장한 얼굴로 입술을 움직였다.

"내 손자에게도 같은 고통을 물려줄 수는 없지."

너무 앞서 가십니다, 아버님.

허둥지둥 정신을 추스른 영칠이 가다듬은 목소리로 말했다.

"이미 끝난 얘기니까 신경 안 쓰셔도 됩니다."

"생각을 해보니 자식이 꼭 일곱 명일 필요는 없던 것 같다."

목에 칼이 들어와도 굽히지 않을 것 같던 기세가 불안하게 꺾여 있었다. 영칠은 그런 아버지의 모습이 그저 불안했다.

"저기……."

"이름, 개명해라."

"네?"

영칠이 눈을 크게 떴다. 인환의 목소리가 나직이 이어졌다.

"나 하나만 욕심을 버리면 해결될 문제가 아니냐."

허허. 거의 지어본 적 없는 인자한 미소를 짓느라 입가에 슬쩍 경련이 인 인환이 고개를 돌려 영칠을 바라봤다. 쭈뼛 머리카락을 세운 영칠이 하하 웃으며 입매를 끌어 올렸다. 영칠의 입가도 덩달아 경련이 일었다.

"그 아가씨가 그렇게 마음에 드십디까?"

좀처럼 웃는 낯을 하지 않는 두 사람이 잔뜩 입가를 끌어 올린 채 웃음 짓고 있는 모습을 번갈아 바라본 명선이 의외라는 얼굴로 물었다.

꽤나 아플 텐데도 '괜찮습니다' 하며 방싯 웃음 짓던 얼굴이 떠올랐다. 제 아들밖엔 눈에 안 들어온다 했다. 저의 장황한 설명을 흐트러짐 없는 모습으로 앉아 경청하던 아이. 그 아이가 생긋 웃으며 '영칠 씨!' 하고 제 아들에게 달려가는 모습이 그려졌다. 픽, 하고 터지는 주변 사람들의 웃음소리가 들려오는 듯하다. 이름이 영칠인가 봐.

네 아빠 이름이 뭐니? 도, 영 자, 칠 자요. 아, 도영칠? 어느새 눈앞엔 다섯 살쯤 된 손자가 제 아빠 이름을 읊고 있는 중이었다.

그래, 나 하나만 욕심을 버리면 모두가 행복해질 것을.

"뭐 하고 있어, 얼른 전화 걸지 않고?"

인환의 채근에 번쩍 고개를 든 영칠이 '누구한테요?' 하고 바라보다 입술을 깨물었다.

"퇴원하면 집으로 불러 밥 한 끼 먹자꾸나."

아, 이래서 애나 어른이나 거짓말을 하면 안 되는구나.

만고의 진리를 깨달은 영칠이다.

※

"아…… 음……."

모니터에, 정확히 말하자면 모니터에 뜬 쪽지 내용에 고정된 시선이 깜빡깜빡 점멸하는 중이었다. 외계어로 적힌 것도 아닌데 뭔가 심오한 뜻이라도 담겨 있는 듯 기울어진 고개가 한동안 움직일 생각을 하지 않는다.

『아직 최종 결정이 난 건 아니지만 캐나다로 가게 될 확률이 높습니다. 미국보다 학비나 생활비도 저렴하고, 무엇보다 치안이 잘되어 있어 엄마의 걱정을 덜어드릴 수 있을 것 같아서요. 우리나라 유학생들이 가장 선호한다는 밴쿠버도 좋지만 저는 겨울에는 좀 춥더라도 퀘백으로 갈까 생각 중입니다. 우선 한국인이 적어서 공부에 더 많이 집중할 수 있을 테고 더불어 불어도 함께 배울 수 있다는 게 매력적이네요. 그곳에서의 생활이 기대됩니다. 생은 그렇게 늘 또 다른 선물을 준비하고 기다리니까요.』

굳게 다물려 있던 입술이 신중하게 열렸다.

"공부를 되게 열심히 하는 사람인가 보다. 그리고 엄청 효자……."

이렇게 완벽한 남자가 마마보이일 리는 없을 테니까.

"암."

스스로에게 확인시키듯 고개를 끄덕인 채경이 미련이 묻어나는 손으로 마우스를 움직였다. 착해서 그런 걸 거야. 자기 여자한테도 무지 잘해주겠지. 현아 말대로 한쪽 발가락이라도 걸쳐 놓으려면 떠나기 전에 얼굴 한 번 봐야 할 텐데. 백수라 그럼 실망하려나? 이렇게 재취업이 어려울 줄 알았으면 그때 그 자식 얼굴만 긁어놓고 사표는 던지는 게 아니었는데.

어깨를 늘어뜨리던 채경이 얼른 고개를 저었다. 그땐 그럴 수밖에 없었다. 그래야만 했다. 아무렇지 않은 척, 상처받지 않은 척, 그래서 제발 그가 저지른 배신에 대해 뼈저리게 후회하기를……. 그 순간만큼은 사표만이 그녀가 지킬 수 있는 최소한의 자존심이었으니.

드르륵.

갑자기 들려온 소음에 화들짝 놀라 시선을 내리니 책상 위에 올려둔 휴대전화가 요란하게 몸을 떨고 있었다. 저장되지 않은 휴대전화 번호에 고개를 갸웃한 채경이 통화버튼을 밀었다.

"여보세요?"

〈도영칠입니다.〉

도영칠이 누구야? 눈을 깜빡이던 채경이 이어 들려온 목소리에 금세 몸을 바로 하며 전화기를 고쳐 쥐었다.

〈문제가 생겼습니다.〉

그가 누구라는 사실이 인지되는 순간, 그리고 문제가 생겼다는 말에 후드득 등 뒤로 식은땀이 흘러내렸다.

"머, 머리에 무슨 문제 있대요?"

〈그건 아닙니다.〉

아득하게 떨어지던 절벽 아래, 삐죽이 튀어나온 나뭇가지를 가까스로 붙잡은 심정이다. 후우, 안도의 한숨을 내쉰 것도 잠시, 그럼 왜 전화한 건데? 버럭 화가 치민 채경이 전화기를 향해 톡 쏘아붙였다.

"우린 이미 헤어진 사이 아닌가요?"

한창 바쁠 점심시간이었지만 손에 붕대를 감은 딸이 애가 쓰여 영옥은 채경의 점심까지 챙겨주며 미적거리고 있었다. 그래도 나가봐야겠기에 과일 접시나 넣어주려고 방문 앞에 다가선 영옥은 방 안에서 새어 나온 날 선 목소리에 놀라 바짝 귀를 갖다 댔다.

〈저도 그런 줄 알았습니다.〉

"허."

헛웃음을 지은 채경이 의자에서 몸을 일으켜 세우며 허리에 손을 짚고 섰다.

병원비 따위 필요 없다 큰소리쳐 놓고 돌아보니 아까웠던가 보군. 멀쩡하게 생겨서 한입 갖고 두말하기는.

입술을 삐죽거린 채경이 고개를 바짝 들었다.

"얼마 필요해요? 얼마면 되는데요?"

어디서 많이 들어본 대사를 읊고는 그런 제가 우스운지 채경이 피식 어이없는 웃음을 흘렸다.

〈무슨…….〉

"아, 뺄 것 없고, 그냥 말씀하세요."

〈전화로 나눌 말씀이 아니라…….〉

뭐야, 이 남자? 대체 얼마를 뜯어내려고.

갑자기 겁이 덜컥 난 채경이 머리를 쓸어 올리며 영칠을 불렀다.

"저기요."

〈제가 아직 병원이라 이동이 마땅치 않습니다. 번거로우시겠지만 이쪽으로 좀 와주시겠습니까?〉

오, 드러누운 모습으로 협상을 하시겠다? 혹시 상습범 아냐?

고개를 뒤로 젖힌 채경이 재빨리 통장 잔액을 떠올렸다. 87만 원쯤 있으려나? 스물아홉이나 먹어 100만 원도 안 되는 통장 잔고를 놓고 고민하는 제 자신이 한심하기도 했지만 이런 저를 뜯어먹으려는 하이에나 같은 남자가 야속하기도 했다.

내가 있어 보이나? 이거 좋아해야 하는 거야?

〈이리로 좀 와주시겠습니까?〉

하, 돈 갖고 오란 말을 어쩜 이렇게 달콤하게 하는지. 누가 들으

남자의 제안 67

면 사랑의 세레나데라도 불러주는 줄 알겠네.

"몇 호실이었죠?"

〈7116호입니다.〉

담백하게 들려온 남자의 대구에 '지금 갈게요' 하고 내뱉은 채
경이 서둘러 종료 버튼을 눌렀다.

87만 원 갖곤 이도 안 들어갈 것 같은데.

전화기를 손에 쥔 채 잔뜩 미간을 일그러뜨리고 있는데 벌컥 문
이 열렸다.

"찬 거여, 차인 거여?"

과일이 담긴 접시를 손에 든 채 전장의 장수처럼 척척 들어온
영옥이 책상 위에 접시를 내려놓으며 무섭게 물었다.

"뭘 차?"

"오리발 내밀 생각 마. 헤어진 사이 아니냐고 하는 거 다 들었
어."

그 짧은 시간에 드라마를 쓰셨군. 어이없어 웃는데 갑자기 등짝
으로 매서운 손길이 날아들었다.

"이년아! 아무리 남자가 궁해도 그렇지, 저 버리고 간 놈이 여관
으로 오라는데 몇 호실이냐면서 달려갈 생각을 해? 너는 자존심도
없냐?"

이게 어떻게 돌아가는…… 등짝을 맞던 채경이 빳빳이 고개를
세우며 와락 소리쳤다.

"지금 뭔 소릴 하는 거야!"

"너야말로 대체 뭔 짓을 하고 댕기는 것이여!"

"아, 진짜! 그 남자, 어제 머리 다친 남자란 말이야! 할 얘기 있다고 잠깐 병원으로 오라고 그런 거고!"

다시 한 번 등짝을 때리려고 올린 손이 허공에서 멈칫 굳어버렸다.

"……몇 호실이 입원실을 말하는 거였어?"

"대체 딸을 뭐로 보고. 엄마야말로 사상이 너무 불순해."

"근디 이미 헤어진 사이란 건 뭣이여?"

"볼일 끝났으니 헤어진 거지."

아, 아파. 채경이 손을 뒤로 꺾어 등을 문질렀다.

"그럼 맞기 전에 말하지, 아구지 됐다 뭣에 써."

한결 누그러진 말투로 영옥이 툴툴거리자 '말할 틈도 없이 손부터 날려놓곤' 하며 삐죽 입술을 비튼 채경이 억울한 얼굴로 중얼거렸다.

"뭔 일로 보자는 거인디."

"몰라. 잠깐 보재."

엄마까지 걱정시킬 게 뭐 있나 싶어 대강 둘러댄 채경이 계속 등을 문지르며 옷장 앞으로 다가갔다. 일단 87만 원 한도 내에서 협상을 해보고. 근데 모자라긴 하겠지?

"돈 달라는 거 아녀?"

영옥의 물음에 뜨끔 놀라기는 했지만 애써 태연한 척 옷장 문을 연 채경이 개켜진 옷들을 들썩이며 심드렁하게 대꾸했다.

"그 얘긴 어제 다 끝났다니까."

"근데 왜 또? 어디 뼉다구라도 다쳤는가?"

옷 하나를 집어 든 채경이 영옥을 보며 활짝 웃었다.

"내가 예쁜가 보지."

"……."

농담으로 한 소리에 왜 저런 표정을.

"남자가 대그빡을 크게 다쳤그마."

하아. 고슴도치도 제 자식은 예쁘다던데. 고슴도치도…….

바짝 세운 가시가 마구 가슴을 헤집었다.

노크 소리와 함께 병실에 들어서자 영칠은 비스듬히 누웠던 몸을 일으키며 바닥에 있는 슬리퍼에 발을 꿰고 있었다. 느릿하게 이어진 그 움직임이 마치 카메라 앞에서 연출된 몸짓인 양 근사하게 보였다. 그런데 대체 환자복에 영구 땜통을 한 남자를 보며 근사하단 생각을 가질 확률이 얼마나 되는 걸까. 우뚝 걸음을 멈추었던 채경이 얼른 고개를 털어내며 시선을 들었을 땐 영칠은 이미 제 얼굴에 그림자를 드리울 만큼 가까이 다가와 있었다.

"오셨습니까."

잔뜩 고개를 꺾은 채 올려다보던 채경이 멍한 표정을 풀어내며 아, 하고 눈을 깜빡였다. 그러자 같이 눈을 마주하고 서 있던 영칠이 우리의 용건은 이게 아니라는 듯 몸을 틀어 침대 옆에 놓여 있는 의자를 가리켰다.

"일단 앉으시죠."

협상에 앞서 숨을 고른 채경이 고개를 끄덕이곤 걸음을 옮겼다. 풀썩 의자에 주저앉자 영칠도 침대 끝에 엉덩이를 걸치고 앉았다.

"내일 아침에 퇴원하게 될 것 같습니다."

아하, 그러니 미리 돈을 준비해 달라?

"이렇게 다시 부를 것 같았으면 차라리 그날 말씀하시지 그랬어요."

채경이 톡 쏘아붙이자 자못 심각한 표정을 한 영칠이 쓱쓱 눈썹을 문지르곤 입술을 움직였다.

"저도 제가 했던 말을 번복하게 될 줄은 몰랐습니다."

그렇겠지. 나도 그 얼굴로 돈 달라 소릴 내뱉을 줄은 몰랐으니까.

"됐습니다. 순진하게 그 말을 믿은 제가 바보였던 거니까."

"그렇게까지 말씀하실 필요가……."

미간을 좁히며 턱을 문지르는 영칠을 보며 채경도 같이 눈썹을 모았다.

"아, 해드릴 테니까 말씀을 해보시라고요."

온몸에 가시를 세운 채 쏘아대는 채경의 얼굴을 물끄러미 바라보던 영칠이 낮게 한숨을 쉬었다.

"일단 밥부터 먹어야 할 것 같습니다."

뭐래? 갸웃 고개를 기울인 채경이 확인하듯 되물었다.

"밥을 먹자고요?"

"네. 물론 불편하신 줄은 알지만."

"……?"

"그냥 거짓말이었다고 수습하기엔 일이 너무 커진 터라……."

대체 무엇이…….

"지금은 개명이 문제가 아니라, 물론 문제의 시작은 그것이겠지만 지금으로선……."

"저기요, 잠깐."

채경이 손을 들었다. 동문서답이란 아주 간단한 사자성어가 떠오른다. 혼사(婚事) 말하는데 상사(喪事) 말한다고, 아무래도 서로 다른 얘길 주고받는 듯한 느낌이다.

"밥을 먹는 것부터, 제가 뭔가 이해가 잘……. 우리 돈 얘기 때문에 만난 것 아닌가요?"

"돈이라뇨?"

되레 무슨 소리를 하냐는 듯 영칠이 눈썹을 구겼다. 채경이 입을 다물고 있자 그제야 대강의 사태가 파악된 듯 하, 하고 고개를 젖힌 영칠이 팔짱을 끼며 채경을 바라봤다.

"돈은 필요 없다고 말씀드렸을 텐데요."

"그거 아니면 우리가 다시 볼 일은 없으니까요."

"저 그렇게 치사한 사람 아닙니다."

"제가 그걸 어떻게 압니까?"

"척 보면 모릅니까?"

이 남자가 점점. 낯빛을 붉힌 채경이 벌떡 몸을 일으키자 빠르게 손을 뻗은 영칠이 그녀의 손목을 붙잡았다.

"아!"

급한 마음에 채경의 손목을 붙든 영칠이 그녀의 손목에 감긴 붕대를 내려다보며 힘주어 잡고 있던 손을 뒤늦게 놓았다.

"미안합니다."

"그래서 대체 절 부르신 이유가 뭔데요?"

씨근덕대던 채경이 손목을 주무르며 묻자 난감한 듯 입술을 꾹 깨물던 영칠이 낮은 목소리로 입을 열었다.

"내 이름은 김삼순이란 드라마 보셨습니까?"

뜬금없기는.

"봤죠."

"드라마에서 나왔던 계약 연애를, 제가 지금 해야 할 것 같습니다."

"하세요. 누가 그걸 말립⋯⋯."

채경의 눈이 차츰 경악으로 일그러지는 걸 물끄러미 바라본 영칠이 가만히 고개를 끄덕였다.

"그걸 지금 은채경 씨랑 해야 할 것 같으니까요."

"제가 왜요?"

"헤어지겠다고 말씀하신 분이 은채경 씨이기 때문입니다."

"도영칠 씨가 부탁했잖아요."

"물론 그렇습니다."

"근데요?"

"제 이름에 대한 사연은 들으셨겠죠?"

"그럼요. 장장 두 시간에 걸쳐서."

채경이 손가락 두 개를 펴 브이 자를 그려 보이자 고개를 끄덕인 영칠이 계속해서 말을 이어나갔다.

"32년간 굽히지 않으셨던 고집을 갑자기 꺾으셨습니다."

그래서 그게 뭐요? 멀뚱한 시선으로 바라보니 잔뜩 복잡한 표정을 지은 영칠이 깜박깜박 생각에 잠긴 듯 보인다.

"은채경 씨는 모르시겠지만, 제 이름은……."

그러고 말이 없으면 나더러 어쩌라고. 채경도 깜빡깜빡 바라보자 무심히 서 있던 영칠이 침대에 털썩 주저앉으며 입술을 열었다.

"개명을 하고 싶었습니다."

그게 계약 연애와 무슨 상관이 있는지는 모르겠으나 어쨌든 그의 심정을 이해 못할 바는 아니라서 채경도 가만히 의자에 몸을 앉혔다. 머릿속으로 더듬더듬 생각을 정리했다. 남자의 이름은 도영칠. 32년간 불려오던 이 이름을 개명하고 싶었는데 마침내 부모님이 승낙을 하셨다는 말인 것 같은데.

"그럼 하면 되잖아요. 뭐가 문젠데요?"

"은채경 씨요."

"제가 뭘요?"

"아버님이 승낙하신 건 은채경 씨 때문입니다."

"전 아무 짓도 안 했는데요?"

"헤어지겠다고 말씀하셨으니까요."

"도영칠 씨가 부탁한 거잖아요."

어? 어디서 들은 듯한데. 거참, 희한하네.

"쉽게 설명 드리자면, 아버님께선 은채경 씨가 제 이름 때문에 헤어지려는 걸로 알고 계십니다."

묻지도 따지지도 말고 무조건 '헤어지겠습니다' 만 읊으라 했던 이유가 그것이었구나. 그래서 32년간 지켜오던 고집도 단번에 꺾으셨던 거고. 하기야 자식 이기는 부모 없다던데. 아, 그럼 미리 설명이라도 좀 해주던가. 물론 그럴 정신도 없었겠지만.

"과정이야 어찌 됐든 승낙하셨으면 끝난 문제 아닌가요?"

혼자 생각으로 북도 치고 장구도 치던 채경이 대체 뭐가 문제냐는 듯 바라보자 깊게 한숨을 내쉰 영칠이 되레 답답하다는 듯 채경에게 물었다.

"그렇게 끝날 문제였으면 제가 왜 은채경 씨께 전화를 드렸겠습니까?"

설마 진짜 내가 예뻐서?

"은채경 씨랑 계속 사귄다는 전제 조건이 붙었기 때문입니다."

먹던 음식에서 생강이라도 씹은 듯 불쾌하게 미간을 찡그린 영칠이 푸념처럼 말을 내뱉자 갑자기 기분이 우그러진 채경도 바싹 인상을 구기며 가방을 움켜쥐었다.

뭐지? 저 불친절한 반응은?

"그래서 지금 저보고 계약 연애를 하잔 말씀이신 건가요?"

채경이 입술을 꾹 붙인 채 영칠을 바라보자 그가 가만히 고개를 끄덕거렸다. 얄밉게도 태연스런 고갯짓에 픽 입술 끝을 들어 올린 채경이 느긋한 얼굴로 영칠에게 말했다.

"아까 내 이름은 김삼순 말씀하셨죠?"

"네."

"계약 연애한 거, 금방 다 들통 나거든요?"

"알고 있습니다."

"그리고 결정적으로 삼순인 개명 안 했어요."

"그것도 알고 있습니다."

"그럼 힘들여 그딴 계약 연애 같은 거 안 해도 되는 것도 아시는 거죠?"

"그건 모르겠고, 이 일이 잘못되는 날엔 제 이름이 맹구가 될 수 있단 사실은 잘 알고 있습니다."

"그거야 도영칠 씨 사정이고요."

"꼭 그런 것만은 아닐 겁니다."

어째서요? 채경이 바라보자 예의 무감한 시선이 금세 그녀를 향해 고정되었다.

"뭘 어쩌려고요?"

분명 아무 생각 없어 보이는데 뭔가를 꼭 저지를 것만 같은 눈빛이다. 슬쩍 겁에 질린 채경이 영칠을 향해 묻자 그가 비틀린 입술 사이로 서늘한 웃음을 내어놓았다. 갑자기 오소소 소름이 돋아올랐다. 근데 내가 왜 이렇게 떨어야 하는 거지? 지금 이 상황에선 분명 내가 갑(甲)이잖아.

"그냥 도영칠 씨로 사시는 것도……."

"말씀드렸지 않습니까. 잘못 들키기라도 하는 날엔 맹구가 될 수도 있다고."

"설마요."

"그걸 확인시켜 드리고자 제가 맹구가 되고 싶진 않습니다."

"저는 솔직히 좀 그렇거든요?"

"표현을 좀 더 명확히 해주시겠습니까?"

영칠이 눈썹을 모은 채 채경을 바라봤다. 채경도 시선을 마주하고 보니 새삼 느끼는 바지만 그가 내뱉는 말만큼이나 얼굴 안에 들어 있는 눈, 코, 입 모두가 명확하게 생기긴 했다. 그윽하다고 해야 하나. 색이 짙은 눈동자 하며 날렵하게 솟은 콧날, 게다가 살짝 얇은 듯하면서도 끝이 올라간 입술에 꾹 힘을 주기라도 하면…….

흠, 하고 목을 가다듬은 채경이 갑(甲)다운 표정으로 도도하게 턱을 들었다.

"갑작스런 부탁도 그렇지만, 도무지 제 입장은 전혀 고려하지 않으시는 것 같아서요. 무턱대고 그렇게 계약 연애를 합시다, 하면 저는 그냥 따라야 한다고 생각하시는 건가요? 그리고 우선 이 상황 자체가 말이 안 된다는 생각은 안 드세요?"

"말은 안 됩니다."

푸시시. 갑자기 바람 빠지는 소리가 들리는 것만 같다. 대놓고 긍정을 하니 어쩐지 그것이 제 잘못 때문이란 말처럼 느껴져 기분이 썩 좋지는 않았다. 뭔가 따지고는 싶은데 딱히 떠오르는 말이 없어 그저 입술만 삐죽이고 있자 고개를 돌린 영칠이 그녀를 바라보며 쐐기를 박았다.

"정말로 사귄다면 말이지요."

"……."

"하지만 그럴 일은 없으니 딱히 무리가 가는 부탁은……. 혹시 사귀는 분이 있습니까?"

"아뇨. 그건 아니지만……."

"특별히 하시는 일이 있어 혹 그 일에 지장을 줄까 걱정이 되신 겁니까?"

"그것도 아니긴 한데……."

나는 삼순이처럼 돈 때문에 선뜻 계약 연애에 응할 필요도 없거니와 당신처럼 무례한 남자와 그런 계약 따윌 하고 싶지 않아요, 라고 외치고 싶었는데. 정말로 외치고 싶었는데.

"계약에 따른 보상은 충분히 해드리겠습니다."

얼마나 줄 수 있는데요? 송혜교가 물었던가. 그걸 왜 나도 묻고 싶어지는 건지.

숨만 쌕쌕 몰아쉬고 있자 영칠이 힐긋 채경을 바라봤다.

"개명 신청에서 개명 허가 결정문을 받기까지 대략 일이 개월, 구청에 개명 신고 후 주민등록증 재발급 신청 및 운전면허 재발급, 은행의 통장과 신용카드 명의 변경, 여권 재발급 등등에 필요한 기간까지 넉넉잡고 삼 개월이면 충분할 것 같습니다만."

"삼 개월 동안 사귀는 척하다가 개명이 되면 그냥…… 끝?"

"뭐가 더 있어야 합니까?"

영칠이 한쪽 눈썹을 슬쩍 휘며 묻자 허둥지둥 고개를 털어낸 채경이 바짝 열을 올리며 대꾸했다.

"그건 아니지만, 그쪽 부모님이 절 뭐로 생각하시겠어요?"

"제가 찼다고 하면 됩니다."

어쩐지 두 번 찔린 듯한 이 기분은 뭐지? 여기서 거절하면 남자는 어떤 반응을 보일까?

"저는 치사하진 않지만 뒤끝은 꽤 긴 편입니다."

마치 그녀의 생각을 죄다 읽고 있다는 듯 바로 이어진 영칠의 말에 뜨끔 어깨를 들썩인 채경이 입술을 씰룩였다. 치사한 거나 뒤끝 긴 거나.

"분명 다릅니다."

마치 제 머릿속에 들어갔다 나온 듯 뚜렷이 시선을 박은 채 뱉어낸 그의 말에 쩍 입을 벌린 채경이 몸을 뒤로 물렸다.

뭐 이런 남자가 다 있어?

"그렇게 이상한 사람은 아닙니다."

하?

"별로 복잡할 것 없으니 계약서 따윈 쓰지 않기로 하죠. 괜한 증거는 남겨봤자⋯⋯."

"저 아직 오케이 안 했거든요?"

채경이 발끈해서 말하자 그게 뭐 대수냐는 듯 영칠이 쓰윽 손을 내밀었다. 마치 크게 양보해 인심을 쓴다는 듯.

"그럼 지금 하십시오."

정말 뭐 이런⋯⋯.

"뒤끝은 길지만 약속은 잘 지키는 편입니다. 삼 개월 계약 기간에 천. 그것도 일시불 선지급으로. 조건, 괜찮습니까?"

'됐거든요?' 하고 쏘아줘야 하는데 갑자기 10,870,000원이라 찍힌 통장 잔액이 눈앞에 쫙 펼쳐졌다. 도둑질을 하라는 것도, 남

의 눈에 눈물 빼는 일도 아니다. 그냥 눈 돌아가게 잘생긴 남자와
사귀는 척 연기만 하면 당장 천만 원이 생긴단다. 흔들리지 않는
다면 거짓일 것이다. 진지하게 고민하던 채경의 입술이 한참의 망
설임 끝에 조용히 움직였다.

제4장 계약 연애의 시작

삐리릭.

현관문을 닫고 들어선 채경이 털레털레 걸어가 거실 소파에 풀썩 주저앉았다. 그저 듣기와 말하기만 반복하다 왔을 뿐인데 어디가서 중노동이라도 하고 온 양 온몸이 물 먹은 솜처럼 무거웠다.

나 왜 이렇게 피곤한 거지? 맞다. 천만 원짜리 계약을 성사시켰잖아. 야호!

어느새 전염이라도 된 듯 채경의 무감한 눈동자가 느릿하게 움직였다.

"계약의 체결 및 효력 발생은 오늘 이 시각부터. 계좌번호를 알려주시면 지금 바로 입금해 드리겠습니다. 세부 사항에 대한 논의는 내일 오후 3시. 시간 괜찮으신가요?"

"네."

"그럼 압구정 루멘. 어딘지 아시죠? 그곳에서 만나 진행하도록 하죠. 아, 그리고 한쪽 당사자의 이행 지체, 혹은 이행 불능 상황 발생 시 책임이 있는 자에게 그에 따른 손해배상을 청구할 수 있습니다. 적절한 배상 범위에 대한 협의도 내일 함께 논의하는 게 좋겠군요."

연애를 하자는 건지 계약을 하자는 건지. 아, 그래서 계약 연애 인가?

채경이 삐뚜름 눈썹을 휘었다.

솔직히 삼순이에서 나름 차도남으로 나온 '현진헌'도 이렇게 빡세게 몰아붙이지는 않았다. 게다가 빌린 돈도 오천만 원에, 나중에 돌려받긴 했지만 어쨌든 계약 불이행의 책임이 저에 있다며 쿨하게 돈도 까줬고. 그렇다고 나도 천만 원을 공으로 먹자는 건 아니다.

통장 잔고 87만 원을 홀랑 털어줄 생각으로 찾아갔다가 맞은 황당한 상황에 처음엔 어이가 없어 코웃음을 치긴 했지만 마냥 자존심만 세우고 있을 수만도 없었다. 일 년 넘게 백수로 살다 보니 그동안 모아두었던 돈도 슬슬 바닥을 보이는 때였고, 매일매일 권태로운 일상에 드라마에서나 일어날 법한 제의를, 그것도 근사한 남자에게서 받았단 호기심이 크게 작용한 것 같다. 그러다 보니 '뭐 이런 남자가?' 하면서 묘하게 끌렸고, 결정적으로 삼 개월에 천만 원이란 금액에 발목이 잡힌 것이다.

따지고 보면 나쁜 짓도 아니다. 남자는 이름을 개명할 기회를 얻는 것이고, 조금 과하긴 하지만 어쨌든 그에 응당한 대가를 받는 것이고.

그런데 이걸 왜 내 스스로에게 설득하고 있어야만 하는 걸까.

띠띠띠띠띠, 삐리릭.

멍하니 넋을 놓고 있는데 도어록이 해제되는 소리와 함께 현관문이 열렸다. 스르르 고개를 돌리자 현관 안으로 들어와 막 신발을 벗으려던 기훈이 거실 소파에 앉아 있는 채경을 발견하곤 흠칫 몸을 굳히는 게 보였다.

귀신이라도 본 것 같네. 쩝, 하고 입맛을 다신 채경이 기훈을 향해 물었다.

"이제 오냐?"

"응."

고개를 숙인 채 대꾸한 기훈이 신발을 벗고 거실로 올라섰다. 그 움직임마저도 너무나 조심스러웠다.

"문 열어줄 식구도 있는데 웬만하면 벨을 누르지? 너무 삭막하잖아."

제 방을 향해 조용히 움직이던 기훈이 잠시 걸음을 멈추고 채경을 돌아봤다.

"번거롭게 하는 것 같아서."

"번거롭기는."

아무런 대꾸 없이 서 있는 기훈에게 '나, 네 누나거든?' 하고 덧붙이려던 채경은 그만 입을 다물어 버렸다. 가족이라면 사실 그런

닦달도 필요 없을 것이다. 저기 서 있는 사람이 기훈이 아닌 저였더라면……. 문득 든 생각에 입매에 힘이 들어갔다.

"이년아 저년아 해도 넌 믿고 뽀칠 내가 있잖여."
"내가 아무리 지 엄마입네 해도 기훈이 입장에선 세상에 아무도 없는 것이여."

움츠린 어깨가 왠지 안쓰러워 보였다.
그러고 있지 마. 꼭 구박받는 신데렐라 같잖아. 하필 성까지 신씨인 게.
너 그럴 때마다 난 매번 계모가 데리고 들어온 드리젤라(Drizella)와 아나스타샤(Anastasia)란 이름보다 '두 언니'란 대명사로 불리며 세상의 온갖 욕은 다 들어먹은 언니 중 하나가 된 것 같단 말이야.
아, 나! 삽화에 그려진 언니처럼 눈이 좀 찢어지긴 했지만 그래도 나름 부드러운 여잔데.
"어깨 좀 펴고 다녀. 가뜩이나 마른 게. 과일 좀 갖다 줄까?"
채경의 물음에 기훈이 슬쩍 그녀의 손에 시선을 두었다.
"됐어. 손도 다쳤으면서."
"너는 데이트도 안 해?"
올라선 시선이 채경을 향했다. 잠시 침묵을 지키던 입술이 조용히 열렸다.
"안 해, 그딴 거."
그리고는 달칵, 방문 안으로 사라져 버렸다.

"벤티 사이즈 자바칩 프라푸치노에 통자바칩 추가해 주시고요, 곁들여 아이스크림 와플 하나. 생크림 듬뿍이요."

자바칩 프라푸치노를 벤티 사이즈로 마시는 것도 모자라 거기에 통자바칩을 추가, 게다가 아이스크림 와플에 생크림 듬뿍이라니. 머리에 커다란 리본을 달고 레이스 드레스를 입은 새침소녀의 입에서 나온 말이라면 또 모를까, 쓰디쓴 에스프레소를 마실 것 같은 얼굴로 줄줄 읊어대는 영칠의 주문에 채경이 으으, 몸서리를 치며 인상을 썼다. 생각만으로도 달다, 달다, 달다.

"저는 아이스 아메리카노 하나요. 시럽은 살짝 한 번요."

저를 바라보고 선 직원을 향해 엄지와 검지 사이를 작게 만들어 보인 채경이 애써 미소를 지어 보이며 주문을 마치자 어째서 와플을 주문하지 않느냐는 듯 의아한 표정을 한 영칠이 중얼거리듯 말한다.

"이곳 와플 괜찮은데."

"점심 안 드셨어요?"

"먹었습니다."

지금 3시인데. 밥 먹은 지 겨우 두어 시간 흘렀을 뿐일 텐데. 그거 다 먹으면 칼로리가 어마어마할 텐데. 배가 이만큼 나올 텐데. 근데 참 날씬하시네요.

"손 치료는 받고 있는 겁니까?"

힐긋 붕대에 시선을 둔 영칠이 무덤덤한 말투로 물었다.

"여기 오기 전에 병원 들렀다 왔어요."

"원래 그 가게에선 그렇게 직원보다 손님을 최우선으로 여깁니까?"

"네?"

"모든 인간에겐 생존을 위한 방어 본능이란 게 있습니다. 저야 머리를 부딪쳐 정신을 잃었다지만 은채경 씨는 어떻게 손이 그렇게 될 때까지……."

오메, 구해줘도 지랄인 것. 그려, 내 손은 곰 손이다.

"가끔은 글로 정의된 법칙 따위보다 몸이 먼저 나갈 때가 있거든요."

"그러니까 본능인 거죠."

"저한테는 그게 엄마한테 맞아 죽을지도 모른다는 본능이 먼저 앞섰던 거니까 그만 넘어가시죠?"

영칠의 고개가 삐뚜름 기울어지는 순간 주문한 음료와 와플이 테이블 위로 놓였다. 마치 세상에 하나뿐인 보석을 맞이하는 듯 황홀한 표정을 한 영칠이 눈매를 휘었다. 그러다 멈칫하며 와플을 나눠 먹으라는 듯 냅킨 위에 나란히 놓인 두 개의 포크를 못마땅하게 바라본 영칠이 조바심 어린 눈빛으로 채경을 바라봤다.

"좀 드시겠습니까?"

"아뇨."

고개를 끄덕였다간 포크가 날아와 제 목에 박힐지도 모르는데.

그제야 만족스럽다는 듯 환히 미소를 지은 영칠이 포크와 나이프를 십어 들었다.

진짜 고개를 끄덕였다면 저 나이프의 용도가 달리 쓰일 수도 있었을 것이다.

"참, 제가 부탁드린 것은 가져오셨습니까?"

우아한 손놀림으로 자른 와플에 생크림을 듬뿍 찍어 입으로 가져가던 영칠이 채경을 향해 물었다. 아, 하고 고개를 끄덕인 채경이 가방을 열어 사 등분으로 접어둔 종이를 꺼내 들자 맞교환을 하듯 영칠 역시 옆에 두었던 파일 하나를 테이블 위로 건넸다.

"부모님께는 삼 개월 정도 사귄 걸로 말씀드려 놨습니다. 그 정도 교제 기간이면 충분히 알 법한 정보들을 간단히 정리해 오셨으면 합니다."

이름부터 시작해 생년월일, 주소, 나이 등 간단한 인적 사항을 A4 용지에, 그것도 볼펜으로 적어온 채경과 달리 영칠은 반듯하게 출력해 파일철 안에 정돈해 왔다. 이렇게 서로 다른 두 사람이 앞으로 삼 개월을 어떻게 버틸 수 있을지 생각만으로도 벌써 피곤이 몰려왔다.

와플을 먹는 것도 모자라 프라푸치노 위에 있는 생크림과 초코 칩을 입안 가득 밀어 넣은 영칠은 살짝 고개를 숙인 채 채경이 건 넨 종이를 들여다보고 있었다. 하도 진중한 표정이라 남들이 보면 무슨 수백억짜리 계약서라도 검토 중인 걸로 알겠다.

나도 좀 들여다볼까 하고 파일을 여니 이미 알고 있는 이름과

나이 외에 낯선 글자들이 눈에 들어왔다.

—도영네트웍스 드라마 제작기획본부장

채경이 번쩍 고개를 들었다.

"저기, 지난달에 끝난 '아찔하게 달콤한', 그거 제작한 도영네트웍스요?"

"네."

"드라마 찍으세요?"

"찍는 건 카메라와 촬영감독이 하는 거고, 저는 총괄적인 기획과 제작에 관한 업무를 담당하고 있습니다."

너무도 당연한 사실을 고시하는 저 눈빛으로 설마 지금 농담을 한 것은 아닐 테지.

"말 나온 김에 설명을 드리자면, 아버님부터 저희 형님들과 저까지 도영네트웍스라는 미디어 콘텐츠 관련 사업에 종사하고 있습니다. 그러니까 제가 맡고 있는 드라마 제작 외에 음악, 영화, 모바일 게임 및 전자책 등을 제작, 배포하는."

한마디로 말해 잘나간다는 소리다. 아까보다 살짝 주눅이 든 채경이 작은 목소리로 입을 열었다.

"저는 하던 일을 잠시 쉬고 엄마 가게 일을 돕는 중이라⋯⋯."

나름대로 재취업을 위해 노력 중이긴 하지만 어정쩡한 경력을 가진 스물아홉의 여자가 다시 제대로 된 일자리를 얻는 것은 결코 쉬운 일이 아니었다. 결코 일이 힘들어서 그만둔 건 아닌데 사정을 알 리 없는 사람들은 배가 불러 그런 거라며 그녀를 향해 좋지 않은 시선을 보냈다. 사표를 제출하던 날 그녀는 '사표 던지고 나갈 땐 통쾌하지. 근데 그거 잠시 행복하자고 10년을 거지로 살래?'라는 핀잔을 들었다. 그러나 그때는 차라리 10년을 거지로 사는 게 훨씬 행복하단 생각이 들 정도로 절박했다. 시간이 지난 지금도 울컥 혈압이 오를 정도로.

제 입으로 차마 백수란 말을 하지 못한 채경이 슬쩍 고개를 들어 영칠을 바라보자 종이에 시선을 두고 있던 그가 조용히 물었다.

"식당이 어머님 가게였습니까?"

"네."

"아, 그랬군요."

왜 그렇게 열성적으로 상황 수습을 해야만 했는지 이해가 간다는 듯 고개를 끄덕인 영칠이 쪼옥 프라푸치노를 빨아들이고 남은 와플을 알뜰하게 비워 나가기 시작했다.

"은채경 씨와 제가 처음 만난 건 삼 개월 전, 어느 비 오는 오후 이당 빌딩 앞입니다."

갑자기 시작된 그의 설명에 멀뚱한 시선으로 바라보자 '첫 만남 말입니다' 하고 간단히 덧붙이곤 계속해서 말을 이었다.

"갑자기 쏟아진 비에 미처 우산을 준비하지 못한 은채경 씨가 마침 그곳을 지나던 제게 부탁했습니다. 저 앞 정류장까지만 좀 씌워주시면 안 될까요, 하고."

물끄러미 영칠의 말을 듣고 있던 채경이 갸웃 고개를 기울이다 입술을 열었다.

"저기, 보통은 남자가 먼저 우산을 씌워드릴까요 하고 묻지 않을까요?"

"제 성격상 그곳에 슈퍼모델이 서 있었다고 해도 절대로 먼저 우산을 내밀지 않을 거란 걸 부모님께선 잘 아시니까요."

"아."

잠시 머뭇거리던 채경이 조심스레 말을 건넸다.

"근데 좀 식상한데."

"그 연세의 어른들한텐 조금 익숙하게 다가가는 게 파격적인 만남보단 좋은 이미지를 심어드릴 수 있을 겁니다."

듣고 보니 또 그런 것도 같다. 그런데 계속 듣다 보니……

키가 작은 채경을 배려하느라 잔뜩 기울인 우산 끝에 영칠의 한쪽 어깨가 전부 젖어버렸고, 정류장에 바래다주고 돌아서던 그의 어깨가 흠뻑 젖은 걸 뒤늦게 발견한 채경이 마침 앞에 있던 커피숍으로 데리고 들어가 따뜻한 차 한 잔을 대접하고, 결국 영칠에게 홀딱 반한 채경이 좋아 쫓아다녔지만 아직은 그 이름을 극복할 정도로 정이 깊진 않은 터라 그만 헤어지고 싶단 통보를 한 상태라는 게 그가 만들어낸 스토리였다.

드라마를 만든다더니, 결국 다 듣고 난 얘긴 식상한 건 둘째 치고 온통 저 잘난 내용뿐이지 않은가. 자기는 매너도 좋아, 여자가 첫눈에 반해 쫓아다닐 만큼 잘생겼어, 다만 이름이 그를 받쳐 주지 못한다는 안타까운 사연을 잘 부각시킨 반면, 채경 자신은 길가던 아무 남자한테나 우산 씌워달래, 잘생겼다고 쫓아다녀 놓고 이름 촌스럽다고 냅다 차버린, 헤픈데다 나쁘기까지 한 여자가 되어 있었다.

"뭐, 문제 있습니까?"

"저만 너무 이상한 여자가 된 것 같은데요."

"신경 안 쓰셔도 됩니다."

불끈 쥐어지는 주먹을 간신히 풀어낸 채경이 애써 입술 끝을 들어 올리며 영칠을 바라봤다.

"그래도 어른들이 보시기에……."

"괜히 미련 두실 만큼 좋은 여자로 비쳐질 필욘 없습니다. 그래봤자 속만 더 상하시겠죠."

어쩌면 그게 더 나은 건가? 묘하게 설득이 되고 있었다.

"내가 영칠이 아비 되는 사람이외다."

사람 좋은 미소로 허허 바라보던 얼굴이 떠올랐다.

혹시 이 남자도 예전에 크게 사랑에 덴 상처가 있는 걸까? 그래서 두 번 다시 여자를 만날 엄두를 내지 못하고, 집에선 무조건 치마만 두른 여자라면 아무나 상관없다고 환영하는 그런 분위기?

흐유, 다들 맘고생이 심하시겠군.

"자살을 거꾸로 하면 살자가 되고, 역경을 거꾸로 하면 경력이 되고, 내 힘들다를 거꾸로 하면 다들 힘내다 된대요. 뒤집어 생각하면 또 이렇게 아무리 캄캄하고 절망적이어도 결국엔 다 그렇게 지나가더라구요."

위로하듯 건넨 채경의 말에 영칠이 가만히 눈을 깜빡거리곤 알 듯 모를 듯한 미소를 지어 보였다.

"무사히 지나가길 바라봐야죠."

"잘될 거예요."

어느새 묽어져 버린 아이스 아메리카노를 쪽 빨아 마시며 채경이 말했다.

곳간에서 인심 난다고, 간만에 여덟 자리 숫자의 금액을 통장 잔고로 채우고 보니 이렇게 마음이 여유로울 수가 없었다. 평소 같았으면 입에 대지도 않았을, 얼음이 녹아 밍밍하기까지 한 음료를 군말 없이 비워내는 걸 보면, 참.

"저녁때 문자 드리겠습니다."

냅킨을 집어 꼼꼼하게 입가를 닦아낸 영칠이 건조한 말투로 입을 열자 잠시 생각에 잠겨 있던 채경이 빠르게 시선을 들어 올렸다.

"네?"

"하루에 한두 번 정도는 전화나 문자를 주고받아야 하지 않겠습니까?"

"아."

"그리고 그 파일, 다른 사람에게 절대 들키지 않게 조심하시고요."

네, 네, 다 본 뒤에 태워서 재를 갈아 마시겠습니다.

"아무리 친한 사람에게라도 이 계약에 대해 말씀하시면 안 됩니다."

아이고, 네.

영칠이 테이블에 놓아두었던 종이를 안주머니에 챙겨 넣고 계산서를 집어 들었다.

"자료 잘 검토해 보시고 혹시나 궁금한 점 있으면 연락 주십시오."

마치 악수라도 해야 할 것 같았다. 멀뚱한 눈으로 보고 있자 음, 하고 살짝 미간을 좁힌 영칠이 채경을 바라봤다.

"모셔다 드려야 하는 건가요?"

"아, 아뇨."

"그럼 먼저 가보겠습니다."

몸을 일으킨 영칠이 가볍게 고개를 숙여 보였다. 엉거주춤 몸을 일으킨 채경도 꾸벅 고개를 숙이곤 점점 멀어지는 영칠의 뒷모습을 바라봤다. 적당히 너른 어깨와 길쭉한 다리가 핏(Fit)이 잘 맞아떨어지는 슈트에 잘 감싸여 있다. 그리고 뒤통수에 얹힌 하얀 거즈가 마치 화룡점정의 생크림처럼 오똑 올라서 있었다. 호랑이는 죽어 가죽을 남기고 사람은 죽어 이름을 남긴다는데, 도영칠 씨가 사라진 테이블 위엔 아주 자세히 살피지 않으면 그곳에 생크림이 있었단 흔적조차 찾을 수 없는 빈 컵과 빈 접시가 남겨져 있었다. 아무래도 도영칠 씨에게선 소설 속 남자 주인공들에게서 난다는 청량한 향보다 달짝지근한 향이 흘러넘칠 것 같았다. 갑자기 얼큰한 국물이 먹고 싶어졌다. 전화기를 꺼내 든 채경이 가방 안에 파일을 우겨 넣으며 목소리를 높였다.

"현아냐? 얼큰한 알탕에 소주 한잔. 언니가 쏜다."

＊

"5시밖에 안 됐는데 웬 알탕에 소주 한잔?"

크, 하고 빈 잔을 내려놓은 현아가 앞접시에 덜어두었던 알탕 국물을 후룩 마셨다.

"15분은 왜 잘라 먹어? 벌써 5시 15분이구만."

"그거나 저거나."

"45분 있으면 6시고, 또 한 시간 있으면 7시고. 그러다 보면 또 8시, 9시. 술 마실 시간이야 금방 될 텐데, 뭐. 다 지나가게 되어 있어."

"어디서 공돈이라도 생겼어? 왜 지나치게 긍정적이야?"

"역시 사람을 긍정적으로 만드는 건 돈인가 보구면."

"로또 됐어? 얼마? 3등?"

숟가락을 입에 문 채 동그랗게 눈을 부풀리는 현아를 보며 쯧, 하고 혀를 찬 채경이 고개를 뒤로 꺾어 술을 넘겼다. 그 모습을 물끄러미 지켜보던 현아가 '3등 아냐?' 하며 고개를 기울이곤 하나하나 손가락을 꼽았다.

"1등에 당첨됐으면 벌써 연락 끊고 잠적했을 것이고, 2등에 당첨됐으면 아까워 죽네 하며 징징거렸을 것이고, 4등 당첨금은 사실 술 사주기 쬐끔 아까운 금액이고, 5등 따윈 뭐."

"야, 5등도 당첨되기 얼마나 힘든데. 그리고 사실 진짜 아까운 건 3등 아냐? 번호 한 개 차이로 금액 차가 너무 크잖아."

"그러니까 운이지. 다섯 개 맞는 것도 천운인데 하필 한 개가 비껴가는 바람에. 뭐야? 진짜 1등에 당첨된 거야?"

"1등 됐으면 연락 끊고 잠적했을 거라며."

고개를 숙인 채 묵묵히 알탕을 먹자 냉큼 미안한 얼굴을 한 현아가 채경의 팔을 툭 치며 웃음 지었다.

"삐쳤냐? 그냥 웃자고 한 소리지."

"하나도 안 웃기거든?"

"미안하다. 근데 하나도 안 웃긴 소리까지 해가며 웃어야 하는 내 심정도 좀 이해해 줘."

푸시시 목소리에 힘을 잃어간 현아가 어깨까지 축 늘어뜨린 채 애원하듯 말했다. 갑자기 축 처진 어깨에 삐죽 입술을 내밀고 있던 채경이 바짝 몸을 세우며 현아를 바라봤다.

"왜 또? 또 뭔 일이 있었던 거야?"

드라마 판이라는 곳은 왜 이렇게 바람 잘 날 없는 건지. 옆에서 지켜보는 사람도 덩달아 피를 말리는 곳인 것 같다. 근데 살은 참 안 빠진다. 정말 불가사의한 일이긴 하다.

숟가락을 내려놓은 현아가 땅이 꺼져라 한숨부터 내쉬곤 입을 열었다.

"다음 주부터 시작하는 미니가 있어. '그 남자의 연인'이라고."

"근데?"

"주연 선배한테 전화가 왔더라고. '그 남자의 연인', 내가 예전에 만들었던 기획안이랑 되게 비슷하던데 혹시 여기저기 돌린 적 있느냐고."

"돌렸어?"

채경이 눈을 동그랗게 떴다.

"돌리기야 돌렸지. 한창 열받은 상태라 제작사란 제작사는 다 찾아다니면서 기획안 돌릴 때였거든. 왜 그때 단막 없어진대서 한동안 술 펐었잖아."

"바보야, 그걸 다 돌리고 다니면 어떡해. 표절당할 수도 있다며."

"어차피 둘 중 하나니까. 아깝다고 싸안고만 있으면 그냥 그렇게 평생 묵히는 거고, 어떻게든 밖으로 내돌리면 표절을 당하거나 운 좋으면 아이템이라도 발탁이 되는 거고."

절벽 앞에 섰었구나. 여기서 뛰어내리는 순간, 어쩌면 날개가 돋아날지 모른다는 질박한 희망을 안은 채.

"그래서 부랴부랴 방송사 홈페이지를 들어가 봤는데 떨려서인지 글씨가 눈에 잘 안 들어오는 거야. 그래서 '선배, 크게 비슷한 것 같진 않은데요' 했더니 남녀 성별만 바꿨지 아이템은 똑같이 따라 했다고 자꾸 부추기더라고."

"비슷하긴 해?"

채경이 조심히 묻자 잠시 생각 끝에 살짝 고개를 끄덕인 현아가 다른 건 몰라도 캐릭터에 대한 설명은 거의 똑같다고 덧붙이곤 잠시 입을 다물었다.

"근데 하늘 아래 새로운 것은 없다고, 그 작가도 마침 나랑 같은 생각을 했을 수도 있는 거잖아."

찰나의 침묵 끝에 뱉어낸 말에 채경이 가만히 눈을 깜빡였다.

모르긴 해도 캐릭터만 비슷한 게 아니었을 것이다. 그것을 인정하고 싶지 않아 본인 스스로 애써 부정하고 있는 중일 테지. 그러면 좀 덜 아플까. 그럴까, 현아야?

"그럴 수도 있긴 하지."

현아 본인이 이렇게 객관적으로 나오는데 제가 나서서 표절 운운할 순 없는 노릇이었다.

"그래, 차라리 그렇게 생각하고 치우는 게 정신 건강에 좋지, 뭐."

채경의 위로에 묵묵히 고개를 숙이고 있던 현아가 제 잔에 술을 채우곤 홀짝 잔을 비웠다.

"그것 때문에 속상한 게 아니야."

"그럼?"

뭐가 또 있어?

"선배가 그러더라. '야, 어떻게 그렇게 큰 회사에서 네 걸 다 갖다 쓰니? 그 작가는 쪽팔리지도 않나. 걔는 알고 그런 거야, 모르고 그런 거야? 회사에서 갖다 준 걸까, 아님 지가 갖다 쓴 걸까?' 하고 주절대는 선배 목소리가 전화기 너머로 아득히 멀어져 가는데 정말 기가 막힌 거야."

씁쓸한 미소를 머금은 현아가 시선을 들어 채경을 바라봤다.

"나는 얼추 비슷한 아이템이 다른 작가의 작품으로 먼저 세상에 내비치게 된 것에 대한 분노가 아니라…… 바로 그 선배가 한 말. 어떻게 네 걸 다 갖다 쓰니? 그 작가는 쪽팔리지도 않나."

꿀꺽 숨을 삼킨 현아가 씁쓸한 얼굴로 말을 이었다.

"그게 진짜…… 꼭 내 글이 세상에 나오면 호환 마마보다도 더 몹쓸 재앙이 될 거란 말 같아서 여기가 아프더라."

어느새 그렁그렁해진 눈으로 현아가 제 가슴을 콕 짚었다. 뭐라고, 무슨 말로 위로를 해야 할지 몰라 입술을 달싹이던 채경이 가만히 현아의 손을 쓸어줬다. 한동안 온기를 나눠주던 채경이 낮게 한숨을 쉬며 입술을 움직였다.

"질투 때문이었을걸. 네 자존심을 찔러서라도 우월감을 느끼고 싶어서 그런 걸 거야."

여전히 가라앉은 분위기를 띄워보고자 한층 목소리를 밝힌 채경이 현아를 보며 눈빛을 반짝였다.

"야, 표절도 진짜 재미있는 글이니까 당하는 거지 재미없으면 누가 거들떠나 보냐?"

채경이 티슈를 뽑아 건네자 그것을 곱게 반으로 접은 현아가 팽, 하고 코를 풀었다. 이제 그만 울겠다는 뜻이다. 아직 눈물이 달린 눈으로 현아가 픽 웃음 지었다.

"내가 좀 쓰긴 해. 막말로 공모전 당선, 아무나 되는 줄 알아?"

"알아. 한 번에 이삼천 편씩 몰린다며."

"사실 그 선배 아직 공모전 당선 경험 없거든."

"그래, 질투 맞다니까. 그리고 네 말대로 정말로 그 작가도 너랑 같은 생각을 했을 수도 있는 거니까 그냥 잊어. 잊어버려."

"그래야지, 뭐."

내가 별수 있나. 현아가 쓰게 웃었다.

"알탕 말고 또 뭐 먹고 싶은 거 있어? 언니가 오늘 다 쏜다. 말만 해."

"너 진짜 3등 된 거 맞지?"

"그래, 그래, 3등이다."

"거 봐. 내 촉이 보통 촉인 줄 알아?"

"어유, 그래. 소름이 막 돋는다."

"내가 뭐 먹고 싶게?"

"한우 치마살?"

"엉엉."

"사줄 테니까 어울리지 않는 물개 흉낸 그만하고."

"앗싸!"

하늘이 무너진 얼굴로 눈물짓다가 한우 치마살이란 소리에 방 싯 미소를 짓는 현아를 보며 왠지 모를 뿌듯함을 느꼈다. 지갑 사 정 따위 고민하지 않고 선뜻 친구를 끌고 나갈 수 있게 만들어준 도영칠 씨에게도 갑자기 감사한 마음이 느껴졌다.

그래, 행복이 뭐 별건가? 웃을 일 있으면 그걸로 행복인 거지.

그리고 밤 9시. 도영칠 씨에게서 날아온 문자에 다시 한 번 웃 음 지을 수 있었다.

나름 한참을 고민해 보낸 문자일 텐데.

〈안녕히 주무십시오.〉

딱 도영칠 씨다운 문자 선택이란 생각에 한참을 피식거리던 채 경이 빠르게 손가락을 놀려 답 문자를 보냈다.

〈덕분에 행복합니다.〉

  미간을 좁힌 채 서서 의미를 해석하고 있을 도영칠 씨가 떠올라
다시 또 큭큭거렸다.

제5장 달콤한 그라탱

『항상 반갑게 저를 기다리고 있던 답 쪽지가 보이지 않아 걱정하고 있는 중입니다. 혹 어디 아프신 건가요?』

　세수를 하고 들어온 채경이 톡톡 스킨을 바르며 로그인을 하자 뭘더님의 쪽지가 반짝거리고 있었다. 아, 그러고 보니 그날 쪽지만 확인하고 답을 보내질 않았네.
　치안이 잘되어 있어 엄마의 걱정을 덜어드릴 수 있을 것 같다던 부분에서 잠시 알 수 없는 혼란을 느꼈던 것 같다. 마마보이, 혹은 효자? 사실 그게 나랑 무슨 상관이라고.
　물끄러미 생각에 잠겼던 채경이 얼른 키보드 위로 손가락을 올렸다.

『아픈 건 아니고 급한 일이 있어 내용만 확인하고 바로 나가는 바람에 답을 못 드렸네요. 정신없는 일이 좀 생겼어요. 나쁜 일은 아닌데, 암튼 머리는 좀 복잡하네요. 캐나다로 가실지도 모른다고요. 저 아는 언니는 밴쿠버에서 2년간 있었는데 기후도 좋고 교육 환경이나 시설도 맘에 들었다고 하더라고요. 음, 퀘벡은 많이 춥다고 들었는데, 그래도 공부에 좀 더 집중하기 위해서라니 뭘더님이 잘 알아서 결정하시리라 믿어요.』

눈으로 대강 내용을 훑은 채경이 보내기 버튼을 누르는데 방문 너머로 '밥 먹자!' 하는 엄마의 목소리가 들려왔다. 고개를 갸웃한 채로 하루 일과를 떠올려 보니 자고 일어나서 밥을 먹고, 먹고 돌아섰다 또 먹고, 자기 전에 또 먹는다는 사실을 깨달았다.

사람은 원래 하루 세 끼를 먹는 게 당연한 건데 나는 왜 종일 먹고 자고만 반복하는 것 같은 걸까. 그래도 한때는 한 대학의 행정 조교로 일했었고, 작은 규모였지만 꽤 탄탄한 회사의 대리직까지 오른 적이 있었는데.

다시 고개를 돌려 모니터를 바라보니 공부에 집중하기 위해 일부러 한국 유학생이 적은 곳을 알아보고 있다던 뭘더님의 쪽지가 떠올랐다. 갑자기 잉여인간이 되어버린 듯한 허망한 느낌에 몸을 일으키려던 채경이 다시 의자에 몸을 앉혔다.

꼬르륵.

문득 나를 돌아보며 삶의 본질에 대한 철학적 고찰을 하고 싶었지만 그러기 위해선 일단 배를 채워야만 했다. 뇌에 충분한 영양 물실이 공급되어야 정상적인 사고도 가능해질 것이다. 이왕이면 아침 밥상에 콩나물국이 올라왔으면 좋겠다.

"식기 전에 얼른 먹어."

입이 댓 발 나온 채경을 지나 기훈 옆에 선 영옥이 뜨거운 김이 모락모락 오르고 있는 국대접을 조심스레 놓아주며 웃음 지었다. 식탁 위로 놓이는 국대접엔 채경이 그토록 염원하던 콩나물국 대신 들깨 된장국이 자리하고 있었다. 속 좋을 때 먹으면 구수하다지만 지금처럼 속이 부대낄 때 먹으면 텁텁하기만 하다. 숟가락을 쥔 채경의 얼굴엔 뽀로통 불만이 한가득하다.

"뜨거우니까 조심하고."

채경은 돌아보지도 않은 채 영옥이 기훈을 다독이자 그가 숟가락을 들며 조용히 네, 하고 대답했다. 자신에겐 뜨겁다, 어떻다 말한마디 없는 영옥을 힐긋 돌아본 채경이 갑자기 국대접 앞에 얼굴을 갖다 대곤 호들갑스럽게 국을 식히기 시작했다.

"후우! 후! 후후!"

당장 등짝을 향해 올라가려는 손을 꾹 힘주어 내린 영옥이 최대한 표정 관리를 하며 채경을 바라봤다.

"뭐 하는 거야, 밥 먹다 말고?"

"나한텐 뜨겁다, 조심해라 말해주는 사람도 없는데 데어 죽지 않으려면 할 수 없지."

"국 먹다 데어 죽는 사람 없거든?"

앙다문 잇새로 들려오는 엄마의 목소리에 채경이 얼른 국대접에 숟가락을 담갔다. 분노 게이지 한계치 상승. 여기서 더 개겼다간 진짜 국물도 없을 게 뻔했다.

"용돈 떨어지진 않았어?"

고개를 숙인 채 국물을 떠먹는데 머리 위로 다정한 음성이 들려왔다. 그럼 그렇지. 원래 엄마가 말은 좀 험해도 마음은 약하거든.

"웬일로 내 용돈까지 다……."

신경을 쓰셔. 하지만 채경은 뒷말을 잇지 못했다. 들어 올린 시선 끝엔 기훈을 향해 고정된 영옥의 얼굴이 있었다. 갑자기 명치 끝에서 뜨거운 것이 울컥 올라오는 것 같은 느낌에 다시 고개를 처박은 채경이 묵묵히 숟가락을 움직였다. 그래, 당장 용돈이 궁한 것도 아니면서 뭘.

'저게 입 데 죽으려고.'

뜨거운 국물을 호호 불지도 않고 막무가내로 우겨 넣는 채경을 보며 영옥이 입술을 달싹였다. 저러다 입천장 다 까졌다고 징징거리지.

"급한 일도 없으면서 뭘 그렇게."

하지만 저완 상관없다는 듯 채경은 고개를 들지 않았다. 그래서 몰랐다. 저의 머리 위로 영옥의 애잔한 시선이 한동안 머물고 있었다는 사실을.

＊

편성 확정된 하반기 드라마의 라인업을 살피던 영철의 눈매가 가늘게 좁혀졌다. 이렇게 되면 지금 한창 캐스팅 섭외 중인 메디컬 드라마와 맞붙을 경쟁작은 '흔적' 이란 사극과 바로 조금 전까지도 빈 공간으로 남아 있던, 그러나 지금은 '사랑이 있다' 라는 제목의 이 드라마가 되는 것인가.

원래 UBS에서 수목으로 편성을 받았던 드라마는 '여왕의 눈물' 이란 판타지 드라마였다. 하지만 모 소설과의 표절 시비가 벌어져 잠시 시끄럽더니 결국 편성이 취소되었고, 우여곡절 끝에 오늘 경쟁사인 드림제작에서 편성권을 따냈다는 보고를 받았다.

대본을 쓴 작가가 문서경인 것도 모자라 톱스타 성현준과 권지안이라니. 최고로만 버무려 놓은 최상의 조합이었다.

영칠이 톡톡 손끝으로 책상을 두드렸다. 가뜩이나 신경 쓸 것 많은 메디컬 드라마인데 이런 복병까지 등장하게 될 줄이야. 갑자기 달콤한 게 당겼다. 잠깐 나가서 카페 콘판나라도 한 잔 마시고 와야 할 것 같았다. 의자에 등을 기댄 영칠이 스륵 눈을 감았다.

"이번 주말에 시간 괜찮은지 물어봐라. 저녁보단 점심이 덜 부담스럽겠지?"

기어이 집으로 불러 밥을 먹이시겠단 말씀이다. 물론 밥이 주목적은 아니겠지만.

끙, 불편한 한숨과 함께 눈을 뜬 영칠이 책상 위의 전화기를 집어 들었다. '은채경 씨' 로 저장된 번호를 꾹 눌렀다.

〈여보세요?〉

곧바로 들려오는 목소리에 영칠이 무심히 입술을 움직였다.

"도영칠입니다."

〈네.〉

"부모님께서 보자십니다. 토요일 낮 12시까지 준비하고 계시면 제가 댁으로 모시러 가겠습니다."

흡, 하고 숨을 들이쉬는 소리가 들리더니 금세 조심스런 목소리가 이어졌다.

〈12시면, 점심 먹자시는 건가요?〉

"네."

조금은 갑작스러운 듯 전화기 너머에선 아무런 말도 들려오지 않았다.

충분히 이해가 간다. 실제 사귀는 사이더라도 상대방의 집에 인사를 드리러 가는 것은 상당히 조심스럽고 부담이 되는 일일 것이다. 하다못해 새로 바뀐 드라마 국장과 첫인사를 나누는 자리도 불편하기 그지없으니.

〈저기, 주신 자료를 외우긴 했는데 그래도 아직은 좀⋯⋯.〉

무리가 아닐까요?

가만히 채경의 말을 듣고 있던 영칠이 고개를 들어 올렸다.

"갑작스러운 줄은 알지만 괜한 의심을 사고 싶진 않습니다."

차일피일 미뤘다간 대뜸 의심부터 살 게 뻔했다. 엉겁결에 시작된 연극이긴 하지만 닥친 일에 있어선 완벽을 기해야만 했다. 하지만 상대는 아직 준비가 되어 있지 않다. 아무래도 도움이 필요할 것이다.

"저녁때 잠깐 시간 좀 내주십시오."

〈저녁에요?〉

"네."

〈몇 시쯤…….〉

"7시 괜찮으십니까? 같이 저녁이나 드시죠."

〈그게 좋겠네요, 이것저것 물어볼 것도 있고.〉

"장소는 제가 정할까요?"

〈저는 아무 데나 상관없어요.〉

"그럼 이따 문자로 보내 드리겠습니다."

전화를 끊고 난 영칠이 서둘러 몸을 일으켰다. 생크림을 얹은 카페 콘판나가 눈앞에서 어른거렸다. 빨라지던 걸음이 기어이 뜀박질을 시작했다.

＊

"이탈리안 음식 안 좋아하십니까?"

이렇게 맛있는 걸 왜 안 먹고 있느냐 얼굴로 바라보는 영칠의 물음에 '좋아하죠'라고 작게 중얼거린 채경이 테이블 위에 펼쳐진 음식들을 바라봤다.

이탈리안 음식, 물론 좋아한다. 하지만…….

꿀과 함께 먹는 고르곤졸라 피자까진 그렇다 치고, 원래 메뉴 이름이 그런 건지 아니면 도영칠 씨가 강조하느라 덧붙인 건지 알 수 없는 저 '달콤한' 크림치즈 그라탱은 이미 머릿속에서 삭제한 지 오래다. 그냥 해보는 소리인지 어쩐지 판단을 못한 채경이 맛을 보겠냐며 영칠이 권해준 '달콤한' 그라탱을 아무 생각 없이 한 입 떴다가 입안 가득 느껴지는 연유 맛에 한바탕 몸서리를 친 탓이다. 문제의 '달콤한' 그라탱을 먹기 전까지 채경은 정말 고르곤졸라 피자를 좋아했다. 그러나 연신 입안에서 맴도는 단맛 때문인지 그마저도 자꾸 고개가 돌아가 버린다.

다행히 제 몫으로 주문한 해물토마토소스 파스타가 있어 포크를 움직이고 있긴 하지만 의도치 않게 보게 되는 그라탱 용기에 자꾸만 속이 울렁거렸다. 이러한 사정을 아는지 모르는지 영칠의 손에 들린, 살짝 접힌 고르곤졸라 피자는 거의 바닥을 보이고 있는 꿀 접시를 향해 달려들고 있었다.

"단걸 굉장히 좋아하시나 봐요."

애써 평정을 되찾은 재경이 포크에 면을 말며 미소 짓자 꿀꺽 피자를 삼킨 영칠이 고개를 끄덕이며 대꾸했다.

"그런 편이죠."

그 정도면 환장하게 좋아하는 건데. 산더미처럼 쌓인 생크림을 단숨에 흡입하고 돌아서던 그의 뒷모습이 떠올랐다.

일단 커피는 그렇다 치고.

"그럼 밥은 거의 안 드시나요?"

밥은 달지 않으니까. 설마 설탕이라도 뿌려 먹나?

"밥을 왜 안 먹습니까?"

그렇게 물은 채경이 오히려 이상하다는 듯 영칠이 눈을 동그랗게 떴다.

너무 이상한 걸 물었나? 질끈 입술을 깨문 채경이 물잔으로 손을 뻗으며 작은 소리로 중얼거렸다.

"아니, 워낙 단걸 좋아하시니까."

얼른 물을 머금은 채경이 머쓱한 미소로 바라보자 잠시 시선을
마주하고 있던 영칠이 고개를 내리며 대답했다.

"반찬을 좀 달게 먹는 편입니다."

갑자기 밥 한 숟가락을 입에 넣은 영칠이 밥을 먹은 숟가락보다
훨씬 큰 스푼으로 생크림을 푹 떠 입가로 가져가는 모습이 상상되
었다.

"으, 아."

짧은 신음이 새어 나오려는 걸 간신히 삼킨 채경이 그렇구나 하
며 고개를 끄덕였다.

"갈비찜이나 불고기, 강정, 특히 매실청과 물엿을 적절히 섞은
소스에 버무린 버섯강정을 좋아합니다. 연근조림이나 멸치견과류
볶음 같은, 물엿에 졸인 반찬들도 좋아하고요."

"네."

그러고 보니 단맛이 나는 반찬들이 꽤 있다. 밥 한 숟가락, 생크
림 한 스푼을 떠올리던 채경은 괜한 안도감에 슬쩍 눈썹을 치켜올
렸다.

"다 맛있는 반찬들이네요."

"은채경 씨도 좋아하는 반찬입니까?"

물어보는 눈빛이 반짝거렸다. 무뚝뚝한 얼굴과는 전혀 어울리
지 않는.

가만히 그 눈빛을 바라보던 채경이 고개를 끄덕였다.

"네."

다른 것들을 더 좋아하지만 차마 말을 덧붙일 수 없었다. 어떻게든 동의를 구하려는 저 눈빛에 재를 뿌릴 수는 없었다. 그것을 부정하는 순간, 그가 풀 죽은 강아지 모양을 할지 모른다는 조바심이 일었다.

"다행이군요."

얼핏 그의 입술 끝이 올라가는 것 같았다. 뒤이어 들려온, 반찬 투정 탓에 어릴 적 무척이나 혼이 났단 소리가 점점이 묻혔다.

"……."

"아……."

어쩐지 조금은 부드러워진 그의 입가에 저도 모르게 시선이 고정되었나 보다. 얼른 고개를 털어낸 채경은 접시에 코를 빅을 정도로 고개를 숙이곤 파스타를 입안으로 밀어 넣을 수밖에 없었다. 따가울 정도로 되돌아온 시선을 느꼈기 때문이다.

대놓고 그렇게 넋을 빼고 보다니.

진열장 안의 사탕을 바라보는 어린애가 된 기분이다. 달콤하게 빚어놓은 예쁜 모양의 사탕. 단 향을 솔솔 풍기며 눈앞에 놓여 있긴 하지만 결국엔 내 것이 아닌.

갑자기 입안이 씁쓸해지는 바람에 후식으로 나온 티라미수 조각을 남김없이 입안으로 밀어 넣었다. 맞은편에서 젤라또를 떠먹던 영칠의 시선이 잠시 닿았다가 사라졌다.

"조심히 들어가십시오."

아파트 입구에 차를 세운 영칠이 차 문을 열고 내리는 채경을 따라 몸을 내리곤 가볍게 고개를 숙여 보였다. 무려 집 앞까지 데려다 주다니. '모셔다 드려야 하는 건가요?' 하고 묻던 날을 떠올리면 장족의 발전을 보인 셈이다.

그러고 보니 그가 맛을 보겠느냐 물었던, 몸서리치게 달던 '달콤한' 그라탱을 호기심에 한 스푼 떠올렸을 때도 전처럼 으르렁거리는 눈빛을 보내진 않았던 것 같다. 아니다. 그렇게 몸서리칠 줄 알고 보낸 일종의 경고였던 걸까? 그러니까 앞으로 자신의 음식에 껄떡대지 말라는.

식사를 마치고 근처 커피숍으로 자리를 옮긴 두 사람은 부모님으로부터 나올 만한 예상 질문을 서로에게 주고받으며 만반의 준비를 했다. 그가 물어오는 질문에 우물우물 답을 읊조리다 보니 마치 시험을 앞둔 수험생이 된 것 같아 피식 웃음이 새어 나왔다.

교제 기간이 삼 개월 정도라 했으니 더 깊은 질문은 나오지 않을 거란 소리에 살짝 안심이 되는 것도 같았다. 정 모르는 질문이 나올 땐 그냥 모른다고 답하라 했다. 채경도 그게 맞는 답인 것 같아 그러겠다고 고개를 끄덕였다.

"운전 조심해서 가세요."

채경이 마주 인사하며 미소를 지었다. 누군가 집 앞까지 바래다 주고 그를 향해 인사를 나누는 것이 참 오랜만의 일인 것 같다.

나도 예전엔 헤어짐이 아쉬운 연애란 걸 해보기는 했구나. 묻어 두었던 기억이 새삼 떠올랐다. 입가에 알 수 없는 감정이 살짝 맺혔다 금세 지워졌다.

탁, 하고 문이 닫히고 붉은 후미등을 매단 영칠의 차가 느릿한 속도로 아파트 단지를 빠져나갔다. 계단을 향해 몸을 튼 채경이 빠르게 걸음을 옮겨 마침 1층에 멈춰 서 있던 엘리베이터에 몸을 실었다.

땡.

엘리베이터 문이 열리자 습관처럼 손가락을 움직여 도어록의 비밀번호를 눌렀다. 현관문을 열고 발을 들여놓는 순간 주방에서 물컵을 들고 나오던 기훈과 눈이 마주쳤다.

"어…… 저녁은 먹었어?"

잠시 멈칫하던 채경이 문을 닫으며 묻자 응, 하고 대꾸한 기훈이 걸음을 옮기다 말고 그녀를 돌아봤다. 그 바람에 구두를 벗던 채경도 동작이 멈춰 버렸다.

"문 열어줄 식구가 있는데도 벨을 누르지 않는 건 누나도 마찬가지네."

담담한 눈으로 채경을 응시하던 기훈이 이내 제 방을 향해 몸을 돌렸다.

나도 번거롭게 하는 것 같아서…….

나오지 못한 말이 입안에서 홀로 맴돌았다. 어쩐지 멍한 기분에 한동안 현관을 벗어나지 못했다.

제6장 천만 원과 화과자

"네가 웬일이냐, 깨우지 않아도 벌써 일어나고? 어라, 샤워까지
했네?"

해가 서쪽에서 뜨기라도 한 듯 길게 목을 뺀 영옥이 욕실에서
나오는 채경과 7시를 가리키고 있는 시계를 번갈아 바라보며 눈
을 끔뻑였다.

그게 왜냐면, 계약 연애 하기로 한 남자 집에 인사 가기로 한 날
이라 잠이 안 왔어.

입 밖으로 내뱉었다간 그대로 척추가 접힐지 모를 말을 안으로
삼키며 채경이 어색하게 미소를 지어 보였다.

"그러게. 갑자기 이런 날도 있네."

"상처에 물 들어간 거 아냐?"

바짝 다가온 영옥이 코앞에 손을 가져다 대며 이리저리 살폈다.

"방수밴드 붙였잖아. 조심하기도 했고. 근데 그냥 하던 대로 해."

갑자기 들려온 나긋한 서울말에 도무지 적응이 되지 않는 채경이 팔을 벅벅 긁으며 영옥을 바라봤다.

"자꾸 질을 들여야지. 흠, 병원은 얼마나 더 다녀야 한대?"

"그때 2주 정도는 이틀에 한 번 치료받아야 한다고 그랬어. 그다음부턴 처방받은 연고 바르고. 암튼 그런가 봐."

꼼꼼한 눈길로 채경의 손을 살피던 영옥이 무심한 말투로 입을 열었다.

"뭐 먹고 싶은 거 있어?"

적응 안 된다, 이런 질문은.

"없어."

"돈은 있고?"

"있어."

"있기는 개뿔."

영옥이 입술을 씰룩거렸다.

"진짜 있어."

"돈 있는 년이 만날 방구석만 끼고 살아?"

"방구석만 끼고 산 거 아닌데."

"그래 봤자 기껏 구직 사이트를 뒤지거나 가끔 현아랑 술 마시는 게 전부면서. 으이구, 둘 다 참."

흐유. 한숨을 내쉰 영옥이 힐긋 채경을 돌아보며 불퉁하게 말했다.

"통장에 돈 좀 넣어놨어. 방구석에만 처박혀 있지 말고 나가서 영화도 보고 옷도 사 입고 그래."

그게 또 마음에 걸렸구나. 머리론 항상 엄마의 마음을 이해한다 하면서도 막상 서운한 기색을 감추지 못해 고스란히 얼굴에 드러내곤 한다.

"엄만. 나 돈 있다니까."

미안한 마음에 작게 중얼거리자 영옥이 툭툭 주머니를 쳤다.

"사람은 주머니가 차야 머리랑 가슴도 차는 법이야."

여자 혼자 몸으로 자식 키우며 산 세월이 결코 녹록지만은 않았을 것이다. 어쩌면 아빠의 온기 대신 엄마의 머리와 가슴을 채워준 것은 아등바등 모아야만 했던 돈일지도 모른다. 감당해야 할 삶의 무게가 훨씬 더 무겁고 힘들었을 텐데 한번 돌아볼 여력 없이 언제나 제 힘든 것만 투정하는 데 급급했다.

슬쩍 다가선 채경이 영옥의 등을 감싸 안으며 겨드랑이 밑으로 손을 집어넣었다.

"으미, 제드랑을! 간지빡을 태우다 오짐 제리면 어찔라고!"

간지럼을 많이 타는 영옥이 황급히 몸을 움츠리곤 서둘러 문밖으로 사라졌다. 간지럼을 태우려던 게 아니고 안아준 건데. 역시 안 하던 짓을 해서 그런지 서둘러 도망친 영옥만큼이나 사실 채경도 머쓱했다. 수건으로 꼼지락꼼지락 젖은 머리를 말리던 채경이 고개를 숙여 제 배를 내려다봤다.

머리까진 모르겠고, 나는 왜 가슴보단 항상 배만 불룩 차 있는 걸까.

찌푸린 눈살로 슬쩍 뱃살을 꼬집은 채경이 제 방을 향해 걸음을 옮겼다.

"타시죠."

차 문을 열어 보이는 영칠의 얼굴에 잠시 시선을 빼앗겼던 채경이 얼른 고개를 털어내며 조수석에 올랐다. 손에 쥔 종이가방을 무릎 위에 잘 추스르며 시선을 들자 앞 유리 너머로 성큼성큼 긴 다리를 움직여 운전석 쪽으로 걸어오고 있는 영칠의 모습이 보인다.

처음 만났을 때의 슈트 차림은 물론이고 병원에서의 환자복마저도 어쩌면 이렇게 잘 어울릴까 감탄에 젖었건만, 느슨하게 늘어진 티파니블루 니트에 긴 다리를 잘 감싼 아이보리 네님은 정말……

"벨트 매십시오."

갑자기 들려온 목소리에 고개를 드니 안전벨트를 채운 영칠이 채경을 돌아보고 있었다. 혹시 침을 흘리며 바라보고 있었던 건 아니겠지. 냉큼 입가를 훔친 채경이 손을 뻗어 벨트를 잡아당겼다.

"그건 뭡니까?"

힐긋 채경의 무릎 위로 시선을 둔 영칠이 시동을 걸며 물었다. 고개를 내린 채경이 제 무릎 위에 놓은 종이가방을 들어 보이며 입을 열었다.

"아, 이거 화과자요. 빈손으로 가기 뭐해서."

꽃을 사갈까, 과일을 살까 밤새 고민한 끝에 결정한 선물이다.

다행히 집에서 얼마 떨어지지 않은 곳에 화과자로 유명한 제과점이 있어 시간 전에 미리 들러 사 가지고 왔다. 사러 갈 때까지도 몰랐는데 이렇게 제 무릎에 올리고 보니 어르신들께 드리는 선물로는 적당하게 잘 고른 것 같단 뿌듯함이 몰려들었다.

채경이 밝게 목소리를 띄우며 돌아보자 핸들에 손을 올려놓고 있던 영칠이 갑자기 지갑을 꺼내 들고 그녀를 바라보고 있었다.

"얼마죠?"

"네?"

"얼마 주고 사셨습니까?"

뒤늦게 영칠의 말을 이해한 채경이 얼굴을 굳히며 고개를 들었다. 마주친 시선이 허공에서 얽혔다.

"왜 그렇게 보십니까?"

"기분이 좀 그러네요."

딱딱한 표정을 애써 풀어내며 채경이 말했다.

"뭐가 말입니까?"

"아무리 그래도 너무 계산적이시라……."

"추가로 발생한 비용은 응당 제가 지불하는 게 당연한 것 아닙니까?"

무감한 시선으로 자신을 바라보는 영칠의 물음에 딱히 대꾸할 거릴 찾지 못한 채경이 나지막이 한숨을 쉬었다. 그래, 계약으로 얽힌 관계에 인정 따위 무슨 소용이람.

"어쨌든 비싼 거 아니니까 그냥 두세요."

채경이 맥없는 소리로 중얼거리고 창문을 향해 고개를 틀었다.

설핏 미간을 좁힌 영칠이 채경의 뒤통수를 바라보았다.

"저는 그저……."

"네. 다음부터는 추가로 비용 발생할 만한 일 만들지 않을게요."

창밖에 시선을 둔 채경이 고저(高低) 없는 음성으로 말했다. 이어진 적막을 가르며 천천히 영칠의 차가 움직였다.

"어서 와요."

언덕을 향해 오르던 차창 밖으로 범상치 않은 규모의 집들이 보이기 시작할 때까지도 두 사람은 내내 침묵을 지키고 있었다.

무슨 남자가 이러냐.

어쩌면 생각했던 것보다 훨씬 더 이려운 사람일지 모르겠단 생각에 창밖으로 고정된 시선을 돌리지 못한 채경은 뻣뻣해진 목을 슬며시 주무르며 볼을 부풀렸다.

하긴, 내가 뭐라고. 토라진 저를 그래도 조금은 달래주지 않을까 잠시 착각에 빠졌던 채경이 쓴웃음을 짓고는 얼굴에 드리웠던 표정을 털어내었다. 우린 계약 관계니까.

커다란 대문이 철컥 열리고 영칠을 따라 들어선 정원엔 전문가의 손길이 닿은 듯한 나무와 고운 빛깔의 꽃들이 푸른 잔디와 함께 어우러져 있었다. 걸음을 내딛기 적당한 거리로 박힌 자연석을 밟고 현관 안으로 발을 옮기는 순간 쏟아진 열 개의 눈동자에 흠칫 몸이 굳고 말았다.

"안녕하세요. 은채경이라고 합니다."

그래도 같이 빳빳이 선 채 눈싸움을 할 수 없던 채경이 먼저 공손히 허리를 숙였다.

"나 기억나죠? 영칠이 작은형."

슬쩍 입매를 끌어 올린 영이가 채경을 보며 손을 들어 보였다.

"아, 네."

"사람 현관에 세워두고 이 무슨. 얼른 들어와요."

채경도 따라 미소를 짓는 순간 옆에 조용히 서 있던 명선이 가족들을 둘러보며 입을 열었다. 아, 하는 소리와 함께 홍해가 갈라지듯 사람들이 걸음을 물렸다.

"저기, 이거……."

채경이 쭈뼛거리는 손길로 화과자가 든 가방을 명선에게 건넸다. 손등에 붙은 밴드에 시선이 닿았다. 쯧쯧, 그날 다쳤다더니 아직 덜 나은 모양이구먼. 애잔한 눈으로 밴드 붙인 곳을 바라보던 명선이 다시 고개를 들어 건넨 것이 무어냐는 듯 눈으로 물었다. 채경이 수줍게 미소 지었다.

"화과자예요. 집 근처에 솜씨 좋은 곳이 있어서……. 좋아하실지 모르겠네요."

"예까지 오는 것도 신경 쓰였을 텐데 이런 것까지."

"호호, 우리 아버님, 어머님은 단것이라면 질색하시는데, 도련님 생각하면서 샀구나?"

화과자 가방을 바라보며 해맑게 웃던 난희가 헛기침을 하는 인환의 얼굴에 입을 가리며 머쓱하게 미소 지었다. 쯧, 하고 조용히 혀를 찬 명선이 어서 들어오라는 듯 채경을 향해 손짓했다.

구두를 벗고 거실로 들어서서도 내내 난희의 목소리가 귓가에 맴돌았다.

단걸 싫어하시는구나. 그랬으면 미리 좀 말해주지. 채경은 화과자 가방을 보고도 아무런 언질을 주지 않던 영칠에게로 괜한 원망을 돌렸다.

"나도 전에 병원에서 봤죠? 영칠이 큰형이에요."

"네."

영일을 향해 채경이 가볍게 고개를 숙여 보이자 옆에 있던 난희가 밝게 웃으며 말을 보탰다.

"난 이이 안사람이에요. 도련님 형수."

"안녕하세요."

채경이 다시 고개를 숙였다.

"우리 도련님이 정말로 연애를 할 줄이야."

"크흠."

"왜요. 다들 그냥 해보는 소린 줄 아셨잖아요."

눈을 동그랗게 부풀린 난희가 동의를 구하듯 주변을 돌아봤다. 반박하는 이가 없는 걸 보니 맞는 소린가 보다.

하하, 그러셨구나. 채경이 식은땀을 닦으며 웃음 지었다.

"사모님, 식사 준비 다 되었는데요."

도우미로 보이는 아주머니가 명선의 옆에 다가와 조용히 알리자 힐긋 돌아본 인환이 알았다는 듯 고개를 끄덕였다.

"음식이 입에 맞을지 모르겠네."

영칠이 권해준 자리에 앉은 채경이 어른들이 수저 드는 모습을 확인하고 막 숟가락을 드는 순간 들려온 목소리에 고개를 돌렸다.
명선이 저를 보고 있었다.

입에 넣자마자 아삭 소리가 날 것 같은 신선한 샐러드, 노랗고
하얀 지단이 곱게 올라가 있는 대하찜, 전에 영칠이 좋아한다고
말한 적 있는 바삭한 버섯강정, 한입에 먹기 좋게 채소와 함께 돌
돌 말린 로스편채와 나란히 놓인 전복갈비찜…….

제가 앉아 있는 자리가 얼마나 어려운 자리인가를 잠시 잊어버
렸을 정도로 휘둥그레 넋을 빼고 바라보던 채경이 입술을 움직이
려는 순간 머뭇거림이 담긴 인환의 목소리가 들려왔다.

"첫걸음이라 불편할 텐데 다짜고짜 밥부터 먹자 했다고 뭐라
그러더구먼. 생각해 보니 그럴 것도 같고. 그래도 이왕 왔으니 맛
있게 들어요."

고개를 내린 인환이 식사를 시작하자 채경이 밝게 소리쳤다.

"잘 먹겠습니다!"

어우, 너무 먹었어.

젓가락을 내려놓는 순간 밀려온 후회에 채경이 슬쩍 고개를 들
어 주변 눈치를 살폈다. 맛도 맛이지만 저로서는 엄두도 못 낼 고
급 한정식 집 코스 요리 같은 음식들에 살짝 정신을 놓았던 것 같
다. 모르고 있었는데 내 입맛이 꽤나 고급이었나 보다.

이것저것 골고루 입에 넣던 채경과 달리 영칠은 역시나 달달한
전복갈비찜과 제가 좋아한다던 버섯강정, 그리고 물엿을 넣어 졸
인 조림에만 젓가락을 움직였다. 엄마가 보았다면 당장 등짝에 불

이 튀었을 것이다.

"가리지 않고 잘 먹는 모습이 복스러워 좋았네."

뜨거운 찻잔을 가져다 호록 입에 대는 순간 들려온 인환의 목소리에 얼른 잔을 내려놓은 채경이 머쓱한 얼굴로 눈가를 접었다. 내가 너무 게걸스럽게 먹었나? 긴장되어 아침을 걸렀던 게 화근이었다. 자리도 생각 못한 채 열흘 굶은 거지처럼 달려들었으니.

"음식 앞에 두고 깨작거리면 엄마한테 무지 혼나거든요. 그게 버릇이 돼서⋯⋯."

채경이 난처한 듯 입술을 깨물자 오히려 인환이 손을 내저으며 껄껄 웃었다.

"아니, 아니, 보기 좋았단 뜻이요."

명선이 건넨 과일을 아삭 베어 문 인환이 다시 한 번 웃음 지으며 채경을 바라봤다. 명선의 입가도 슬쩍 호선을 그리며 올라섰다. 거실 소파에 둘러앉은 사람들의 시선이 온통 저에게로 쏠려 있단 사실을 실감하며 채경이 찻잔을 들어 올렸다. 그래도 별로 초조한 기색은 없었다. 아무래도 배가 부른 탓인 것 같다. 주머니가 차면 머리랑 가슴이 찬다더니, 배가 부르면 겁대가리를 상실하나 보다.

"영칠이랑은 어떻게 만나게 됐어요?"

호기심으로 가득 찬 영이의 시선이 채경을 향해 날아왔다.

드디어 시작된 건가. 질의문답 시간.

마치 청문회장에 출석한 증인이 된 듯 꼿꼿이 허리를 세운 채경이 숨을 가다듬고 입을 열었다.

"그날 봄비치고는 제법 많은 비가 내리더라고요. 날씨가 좀 덜 추웠더라면 그냥 맞고 뛰었을 텐데, 너무 추워서 건물 입구에서 비를 피하고 있는데 마침 영칠 씨가……."

"설마 영칠이가 먼저 와서 우산을 씌워줬어요?"

팔짱을 긴 채 듣고 있던 영이가 불쑥 물었다. 앉아 있던 가족 모두 몸을 바짝 세운 채 설마 하는 표정으로 채경을 바라봤다.

"아뇨."

채경의 대답에 일순 그럼 그렇지 하는 얼굴로 세웠던 몸을 풀었다.

"정류장까지만 씌워달라고 제가 부탁했어요."

"어."

영이가 고개를 갸웃 움직였다.

"바쁩니다, 안 그러던가요?"

"그게, 제가 워낙 간절하게 부탁해서. 제가 좀 불쌍하게 보였나 봐요."

최대한 눈꼬리를 접으며 속으로 '대충 좀 넘어갑시다' 하며 웃어 보이자 대체로 수긍하는 모습들이었다. 그 이후의 이야기는 사전에 미리 입을 맞춘 그대로 진행시켰다. 말을 마치고 나니 정말로 제가 도영칠 씨한테 죽기 살기로 매달린 여자가 된 것 같아 쓴 웃음이 목구멍을 타고 올라왔다.

"사실 난 저 녀석이 하는 말을 백 프로 믿진 않았거든."

손에 쥔 찻잔을 내려놓으며 인환이 말했다.

"제 바란 뜻 이루자고 어디서 애먼 여잘 하나 데려오는 건 아닌지······."

쿨럭! 놀란 마음에 새어 나온 기침을 애써 가라앉히는 순간 인환의 시선과 마주 닿아버렸다.

"혹 짜고 치는 고스톱이 아닌가 생각했소."

헉! 가슴팍으로 가쁜 숨이 차올랐다.

"한 몇 달 사귀는 척하다 제 볼일 끝나고 나면 뒤도 안 돌아보고 헤어지는."

히끅! 이젠 딸꾹질까지 올라오려 한다. 들킨 건가? 내가 뭘 실수한 거지?

어떻게 좀 해봐요. 간절한 눈빛을 영칠에게 보냈지만 그는 별 감흥 없는 눈길로 묵묵히 과일을 집어 먹을 뿐이었다. 저와는 아무 상관 없는 이야기라는 듯 완벽한 포커페이스였다.

"한데 내가······. 나도 이제 늙었나 보네."

잠시 말을 끊어낸 인환이 인자한 미소를 지으며 채경을 바라봤다. 심장이 뜨끔거렸다.

"이렇게 예쁜 아가씰 두고 의심을 하다니."

뜨끔거리던 심장이 이젠 욱신거리기까지 하는 것 같다. 정말로 의심 따윈 터럭만큼도 담기지 않은 따뜻한 눈동자가 주름진 눈가 안에서 흔들리고 있었다.

"아······."

채경은 그만 고개를 숙여 버렸다. 화끈 달아오른 낯빛을 들킬까 얼굴을 문지르는 척 손을 들어 가렸다. 별생각 없이 시작된, 조금은 호기심 어린 게임과도 같은 계약이었다. 그저 잘생긴 남자와 삼 개월만 사귀는 척 같이 밥도 먹고, 영화도 보고, 차도 마시고, 딱 거기까지만 생각한 거였는데. 정말로 그랬던 건데.

"당신도 참, 사람 앞에 두고 민망하게."

넌지시 이르는 명선의 목소리에 웃음 지은 인환이 머쓱한 얼굴로 머리를 쓸어 올렸다.

"아이쿠, 이런. 좋기도 하고 미안하기도 한 마음에 그만."

"흐음. 저도 갑자기 사귀는 여자가 있다기에 계약 연애 뭐, 이런 게 아닐까 살짝 의심을 하긴 했지만."

영이가 씩 소름이 돋을 만큼 강렬한 미소를 지어 보이곤 말을 이었다.

"나름 웰 메이드 드라마를 만든다는 녀석이 그런 얼토당토않은 막장을 찍진 않을 거란 생각에."

말을 마친 영이가 어깨를 으쓱하자 '영이야' 하고 낮게 꾸짖은 영일이 미안하단 얼굴로 채경을 바라보았다. 가시방석 위에 올라앉은 느낌이다. 갑자기 정말 나쁜 짓을 저지른 죄인이 된 것 같은 기분이 들었다. 연기처럼 사라졌으면 좋겠단 말은 이럴 때 쓰는 거구나 생각하며 채경이 질끈 눈을 감았다.

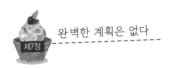
제7장 완벽한 계획은 없다

"나, 못할 것 같아요."

점심 정말 맛있게 잘 먹고 간다고 공손히 인사하고 돌아선 채경이 출발하는 차 안에서 조용히 중얼거렸다. 점차 속도를 높이던 영칠이 고개를 돌려 채경을 바라봤다. 무슨 뜻이냔 눈빛이 휘둥그레져 쏟아진다.

"돈은 돌려 드릴게요."

한숨처럼 내뱉은 말에 끼익, 차가 멈췄다. 입술을 꾹 다문 채 핸들을 움켜쥐고 있던 영칠이 다소 격앙된 목소리로 입을 열었다.

"갑자기 무슨 말씀이십니까?"

"미안해요."

"사과를 받자는 게 아니지 않습니까."

"……"

"은채경 씨."

"제가 너무 쉽게 생각했어요."

낮게 읊조린 채경이 고개를 들어 영칠을 바라봤다.

"이런 말도 안 되는 계약 연애가 아니더라도 도영칠 씨 정도면 얼마든지 좋은 여자 만날 수 있잖아요. 저렇게 좋아하시는데 거짓말 말고 떳떳하게 소개시켜 드리면……."

"그러니까 떳떳하게 소개시켜 드리기 위해 마음에도 없는 연애를 하고 싶지 않단 말입니다."

"왜요?"

"그것까지 설명해야 합니까?"

마주친 시선에서 쨍, 하고 파편이라도 튈 것 같았다. 먼저 고개를 돌린 채경이 숨을 꿀꺽 들이마시며 머리를 쓸어 올렸다.

"암튼 전 못하겠어요."

초롱초롱 빛나던 열 개의 눈동자가 자꾸만 눈앞에서 어른거렸다. 대문 앞, 아쉬움 섞인 목소리로 또 놀러 오라 다독이던 손길이 떠올랐다. 고작 이름을 바꾸자고, 고작 돈 천만 원에 그분들을 속이는 건 더는 못할 짓이었다.

"안 됩니다."

"도영칠 씨가 아니라 제가 찼다고 하면 되잖아요."

답답한 마음에 와락 눈물이 솟구치려는 걸 간신히 참으며 억눌린 잇새로 말을 내뱉자 어이없는 대꾸가 되돌아왔다.

"말도 안 됩니다."

진짜 저 말도 안 되는 자만심은 어디서 나오는지. 그것은 저 우월한 기럭지와 언뜻 후광까지 비치는 미모에서 비롯된 것이리라.
말싸움을 해봤자 남자를 이길 승산은 없었다. 될 대로 돼라. 맥이
풀린 듯 어깨를 늘어뜨린 채경이 무심한 목소리로 중얼거렸다.

"그렇게 자존심이 상할 것 같으면 그냥 먼저 차주세요. 못생겨
서 못 만나겠다고 하시든가, 아님 너무 많이 먹어 창피하다든가."

"새삼스러울 것 없는 이유입니다."

쩍, 하고 뭔가가 갈라지는 느낌이었다.

이미 다 알고 있는 당연하다는 소리. 이 남잔 정말 사람을 두 번
죽이는 데 탁월한 재주를 지닌 듯하다. 하지만 제 입으로 뱉은 소
리이니 반박을 달 순 없었다. 그리고 또 그것은 맞는 말이었다. 그
래서 더 화가 났다.

그래요. ㅏ 못생긴데다 많이 먹습니다!

화를 누르지 못한 가슴이 씨근씨근 들썩였다.

"말이 좀 심했습니다. 죄송합니다."

영칠이 까딱 고개를 숙이며 사과했다. 하지만 그것이 귀에 들어
올 리 없었다. 물은 이미 엎어졌고, 주워 담을 컵도 깨져 버렸다.

"사과하실 필요가 뭐 있나요, 새삼스러울 것도 없는데."

싸늘하게 가라앉은 목소리가 차 안을 가르고 지나갔다. 숨이 막
힐 것 같은 침묵이 이어졌다. 난감한 듯 눈썹을 긁적이던 영칠이
채경을 돌아봤다.

"당황을 했던 것 같습니다. 그래서 화가 나기도 한 것 같고."

대꾸 없는 채경에게 슬쩍 시선을 둔 영칠이 조용히 말을 이었
다.

"부모님이 그렇게까지 은채경 씰 좋아하실 줄 몰랐습니다."

네, 못생긴데다 많이 먹기까지 하는데요.

"그만큼 은채경 씨가 잘해주셨기 때문에 믿고 있었던 거고, 그래서 조금 전의 그……."

잠시 말을 끊어낸 영칠이 짧게 숨을 내쉬며 남은 말을 보탰다.

"계약 파기 선언에 화가 났던 겁니다. 죄송합니다."

반듯하기만 하던 목소리가 일순 흐트러지는 것 같았다. 도영칠이란 남자에 대해 그리 많이 알지는 못하지만 어쩐지 그답지 못하단 생각에 채경이 시선을 들어 올렸다.

어쩌면 믿었던 신뢰가 깨진 것에 대한 불만. 유지하고 있던 포커페이스는 제게 보낸 믿음의 신호였던가.

"일방적으로 계약을 깨자고 한 제 잘못도 있긴 해요."

한층 누그러진 목소리로 채경이 말했다. 상황을 여기까지 끌고 와놓고 이제 와 제 맘 하나 편케 하자고 남자를 절벽으로 밀어버린 것 같아 살짝 죄책감이 들기도 했다.

"근데 도영칠 씨를 위해서는 그게 선의의 거짓말이겠지만."

"저도 그게 당황스러웠습니다. 설마 곧이곧대로 믿어주실 줄은."

곧이곧대로 믿어주실지 몰랐다니. 화과자가 좋겠다, 어젯밤 늦게까지 침대 헤드에 몸을 기대고 앉아 영칠이 건네준 자료들을 외우며 방긋 웃음 지었던 저는 무얼 했던 것일까.

"완벽하게 해야 한다고 연습까지 시켜놓고."

기어이 입술이 비틀어지고 만다.

"틈만 보이지 않으면 된다고 생각했습니다. 심증만으론 뭘 어쩌지 못하실 테니까요."

"하, 그러니까 전 그저 잘 길들여진 앵무새처럼 연습한 말만 중얼거리고 오면 되는 거였네요."

"그런 뜻은 아니었습니다."

"머리가 나빠서인지 전 그렇게 들리네요."

"저는……."

낮게 한숨을 내쉰 영칠이 미간을 좁히며 입을 열었다.

"갑작스런 상황을 별로 좋아하지 않습니다. 아니, 익숙하지 못하단 표현이 맞겠네요. 그래서 늘 한계 상황에 맞춰 계획을 세웁니다. 그런데 때론 갑자기 날아든 돌처럼 어쩔 새 없이……."

영칠이 말한 '갑자기 날아든 돌'의 극단적 예가 바로 은채경 자신일 것이다. 식당 안을 뛰어다니던 아이들을 떠올렸다. 쟁반은 왜 휘둘러서. 도영칠 씨 당신은 왜 하필 그 자리에 있어서는. 나는 어쩌자고 천만 원에 고개를 끄덕였을까.

"그래서 저는 지금 온전히 은채경 씨한테 의존할 수밖에 없습니다. 이건 제 계획에 없던 일이니까요."

단단하고 건조하기만 하던 눈동자가 미약하게 흔들리고 있었다. 부모 손을 놓치고 갈 곳 몰라 서 있는 아이 같은 눈빛. 무섭지 않다고, 아무것도 아니다 하며 턱을 들곤 있지만 가슴 안에서 달음질치는 불안감을 잠재우느라 몰래 숨을 삼킬 수밖에 없는 아이를 바라보는 기분이다.

갑자기 길 잃은 아이 앞에 선 어른이 된 것 같았다. 선택을 해야만 한다. 고개를 돌려 외면을 할 것인지, 다가가 손을 내밀어야 할지. 어떤 선택이 됐든 양심은 괴로울 수밖에 없겠지만.

✳

『퀘벡 주에서 그래도 영어가 가장 많이 사용되는 몬트리올도 길거리에서 대부분 들리는 말은 불어라고는 하지만 다행히 어학원이 위치해 있는 곳에서는 영어 사용에 크게 불편한 점이 없다고 하네요. 그럼에도 이런저런 준비를 했더라면 참 좋았을걸 하는 것들이 자꾸 아쉽습니다. 기회가 와도 준비가 부족하면 그걸 제대로 살리지 못할 수도 있겠구나 하는 두려운 마음도 크고요. 혼자 막막하게 책을 들여다볼 때나 상담을 받을 때나 답답하고 두렵기는 마찬가지인 것 같아요. 대처하는 방법도 여전하구요. 그냥 오늘도 열심히 계속 들이파다 보면 뭔가 길이 보이지 않을까, 어느 순간엔 이 막막한 어둠이 걷히지 않을까, 이렇게 몇 년 보내다 보면 어느새 훌쩍 커 있지 않을까, 막막한 가운데 소박한 희망을 품고 사는 거겠지요.』

나만 고민하고 사는 게 아니로구나. 밤새 잠을 설친 탓에 다크서클이 턱까지 내려온 채경이 애써 치뜬 눈으로 모니터를 응시했다. 인간의 삶은 끊임없는 고민과 선택의 과정일지 모른다. 짜장면이냐 짬뽕이냐, 물냉면이냐 비빔냉면이냐 같은, 지구의 환경 보호라든지 국가 미래에 관한 중차대한 사안이 아니더라도 시시각각 온갖 고민과 선택의 기로에 직면하게 된다.

나는 도영칠 씨의 손을 잡아야만 하는가, 아니면 이대로 외면해야 할 것인가. 아직도 갈피를 잡지 못한 마음이 바람에 흔들리는 잎사귀처럼 팔랑거렸다.

　"갑작스런 상황을 별로 좋아하지 않습니다. 아니, 익숙하지 못하단 표현이 맞겠네요. 그래서 늘 한계 상황에 맞춰 계획을 세웁니다. 그런데 때론 갑자기 날아든 돌처럼 어쩔 새 없이."
　"그래서 저는 지금 온전히 은채경 씨한테 의존할 수밖에 없습니다. 이건 제 계획에 없던 일이니까요."
　"한데 내가……. 나도 이제 늙었나 보네. 이렇게 예쁜 아가씰 두고 의심을 하다니."

　차라리 짜장면과 짬뽕을 놓고 고민하는 거라면 그냥 둘 다 먹어버리면 해결될 것을.
　"으으."
　고개를 숙인 채 머리를 쥐어뜯던 채경이 문득 움직임을 멈추고 몸을 세웠다.
　톡톡톡, 띠릭.
　손을 뻗어 쥔 휴대전화 위로 손가락을 움직이자 이내 신호음이 들리기 시작했다.
　〈도영칠입니다.〉
　전화기 너머로 들려온 목소리에 슬쩍 숨을 흘린 채경이 입술을 움직였다.

"은채경이에요."

〈알고 있습니다.〉

"오늘 좀 뵙죠. 저는 아무 때나 상관없으니까 도영칠 씨 편한 시간 알려주세요."

〈11시쯤 시간이 빕니다. 오후엔 제가…….〉

"그럼 11시에 그때 그 루멘에서 봬요."

〈알겠습니다.〉

전화를 끊은 채경의 얼굴에 얼핏 비장함이 엿보이는 듯했다. 입술을 앙다문 채 모니터를 노려보던 채경이 키보드 위로 손가락을 얹었다. 탁탁탁, 경쾌한 마찰음과 함께 글자가 떠오르기 시작했다.

『힘든 상황에서도 쉬지 않고 무언가를 계속하다 보면 그게 길이 되는 거라 생각해요. 잘하고 계신 거예요. 우리는 완벽을 추구하는 게 아니라 어제보단 조금 더 나은 오늘을 만드는 것뿐이라고, 만약 나아진 게 없다면 나아지려고 노력하는 거라고 그렇게 생각한답니다.』

굳어 있던 입가를 살짝 끌어 올려보았다.

그래, 나도 잘하고 있는 거야.

✻

오전 11시를 갓 넘긴 커피숍은 큰 잔에 담긴 커피처럼 여유로웠다. 작고 아담한 테라스를 지나쳐 들어서는 커피숍 입구에는 차곡 차곡 쌓인 생두 자루가 유리문 안에 자리하고 있다. 고개를 내린 채 커피잔을 만지작대는 채경의 귓가로 Michael Learns To Rock의 감미로운 목소리가 감겨들었다.

오랜만에 듣는 반가운 노래 너머로 초여름 햇살이 낭랑하게 쏟아졌다. 무심한 눈길로 햇빛에 반짝이는 채경의 까만 머리카락을 응시하던 영칠이 먼저 입을 열었다.

"하실 말씀 있었던 거 아닙니까?"

그제야 고개를 들어 올린 채경이 영칠과 시선을 마주했다.

"계약은…… 약속, 지킬게요."

침묵 끝에 나온 음성에 영칠이 움찔 어깨를 움직였다. 바짝 긴장하고 있던 티가 역력했다. 이 남자도 긴장이란 걸 하는구나. 새삼 놀라운 발견에 채경이 눈을 깜빡였다.

"대신 조건이 있어요."

살짝 고개를 기울인 영칠이 채경을 바라봤다.

"말씀하십시오."

"계약 기간 동안만큼은 저한테 진심으로 대해주세요."

살짝 기울이고 있던 고개가 아예 삐뚜름 돌아가 버렸다. 그와 동시에 좁힌 미간이 꿈틀거린다.

"아."

마땅한 말을 찾는 듯 눈동자가 움직이기 시작했다. 눈동자 가득 난감함이 들어차 있다. 진짜 연애를 하자는 것도 아니고 계약 기간 동안만큼이라도 진심으로 대해달라는 말이 저렇게도 당황스러워할 만한 일이던가. 예상했던 반응이지만 그래도 씁쓸하긴 하다.

"물론 끝을 아는 계약 연애이긴 하지만, 그래 주셨음 해요. 관계 변화를 바란다거나 계약 연장을 원하는 건 절대 아니에요."

잠시 말을 끊어낸 채경이 숨을 고르고 이내 말을 이었다.

"그동안만큼은 떳떳하고 싶어요. 저 자신한테도, 또 도영칠 씨 부모님께도."

영칠이 내려다보는 테이블 위엔 오늘도 어김없이 통자바칩이 추가된 벤티 사이즈의 자바칩 프라푸치노가 놓여 있었다. 그날과 다른 점이 있다면 우아한 손놀림으로 잘라 먹던 아이스크림 와플은 함께하지 않았다는 것. 그만큼 둘 사이의 분위기가 무겁게 가라앉아 있단 뜻일 것이다.

"진심으로 대해달란 말씀은······."

"말씀드린 그대로요. 적어도 제가 제 자신이나 도영칠 씨 부모님을 속이고 있단 생각이 들지 않게. 하지만 계약 기간 동안만이란 제한을 두는 거니까 우리가 서로 계약으로 얽혀 있단 전제 조건은 달라질 게 없어요."

"그러니까 계약 기간이 끝나면 깨끗하게 돌아설 사이지만 그동안만큼은······."

차마 뒷말은 뱉지 못하겠던지 슬쩍 말을 흐리는 영칠을 보며 채경이 '네' 하고 대답했다.

진짜 연애를 하자는 건 아니다. 그건 나도 싫다. 말이 되는 소린진 알 수 없지만 밤새 저를 괴롭히며 퐁퐁 솟아나던 죄책감을 남자의 진심이 막아줬으면 하는 바람이 들었다. 여기서 말하는 진심과 연애가 다른 것이냐 묻는다면 딱히 규정 지어 답할 수는 없을 것이다. 마음을 다해 사랑하던 연인들도 이별을 맞이한다. 이기적인 정의일지 모르지만 그 사실에 위안을 두기로 했다. 유통기한이 삼 개월이란, 그리고 어차피 진짜가 아니란 사실엔 변함이 없겠지만 그 삼 개월 동안만큼은……

"진심을 다해주세요."

또렷이 들려오는 채경의 목소리에 손을 들어 이마를 문지르던 영칠이 조심스러운 말투로 입을 열었다.

"너무 추상적이라……"

"저도 알아요."

골똘히 생각에 잠겨 있던 영칠이 갑자기 주머니 안에서 휴대전화를 꺼내 무언가를 검색하기 시작했다.

『진심에 대한 검색 결과입니다.

진심(眞心):거짓이 없는 참된 마음.

진심(盡心):마음을 다함.

진심(塵心):속세의 일에 더럽혀진 마음.

진심(瞋心):왈칵 성내는 마음.』

한참 동안이나 전화기 액정을 바라보던 영칠이 천천히 고개를 들어 올렸다.

"조금 추상적이긴 하지만, 노력해 보겠습니다."

엉뚱하게만 보일지 모를 저의 부탁에 고개를 끄덕이는 영칠이 어쩐지 고맙기도 하면서 안쓰럽기도 했다. 적어도 성직한 사람인 것은 분명했다. 때문인지 가슴 한구석 미안한 마음이 송골송골 맺혀 오른다.

나 같으면 그냥 더럽다, 치사하다며 벌써 뒤집어엎었을 텐데. 이렇게까지 하면서 이름을 개명해야 할 간절함이 대단한가 보다.

"덕분에 한결 마음이 편해졌네요. 감사합니다."

담담한 말투로 입을 연 채경이 문득 궁금하다는 얼굴로 물었다.

"개명 신청은 하셨어요?"

"네."

다행이다. 삼순이의 현진헌처럼 법원 앞에 잠복하고 있다 개명 허가신청서를 찢는 짓 따윈 안 해도 되는 거니까. 아니, 나는 도영 칠 씨의 개명을 반대하고 있진 않잖아.

"그럼 곧 도영오 씨가 되는 건가요?"

"아닙니다."

당연히 들려올 긍정의 답을 예상한 채경이 의외라는 듯 바라봤다.

"도영준이 될 겁니다."

"도영준 씨요?"

채경이 눈을 동그랗게 뜨고 묻자 영칠이 고개를 끄덕했다.

"네. 우습게 들릴지는 모르겠지만, 영오란 이름은 어쩐지 아버님 꿈을 꺾는 것 같아서."

"아."

일곱 명의 자식을 두고 싶다 하셨던 장황한 설명이 떠올랐다.

도영칠 씨가 도영오 씨가 되면 그나마 이름으로 만족하던 어르신의 꿈은 다섯으로 줄어들게 될 것이다. 그 마음을 헤아렸던 걸까. 의외의 부분에서 효심(孝心)을 발휘하는 도영칠 씨다.

"도영준 씨도 근사한 이름이네요. 잘 어울리는 것 같아요."

"감사합니다."

짤막한 대답 끝에 영칠의 관자놀이가 희미하게 붉어지는 게 보였다. 힐긋 시계를 들여다본 영칠이 함께 점심을 먹자고 했다. 본격적인 '진심'이 빛을 발하는가 싶어 흔쾌히 따라나서던 채경이 주차장 앞에 이르러 갑자기 걸음을 멈췄다.

"그때 그 이탈리안 레스토랑은 말고요."

꿀을 찍어 먹는 고르곤졸라 피자까진 상관없지만 '달콤한' 크림치즈 그라탱만큼은 사양하고 싶다.

잠시 갈등하는 듯하던 영칠이 '알겠습니다' 하고 대답하곤 걸음을 옮겼다.

잠시 뒤 두 사람은 달짝지근한 소스가 듬뿍 버무려진 탕수육을 먹고 있었다.

이 정도면 뭐.

고심한 흔적이 느껴지는 그의 '진심'에 슬쩍 미소를 지은 채경이 오물오물 입술을 움직였다.

오늘따라 유독 탕수육이 맛난 것 같았다.

어색하게 손을 흔들고 입구 안으로 사라지는 채경의 뒷모습을 물끄러미 지켜보던 영칠이 기어 위에 손을 얹었다. 스르르 움직이는 차가 아파트 입구를 벗어나 곧 도로에 진입해 속도를 올리기 시작했다.

생활 계획표에 따라 움직이던 삶은 아니었지만 은채경이란 여자를 만난 뒤론 조금씩 뭔가가 부서지고 있는 느낌이었다. 첫 만남부터도 범상치 않은 건 사실이지만 무엇보다 제 이름을 듣고 웃지 않은 유일한 여자다. 물론 상황이 그녀를 그렇게 몰아갔을 테지만.

어렸을 때는 그저 사람들이 이름을 듣고 보이는 반응이 싫었을 뿐이다. 하지만 조금씩 시간이 지나 사춘기를 겪을 무렵, 아마도 그즈음이었을 것이다. 또래의 십대들이 막 이성에 눈을 뜨던 시기.

초등학교 졸업 무렵의 키가 이미 170㎝를 훌쩍 넘긴데다가 어느새 소년티를 벗어난 우월한 외모까지 더해주다 보니 원치 않아도 주위의 시선을 받을 수밖에 없었다. 하지만 저를 향해 동경의 눈빛을 보내던 여학생들도 이름 앞에선 모두 똑같은 반응을 보였다.

"우와! 쟤 좀 봐."

"누구? 아, 도영칠?"

"영칠? 이름이 영칠이야?"

"응. 잘생기긴 했지. 게다가 서울중 톱이라는데 이름이 좀 그래."

"큭! 어쩜 생긴 거랑 안 어울리게 이름 진짜 깬다."

시선이 마주칠 때면 황급히 고개를 돌리고 표정을 수습하느라 벌겋게 달아오른 얼굴에 손부채질을 하던 바쁜 손길들. 남들과 전혀 다를 바 없는 보통의 또래이던 제게 보여준 남다른 시선은 하나하나 상처가 되어 성인이 된 지금까지도 그를 괴롭히고 있었다.

연애……. 일부러 하지 않았다기보다는 하지 못했다는 표현이 옳을 것이다.

그렇다고 이름을 듣고 대뜸 웃음부터 터뜨리는 여자의 얼굴을 마주하면서까지 연애란 것을 해야 하는지. 그만큼 절실하지도 않았다.

그렇게 이름으로부터 시작된 열등감은 어느 순간 더 큰 상처를 받지 않기 위해 딱딱한 껍데기 속에 자신을 감추며 남들이 절대 얕볼 수 없는 좀 더 강한 '나'를 만들기 위해 노력하게 만들었던 것 같다. 하지만 결코 쉽지만은 않은 일이었다. 그런 자신을 보호하고 쉴 수 있는 나름의 안식이 필요했다.

그러던 어느 날, 머릿속으로만 떠올리던 달콤함을 어느 순간부터인가 입으로 즐기고 있는 제 자신을 발견하게 되었다. 남들에게 절대 피해를 주지 않으면서도 도덕적으로도 어긋나지 않는, 그것은 아마 초등학교 저학년 시절부터 차츰 비롯되었던 것 같다.

영칠은 그것을 성숙한 방어기제, 승화(Sublimation)라고 스스로 결정지었다. 정신의학적으로 맞는 표현일지 모르겠지만.

단것, 즉 정제된 탄수화물을 섭취하게 되면 우울한 마음을 진정시키고 행복감을 느끼게 해주는 세로토닌 분비가 늘어나게 되므로 정서적 안정감도 느끼게 된다고 했다.

사람이 달콤한 맛을 좋아하는 여러 가지 이유 중 하나는 생존 본능에서 비롯된 것이라고 어디에선가 읽은 기억이 있다. 쓴맛을 내는 독초는 피하고 단맛을 내는 과일 따위를 골라 먹어 영양을 섭취하게끔 인간은 그렇게 진화했다는 것이다.

영칠은 단맛이 주는 쾌감이 좋았다. 누구는 마약만큼 위험한 중독이라고도 하지만 자기 관리만 철저히 한다면 크게 문제될 것은 없을 거라 생각한다. 여태 그렇게 살아오기도 했으니 앞으로도 쭉 그럴 것이다.

별생각 없이 내뱉은 '심장 안의 그녀'의 발언부터 시작해 식당 안에서의 돌발 상황, 그리고 계약 연애까지, 단 며칠의 시간이었지만 마치 롤러코스터를 탄 듯 변화무쌍한 사건을 겪은 느낌이다.

"이 집 탕수육이 입에 짝짝 달라붙네요."

마주 앉아 함께 탕수육을 먹던 채경은 만면에 미소를 지은 채 연신 입가로 손을 움직였다. 이탈리안 레스토랑에서와는 전혀 다른 모습이다. 누군가와 함께, 그것도 여자와 같이 그렇게 맛있게 식사를 마쳐 본 기억이 없는 듯하다.

"계약 기간 동안만큼은 저한테 진심으로 대해주세요."

혹 그녀도 진심을 다하고자 노력했던 것일까. 사실 평소 같았으면 말도 안 되는 요구에 자리를 박차고 일어났을 테지만 그는 노력을 하겠다고 다짐하고 말았다. 이상한 일이었다.

물론 이번 한 번만의 일은 아니었다. 집에서의 식사 때도 이상하게 안도가 되었다. 여태 진흙 속에 묻혀 있던 천재 연기자거나 혹은 타고난 사기꾼이거나 둘 중 하나일지 모르겠단 생각이 들 정도로 채경은 자연스럽게 분위기를 이끌고 있었다. 옆에서 듣고 있던 저마저도 정말 그랬던 것처럼 머릿속에 연애담이 펼쳐졌다.

문득 시선을 돌렸을 때 여간해선 볼 수 없는 미소가 부모님의 입가에 맺혀 있단 사실을 알게 되었다. 뿌듯하면서도 어딘가 허허로운 기분이 들었다.

그러다 갑자기 딸꾹질을 시작하는 채경을 보며 적어도 타고난 사기꾼은 아니라는 사실에 안도했다. 몇 달 사귀는 척하다 제 볼일 끝나고 나면 뒤도 안 돌아보고 헤어지는 게 아닐까 의심했던 아버지의 말씀에 놀란 탓이었다. 그러다 결국 고개를 숙인 채 한동안 얼굴을 들지 못할 정도로 몸을 떠는 그녀를 보며 아무렇지 않은 척 유지하고 있던 평온에 미세하게 금이 가고 있음을 느꼈다. 갑자기 날아든 작고 동글동글한 돌멩이에 의해서.

차분하게 가라앉은 그녀의 목소리가 자꾸만 떠올랐다.

"적어도 제가 제 자신이나 도영칠 씨 부모님을 속이고 있단 생각이 들지 않게."

그러면 그녀가 고개를 숙이지 않아도 되는 것인가.

어쩌면 그리 어렵기만 한 일은 아닐 거란 생각이 들었다.

신호 대기 중이라 멈춰 있던 차가 이내 경쾌한 엔진 소리를 내뿜으며 앞으로 내달리기 시작했다. 얽혀 있던 생각도 덩달아 풀어지는 느낌이었다.

＊

"네가 가게엔 웬일이야?"

점심시간을 훌쩍 넘긴 오후. 점심 영업을 마친 가게 직원들이 꿀맛 같은 휴식을 맛보는 시간에 들어선 채경의 등장에 카운터에 앉아 중간 정산을 하던 영옥이 휘둥그레 눈을 뜨며 몸을 일으켰다.

"약속 있어서 나왔다가. 자, 이거 이모들이랑 나눠 드셔."

부스럭거리며 내민 봉투엔 전병, 오란다, 소라과자 같은 옛날 과자들이 한가득 들어 있었다.

"돈도 없는 게."

슬쩍 눈을 흘긴 영옥이 봉투 안에 들어 있는 오란다 하나를 입에 넣곤 쉬느라 다들 누워 있는 방에 봉투를 밀어 넣었다.

"간식하라고 채경이가 사 왔네."

"마침 입이 심심했는데. 잘 먹을게, 채경아."

"나도!"

돌돌 만 베개를 머리 밑에 괸 직원들이 채경을 향해 웃음 지었다.

별것 아닌데. 머쓱하게 이마를 긁적인 채경이 몸을 돌리는 순간, 식재료 창고 문을 닫고 나오던 김 지배인과 눈이 마주쳤다.

"채경이 왔네."

"네, 안녕하셨어요?"

"응. 참, 손 다친 건 좀 어때?"

"괜찮아요."

채경이 방긋 웃어 보이자 뒷머리에 손을 갖다 댄 김 지배인이 작은 소리로 중얼거렸다.

"괜히 미안하네. 은석이 돌잔치 때문에."

"어, 아니에요. 저야말로 별 도움도 못 되고 민폐만 끼쳤는데."

"그런 말이 어딨어. 암튼 크게 다친 게 아니라 다행이야."

"네."

채경이 다시 웃음 지었다.

"현아 만났어?"

매출전표에 시선을 두었던 영옥이 무심한 말투로 물어왔다. 포스(POS)기가 익숙지 않은 영옥은 간단한 작동으로 금세 매출 집계를 할 수 있는 시스템을 마다히고 저렇게 계산기를 두드리곤 했다. 처음 얼마간은 '아, 이게 훨씬 쉽다니까?' 하며 답답해하던 채경도 곧 엄마의 의견을 존중하기로 했다. 한때는 저도 H.O.T와 젝스키스의 온갖 노래를 줄줄 꿰고 읊던 시절이 있었음에도 지금은 TV를 틀면 쏟아져 나오는 아이돌 그룹의 멤버들을 제대로 구별조차 하지 못할 지경이 이르렀으니. 지금의 십대들 역시 이런 저를 얼마나 답답하게 느끼고 바라볼지 그들이 세월을 겪지 않는 한 절대 이해 못할 것이다.

"어? 어."

불쑥 거짓말이 튀어나왔다. 아니, 거짓말을 할 수밖에 없는 상황이긴 하지만.

예상했던 것과 다르지 않은 답에 슬쩍 입매를 굳힌 영옥이 전표를 밀어두며 채경을 바라봤다.

"만날 그렇게 현아만 만나고 다녀서 어쩌려고."

"어쩌긴, 친군데."

흐유. 한숨을 내쉬는 영옥에게서 다음 말을 눈치챈 채경이 지그시 입술을 깨물었다.

언제까지 그러고 살 것이냐, 결혼은 안 할 것이냐, 하다못해 남자라도 좀 사귀어라.

"정순이 딸이 결혼정보회사에 취직했다더라."

"그래서?"

"그래서는 뭐가 그래서야."

"됐어. 그런 거 하지 마."

"대충 얘기 들어보니까 등급표 같은 게 있다던데."

"엄마!"

저도 모르게 버럭 소리를 지른 채경이 직원들이 쉬고 있는 방쪽을 돌아보곤 숨을 골랐다.

언젠가 인터넷에서 본 적이 있다. 결혼정보업체에서 작성했다는 등급표. 그것이 그냥 인터넷에서 떠도는 풍문인 건지 정말로 실존하는 것인지는 알 수 없으나 사람이 학벌, 직업, 연봉, 외모,

부모의 자산 규모 등에 의해 등급이 매겨지고 평가된다는 사실이 씁쓸하게만 느껴졌다. 어쩌면 사랑보다 조건이란 현실에 15등급 맨 밑바닥을 차지할 수밖에 없는 저의 처지가 서글펐는지도 모르겠지만.

너도 그거 봤느냐며 현아랑 주고받은 이야기가 떠올랐다.

"자고로 남자는 돈을 잘 벌어야 하고 여잔 예뻐야 하는구나."

"여자 6등급이 의사, 변호사, 판산데 미스코리아 선이면 4등급으로 올라간대."

"그럼 우린 몇 등급이지?"

"너네 엄마 재산 1,000억 되시냐?"

"미쳤냐?"

"그럼 등급 같은 거 따지지 마. 슬프기만 해."

입을 꾹 다문 채 바닥만 노려보고 있던 채경이 낮은 음성으로 입을 열었다.

"쓸데없는 데 돈 쓰지 마."

"쓸 데 있게 하면 되잖아."

진짜로 돈을 들여 등록을 할 기세다.

"나, 사귀는 남자 있어. 그러니까 쓸데없는 짓 하지 말라고."

말해놓고 순간 내가 지금 무슨 짓을 한 건가 동그랗게 눈을 치켜뜨는데 팔짱을 낀 엄마가 저를 바라보는 눈길이 느껴졌다.

"이게 어디서 엄마한테 뻥을!"

"……."

뭐지?

얼씨구나 하며 당장 남자 데리고 와봐라 채근하지 않음에 안도를 해야 하는 건지, 아님 콧방귀로 돌아온 이 반응에 화를 내야 하는 건지. 나도 도영칠 씨한테 삼 개월 애인 행세를 해달라고 부탁을 해볼까 머릿속으로 잠시 고민하던 채경은 푸시시 바람 빠진 풍선 같은 얼굴로 영옥을 돌아봤다.

"진짠데."

기어들어 가는 목소리로 중얼거리니 한껏 비틀어진 입술이 쯧, 하고 혀를 차는 게 보인다.

아, 나. 고슴도치도 제 새끼는 예쁘다고 하는데. 고슴도치도……. 내가 이 대사를 다시 또 읊어야만 하는 것인가.

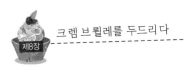

제8장 크렘 브륄레를 두드리다

 방바닥에 질펀하게 앉아 고스톱을 치고 있는 사람들 틈에서 손에 든 패를 쪼아보는 채경의 얼굴이 무척이나 신중하다. 옆에 앉은 사람들은 하나같이 현실과는 동떨어진 동화 속 인물들. 하지만 여주인공이 아닌, 백설공주의 계모인 왕비와 신데렐라 언니, 팥쥐 등등이다. 깊게 몰입되어 있는 본인만 모를 뿐 누가 봐도 꿈인 게 확실한 상황. 그때 신데렐라 언니가 화투장을 쫙 소리 나게 내려치며 활짝 웃음 지었다.

 "앗싸!"

 저거 먹어야지 하며 패만 바라보고 있던 채경이 아연실색한 얼굴로 신데렐라 언니를 바라봤다.

 "아, 언니! 그걸 먹으면 어떡해!"

 "내가 왜 네 언니야, 신데렐라 언니지."

심드렁한 목소리로 가져온 화투를 정렬한 언니가 말하는 순간 막 화투를 뒤집은 왕비가 번쩍 손을 들어 올렸다.

"옳거니!"

그와 동시에 옆에서 광을 팔고 있던 팥쥐가 점수를 계산하기 시작했다.

"3점에 4점, 5점. 왕비님이 났네. 고 하실라우?"

빠른 눈길로 상대의 화투판을 살핀 왕비가 '어디 보자' 하며 머리를 굴리는데 채경 역시 얼른 눈을 내려 제 앞에 놓인 화투를 살핀다. 아, 피박에 광박. 한 장씩만 더 있으면 박은 면하는데. 천만다행인지 손에 쥐고 있는 건 똥광, 바닥에 깔린 패는 똥쌍피다.

잔뜩 긴장한 채경이 긴장한 듯 침을 꼴깍 삼켰다.

'원 고. 제발.'

판을 살피던 왕비가 손가락을 탁 튕기며 밝게 외쳤다.

"오케이. 못 먹어도 고!"

그제야 화색이 돈 채경이 손에 들고 있던 똥광을 과감하게 내던지고 뒤집는데, 어라? 또 똥이다.

"쌌다!"

왕비의 환호가 들리고, 채경의 얼굴이 와락 일그러졌다.

"야! 넌 굴러 들어온 똥밭에서 그걸 또 싸냐?"

언니의 타박 위로 손에 쥔 똥을 흔들며 '똥 싸러 가세, 똥 싸러 가세' 하며 어깨춤을 추는 왕비의 모습이 겹쳐졌다. 짜증이 치민 채경이 입술을 삐죽거리며 왕비를 향해 소리쳤다.

"아, 아줌만 가서 사과나 팔아!"

"이게 어디 왕비 앞에서 깽판질이야, 누구 덕에 판에 낀 게!"

"왕비는 무슨, 백설공주 살인 교사에 살인 미수로 빵까지 갔다 온 주제에."

"뭐? 이게 죽을라고. 똥광으로 똥쌍피 먹다 피똥 싸는 게 어떤 건지 한번 보여줄까?"

희번덕거리며 눈을 뒤집은 왕비가 갑자기 화투장을 내던지고 채경을 향해 우악스럽게 달려들기 시작했다.

"으악!"

분명 질끈 눈을 감았다고 생각했는데 번쩍 시야가 열렸다.

깜빡깜빡.

가만히 눈을 깜빡이며 초점을 모으니 방 안 천장이 눈에 들어왔다. 누워 있다. 꿈이구나.

스르르 몸을 일으킨 채경이 벅벅 머리를 긁으며 불퉁한 목소리로 중얼거렸다.

"씨, 아침부터 더럽게 똥 꿈이야."

잉? 채경의 고개가 갸웃 기울어졌다.

"똥 꿈? 똥 꿈이면 좋은 건데. 근데 이것도 똥 꿈인가?"

채경의 고개가 이번엔 반대 방향으로 갸웃 기운다.

"주인공은 하나 없고 죄다……."

조연들이네. 하긴, 내 인생에 언제 주연인 적이 있던가.

그러다 시계를 바라보니 어느새 아침 10시를 향해 가는 중이다. 뭔가 이상한데. 왜 아침 먹으라고 깨우는 소리가 안 들렸지?

침대에서 몸을 내린 채경이 방문을 열고 거실로 나갔다. 거실 소파엔 머리가 아픈 듯 미간을 찡그린 영옥이 관자놀이를 꾹꾹 누르며 뒷목을 주무르고 있었다. 서둘러 다가간 채경이 걱정 담긴 얼굴로 영옥에게 물었다.

"왜, 머리 아파?"

"조금."

"감기 오나?"

손을 뻗은 채경이 영옥의 이마를 짚었다. 약간의 미열이 손끝에서 느껴졌다.

"열이 좀 있네."

"괜찮아. 잠을 좀 못 자서 그래."

이제 서울말로 길을 들이겠다던 영옥은 둘만 있을 때도 의식적으로 서울말을 쓰기 시작했다. 적응이 잘 되진 않았지만 말투에 맞춰 확실히 조용해진 액션(이라 쓰고 구타라 이해함)은 열렬히 환영하는 바이다. 영옥이 제 이마에 얹힌 채경의 손을 치우며 말하자 '잠은 또 왜?' 하고 중얼거리던 채경이 눈썹을 모으며 바라봤다.

"설마 기훈이 들어올 때까지 안 자고 기다린 거야? 걔 몇 시에 들어왔는데?"

"새벽 3시 넘어서. 그것도 잔뜩 취해선……."

그럴 수도 있지, 라고 말하기엔 뭣한 게 기훈은 시험 기간에 늦게까지 공부하느라 도서관에 있을 때를 제외하곤 제가 잠들기 전까지 들어오지 않은 적이 없는 아이다. 그런 기훈이 새벽 3시 넘어서, 그것도 잔뜩 취해 들어왔다고?

"그렇다고 엄만 잠도 안 자고 무작정 기다리면 어떡해."

기훈이도 기훈이지만 엄마의 상태가 걱정이 된 채경이 퉁명스럽게 말을 뱉자 혀를 찬 영옥이 '너는 걱정도 안 되디?' 하고 되받았다.

달칵.

그때 방문이 열리고 잔뜩 흐트러진 모습의 기훈이 모습을 드러냈다. 소파 위의 두 모녀를 발견한 기훈이 슬쩍 고개를 숙여 보이곤 곧장 욕실로 향했다.

"기훈이한텐 아무 말 마라."

기훈이 욕실 안으로 사라지는 것을 확인한 영옥이 채경을 돌아보며 단단히 일렀다.

"내가 뭘."

"암튼. 괜한 잔소리 하지 말라고."

"아유, 알았어."

투덜거리듯 대꾸는 했지만 채경의 얼굴에도 한가득 기훈에 대한 걱정이 담겨 있었다.

혹시 무슨 일이 있는 건가.

물어봐도 제대로 답을 줄 것 같진 않지만.

"구이 백반으로 2인분요?"

한창 손님들로 붐비는 점심시간. 방긋 웃으며 묻는 채경의 물음에 앉아 있던 손님이 고개를 끄덕이자 이내 주방을 향해 몸을 튼 채경이 '3번 테이블에 구이 백반 둘!'이라고 외치고 옆 테이블을 치우기 시작했다.

"오늘은 내가 가게 나가 있을 테니까 엄만 좀 쉬어."

느지막이 아침을 먹고서도 내내 뒷목을 주무르는 영옥을 보다 못한 채경이 모처럼 설거지를 자청하며 고무장갑을 끼자 대번 불퉁한 대꾸가 돌아왔다.

"이번엔 어디다 국물을 쏟으려고?"

"서빙 안 하고 얌전히 카운터만 볼게. 그럼 되잖아."

"아유, 됐어."

하지만 손을 내젓는 영옥의 목소리엔 평소와 달리 기운이 담겨 있지 않았다.

"카운터만 볼게, 카운터만."

하여간 고집은, 하며 눈을 흘기자 그래도 슬쩍 마음이 동하는지 '진짜 카운터만 볼 거야?' 하는 맥없는 물음이 들려왔다.

"그래. 그러니까 오늘은 걱정 말고 쉬셔. 김 지배인 아저씨도 계시잖아."

엄마와 약속은 했지만 쉴 새 없이 밀려드는 손님과 치르는 점심 대란에서 저 혼자만 덜렁 카운터 붙박이로 서 있는 건 현실적으로 불가능한 일이었다. 치워야 할 테이블이 빤히 보이는데, 여기저기서 불러대는 소리가 귓가로 밀려드는데 마을 입구에 세워둔 장승처럼 마냥 카운터만 지키고 서 있을 순 없었다. 이미 한 번의 사고 전적이 있는 터라 직원들 모두 채경의 서빙을 말리고는 있었지만 테이블을 치우거나 주문을 받는 등의 도움까지 마다하진 않았다.

크렘 브륄레를 두드리다 153

"에구, 허리야."

이제 겨우 1시인데 앓는 소리가 절로 나왔다. 이렇게 가뭄에 콩 나듯 가게 일을 도울 때면 그동안 엄마가 참 힘들었겠구나 싶으면서도 까마귀 고기를 먹었는지 돌아서기만 하면 금세 잊어버리고 만다. 오늘은 집에 가서 엄마 어깨라도 좀 주물러 드려야지 생각하며 걸음을 옮기는 순간, 문을 열고 들어서는 손님을 향해 방긋 웃음 짓던 채경의 얼굴이 금세 싸늘하게 굳어버렸다.

"어서 오……."

오늘 꾼 게 똥 꿈이 맞긴 하나 보네. 냄새 고약하고 아주아주 더러운.

주머니에 손을 넣은 채 가게 입구를 들어서던 남자도 걸음을 멈춘 채 채경을 바라보고 있었다. 놀라 벌어졌던 입가가 이내 다물리더니 슬쩍 비틀린 채 올라섰다.

"뭐야. 자신 있게 사표 쓰고 나가더니 식당에서 서빙하고 있었어?"

대꾸하고 싶지 않은 마음에 입을 꾹 다물고 서 있으니 뒤따르던 일행이 의아한 눈으로 바라보다 슬금슬금 테이블을 향해 걸어가기 시작했다. 그 모습을 힐긋 바라본 남자가 채경을 향해 이죽거렸다.

"뭐 하고 있어? 손님이 왔으면 자리부터 안내해야지."

늦가을 가지 끝에 달린 홍시처럼 잔뜩 얼굴을 붉힌 채경이 씨근덕거리는 가슴을 가라앉히며 방금 전 계산을 하고 나간 테이블을 향해 손짓했다.

"잠시 앉아 계시면 바로 테이블 치워 드리겠습니다."

앙다문 잇새로 말을 뱉은 채경의 얼굴을 빤히 바라보던 남자가 씰룩 눈썹을 움직이곤 걸음을 옮겨 털썩 주저앉았다. 행주와 쟁반을 챙겨 든 채경이 기계적인 몸짓으로 테이블 위를 치우고 닦았다. 감정을 드러내지 않기 위해 애를 쓰는 채경의 심정을 고스란히 드러내듯 행주를 움켜쥔 손등 위로 푸른 힘줄이 도드라져 있다.

"전화번호까지 바꾸고 연락 끊길래 난 뭐 대단한 거 하고 있는 줄 알았지."

남자의 이죽거림에 옆에 앉은 일행이 '누구? 아는 사람이야?' 하며 입모양으로 묻자 거들먹거리는 얼굴로 그가 대꾸했다.

"어. 예전에 좀."

쟁반 위에 빈 그릇을 챙겨 얹은 채경이 질끈 입술을 깨물며 몸을 세웠다. 무슨 정신으로 쟁반을 밀어 넣고 왔는지도 모르겠다. 주방 앞에서 잔뜩 굳어 있는 채경의 얼굴을 그제야 확인한 김 지배인이 걱정스런 눈빛으로 그녀를 바라봤다.

"진상 손님이라도 있는 거야?"

김 지배인의 물음에 어색하게 웃음을 지어 보인 채경이 얼굴을 문지르며 입을 열었다.

"아이, 진짜 눈치 하난 끝내주신다니까."

"잠깐 나가서 바람이나 쐬고 들어와."

"그럴 정도는 아니에요."

"1시 넘어서부터는 조금씩 빠지는 시간이니까 괜찮아."

얼른, 하며 재촉하는 김 지배인의 배려에 슬쩍 고개를 숙인 채 경이 카운터 위에 올려두었던 휴대전화를 챙겨 들곤 밖으로 나왔다. 적당히 미지근한 바람이 살랑 불어오며 그녀의 도피를 반겼다.

"뭐야. 자신 있게 사표 쓰고 나가더니 식당에서 서빙하고 있었어?"

한때는 달콤하기 그지없다 생각했던 남자의 목소리가 타박타박 걸음을 옮기는 채경의 귓가로 다시 한 번 날아드는 듯했다. 뾰족이 갈린 목소리의 파편이 조각조각 심장을 파고드는 듯 욱신거리는 통증을 안겼다. 1년이나 지났으면 이제 무뎌질 만도 한데 제 심장은 여전히 피를 흘리고 있는 중인가 보다.

남자의 이름은 서준우. 채경이 대학에서 2년간 행정 조교를 하다 뒤늦게 입사한 회사의 선배 직원이었다.

노랫말에 나오는 것처럼 내 거란 말이 듣고 싶어 회식 2차 때마다 I'm Your Girl을 부른 적이 있다. 물론 시선을 돌린 그곳에 있는 건 그 남자, 준우였다.

갑자기 픽 웃음이 새어 나왔다. 이딴 건 떠올려서 무얼 하자고. I'm Your Girl을 부른 원조 요정들도 어느새 유부녀도 모자라 애엄마까지 된 마당에.

그래, 잊자. 똥 밟은 셈 치고.

머리를 털어내며 다시 걸음을 옮기기 시작하는데 진동으로 해두었던 전화기의 요란한 떨림이 느껴졌다. 깜짝 놀라 고개를 내린 채경이 발신자를 확인하곤 통화버튼을 밀었다.

"여보세요."

〈도영…… 준입니다.〉

아직 개명 허가도 떨어지지 않았는데 언젠가부터 계속 도영준이라고 주장하고 있는 남자는, 그러나 채경의 전화기엔 여전히 도영칠이란 이름으로 저장되어 있다.

"네."

〈점심은 드셨습니까?〉

"아뇨."

〈오늘도 늦잠 주무시느라 아침을 늦게 드셨습니까?〉

이 남자, 너무 많은 걸 알고 있네. 별로 오래 살고 싶지 않은 모양이지?

그럼에도 꼬박꼬박 안부 전화를 챙기는 모습이 기특해 입술 끝을 끌어 올린 채경이 하하, 웃음 지었다.

"어쩌다 보니 그렇게 됐네요. 도영…… 준 씨는 점심 드셨어요?"

칠이라고 나오는 소리를 냉큼 삼킨 채경이 묻자 전화기 너머로 담백한 저음이 들려왔다.

〈저도 어쩌다 보니 아직 먹질 못했습니다.〉

나는 늦잠 때문이지만 이 남잔 일 때문일 것이다. 따지고 보면 나도 가게에서 열심히 일하느라 점심을 못 먹은 것이기도 하잖아?

〈……시겠습니까?〉

멍한 생각에 잠겨 있느라 앞부분을 놓친 영칠의 목소리가 희미하게 귓전을 울리고 있다.

"네?"

〈점심 말입니다.〉

"아."

점심을 같이 먹잔 소리였나 보다.

"그러죠, 뭐."

〈제가 지금 그쪽으로 가겠습니다.〉

"아, 저 지금 집 아닌데."

〈그럼 어디십니까?〉

"엄마 가게요."

〈알겠습니다. 10분 정도면 도착할 것 같습니다.〉

가게에 딸린 주차장 화단 턱에 앉아 발장난을 하고 있던 채경이 스르르 속도를 줄이며 멈춰 서는 차를 보며 벌떡 몸을 일으켰다. 이미 만차(滿車)인 주차장 안으로 진입하지 못하고 있는 영칠의 차를 발견한 것이다. 가게 밖에서 저를 기다리고 있을 줄 예상하지 못했는지 갑자기 조수석 쪽으로 다가오는 채경을 물끄러미 바라보던 영칠이 뒤늦게 찰칵 도어록을 해제하며 문을 열어주었다.

"도착하면 전화드릴 텐데 뭐 하러 나와 계십니까."

"그냥 바람 쐬고 싶어서 나와 있었어요. 가게 안이 좀 답답해서요."

채경이 웃으며 안전벨트를 당겨 채웠다.

"근데 근처에 계셨나 봐요. 되게 빨리 오셨다."

"네. 일 때문에 나왔다가……."

"우리 점심 뭐 먹어요?"

밝게 물어오는 채경의 질문에 깜빡이를 켜고 막 도로에 진입하던 영칠이 힐끗 그녀를 돌아봤다. 뭔가 평소와는 다른, 하지만 딱 꼬집어 구분할 수 없는 묘한 느낌이다.

"드시고 싶은 거 있습니까?"

"저야 아무거나 다 잘 먹으니까 도영칠, 아, 죄송해요. 아직 입에 붙질 않아서. 도영준 씨 좋아하는 걸로 먹죠."

"무슨 일 있습니까?"

반듯한 입술을 앙다물고서 핸들을 움직이던 영칠이 시선을 앞에 고정시킨 채 덤덤한 목소리로 물었다. 그냥 아니라고 하면 되는데 가슴 안으로 들려온 남자의 목소리가 사냥감을 눌러 찍은 작살처럼 팍 내리꽂히면서 꼼짝 못하게 만드는 것 같았다. 마치 걱정이 담긴 듯한…….

아, 나 왜 이러지? 왜 혼자 오버하고 난리야.

"일은요. 그냥 꼴 보기 싫은 사람을 좀 봤더니 답답해서. 하하."

"그러셨군요."

고개도 까딱이지 않은 채 무덤덤하게 대꾸한 영칠이 느릿하게 움직이는 차량들을 따라 핸들을 움직였다.

"저는 화가 나거나 기분이 안 좋을 땐 단 음식이 먹고 싶어집니다."

그게 딱히 화날 때나 기분이 안 좋을 때만 그러신 건 아닌 것 같은데요.

그와 함께 먹고 마신 음식들을 떠올리며 채경이 입술을 모으자 여전히 전방만 주시하며 핸들을 움켜쥐고 있던 영칠이 그녀를 향해 슬쩍 고개를 돌린다.

"은채경 씨는 기분이 안 좋을 때 어떤 음식이 먹고 싶은가요?"

"아……."

질문이 다시 되돌아올 거라 생각하지 못한 채경이 잠시 당황한 표정을 짓곤 이내 얼굴을 풀었다.

"에이, 기분이 안 좋을 땐 음식보다 술이죠."

채경이 장난스런 얼굴로 입가에 손을 갖다 대곤 까딱 고개를 뒤로 젖히자 씰룩 눈썹을 움직인 영칠이 입매에 꾹 힘을 주며 단호히 말했다.

"그건 몸에 해롭습니다."

흡입하시는 생크림만큼만 하겠습니까.

교과서처럼 반응하는 영칠의 얼굴을 살피던 채경이 슬쩍 고개를 기울였다.

오늘은 그를 따라 엄청 단 음식을 먹어도 좋을 것 같았다.

"아……."

널찍한 주차장에 차를 세운 영칠이 안전벨트를 풀어낼 때였다. 아무 생각 없이 고개를 들어 시야에 들어오는 건물의 외관을 바라보던 채경이 입술을 달싹이며 난감한 표정을 지었다.

북적이는 중심가에서 한 블록 정도 떨어진 그곳은 차콜 그릴 스테이크로 유명한, 더불어 파스타와 리조또는 물론 다양한 종류의 와인을 맛볼 수 있는 이탈리안 레스토랑이었다. 가볍게 점심이나 먹자 따라온 그녀로서는 결코 가볍지만은 않은 장소에 얼른 시선을 내려 자신의 차림새를 내려다보았다. 빈티지 청바지에 루즈 핏 스트라이프 티셔츠. 종일 가게에만 있을 거란 생각에 별생각 없이 꿰어 입은 옷이다. 딱히 격식을 따지거나 하는 스타일은 아니지만 반듯하게 슈트를 차려입은 영칠과는 너무도 대조적인 옷차림에 신경이 쓰이지 않는다는 것은 거짓이다.

"내리시죠."

언제 차에서 내렸는지 조수석 문을 열어주는 영칠의 목소리에 퍼뜩 고개를 든 채경이 벨트를 풀며 몸을 일으켰다. 큰 걸음으로 성큼성큼 움직이는 그의 스트레이트 팁(Straight Tip) 구두를 채경의 스니커즈가 종종걸음으로 쫓았다.

입구에 들어서자 제일 먼저 눈에 띈 것은 엄청난 크기의 대형 와인 셀러다. 단번에 벌어지는 입술을 얼른 손으로 가린 채경이 자신들을 향해 인사를 해오는 직원을 보며 머쓱한 듯 얼굴을 문질렀다. 예약을 하지 않았단 영칠의 말에 가볍게 고개를 끄덕인 직원이 자리를 안내해 주겠다며 홀을 향해 몸을 틀었다. 오늘은 어떤 달달한 음식을 먹게 될까 생각한 채경에게 그는 뜻밖의 말을 건넸다.

"이 집은 연어 스테이크가 유명합니다."

그 연어 스테이크, 설마 갱엿을 찍어 먹는 건 아니겠죠?

그건 좀 곤란한데, 라고 생각하던 채경이 애써 미소를 지으며 고개를 끄덕였다.

"네에."

"연어가 다크서클에 좋다더군요."

마치 관광객을 끌고 온 가이드가 박물관의 유물을 설명하는 듯한 말투다. 태연한 얼굴로 던진 그의 말에 걸음을 옮기던 채경이 뜨악한 얼굴로 제 눈 밑을 문질렀다. 당연히 손에 묻어나는 것은 없었지만 영칠로부터 저런 말을 듣고 나니 마치 마스카라를 칠한 사실을 잊고 실컷 눈을 비빈 판다가 된 기분이었다. 거울이라도 보고 나올걸. 연어를 먹이고 싶을 만큼의 초췌한 몰골을 만든 장본인을 떠올리자 절로 주먹이 쥐어졌다. 아, 그 면상을 향해 쟁반을 휘둘러 줬어야 하는데.

자리를 잡고 앉은 두 사람에게 메뉴판이 건네졌다. 무심한 눈길로 메뉴를 살피던 영칠이 채경에게 시선을 옮기며 조용히 물었다.

"연어 스테이크 괜찮으신가요?"

정말 정중한 눈빛으로 그녀를 두 번 죽이는.

"네에……."

이를 앙다문 채 채경이 슬쩍 입꼬리를 들어 보이자 물을 따르고 있던 직원에게 시선을 돌린 영칠이 예의 무감한 얼굴로 주문을 하기 시작했다.

"연어 스테이크 하나, 그리고 저는 잭 다니엘 소스를 듬뿍 얹은 안심 스테이크로 주십시오."

당연히 그도 같은 음식을 주문할 거라 생각한 채경의 얼굴이 미세하게 일그러졌다. 뭐야, 이 집은 연어 스테이크가 유명하다고 데려와 놓고. 슬쩍 메뉴 선정에 따른 불만이 솟자 갑자기 자신도 달달한 잭 다니엘 소스가 먹고 싶어졌다. 이제 와서 같은 걸로 먹겠다고 하면 좀 그러려나? 한입만, 하고 뺏어 먹기엔 우리 사이가 아직은 안드로메다만큼……

"꼴 보기 싫다던 사람, 꽤 신경이 쓰이는 사람인가 봅니다."

단호박 수프를 맛있게 비워낸 영칠이 방금 테이블에 놓인 소프틀리 허니 머스터드를 곁들인 닭 가슴살 샐러드를 향해 포크를 움직이며 조용히 말했다. 트러플 오일을 뺀 발사믹 드레싱의 상큼한 맛을 즐기던 채경은 난데없이 날아든 영칠의 질문에 꿀꺽 숨을 삼키다 그만 사레가 들려 버렸다.

"컥, 콜록콜록."

채경이 말아 쥔 주먹으로 가슴을 탕탕 두드리며 더듬더듬 물잔을 집어 들었다. 무심코 건넨 질문에 보인 예민한 반응이 당황스러운 듯 영칠도 들고 있던 포크를 놓고 눈만 동그랗게 뜨고 있었다.

"괜찮으십니까?"

"아, 쿨럭, 네."

그녀가 다시 물잔을 입에 갖다 대며 숨을 고르자 난감한 듯 눈썹을 문지르던 영칠이 시선을 내리며 입을 열었다.

"전에 뵈었을 때보다 다크서클이 진해지셨더군요. 그래서……."

두근.

도영칠이란 남자에 의해 두 번 찔렸던 심장이 갑자기 이상 반응을 일으키기 시작했다. 표 나지 않게 미간을 좁힌 채경은 문득 목덜미가 붉어지는 느낌에 손을 들어 목을 문질렀다.

뭐지, 이건? 설마 관심? 아니, 걱정인가?

힐끗 영칠을 바라본 채경이 얼른 고개를 저어 생각을 털어냈다. 지금 나, 다크서클에 감동 먹은 거야?

"흠, 그게, 신경이 쓰인다기보다 짜증? 뭐, 그런 걸 거예요. 다시 보고 싶지 않았는데 하필 그런 식으로 마주쳐서."

채경이 포크를 쥔 손에 불뚝 힘을 주자 그녀의 말을 묵묵히 듣고 있던 영칠이 가만히 고개를 끄덕였다. 뒤에 이어질 리액션을 기대했던 채경은 다시 포크를 움직여 샐러드를 입에 넣는 영칠을 보며 살짝 고개를 기울였다. 진짜 뭘 다 알아서 고개를 끄덕이는 거야, 그냥 맞장구를 쳐주느라 저러는 거야.

"저도 일을 하다 보면 가끔 그런 경우가 있습니다."

그가 우아하게 포크를 움직이며 입을 열었다.

"뜻이 맞지 않는 사람과 마주쳐야 하는 건 몹시 견디기 힘든 고통인 게 분명하죠."

"아, 도영치일…… 준 씨도 그런 경우가 있으시군요."

"사람을 많이 만나야 하는 일의 특성상."

"네에."

멍한 얼굴로 고개를 끄덕이고 있는데 마침 그릴 마크가 먹음직스럽게 새겨진 메인 요리가 테이블 위에 올려졌다. 도톰한 연어 살 위에 뿌려진 어니언 크림소스, 그리고 아삭한 양상추와 얇게 썬 양파가 장식되어 있는 연어 스테이크를 바라보던 채경의 눈이 언제 잭 다니엘 소스의 안심 스테이크를 탐했냐는 듯 반짝 빛을 내었다.

"우와, 정말 맛있겠어요."

포크와 나이프를 쥔 채 그녀가 감탄하자 '다행이군요' 하며 까딱 고개를 끄덕인 영칠도 포크와 나이프를 집어 들었다.

"맛 좀 보시겠습니까?"

"……!"

제 접시 위에 놓인 안심 스테이크 조각을 보며 채경이 휘둥그레 눈을 치떴다. 먹기 좋게 썰린 조각은 달콤한 잭 다니엘 소스가 듬뿍 발라져 반지르르 윤기가 흐르고 있다. 지금 나한테 이걸? 처음 카페에서 만나던 날, 혹시나 뺏어 먹기라도 할까 아이스크림 와플 옆에 나란히 놓인 두 개의 포크를 못마땅한 듯 바라보던 그때 그 남자와 동일인이 맞는 거야? 혹시 나도 모르는 새 한입만 하는 간절한 눈빛으로 안심이 담긴 접시를 바라보고 있었나? 물론 전에 달콤한 그라탱의 맛을 본 적이 있긴 하다. 하지만 지금과는 전혀 다른 상황으로 기억한다. 그땐 예의상 건넨 것이 너무도 분명한 '맛을 보시겠습니까?' 하는 물음에 어떤 맛일까 궁금했던 제가 냉큼 포크를 움직였던 것이고, 이번처럼 직접 자신의 음식을 나눠준 것은 처음 있는 일이었다.

눈썹을 모은 채 접시 위의 안심 조각을 바라보던 채경이 조심스레 연어 스테이크를 잘라냈다. 오는 정이 있으니 어쨌든 가는 정도 있어야 할 것이다.

"도영준 씨도 드셔보세요."

포크와 나이프를 이용해 그의 접시에 제법 큰 조각 하나를 살짝 얹어주자 그가 말없이 시선을 내려 그것을 바라보았다. 표정을 보아하니 단맛이 나지 않는 음식은 먹지 않는다고 사양할 것만 같다. 괜한 짓을 한 건가.

그녀가 포크로 소스를 콕 찍어 슬쩍 혀에 갖다 대봤다. 크림소스란 이름 그대로 크리미한 맛이다. 도영칠 씨가 원하는 단맛은 아니겠지만 소스 자체는 상당히 맛이 깊었다. 그래도 그는 원치 않을 수도 있었다. 차마 거절하지 못하고 그것을 마주하고 있을 도영칠 씨의 심정은 생각하니 술을 마시지 못하는 사람에게 억지로 술잔을 쥐어준 진상 상사가 된 기분이 들었다.

도로 가져와야 하나 눈치를 살피는데 접시를 보며 고민에 잠겨 있던 그가 갑자기 포크를 움직였다. 쓱. 잭 다니엘 소스를 듬뿍 묻힌 연어가 그의 입안으로 사라졌다. 천천히 맛을 음미하던 그의 한쪽 눈썹이 휘익 치켜 올라갔다.

"음. 독특한 맛이군요."

보기에도 그럴 것 같아요.

"죄송해요. 제가 아무 생각 없이……."

채경이 미안한 얼굴로 말끝을 흐리자 영칠이 고개를 저었다.

"잭 다니엘 소스의 단맛이 크림소스와 부드럽게 섞이면서 연어의 담백하면서도 고소한 풍미를 최대한 이끌어낸 것 같습니다. 음. 생각보단 괜찮은 맛입니다. 은채경 씨도 이렇게 섞어서 들어보십시오."

도장금의 눈빛을 빛내며 영칠이 손짓했다. 아, 난 따로따로 먹고 싶은데. 갑자기 방금 전의 도영칠 씨 심정이 격하게 이해되는 듯해 가슴이 몹시 찔렸다.

썰어낸 연어 조각을 안심과 함께 딸려왔던 잭 다니엘 소스에 묻혀 입에 넣었다. 코와 혀에서 보내는 정직한 반응은 연어와는 별로 어울리지 않는 맛이란 결론이다.

"하하, 정말 독특한 맛이네요."

채경이 서둘러 물잔을 집어 들며 웃어 보였다. 물끄러미 그녀의 웃는 얼굴을 바라보던 영칠이 고개를 숙여 식사를 하기 시작했다.

"점심 맛있게 잘 먹었습니다. 운전 조심해서 가세요."

내릴 필요 없다며 서둘러 차에서 내린 채경이 허리를 숙인 채로 운전석에 앉은 영칠을 향해 인사를 건넸다. 탁, 하고 차 문이 닫히는 소리와 함께 그럼, 하고 가볍게 고개를 숙여 보인 그가 서서히 차를 움직였다.

"저는 화가 나거나 기분이 안 좋을 땐 단 음식이 먹고 싶어집니다. 은채경 씨는 기분이 안 좋을 때 어떤 음식이 먹고 싶은가요?"

"전에 뵈었을 때보다 다크서클이 진해지셨더군요. 그래서……."

"뜻이 맞지 않는 사람과 마주쳐야 하는 건 몹시 견디기 힘든 고통인 게 분명하죠."

잘은 모르겠지만 감정 표현이 서툰 그가 나름의 방법으로 자신을 위로하려 들었다는 점은 확실한 것 같았다. 식사를 마친 뒤 디저트로 주문한 크렘 브륄레가 나오자 그는 설탕을 태워 만든 바삭한 캐러멜 층을 스푼으로 톡톡 두드려 깨며 이렇게 말했다.

"아멜리에란 영화를 보셨는지 모르겠지만, 여주인공인 아멜리에는 스푼으로 크렘 브륄레의 단단한 설탕 막을 깨는 것을 좋아합니다. 남들에겐 그저 별것 아닌 행동이지만 그녀에겐 행복을 안겨주는 순간인 거죠. 물론 아멜리에와 같을 수는 없겠지만, 은채경 씨도 그녀가 느꼈을 잠시의 기쁨을 맛봤으면 좋겠습니다."

귓가에 잔잔한 여운이 남는 부드러운 음성을 떠올리자 단단히 둘러싸고 있던 뭔가가 와삭 부서지는 듯한 느낌이 들었다. 톡톡 그가 두드렸던 건 크렘 브륄레의 설탕 막이 아니라 그녀의 심장이었던 걸까. 아직도 입안에 남아 있는 달콤한 향을 떠올리며 그녀가 가볍게 한숨을 쉬는 순간,

"저 남잔 뭐냐? 설마 애인은 아닐 테고."

갑자기 들려온 목소리에 채경의 표정이 삽시간에 굳어졌다. 분명 점심시간을 훌쩍 넘긴 시간인데 어째서 저 인간이 아직 여기에 있는 거지? 얼굴로 몰리는 열기를 애써 가라앉힌 채경이 가게 입구에 삐뚜름하게 기대서 있는 준우를 노려보며 말을 뱉었다.

"남의 일까지 신경 쓰시고. 이렇게 한가한 거 보니 회사에서 잘렸나 보다?"

"우리가 남은 아니지 않나?"

그가 기대 있던 등을 바로 세우며 느긋하게 물었다.

"남이 아니면 만난 지 152일째 되는 날 너랑 만난 지 백 일 됐다고 넷째 손가락에 끼워진 반지를 자랑하던 지선영의 남친을 뭐라고 불러야 하는 건데? 아, 나쁜 놈?"

"훗. 꽤 오래전 일인데도 정확히 기억하고 있네."

그걸 어떻게 잊어? 어떻게!

자신은 태연한 척하느라 이렇게 이를 악물고 애를 쓰는데 전혀 흔들림 없이 차분하기만 한 준우의 얼굴에 점점 분노가 끓어올랐다. 더 이상 마주하고 있다간 어떤 행동이 튀어나올지 몰라 얼른 고개를 돌려 시선을 외면한 채경이 가게를 향해 한 발짝 걸음을 내디뎠다.

"지선영이랑은 헤어졌어."

채경의 움직임이 우뚝 멈췄다. 그녀가 천천히 고개를 돌렸다.

"그래서 뭐 어쩌라고."

그녀가 앙다문 잇새 사이로 나직이 묻자 그가 어깨를 으쓱해 보였다.

"당장 뭘 어쩌자는 건 아니야."

"하!"

기가 막힌다는 듯 한껏 고개를 뒤로 젖힌 채경이 허리에 손을 얹으며 헛웃음을 지었다.

"가끔 생각났는데 폰 번호도 바꾸고 그렇게 연락을 끊어버리니까 서운하더라고. 어쨌든 다시 보니 반갑지 않아?"

"우와! 원래 이렇게 뻔뻔한 사람이었던 거니, 아님 안 본 새 변죽이는 거니."

"너야말로 많이 변한 것 같은데. 네가 부르던 오빠 소리, 나름 달콤했거든."

"내가 미친년이었다고 생각해."

채경이 거칠게 앞머리를 쓸어 올리며 그를 쏘아봤다.

"다시 보고 싶지 않으니까 앞으론 이 근처에 얼씬도 하지 마."

"회사 그만두고 계속 여기서 일했어?"

"상관할 바 아니잖아?"

"어떻게 상관을 안 해. 너 이렇게 망가질 만큼 힘들었단 소린데."

하! 진짜 뭐라니.

그래, 잠깐 힘든 적도 있었다. 아버진 일찍 돌아가셨고 엄마는 작은 가게를 하고 계신다는 말에 얼핏 느껴지던 실망의 눈빛. 아닐 거라, 잘못 본 거라 위안하던 내게 서준우가 백 일 기념으로 선물한 거라며 자랑스럽게 반지를 내보이던 지선영의 웃음을 마주했던 순간. 그래, 그때만큼은 정말 칼날로 가슴을 그어대는 것처럼 아프고 고통스러웠던 게 사실이니까. 무려 이틀 동안이나 물 한 모금을 마시지 못하고 하염없이 울기만 하던 시간을 떠올리며 그녀가 쓴웃음을 짓자 주머니에 손을 꽂은 준우가 작지 않은 소리로 중얼거렸다.

"그깟 자존심이 뭐라고. 한 번쯤 매달렸다면 너한테 돌아갈 수도 있었어."

내내 눌러 참고 있던 그녀의 얼굴이 단번에 일그러졌다.

"뭐?"

숨이 턱까지 차오르자 돌덩이가 막힌 듯 가슴이 답답해져 왔다.

"이……."

숨이 쉬어지지 않아 말아 쥔 주먹으로 가슴을 퍽퍽 두드리는데 성큼 다가온 준우가 손을 뻗어 채경의 손목을 낚아챘다.

"그만해."

"놔, 이거!"

채경이 몸을 비틀며 강렬히 저항하자 그가 그녀의 손목을 단단히 부여잡은 채 나직이 말했다.

"그러다 다쳐."

황당하다 못해 분노를 치솟게 하는 그의 말에 그만 눈물이 울컥 차올랐다.

"다쳐?"

그녀가 그렁그렁해진 눈으로 바라보며 크게 소리쳤다.

"다친다고? 고작 이깟 걸로? 이깟 걸로 상처가, 내 가슴이 아플 것 같니?"

"괜찮다며. 잘 먹고 잘살라며 아무렇지 않다는 듯 쿨하게 돌아선 건 너였어."

눈물이 주룩 흘러내리자 그녀가 잡히지 않은 쪽의 손을 들어 빠르게 눈물을 닦아내었다.

"그럼 내가 어떻게 해야 했는데? 울고불고 매달리기라도 해야 했어?"

그에게서 등을 돌려 내딛던 다리가 얼마나 후들거렸는지, 비틀거리지 않게 꼿꼿이 허리를 세우고 걷느라 얼마나 힘껏 입술을 깨물어야 했는지, 사직서를 제출하던 날, 아무것도 모르는 채로 그녀의 짐을 들어주겠다며 회사 정문까지 따라나선 지선영에게 어떤 인사를 건네야 할지…….

"적어도 화는 냈어야지. 따지고 물었어야지. 근데 넌 기다렸다는 듯 나랑 헤어져 버렸잖아."

누군가 제 머리에 휘익 찬물을 끼얹은 느낌이다. 부글부글 끓어오르던 감정이 일시에 가라앉았다. 머리를 쓸어 올리며 조금 전보다 한결 차분해진 말투로 그녀가 물었다.

"따지고 물었으면, 화를 냈으면 뭐가 달라지는데?"

"말했잖아. 한 번쯤 매달렸다면 너한테 돌아갈 수도 있었다고."

"그럼 지선영은 뭐였니?"

"……."

아무 말 없는 그를 바라보며 채경이 힘없이 말했다.

"됐다. 그만하자."

몸을 돌려 걸음을 옮기려는데 여전히 그녀의 손목을 부여잡고 있던 준우의 손에 힘이 가해졌다. 콧구멍만 한 배려는 남아 있는지 밴드를 붙이지 않은 쪽의 손을 잡고 있다. 하기야 이제 거의 아문 탓에 힘주어 잡아도 딱히 아프단 생각은 들지 않았을 테지만.

"이거 놔."

"……그때."

나직이 입술을 떼는 준우를 천천히 올려다보자 그의 오뚝하게 잘 뻗은 콧날이 눈에 들어왔다. 그리고 자신을 바라보고 있는 까만 눈동자. 한때는 오롯이 저만을 바라보는 저 눈빛이 너무 좋아 가슴 터지게 설렌 적도 있었다.

그녀가 빠르게 눈을 깜빡였다. 그의 뒷말을 기다리고 있는 제 자신이 너무도 한심하고 우스웠다. 손을 들어 그에게 잡혀 있는 손을 힘껏 떼어낸 채경이 숨을 내쉬곤 싸늘히 말했다.

"별로 떠올리고 싶지 않은 과거야. 그러니까 그만하고 돌아가."

무겁게 딛고 있던 다리를 간신히 뗀 채경이 터벅터벅 걸음을 옮겨 가게 안으로 사라졌다.

물끄러미 그녀의 뒷모습을 지켜보고 있던 준우가 닫혀 있는 문을 향해 한 걸음 다가섰다. 삐뚜름 고개를 기울인 채 채경이 사라지고 없는 빈자리를 뚫어져라 바라보던 준우의 입술이 조용히 움직였다.

"떠올리고 싶지 않은 과거?"

미간을 모은 채 서 있던 준우의 눈매가 가늘어졌다. 고개를 내려 바닥을 바라보던 준우의 입가에 비릿한 미소가 스며들었다.

"와, 이렇게 나올 줄은 몰랐는데……. 간만에 승부욕 돋게 만드네."

다시 고개를 들어 올린 준우가 느릿한 손길로 턱을 어루만졌다. 한동안 생각에 잠긴 듯 미동도 않은 채 서 있던 준우가 피식 웃으며 그대로 주차장을 향해 몸을 돌렸다.

❋

"내가 알아서 마감하고 들어갈 건데 뭐 하러 나왔어?"

"아유, 네가 뭘 할 줄 알아?"

그냥 하루쯤 푹 쉬어도 좋으련만. 밤 9시가 훌쩍 넘어 꾸역꾸역 가게로 나온 영옥을 보며 채경이 오만상을 찡그리자 손을 휘휘 저으며 카운터로 직행한 영옥이 계산기를 꺼내 들며 바쁘게 손을 놀렸다.

"헷갈리니까 계산할 때 말시키지 마."

쓱 한 손을 들어 올린 영옥이 수능을 하루 앞둔 고3 수험생처럼 눈빛을 번뜩이며 계산기의 숫자를 두드리는 데 집중했다. 여기서 한마디를 더 보탰다간 배구선수로 빙의된 엄마의 매서운 손이 등짝으로 날아올 것이다. 그렇지 않아도 다사다난했던 하루를 굳이 매를 벌면서 마감하고 싶지는 않았다. 조용히 입술을 삐죽인 채경이 주머니에 손을 넣는데 마침 부르르 진동이 느껴졌다.

〈혹시 아직 가게에 계십니까?〉

응? 도영칠 씨네?

발신자를 확인한 채경이 이제 그만 도영준으로 바꿔 저장을 해야 하나 잠시 고민하다가 얼른 손가락을 움직여 답을 보냈다.

〈네.〉

답을 보내자 곧바로 문자가 날아왔다.

〈5분 뒤에 주차장에서 잠시 뵐 수 있을까요?〉

아까 봤는데 또 무슨 일이지?
미간을 모은 채 액정을 바라보던 채경이 볼에 바람을 집어넣으며 손가락을 움직였다.

〈네~ 5분 뒤에 주차장에서 봬요. ^^〉

전송을 누르려던 채경의 손이 허공에서 머뭇거렸다. 이건 좀 그런가?
톡톡톡. 서둘러 글자를 지운 채경이 다시 문자를 입력하기 시작했다.

〈5분 뒤 주차장에서 뵙겠습니다.〉

갸웃. 이건 너무 딱딱한데.

〈주차장으로 나갈게요.〉

음. 이게 가장 무난한 것 같다.
보낸 문자를 보며 방긋 웃음을 지은 채경이 전화기를 주머니에 집어넣으며 영옥 앞에 얼굴을 들이밀었다.

"엄마, 나 잠깐 요 앞……."

"말 시키지 말랬지!"

퍽!

맞다. 말 시키지 말랬는데.

"이게 뭔데요?"

제 앞으로 불쑥 내밀어진 종이가방을 엉겁결에 받아 든 채경이 영칠을 올려다보며 물었다. 가방 안에서 나온 것은 컵라면보다 조금 작은 형태의 것인데 안에 든 내용물이 라면은 아닌 듯 용기 옆에 작은 빨대가 달려 있었다.

겉면에 인쇄된 그림을 보아하니 초콜릿을 찍어 먹는 과자인 것 같았다.

"과자인가요?"

채경이 묻자 그녀의 손에 들린 용기에 물끄러미 시선을 고정하고 있던 영칠이 고개를 들어 올렸다. 워낙 순식간에 사라져 확신할 순 없지만 그의 눈에 깃든 감정은 미련 비슷한 것이었다.

"네. 그 안에 스틱 비스킷과 누텔라 잼, 그리고 레몬 홍차가 들어 있어 일명 누텔라 삼합이라 불리기도 합니다."

"아."

설마 이것 때문에 온 거야? 이 밤에? 에이, 뭔가 다른 용건이 있는 거겠지.

"초콜릿 잼이 무척 맛있습니다."

초콜릿도 아니고 무려 초콜릿 잼이라면.

"하하, 칼로리가 어마어마하겠네요. 밤에 먹고 자면……."

배에 초콜릿 같은 복근이 만들어져 있을까요?

"아침에 조금 일찍 일어나 운동하면 됩니다."

안 먹고 푹 자는 게 나을 것 같은데.

"누텔라는 악마의 잼이라고도 불리죠."

채경의 눈썹이 의아한 듯 치켜 올라갔다.

"왜요?"

"한 번 입에 대면 도저히 멈출 수가 없으니까요."

젠장. 그만큼 달단 소리다. 그렇게 맛있는 거면 자기나 먹을 것이지 이걸 왜.

"……그럼 전 이만 가보겠습니다."

"에?"

진짜 이것만 주러 온 거였어? 당황한 마음에 '저기요, 도영준 씨' 하며 붙잡으려는 순간,

"누가 오셨니?"

뭐지, 이 우아함을 가장한 코맹맹이 소리는?

"엄마?"

계산기 두드릴 땐 절대 말 시키지 말라며 공기 반 소리 반의 호흡 발성을 선보이던 모습은 감쪽같이 감춘 채 만면에 온화한 미소를 지은 영옥이 자박자박 걸음을 옮겨 다가오고 있었다.

"누구?"

부드럽게 끝을 늘이며 묻는 영옥의 물음에 마주 서 있던 영칠이

얼른 매무새를 가다듬곤 정중히 고개를 숙였다.

"처음 뵙겠습니다. 도영준이라고 합니다."

낮고 고요한 음성이 공기 중으로 흩어졌다. 오메. 목소리도 근사한 것. 영옥의 눈이 어둠 속에서 반짝 빛났다.

"아, 나는 채경이 엄만데, 우리 채경이랑은 어떻게……."

뒷말을 흐리며 영칠을 바라보는 영옥의 시선을 느끼며 채경이 황급히 손을 저었다. 무슨 말이 쏟아질지 덜컥 겁부터 났다. 머리에 총을 맞지 않은 이상 계약 연애에 관한 얘기는 하지 않을 게 일반적이지만, 이 지극히 일반적이지 못한 도영칠 씨라면 충분히 '은채경 씨와 계약 연애를 하고 있는 중입니다' 라는 폭탄 발언을 내던질 수 있었다. 심장이 제멋대로 널 뛰기 시작했다. 가슴에 주먹을 넣어 퍽, 하고 심장을 기절시킬 수만 있다면.

"아니, 그게, 그러니까……."

"은채경 씨와……."

난 죽었다.

한 박자 쉰 그가 입술을 움직였다.

"사귀고 있습니다."

"헉!"

"진즉 찾아뵙고 인사드렸어야 하는데 인사가 늦었습니다."

"……."

하하! 원치 않게 시작된 계약 연애의 대가로 나도 도영칠 씨에게 천만 원을 지불해야 하는 것인가.

"우리 채경이랑 사귄다고요?"

마지 '제가 로또 1등에 덩침됐다고요?' 라고 묻는 듯한 눈빛으로 영옥이 물었다.

"네."

주먹으로 쳐서 기절시키게 만들고 싶던 심장이 저 알아서 자리를 펴고 누운 듯 금세 조용해졌다.

*

"일단 지갑부터 열어보고 손을 잡든지 해라."

땡 소리와 함께 도착한 엘리베이터에 오르며 영옥이 목소리를 낮게 깔며 채경을 돌아봤다. 표 나지 않게 한숨을 쉰 채경이 손에 들린 종이가방을 힐끗 내려다봤다.

'여기서 이럴 게 아니라 어디 가서 차라도 한 잔' 이라던 영옥의 말에 영칠은 '시간이 많이 늦었으니 밝을 때 다시 찾아뵙겠습니다' 라며 정중히 걸음을 물렸다. 부드러운 엔진 음과 함께 저만치 사라지는 영칠의 차를 바라보던 영옥은 '뭐 하는 사람이야?' 부터 시작해 질문을 터진 봇물처럼 마구 쏟아내기 시작했다.

도영칠에서 도영준으로 개명 신청을 한 그의 이름이며 서른둘이란 나이 따위를 읊어대는 건 전혀 어렵지 않은 일이었다. 문제는 삼 개월이면 끝이 날 관계에 굳이 엄마까지 끌어들여 말도 안 되는 연극에 동참시켜야 하는가에 대한 것이었다. 필요에 의해 얽혀 있는 한시적 계약 관계이니 계약이 만료된 뒤에라도 혹시나 도영칠이란 남자와 연관되어 발생할 수 있는 어떠한 여지도 남겨두어선 안 된다. 당연히 도영네트웍스 드라마 제작기획본부장이란 그의 직함도 밝혀서는 안 되었다.

"그냥 회사 다녀. 만난 지 얼마 안 됐으니까 다른 건 차차 얘기할게."

"차는 좋은 것 같던데, 왜? 회사가 별로야?"

"몰라."

"그런가 보네. 그런데 뭐 저렇게 좋은 차를……. 혹시 실속 없이 헛바람만 잔뜩 든 거 아냐? 겉치레만 신경 쓰는."

"그런 사람 아니야."

"네가 그걸 어떻게 알아. 만난 지 얼마 되지도 않았다면서."

"암튼 아니야."

"허우대만 멀쩡하면 뭐 해. 어떻게든 아끼고 모아 처자식 먹여 살릴 궁리를 해야지."

"아우, 엄마."

"아우, 엄마는 무슨. 살아봐. 남자 얼굴 뜯어먹고 사는 줄 알아?"

졸지에 내실 없이 겉포장만 화려한 남자로 찍혀 버린 것이 살짝 찔리긴 했지만 차라리 엄마 스스로 그렇게 단정 짓는 것이 나을 것이란 생각에 그냥 입을 다물고 말았다. 어차피 먹지 못할 그림의 떡인데 하필 좋아하는 떡을 그려 아쉬움을 배가시킬 필요가 있겠는가. 마침 방금 전까지 어떻게든 아끼고 모아 처자식을 먹여 살려야 한다던 엄마는 그녀의 손에 들린 과자를 보며 너한테 돈 쓰는 건 엄청시레 아까웠던가 보다며 이중적 태도를 보이고 있다.

"기훈이는 오늘도 늦는가 보네. 진짜 무슨 일이 있는 건가."

현관을 열고 들어온 두 사람을 반긴 것은 현관에 부착된 센서 등이었다. 서둘러 거실 조명의 스위치를 켠 영옥이 기훈의 방문을 바라보며 조용히 중얼거렸다. 걸음을 멈추고 채경도 슬쩍 기훈의 방을 돌아보았다.

"설마 오늘도 술 마시고 들어오겠어?"

채경의 물음에 영옥은 아무런 대꾸 없이 한숨을 내쉬었다. 덩달아 한숨이 나오려는 것을 꾹 눌러 삼킨 채경이 몸을 돌려 걸음을 옮기려는 순간,

"그 도영준인가 하는 사람, 언제 가게 와서 밥 한 끼 먹고 가라 그래."

채경의 몸이 영옥을 향해 획 돌아섰다.

"뭐?"

"놀라긴. 자기 입으로 그랬잖아. 밝을 때 찾아뵙겠습니다."

"그건!"

"그건 뭐?"

그건 그냥…… 엄마가 말한 겉치레 같은 거지. 어른한테 하는 형식적인 인사.

막말로 계약 내용을 이행할 의무가 있는 건 채경 본인일 뿐 영칠에게까지 해당되는 사안은 아니었다. 채경이 화과자를 사 들고

그의 집을 찾아간 것은 서로 대가적 의미를 가진 채무를 부담하기 위한 계약 이행에 따른 마땅한 행위였고, 그가 다시 그것을 되갚을 의무는 없다는 뜻이다. 딴에는 영옥 앞에서 난처해할 저를 배려해서 한 행동이겠지만 안타깝게도 그것은 그녀를 더욱 곤란하게 만들었다.

"알았어. 언제 시간 되는지 물어볼게."

발등의 불을 끄며 그녀가 힘없이 중얼거렸다.

샤워를 마치고 젖은 머리를 수건으로 툭툭 털며 방으로 들어오던 채경이 갑자기 몸을 바로 세우며 걸음을 멈췄다. 침대 위에 올려두었던 종이가방이 눈에 들어왔기 때문이다. 그러나 이상하게도 '괜히 저것 때문에'라는 원망의 마음은 들지 않았다. 악마의 잼이라 표현할 정도로 달고 맛있다는, 그래 봤자 과자일 뿐인 그것에 시선을 두느라 채경은 머리카락에서 흘러내린 물이 바닥에 뚝뚝 떨어지고 있단 사실을 인지하지 못했다.

'무슨 일 있습니까?'라고 물은 그에게 '그냥 꼴 보기 싫은 사람을 좀 봤더니 답답해서' 하며 말을 흘렸다. 표를 내지 않았다고 생각했는데 준우와의 만남은 그녀에게 적지 않은 충격을 안겨주었나 보다.

서준우는 어쩌면 아무렇지 않았을지 모르겠다. 그러나 그녀는 그렇지 못했다. 봉합해 둔 상처가 벌어진 듯 쓰리고 아팠다. 하지만 그렇단 이유로 서준우를 사랑했던 152일의 시간을 한순간 부정하고 싶지는 않았다. 그녀가 느꼈던 고통의 크기만큼 그것에 비례해 그녀의 사랑도, 또 그녀가 느꼈던 행복도 그만큼 크고 깊었다.

"서준우 씨 말고, 오빠라고 불러봐."

평소 사무실에서 보이던 딱딱한 모습이 아니었다. 마치 떼를 쓰는 아이 같은, 그러면서도 고요히 저를 응시하는 눈빛은 은밀하면서도 지독히 매혹적이었다. 다소 낯설긴 했지만 긴장 끝에 느껴지는 떨림이 싫지 않았다. 오직 제 앞에서만 달라지는 그의 변화가 신기하면서도 또 제가 특별한 사람이 된 것 같단 행복에 가슴이 뛰었다. 서준우에겐 그것이 단순한 관심, 혹은 장난이었을지 몰라도 그녀에게 그것은 설렘이고 사랑이었다. 왜 이렇게 예쁜 거냐고, 주머니에 쏙 넣어 다니고 싶단 말도 안 되는 소리에도, 그래서 새치름 눈을 흘기면서도 속으론 좋아했다.

오직 그만 보였다. 밥을 먹는 것도, 옷을 입는 것도 모두 그를 연관 지어 생각하고 행동했다. 같은 사무실이란 공간 안에서 함께 있을 수 있단 사실이 너무도 행복했다. 혹시나 그와 눈이 마주칠까, 그를 바라보는 시선을 쉽사리 거두지 못했다. 당연히 그도 자신과 같을 거라 믿었다. 그랬기에 지선영의 손가락에서 반짝이던 반지는 갑자기 내리꽂힌 칼날보다도 날카롭게 그녀의 가슴을 갈기갈기 찢어놓았다.

철저한 기만이고 배신이었다. 차라리 미안하다, 그만 헤어지자는 말로 이별을 고했다면. 그러나 그는 어느새 지선영과 백 일을 맞이하고 있었다. 제겐 고작 장미 한 다발이었는데 지선영의 손가락엔 반짝거리는 반지가 끼워져 있었다. 각자 정해진 인연대로 움직인 것이라 치부하기엔 그녀가 감당해야 할 배신의 상처가 너무도 컸다.

"하아."

저도 모르게 울컥 솟는 눈물을 참느라 채경이 입술을 힘주어 깨물었다. 그와의 추억을 되뇌는 일은 언제나 심장이 욱신거리는 통증을 동반한다. 그러나 더욱 힘든 것은 왜 이렇게 예쁜 거냐고, 주머니에 쏙 넣어 다니고 싶단 말도 안 되는 소리를 속삭여 준 이가, 그렇게 문득 떠올릴 달짝지근한 추억을 만들어준 이가 하필 서준우란 점이었다.

"저는 화가 나거나 기분이 안 좋을 땐 단 음식이 먹고 싶어집니다."

영칠의 목소리가 떠오르는 순간 마치 최면에 걸린 사람처럼 종이가방을 향해 스윽 손을 뻗었다. 부스럭거리는 소리와 함께 과자를 꺼내 든 채경이 음료가 들어 있단 사실을 상기하며 조심히 포장을 벗겼다. 우려와 달리 포장 안에서 먼저 모습을 드러낸 건 초콜릿 잼과 스틱 모양의 과자였다. 음료는 쏟아지지 않게 한 번 더 밀봉되어 있었다.

과자 하나를 집어 든 채경이 초콜릿 잼을 듬뿍 묻혀 입으로 가져갔다. 천천히 입술을 오물거리던 채경의 눈매가 미세하게 휘어졌다. 이렇게 가라앉은 기분에 먹는 과자인데도 희한하게도 맛있다. 까끌까끌하게 모래를 씹는 느낌이 아닌, 정말로 달콤한 맛이다.

본격적으로 자리를 잡고 앉은 채경이 옆에 붙어 있던 빨대를 떼어내어 꽂아 넣었다. 쪽쪽 음료를 빨며 새로 집어 든 과자에 듬뿍 초콜릿 잼을 묻혔다. 내가 단걸 이렇게 좋아했던가? 에이, 아무렴 어때. 달든 짜든 좋으면 되는 거지.

황당하게 시작되었고 또 황당하게 이어지고 있는 관계지만, 그래도 고마운 건 고마운 것이다. 문자라도 보낼까 싶어 시계를 돌아보니 어느새 11시가 가까워 온다. 그녀가 피식 웃음을 지었다. 스푼으로 크렘 브륄레의 단단한 설탕 막을 깨며 아멜리에가 느꼈을 기쁨을 맛봤으면 좋겠다던 영칠의 마음이 진심으로 와닿……

여기까지 생각하던 채경이 헙, 하고 놀라며 입을 다물었다. 진심이란 단어가 묘하게 그녀를 건드렸다. 그녀는 계약이 끝나는 날까지 진심으로 대해달라고 요구했다. 그리고 그는 서툴지만 충실히 그 약속을 지키고 있는 중이었다. 그렇다면 그녀 자신은 그를 진심으로 대하고 있는 걸까?

그녀의 고개가 천천히 좌우로 움직였다. 어설픈 죄책감을 빙자해 요구한 진심을 아이러니하게도 그녀 자신은 어차피 삼 개월이면 끝날 거란 핑계를 대며 철저히 외면하고 있었다. 진심을 다하다가 헤어지면 아무렇지 않을 자신이 없었다. 그래 놓고 그에겐 진심을 요구하다니.

집어 든 과자에 잼을 묻혀 연신 입안으로 밀어 넣었다. 달았다. 달아도 너무 달았다. 아침이 되면 후회할 걸 알면서도 멈춰지지가 않았다. 어느새 한 통의 과자를 다 비운 채경이 또 다른 통을 꺼내 들었다.

신경이 쓰이다

제9장

"대본 진행은 어떻게 되어가고 있습니까?"

10월 방영을 앞두고 있는 메디컬 드라마 '힐링'의 기본 제작비 내역을 검토하던 영칠이 마주 앉아 있는 제작이사에게 질문을 던지며 시선을 들어 올렸다.

한 편의 드라마가 방송사로부터 편성을 받기까지는 제작사와 작가 모두 상당한 시간과 노력을 견뎌내어야 한다. 기획 의도와 제작 방향, 시놉시스, 캐스팅 계획, 제작 예산과 일정, 그리고 예상되는 수익 등등을 정리한 제작기획서를 최소 2~4회 분량의 대본과 함께 방송사 드라마국에 제출하면 일정 기간의 심사를 거쳐 편성 여부를 확정받게 된다. 500여 개가 넘는 외주 제작사 중 매년 한 편 이상의 드라마를 제작할 수 있는 곳은 열 곳 내외. 그만큼 피 말리는 전쟁을 치러야만 한단 뜻이다.

편성을 받았다고 해서 일사천리로 일이 진행되는 것은 아니다. 제작비 마련이란 또 다른 산이 그들의 발목을 붙잡는다. 편성이 되고도 제작비를 해결하지 못해 제작이 무산되는 경우도 허다하게 발생하기 때문이다.

최소 6회분의 제작비를 확보하자면 여러 조건의 제안서를 만들어 투자를 이끌어내야 한다. 창투사의 투자나 기업 협찬뿐 아니라 PPL, 개인 투자 유치까지 다양한 방법을 동원해 제작비를 확보한다. 방송사 편성과 제작비 마련. 이 두 가지가 제작기획본부장으로서 감당해야 할 가장 큰 문제이자 그의 능력을 검증받는 시험대인 셈이다. 게다가 함께 맞붙을 드라마는 '사랑이 있다'. 최고의 배우와 스태프로 구성된, 절대 만만치 않은 상대이다.

"현재 6회까지 나온 상탭니다."

영철의 미간이 미미하게 구겨졌다. 결코 쉽지 않은 메디컬 드라마이다. 의학적 지식을 바탕으로 이루어지는 전문 드라마다 보니 대본이 나오는 대로 자문을 구한 의료진의 검증을 거쳐 제작되어야만 한다. 아무리 작가가 자료 준비를 철저히 하고 공부를 열심히 했다 한들 빠듯한 제작 여건에 맞춰 쪽대본을 쓸 수는 없는 노릇이다. 그만큼 여느 드라마보다도 훨씬 더 철저한 준비가 필요하단 뜻이다. 일반 시청자들은 물론 매의 눈으로 지켜보고 있는 의료진들에게 미흡한 모습을 보이고 싶지 않았다.

"좀 더 속도를 내야 할 것 같군요. 스태프 구성이나 장소 헌팅은 차질 없이 진행되고 있습니까?"

"예, 그 점은 별문제 없이 진행 중입니다."

제작이시의 말에 그나마 다행이라는 듯 가볍게 고개를 끄덕였다.

"지금 대본 자문을 해주는 의사분이 레지던트 4년차라고 하셨나요?"

"네. 김민준 선생이라고, 혜명대병원 흉부외과 레지던틉니다. 마침 신태하 교수님과 같은 병원이라 교수님께도 이런저런 도움을 많이 받고 있습니다."

"그럼 신태하 교수 내외분이랑 같이 식사 자리 좀 마련해 주시죠. 이번 일요일이나 다음 주 초쯤이 좋겠는데."

"알겠습니다."

계속 애써달란 인사로 오전 회의를 마무리 지은 영칠이 앉아 있던 소파에서 벌떡 몸을 일으켜 책상 앞으로 다가갔다.

"아."

몸을 굽혀 서랍을 연 영칠이 텅 빈 서랍 속을 바라보며 안타까운 탄성을 흘렸다. 서랍 안에 아껴두었던 누텔라를 어젯밤 모두 채경에게 가져다준 것이 뒤늦게 떠올랐기 때문이다.

"……"

하나쯤은 남겨둘걸 그랬나. 그가 이마를 긁으며 고개를 기울였다.

지잉. 책상 위에 올려둔 휴대전화가 짧게 진동했다. 채경으로부터 온 문자다.

〈통화 가능하세요?〉

문자를 확인한 영칠이 곧바로 통화버튼을 눌렀다.

〈여보세요?〉

"도영준입니다."

〈저기, 제가 바쁘신데 문자 드린 건 아닌지…….〉

조심스럽게 말끝을 흐리는 그녀의 목소리에 영칠이 의자에 몸을 앞히며 나직이 대답했다.

"괜찮습니다."

〈아, 음…….〉

"말씀하십시오."

〈잠깐 뵀으면 해서요.〉

영칠이 얼른 몸을 숙여 오늘 일정을 확인했다.

"3시쯤 시간이 됩니다. 저녁 스케줄은 어떻게 될지 확실치가 않아서."

〈그럼 3시에 뵐 수 있을까요? 편하신 곳으로 장소 정하시면 제가…….〉

"어차피 계속 이동해야 하니 제가 모시러 가겠습니다."

〈바쁘신데 그러지 마시고 그냥 장소 알려주세요.〉

"그 정도 짬은 낼 수 있습니다. 댁에 계실 건가요? 이따 출발할 때 전화드리겠습니다."

〈아…… 제가 먼저 만나자고 한 건데.〉

"괜찮습니다."

〈그럼 이따 연락 주세요.〉

"네."

전화를 끊은 영칠이 고개를 내려 비어 있는 서랍 쪽에 슬쩍 시선을 두었다. 가만히 손을 뻗어 서랍을 닫으려던 영칠이 갑자기 허리를 휙 비틀어 서랍 안을 들여다봤다. 무뚝뚝하게 닫혀 있던 입술 끝이 미세하게 움직였다. 미처 다 열지 못한 서랍의 안쪽, 그 한구석에 거꾸로 뒤집혀 있는 용기 하나가 그의 손끝에 닿았다.

"흠."

헛기침을 한 영칠이 그것을 집어 들었다. 심장이 조금 두근거린다. 단정하게 다물려 있던 입술에 배시시 미소가 스며들었다. 보기 드물게 콧노래를 흥얼거리며 그가 포장을 벗겨냈다. 흔들림 없이 고정된 눈동자가 반짝 빛을 내었다.

✳

"뭘 입고 가나."

허리에 손을 얹은 채 옷장 앞에 서 있던 채경이 개켜져 있는 옷들을 이리저리 들추며 작게 중얼거렸다. 그에게 예쁘게 보이기 위해서라든지 따위의 이유는 아니다. 격식을 차리는 자리가 아님에도 차림에 신경이 쓰이는 건 언제나 단정한 슈트 차림의 영칠을 마주할 때마다 느끼는 왠지 모를 위축감 때문이었다.

사실 누군가의 시선에 의한 것이 아닌 스스로 만족하지 못한 데서 오는 자격지심이라 '우리 사이가 뭔데?' 라는 질문을 던진다면 딱히 마땅한 답을 내놓기는 어려운 문제다. 그러나 그와 만날 때 괜히 주변을 의식하며 스스로 주눅 드는 행동은 하고 싶지 않았다. 물론 그게 마음먹은 대로 따라줄진 미지수지만.

"그냥 커피숍에서 얘기만 할 건데."

너무 꾸미면 그것도 웃기지 하면서도 청바지는 자꾸 제외를 시킨다. 옷을 뒤적이던 손이 비닐에 곱게 싸인 채 걸려 있는 원피스에 머물렀다. 이걸 입으려면 구두를 신어야 되는데. 머리도 좀 만져야 할 거고 화장도 조금은…….

볼에 바람을 넣은 채 물끄러미 바라보던 채경이 조심스레 비닐 커버를 벗겨냈다. 일단 입어만 보는 거야.

낑낑거리며 지퍼를 올린 채경이 거울 앞에서 이리저리 몸을 비췄다. 발꿈치를 들어 힐을 신은 양 걸음을 옮겨보던 채경이 이번엔 머리카락 속에 손을 넣어 슬쩍 볼륨을 넣어본다. 그제야 뭔가 어울리는 듯한 느낌에 쪼르르 화장대로 달려간 채경이 서랍 안에 넣어두었던 세팅기를 꺼내 코드를 꽂았다. 알맞게 열이 오른 세팅기를 잡고 가닥가닥 세심히 머리를 만졌다. 밋밋하던 머리에 웨이브가 생기자 거울에 비친 얼굴에도 생기가 도는 것만 같다. 어느새 화장품에 손을 뻗은 채경은 '순서가 완전 거꾸로잖아' 하며 멋쩍은 웃음을 지었다.

아이섀도를 칠하느라 슬쩍 눈을 내리깐 채경이 곁눈질로 시간을 확인했다. 이제 겨우 1시. 까짓, 시간도 많은데. 해서 이상하면 지우면 되는 거고. 혼자 고개를 끄덕거리며 막 립글로스를 발랐을 때 화장대 위에 올려두었던 휴대전화가 벨소리를 울려댔다.

"가게네?"

번호를 확인한 채경이 입술을 뽁뽁 움직이며 통화버튼을 밀었다.

"어, 왜?"

〈너 서준우란 사람 알아?〉

엄마의 입을 통해 들려온 서준우란 이름에 그녀가 벌떡 몸을 일으키며 전화기를 고쳐 쥐었다.

"어. 엄마가 서준울 어떻게 알아?"

당황하지 않으려 했지만 말을 더듬고 말았다.

〈아는 사람이야?〉

뭐라고 답을 해야 하지? 아니, 그보다 엄마가 서준우를 어떻게? 혹시 또 찾아온 거야? 전화기를 붙잡은 채 눈동자를 굴리는데 전화기 너머로 낯익은 목소리가 들려왔다.

〈어머님, 제가 통화해 보겠습니다.〉

이런 미친.

〈여보세요?〉

"하!"

〈채경아.〉

갑자기 얼음물을 뒤집어쓴 듯 등골이 오싹해졌다. 이 인간, 엄마 붙잡고 쓸데없는 소릴 지껄인 건 아니겠지? 일단 막아야겠단 생각에 그녀가 다급히 전화기에 대고 소리쳤다.

"거기 꼼짝 말고, 아니, 가게 나와서 쭉 내려오다 보면 커피숍 있어. 거기서 만나. 지금 갈 테니까."

전화를 끊은 채경이 허둥지둥 백을 챙겨 방을 나섰다. 아무 생각 없이 운동화를 꿰어 신던 채경이 차림을 내려다보며 인상을 찡그렸다. 다시 들어가 옷을 바꿔 입을 여유가 없었다. 황급히 신발장을 연 채경이 던지듯 내려놓은 구두에 발을 집어넣었다.

택시에서 내리며 거스름돈을 받아 든 채경이 문을 닫으며 몸을
돌렸다. 창가에 앉아 휴대전화를 들여다보고 있는 준우의 모습이
눈에 들어왔다. 날렵한 콧날 때문인지 그의 옆모습은 늘, 젠장, 이
런 거지 같은 상황에도 썩 보기가 좋았다. 그는 자신의 장점을 잘
알고 있는 듯했다. 커피숍을 갈 때면 주로 창가에 앉아 힐끔거리
는 시선을 즐기곤 했으니까.

"후우."

심호흡을 한 채경이 또각또각 걸음을 옮겨 잘 닦여 반짝거리기
까지 한 유리문을 힘껏 밀며 들어섰다. 딸랑, 하는 풍경 소리에 맞
춰 '어서 오세요' 하는 인사말이 들렸다. 휴대전화에 얼굴을 박고
있던 준우도 그제야 인기척을 느낀 듯 시선을 들어 올렸다. 눈이
마주치자 그가 씩 웃으며 손을 흔들었다. 미친 거 아냐?

주먹을 꼭 말아 쥔 채경이 천천히 걸음을 내디뎌 그가 앉아 있
는 테이블로 다가갔다.

"하루 만에 더 예뻐졌네?"

마치 자신을 만나기 위해 차려입고 왔냐는 듯한 말투에 그녀가
지그시 입술을 깨물었다. 이럴 줄 알았으면 조금 늦더라도 옷을
갈아입고 오는 건데.

"앉아."

계속 서 있기만 한 채경을 올려다보며 그가 자신의 옆자리를 손
으로 톡톡 두드렸다. 보란 듯 끼익 소리가 나도록 맞은편 의자를

빼낸 채경이 메고 있던 백을 테이블 위에 올려놓으며 털썩 몸을 앉혔다. 애써 눈을 마주치지 않으려 고개를 돌리고 있는데 제 얼굴을 훑듯이 살피는 준우의 시선이 느껴졌다. 마냥 피하고 있을 순 없단 생각에 몸을 바로 한 채경이 눈을 마주하며 물었다.

"거긴 왜 또 찾아간 건데?"

"너 보려고."

"무슨 일로?"

"보고 싶으니까."

당연하다는 듯한 그의 말투에 순간 손끝이 움찔 떨렸다. 아마 이건……. 그래, 무의식적인 반사 반응일 것이다. 살짝 흔들리는 눈동자를 감추려 눈을 감았다 뜨는데 마침 직원이 상냥한 미소를 지으며 다가왔다.

"뭐 마실래?"

준우가 테이블 위에 있던 메뉴를 펼쳐 채경 앞에 내밀었다.

"아이스 아메리카노요. 시럽 좀 듬뿍 넣어주시고요."

그녀가 직원을 향해 빠르게 말을 뱉자 준우가 의아하다는 듯한 얼굴로 채경을 바라봤다.

"너 커피 달게 안 마시잖아."

그가 현재형으로 물었다, 안 마셨잖아가 아닌.

대꾸할 가치가 없다는 듯 제 앞에 있던 메뉴판을 쓱 밀자 그가 '같은 걸로요. 하난 시럽 빼고요'라며 직원에게 메뉴판을 건넸다.

두 사람 사이로 흐르는 음악이 아니었다면 정말로 어색해 견딜 수 없었을 것이다. 목이 타는지 잠시 후 직원이 내려놓고 간 아이스 아메리카노를 단숨에 반쯤 빨아 마신 채경이 컵을 내려놓으며 입을 열었다.

"쓸데없는 농담 하려고 나온 거 아냐."

"무슨 농담?"

그가 정말로 모르겠다는 듯한 얼굴로 그녀를 향해 물었다. 진짜 무슨 생각으로 나와 있는 걸까. 입술이 비틀리는 걸 간신히 바로 한 채경이 경고하듯 딱딱한 말투로 말했다.

"암튼 다신 거기 찾아오지 말라 그랬지."

"어머님이 하시는 가게더라?"

둘의 시선이 허공에서 마주쳤다.

"그래서?"

그녀가 낮은 음색으로 묻자 준우가 어깨를 으쓱해 보이며 컵을 입에 가져갔다.

"덕분에 인사드렸다고."

"무슨 인사?!"

저도 모르게 높아진 톤에 채경이 빠르게 주위를 둘러보며 숨을 가라앉혔다.

"왜 이렇게 날을 세워?"

"나는 서준우 씨처럼 쿨하지 못해서."

"쿨한 게 어떤 건데? 실은 너 못지않게 힘든데도 억지로 참고 있는 거?"

"힘들어? 뭐가?"

채경이 기가 막힌다는 듯 삐딱하게 고개를 틀자 그가 가만히 앞머리를 쓸어 올렸다.

"지선영한테 흔들렸던 건 사실이야."

"그거 확인받자고 만나자고 한 거 아니거든?"

"변명이든 뭐든 그땐 그럴 기회조차 없었으니까."

됐다고 대꾸하려는 순간 들려온 목소리에 그녀가 숨을 집어삼켰다.

"미안해."

귓가에 들려온 것은 고작 세 음절로 된 문장이었는데 머리 위로 뭔가가 쿵 내려앉은 듯 아득한 느낌이다. 그리고는 지잉 코끝이 아렸다.

"그 말이, 하고 싶었어."

차라리 사과를 했다면 어찌 됐을까 생각한 적도 있지만 그것은 어쩌면 이미 끝난 관계에 대한 질척한 미련을 드러내기 싫은 자기변명에 불과했을지도 모르겠다. 아마도 두려웠을 것이다. 그의 입에서 나올 '미안해'라는 말이. 그리고 이어질 이별 통보가. 그래서 아무렇지 않은 척 먼저 등을 돌릴 수밖에 없었다. 더 큰 상처를 감당할 자신이 그때는 없었다.

"뒤늦게 후회했단 말 따위, 이제 와서 아무 소용 없다는 거 아는데, 좀 힘들긴 했지. 없는 번호라고 나오는 순간, 하아……."

뭔가 이야기를 늘어놓을 줄 알았는데 그는 가만히 입을 다문 채 침묵을 지켰다. 뒤늦게 후회를 했단 말과 조금은 힘들었다는 그의 음성이 이명처럼 윙윙 귓가를 맴돌았다. 뭐라고 해야 하나. 다행이네, 혹은 그것 참 쌤통이다? 그래도 후회를 하긴 했구나.

물기 맺힌 컵을 가만히 만지작거리던 그가 들릴 듯 말 듯한 목소리로 작게 중얼거렸다.

"잠이 안 오더라, 어제."

잠을 자지 못한 것은 그녀도 마찬가지였지만 그건 그냥 원치 않은 만남이 준 충격 때문이었을 것이다. 기억이나 감정이란 게 싹둑 잘라낸 종잇조각 같은 순 없을 테니까.

그래도 시간이 흐르긴 흘렀나 보다. 서준우의 입에서 나온 미안하단 말이 이렇게 아프지 않은 걸 보니. 그때는 그렇게 그녀로 하여금 수없는 고민에 빠져들게 만든 그 말이 지금은 이렇게…….

잔뜩 가시를 세우고 덤벼들던 기세가 조금은 꺾인 듯하다. 손을 뻗어 컵을 집어 든 채경이 남아 있는 커피를 쪼옥 빨고는 테이블 위에 내려놓았다. 채경의 눈치를 살피던 준우가 한층 조심스러운 얼굴로 입을 열었다.

"어제 본의 아니게 말이 삐딱하게 나갔다. 나는 반가운데 넌 안 그런 것 같아서 조금……. 하기야 나 같은 놈이 반가울 리 없겠지만."

"당연히 안 반가워. 안 반가운 건 맞는데."

그래, 반갑지 않은 건 사실이다. 그의 전화가 불쾌했던 것도 사실이다. 그러나 조금은 다행이란 생각이 드는 건 무슨 이유일까.

단지 사과를 받았다는 사실 때문만은 아닐 것이다. 그것이 어떤 감정인지는 말로 설명하기 복잡하다. 그래도 콕 꼬집어 예를 들자면 일종의 안도감 같은 것. 그가 나쁜 놈이었던 건 맞지만 적어도 우연히 길에서 마주쳤을 때 서로 얼굴을 붉히지 않아도 된다는. 실은 나만큼은 아니더라도 그도 조금은 힘든 시간을, 그리고 얼마의 후회를 했다는 사실에 일말의 보상을 받은 것 같은 느낌이 강하게 남기 하지만.

고개를 숙인 그가 테이블 위에 놓인 컵을 만지작거리며 말했다.

"떠나기 전에 얼굴 보고 사과할 수 있어서 마음이 조금은 편하다."

입술을 꾹 붙인 채 시선을 내리고 있던 채경이 스륵 고개를 들었다. 직접 묻진 않았지만 방금 전 그 소리가 무슨 뜻이냔 눈빛을 하자 아, 하며 살짝 미소를 머금은 준우가 손에 묻은 물기를 냅킨에 닦으며 입을 열었다.

"한 몇 년 외국에 나가게 됐어. 더 늦기 전에 공부 좀 하려고."

'그 나이에?' 라고 물을 뻔한 채경의 머릿속에 '이 나이에' 라며 외국 유학에 대한 막연한 두려움을 토로하던 뭘더님의 말이 떠올랐다. 살짝 볼을 붙린 채경이 별 관심 없다는 듯 눈을 내리깔았다.

"다음 달 말에 떠나."

얼마 뒤면 떠날 거란 그의 말에 채경이 시선을 들어 올렸다.

"회사는?"

"일주일 전에 그만뒀어."

채경이 작게 고개를 끄덕였다.

언젠가 그와 마주하는 꿈을 꾼 적이 있다. '왜 그랬니?' 하며 따져 묻다가 힘차게 뺨을 올려붙이고 그것도 모자라 세운 손톱으로 얼굴을 긁으려 손을 휘둘렀다. 그러나 마음처럼 쉽게 몸이 따라주지 않았다. 팔에 모래주머니를 매단 듯 무겁고 힘겨웠다. 그게 짜증 나 엉엉 울음을 터뜨렸다. 꿈인지 생시인지 헷갈릴 정도로 서러웠던 듯 꿈을 꾸는 동안 흘러내린 눈물에 베갯잇이 흥건히 젖어 있었다.

"이왕 가는 건데 열심히 해. 건강 조심하고."

이런 말을 뱉는다고 해서 갑자기 쿨한 여자가 되는 것은 아닐 테지만, 물론 그러려고 뱉은 말은 더더욱 아니었지만 그래도 앙금이 남아 있지 않게 깨끗하게 정리하고 싶었다. 살면서 서준우란 이름을 아주 잊고 살 순 없을 것이다. 어쩌다 예기치 않게 그와 관련된 어떤 것과 맞닥뜨리는 날이 온다면 오늘을 떠올리며 덤덤히 넘기고 싶었다. 그렇게 생각하니 마음이 한결 여유로워지는 것 같았다.

"그렇게 말하니까 내일 당장 떠나는 것 같잖아. 어쩐지 마지막인 것 같아서 마음이 그러네."

그가 멋쩍게 웃으며 손에 들고 있던 냅킨을 만지작거리자 남아 있던 커피를 마저 마신 채경이 덤덤한 말투로 입을 열었다.

"우리가 이렇게 얼굴 보는 건 오늘이 마지막일 테니까."

찰나의 순간, 준우의 눈썹이 미세하게 꿈틀거렸다. 꿀꺽 숨을 삼킨 준우가 채경의 얼굴을 살피며 조심스럽게 물었다.

"내가 많이 뻔뻔한 줄은 알지만, 가기 전에 밥 한번 먹을 수 있을까?"

"……."

"마리오. 그 앞을 지날 때마다 힝상 네 생각이 났어."

마리오. 봉골레 파스타. 그와 헤어지곤 한 번도 찾지 못한.

"됐어. 다 지난 일인데."

퉁명스럽게 잘라내는 채경의 말에 준우의 입가가 바르르 경련을 일으켰다. 하지만 표 나지 않게 냉큼 표정을 가다듬은 준우는 이내 상처받은 얼굴을 하며 쓰게 웃었다.

"미안. 너무 내 생각만 했네. 너한테 난 그저 나쁜 놈일 뿐일 텐데."

"지난 일이라니까."

"응."

체념하듯 고개를 끄덕이는 그의 얼굴을 보자 어쩐지 마음이 좋지 않았다. 고작 밥 한 끼에 뭐 저렇게 하늘 무너진 얼굴을.

"암튼 조심해서 잘 가. 난 약속이 있어서 그만 일어날게."

담담한 얼굴로 몸을 일으킨 채경이 백을 챙겨 들며 걸음을 움직였다. 비록 유쾌하지 못한 과거였지만 이렇게나마 사과를 받고 나니 홀가분한 기분이 들었다. 누구보다 그녀 자신을 위해서라도 좋게 정리하고 끝낸 것은 잘한 일이란 생각이다.

딸랑 소리와 함께 그녀가 문밖으로 사라지자 내내 상처받은 얼굴을 가장하고 있던 준우의 얼굴이 황당하다는 듯 일그러졌다. 입술을 달싹이던 준우가 허, 하고 헛웃음을 지었다.

"뭐야, 이거."

크게 뒤통수를 얻어맞은 듯한 표정으로 눈을 깜빡인 준우가 앞머리를 쓸어 올리곤 이마를 짚었다.

"내가 이렇게까지 하는데 진짜 아무렇지가 않아? 네가 언제부터 이렇게……."

자신의 말 한마디, 눈짓 하나에 금세 반응하던 예전과는 전혀 다른 모습에 그가 당황스러운 듯 눈썹을 찌푸렸다. 안 그런 척 눈을 내리깔아도 여전히 제게 흔들릴 거란 자신감이 있었기에 이런 채경의 무덤덤한 반응이 충격적이기만 했다.

"아, 희한하게 자존심 상하네."

별것 아니라 생각했던 것에 묘한 오기가 들끓었다.

씩씩거리던 그가 비어 있는 컵을 들었다 놓으며 직원을 향해 크게 소리쳤다.

"저기, 얼음물 좀 주세요!"

커피숍을 나온 채경이 또각또각 걸음을 옮기기 시작했다. 한차례 휘몰아친 서준우란 폭풍이 잠잠해지고 나니 긴장으로 경직되었던 몸이 노곤하게 풀리며 슬쩍 미소까지 지을 수 있는 여유까지 생겼다. 'Time heals all wounds'라더니 시간은 약이 되었고, 그의 사과는 어느새 상처 위에 덧붙여진 습윤 밴드가 되어 있었다.

휴대전화를 꺼내 시간을 확인했다. 약속 시각인 3시까지 약 30분 정도의 시간이 남아 있었다. 또각거리던 그녀의 발소리가 조용히 멈췄다. 휴대전화를 손에 쥔 그녀가 다시 시각을 확인하며 볼에 바람을 넣었다. 집까지는 걸어서 10분 남짓. 애초에 서준우를 위해 차려입은 게 아니니 급히 돌아가 옷을 갈아입을 필욘 없었다. 다시 갈아입는다면 그건 정말 서준우를 만나기 위해 차려입은 것밖에 되지 않으니까.

천천히 걸음을 옮기기 시작하자 어디선가 불어온 바람이 그녀의 머리카락을 기분 좋게 건드리고 지나갔다. 가로수의 나뭇가지 사이로 쏟아진 햇살이 그녀의 얼굴 위로 내려앉았다. 오후가 주는 특유의 냄새가 코끝에 느껴졌다. 나뭇잎이 팔랑 움직이자 마음도 따라 살랑거리는 것 같았다. 채경의 얼굴에 포근한 미소가 드리워졌다.

늘 다니던 길인데도 오늘은 뭔가 다른 풍경의 거리를 걷는 것만 같았다. 터벅터벅과 또각또각의 차이일까. 힐 때문인지 구부정하던 허리는 곧게 세워지고 내딛는 걸음걸이도 좀 더 단정해졌다. 좋은 옷, 좋은 신발 때문은 아닐 것이다. 계기가 무엇이든 흐트러지지 않은 모습에서 오는 스스로의 만족감이 그녀를 들뜨게 만들었을 것이다.

느린 걸음으로 모퉁이를 돌자 아파트로 들어서는 입구가 보였다. 백 안에 넣어두었던 휴대전화를 꺼내 드니 시간은 평소보다 3분쯤 더 소요되어 있었다. 집으로 올라갔다 오긴 좀 어정쩡한 시간이라 나무 밑 벤치에나 앉아 있을까 주변을 돌아보는데 계단 입구에 주차된 낯익은 차가 눈에 들어왔다.

"어?"

동그랗게 눈을 키운 채경이 주차된 차를 향해 또각또각 걸어갔다. 그와 동시에 운전석 문이 열렸다.

"도영준 씨!"

그의 이름을 부르며 멈춰 선 채경과 달리 영칠은 금세 빠른 걸음으로 움직여 그녀의 앞에 다가섰다. 7㎝ 굽의 위력 때문인지 오늘은 눈높이가 달라져 있었다. 그래 봤자 여전히 그녀의 얼굴 위로 그림자가 드리워지는 건 마찬가지지만.

"오셨으면 전화를 하시죠."

"예상보다 투자사 미팅이 일찍 끝나서."

"그러니까 전화를 하셨어야죠."

"괜히 바쁘게 해드리고 싶지 않았습니다. 그런데 어디 다녀오시는 길입니까?"

"네? 아, 네."

괜히 뜨끔한 마음에 황급히 대답을 한 채경이 머쓱한 얼굴로 시선을 내렸다. 마치 도영칠 씨를 두고 바람을 피운 듯한……. 가만, 내가 왜 이런 기분을 가져야 하는 거지? 멍하게 고개를 기울이고 있는데 영칠이 손목에 찬 시계를 힐긋 바라본다. 아무래도 시간이 그리 많지 않은 듯 보여 채경이 얼른 말을 이었다.

"많이 바쁘신 것 같은데 차 그냥 여기 세워두고 근처 커피숍으로 갈까요? 저기 상가 앞에 커피숍이 새로 생겼거든요."

채경이 손을 들어 아파트 입구 쪽을 가리키자 다행이라는 듯 영칠의 얼굴이 한결 밝아졌다.

"아, 그래도 되겠습니까?"

"그럼요."

그제야 백수인 자신과 달리 시간을 쪼개 써야 하는 그의 직분이 떠올랐다. 사실 자신이 만나자고 한다고 바로 달려와야 할 의무가 있는 것도 아닌데. 너무 내 생각만 했구나. 다시 한 번 그에게 미안한 마음이 들었다.

"죄송해요, 바쁘신데 괜히."

"아닙니다."

뒤끝은 있을지 모르겠지만 정말 착한 남자인 건 분명하다. 그를 향해 어색하게 웃어 보인 채경이 커피숍을 향해 걸음을 움직였다.

"아……."

꽃과 잎을 눌러 말린 압화(押花)로 꾸며져 있는 메뉴판을 살피던 채경의 입술에서 작은 탄성이 새어 나왔다. 이곳 주인이 직접 만든 것인지는 알 수 없으나 손으로 만든 메뉴판엔 동글동글한 글씨체로 각종 차와 음료가 적혀 있었다. 채경이 아, 하고 소리를 늘인 이유는 정성 가득한 압화에 대한 감탄이 아닌, 이곳의 메뉴에 대한 아쉬움 때문이었다. 허브 스토리란 간판답게 그곳은 허브차를 전문으로 파는 곳이었다.

카모마일, 라벤더, 로즈마리, 페퍼민트, 로즈 플라워, 하이비스커스…….

눈으로 열심히 메뉴를 훑던 채경이 뒷장을 넘기곤 반짝 눈을 빛냈다. 커피다!

에스프레소, 아메리카노, 카페라테, 카푸치노, 카페 모카.

허브차 전문점답게 커피 메뉴는 상당히 단출했다.

"아……."

다시 한 번 이 소리를 내지 않을 수 없었다. 커피숍에 가면 으레 함께 주문하던 생크림을 듬뿍 올린 아이스크림 와플은 고사하고 통자바칩이 추가된 벤티 사이즈 자바칩 프라푸치노 비슷한 것도 찾을 수 없었기 때문이다. 그나마 생크림이 올라간 카페 모카가 있으니 천만다행이라고 해야 할까.

슬쩍 고개를 올려 영칠을 바라보니 팽팽하게 당겨진 입꼬리를 딱딱하게 굳히고 있는 게 느껴졌다. 미안해요, 영칠 씨.

"저, 저는 카페 모카요."

그녀가 먼저 주문하자 어쩔 수 없다는 듯 영칠도 '같은 걸로 주십시오'라며 목소리를 낮췄다.

"저기, 생크림 좀 듬뿍, 아주 듬뿍 얹어주세요."

제발.

채경이 막 몸을 돌리려는 직원을 붙잡고 눈웃음을 지어 보였다. 직원이 생긋 미소를 지어줬다. 모쪼록 제게 지어준 그 미소가 가식이 아니기를.

"어제 주신 그 과자, 아주 맛있게 잘 먹었어요. 덕분에 기분이 많이 좋아졌습니다. 정말 감사해요."

채경이 먼저 말문을 열며 영칠을 바라봤다.

"다행이군요."

"그리고 죄송해요. 저희 엄마 때문에 곤란하셨죠."

"아닙니다."

"저 난처해할까 봐 그렇게 말씀해 주신 거 알아요. 그래서 혹시나 신경 쓰실까 봐……. 제가 알아서 둘러댈 테니 신경 안 쓰셔도 돼요."

"무일 밀입니까?"

설마 그새 까먹은 건가?

은채경 씨와 사귀고 있다며 진즉 찾아뵙고 인사드렸어야 하는데 어쩌고 제 엄마와 나눴던 대화를 떠올린 채경이 순간 당황한 얼굴로 입술을 깨물었다. 어쩌면 난처해할 저를 위해 별생각 없이 뱉은 말이었을 수도 있다. 기억에 남길 만큼 중요한 것이 아니었으니 당연히 머릿속에선 지워졌을 수밖에. 그런 줄도 모르고 혼자 심각해 바쁜 사람을 불러들였다고 생각하니 갑자기 얼굴이 화끈거렸다. 붉어진 얼굴을 와락 감싸는 채경을 바라보던 영칠의 미간에 주름이 잡혔다.

"저는 무슨 말씀이신지……."

뭐라고 설명을 해야 할까 입술을 달싹이는데 주문한 카페 모카를 쟁반에 든 직원이 상냥한 미소와 함께 다가왔다.

"여기, 생크림 많이 얹어드렸어요."

아, 그건 정말 감사한데, 이걸 왜 하필 제 앞에 놓아주시는지.

당연하다는 듯 채경의 앞에 생크림이 수북이 얹힌 카페 모카를 내려놓은 직원이 상대적으로 빈약해 보이는 카페 모카를 영칠의 앞에 놓아주었다. 아마 제가 직원이었더라도 이렇게 판단했을 것이다.

"맛있게 드세요."

"네……."

직원이 저만치 사라지는 것을 확인한 채경이 재빨리 영칠을 바라봤다.

"저랑 바꿔 드세요."

잔 받침대에 손을 올리는 순간 그의 목소리가 들려왔다.

"됐습니다."

삐쳤구나.

"아니, 그게 그러니까, 저는 도영준 씨 커피에 생크림을 많이 얹어달란 뜻이었는데."

"괜찮습니다."

전혀 괜찮은 얼굴이 아니면서. 어쩌지? 입에 각설탕이라도 물려줘야 하나?

영칠이 잔 받침대에 놓여 있는 스푼을 집어 초콜릿 시럽으로 장식된 하얀 생크림을 조심스레 떴다. 푹 파인 자국이 마치 영역 표시를 위해 맹수가 휘두른 발톱 자국 같아 더는 바꾸자는 말을 할 수 없었다. 다행히 입에 넣은 생크림의 맛이 흡족했는지 빙그레 입술 끝이 올라갔다. 늦은 오후, 바위 위에 몸을 엎드린 채 나른한 햇살을 즐기는 맹수의 표정 같았다. 아, 생크림을 즐기는 맹수라니. 갑자기 사자가 할짝할짝 생크림을 핥아 먹는 모습이 연상돼 그녀는 얼른 고개를 털어냈다.

마지못해 스푼을 집어 든 채경이 자신의 커피 위에 올려 있는 생크림을 떠서 입으로 가져갔다. 대학 때 해보고 처음이니 정말 오랜만에 해보는 행위(?)다. 느끼할 줄 알았는데 의외로 고소하고 부드러웠다. 입안에서 금세 녹아드는 느낌이 가볍다고 해야 할까.

"음? 생크림 케이크를 먹을 때완 다른 느낌인 것 같아요."

스푼을 쥔 채 채경이 고개를 기울이자 영칠이 예의 무감한 얼굴로 입을 열었다.

"식물성 생크림과 동물성 생크림의 차이죠."

고기도 먹어본 놈이 맛을 안다더니.

"그럼 이게 식물성?"

채경이 잔을 가리키며 묻자 영칠이 단호하게 고개를 저었다.

"동물성 생크림입니다."

"에, 정말요?"

"네."

"이게 덜 느끼한 것 같은데."

"일반적으로 '식물성'이란 말이 붙으면 몸에 더 좋을 거란 생각을 합니다. 하지만 유지방에서 분리한 동물성 생크림과 달리 식물성 생크림은 팜유나 코코넛유에서 추출한 유지에 화학 첨가물을 넣어 만든 인공 생크림입니다. 그러다 보니 우유로 만든 동물성 생크림보다 유통기한이 길고 가격도 훨씬 저렴하다는 장점이 있어 많은 베이커리에서 식물성 생크림을 사용하고는 있죠."

"아."

"경화유와 각종 첨가물을 넣어 만든 식물성 생크림은 유통기한이 길다는 장점 외에도 데코레이션을 했을 때 원하는 모양을 좀 더 오랜 시간 유지시킬 수 있단 이유로 주로 케이크에 많이 이용됩니다. 대신 느끼하고 탁합니다. 뭐랄까, 입안에 막이 싸인 듯한 느낌? 넣자마자 사르르 녹아내리는 그 촉촉하고 신선한 맛은 역시 동물성 생크림을 따라올 수 없다고 봅니다."

김희진으로의 개명 신청을 울부짖던 파티쉐 김삼순이 떠올랐다. 둘이 만났다면 완전 천생연분이었을 텐데.

"네에."

채경이 고개를 끄덕이자 영칠이 잔을 들어 입가로 가져갔다. 입술에 묻히고 마시면 냅킨으로 닦아줘야 하나 고민하는데 가졌던 생각이 무색하게 그의 입술은 깔끔하기만 했다.

"그런데 아까 하셨던 말씀 말입니다."

잔을 내려놓으며 뱉은 영칠의 말에 채경이 빠르게 고개를 들어올렸다.

"네?"

"은채경 씨가 난처해하실까 봐 제가 그렇게 말을 했다는."

"아, 그거요? 신경 안 쓰셔도 되는데."

"저는 신경이 쓰입니다."

단호하게 바라보는 영칠의 시선에 채경이 난감한 듯 이마를 문질렀다. 말을 해봤자 서로가 민망해지기만 할 텐데. 볼에 바람을 넣은 채경이 계속 머뭇거리기만 하자 답을 재촉하듯 그녀의 얼굴 위로 집요한 시선이 따라붙었다. 멋쩍은 얼굴로 한숨을 내쉰 채경이 작은 목소리로 입을 열었다.

"어제 저희 엄마한테 저랑 사귄다고 하셨던 거요. 그리고 조만간 인사드린다고 하셨던 거랑."

"네. 그런데 그게 무슨 문제가 있는 겁니까?"

정말로 뭐가 문제냐는 듯 물어오는 영칠의 물음에 오히려 채경이 당황한 듯 말을 더듬었다.

"어, 그게 그러니까……."

일단 뱉은 말을 기억하고 있단 사실엔 안도감이 들었다.

"혹시나 신경 쓰실까 봐……."

"조금 긴장이 되는 건 사실입니다."

그렇겠지. 거짓말이라곤 생전 해본 적 없는 듯한 반듯한 얼굴로 그런 말도 안 되는 연기를 해냈으니.

"제가 주중엔 도저히 짬을 낼 수가 없어서. 토요일엔 다행히 시간을 낼 수 있을 것 같습니다."

"네에. 네?"

놀란 얼굴로 되묻는 채경을 바라보며 영칠이 조심스레 물었다.

"토요일은 안 되는 겁니까?"

"그게 아니라, 진짜로 오시게요?"

영칠이 고개를 기울였다.

"제가 찾아뵙겠다고 말씀드리지 않았던가요?"

"그건 그런데, 저 때문에 괜히 곤란하게 해드리고 싶지 않아서……."

고개를 숙인 채경이 잔 받침대를 만지작대며 목소리를 줄이자 입술을 꾹 다문 채 그녀를 바라보던 영칠이 정중하게 물었다.

"은채경 씨는 저 때문에 많이 곤란하셨습니까?"

빤히 바라보며 묻는 그의 눈동자에 잠시 시선을 빼앗긴 채경이 얼른 고개를 저으며 대답했다.

"아뇨!"

물론 처음엔 조금 당황스럽기는 했지만 그의 가족을 만난 경험은 의외로 따뜻한 기억으로 남아 있다. 무뚝뚝할 것 같았지만 내내 인자한 웃음으로 배려해 주시던 그의 아버님과 고운 눈길로 바라봐 주시던 어머님, 그리고 정반대의 성격이라 오히려 천상의 궁합을 자랑할 것 같은 큰형님 내외분과 정말 엉뚱한 성격의 둘째 형님까지. 소란스럽지 않게 북적대는 모습이 소박한 액자 안에 담긴 그림인 것 같아 실은 저만 볼 수 있는 곳에 몰래 걸어두고 한 번씩 훔쳐보고 싶단 마음이 들 정도였다.

"다행이군요."

"저는…… 저는 계약 때문에 그랬다 쳐도 도영준 씨는 안 그러셔도 되는 거잖아요. 저 곤란할까 봐, 저 때문에 엄마한테 사귀는 사이라고 말씀해 주시고 일부러 시간까지 내시면 제가 너무 죄송해서……."

"우리 사귀는 사이 아니었습니까?"

갑자기 심장 위로 커다란 돌덩이가 날아온 것 같았다.

"일단 계약이 종료되는 시점까지는."

날아온 돌이 무게를 이기지 못하고 쿵 발밑으로 떨어졌다.

역시나 진심으로 대해달란 부탁을 너무도 충실하게 이행 중인 남자였다. 적어도 계약이 종료되는 시점까지 그는 자신이 지켜야 할 몫에 대해 최선의 노력을 다할 것이다. 하지만 너무나 모범적인 그의 친절은 언젠가부터 그녀를 묘하게 뒤흔들고 있었다. 그가 보여주는 모든 것이 단지 계약에서 비롯된 배려란 것을 잘 알고 있음에도 가끔씩 얼토당토않은 기대를 하게 된다. 계약 연애로 시작된 두 남녀의 이야기가 해피엔딩으로 마무리되는 어느 로맨스 소설처럼 어쩌면 남자의 마음도 조금은 움직이고 있을지도 모른다는 착각. 절대 들켜선 안 될 혼자만의 망상이지만 은근슬쩍 이런 그녀의 마음이 전해지길 바라는 이율배반적인 생각을 가져 보았다. 하지만 허탈하고 서운했다. 그리고 두려웠다. 계약이 끝나면 정말 모르는 사람인 양 돌아설 것 같아서.

방금 전까지 감돌던 달콤함은 사라지고 갑자기 소태를 베어 문 것 같은 씁쓸함이 그녀의 혀끝을 맴돌았다. 힘을 준 입술 끝에 쓴 웃음이 걸렸다. 표정을 들키고 싶지 않은 마음에 그녀가 얼른 고개를 숙였다.

실은 어제 서준우를 만났을 때 영칠 씨가 짠 하고 나타나 준다면 어떨까 하는 상상을 하긴 했다. 한 번쯤 매달렸다면 돌아갈 수도 있었단 서준우의 말을 듣고 제 가슴을 내려쳤을 때, 숨이 쉬어지지 않아 힘껏 내려치는 손목을 낚아챈 것이 서준우가 아니라 도영칠 씨였다면.

'그러지 마십시오. 아무 죄 없는 은채경 씨 가슴만 멍들지 않습니까.'

갑작스런 등장에 아마 아무 말도 하지 못한 자신은 그대로 시선을 내려 제 손목을 단단히 부여잡고 있는 그의 손을 바라보았을 것이다. 단순히 체온으로 설명할 수 없는 뜨거운 기운이 피부를 통해 전해질 테고, 손목을 감싸는 따뜻한 온기에 자신은 아마도 감동했겠지.

'뭡니까?' 하며 한쪽 고개를 삐딱하게 기울인 서준우가 도영칠 씨를 향해 물으면 이 남자의 입에서 쏟아질 반응이 궁금하다. 여주인공이 곤경에 빠졌을 때 항상 때 맞춰 등장해 주는 멋진 남주인공처럼 단단히 잡은 손을 번쩍 들어 보이며 '이 여자 애인입니다' 하고 외쳐 줬으려나?

"⋯⋯시쯤이 어떨까 싶은데. 은채경 씨?"

혼자만의 망상에 빠져 있던 채경이 얼른 고개를 들어 올렸다.

"네?"

입 밖으로 제 생각을 떠벌린 것도 아닌데 남자를 두고 즐긴 망상이 떠올라 괜스레 얼굴이 화끈거렸다. 기분이 급격히 가라앉았다. 롤러코스터를 탄 것처럼 오르락내리락 감정의 기복이 극심했다. 이런 제 자신이 너무나 한심하고 부끄러웠다.

"토요일 말입니다. 아무래도 식사 시간은 많이 바쁘실 테니 오후 4시쯤이 어떨까 싶어서⋯⋯."

아마도 예, 라고 대답해야 할 것이다. 그는 성실히 계약을 이행하고자 하는 중이니까. 그러니까 더는 흔들려선 안 된다. 더는 기대 따윌 가져서도.

"그렇죠. 계약이죠."

혼잣말처럼 중얼거린 채경이 담담한 얼굴로 영칠을 바라봤다.

"계좌번호 좀 알려주세요."

갑자기 무슨 소리냐는 듯 영칠이 눈을 가늘게 좁힌다.

"저도 도영준 씨께 비용을 지불해야 하지 않을까 해서요."

예상치 못한 말 때문인지 영칠이 미간을 좁히며 채경과 눈을 마주했다. 흠잡을 데 없이 완벽한 얼굴에 미세한 변화가 스며들었다. 놀라움, 혹은 당혹감? 그의 검은 두 눈이 잠시 멍해지는 것도 같았다.

"무슨 뜻으로 하신 말씀인지……."

"굳이 설명하자면 제가 도영준 씨 부모님께 드릴 화과자를 샀을 때 제 앞에서 지갑을 꺼내 드셨던 마음과 같은 걸 거예요. 추가로 발생한 비용은 응당 지불하는 게 당연한 거라면서요. 그러니까 저도 그래야죠. 안 그러셔도 되는 걸 일부러 시간 내서 해주시는 건데."

침묵이 흘렀다. 군더더기 없이 깔끔한. 어리석은 기대감을 버리고 나니 마음이 한결 가볍고 후련하기까지 했다. 계기야 어찌 됐건 차려입고 나오길 잘했다는 생각이 들었다. 후줄근한 모습으로 이 순간을 마주하고 있었다면 땅을 파고 들어가고 싶을 만큼 비참하고 초라했을 테니까.

"토요일 4시쯤 시간 되신다고요? 그럼 엄마한테도 그렇게 말씀드릴게요. 참, 문자로 꼭 계좌번호 알려주세요."

입술 끝을 들어 올린 채경이 방긋 웃어 보였다. 그리곤 손을 뻗어 남은 커피를 단숨에 마셔 버렸다.

※

"도련님, 저녁은요?"

거실 입구에 초조한 얼굴로 서 있던 난희가 현관문을 열고 들어서는 영칠을 향해 다급히 물었다. 곧 시작하는 드라마가 있거나 아니면 비밀이 밝혀지는 등의 중요한 순간에 하필 제가 귀가한 탓일 것이다.

"먹었습니다."

그가 담담히 답하자 재빨리 몸을 돌린 난희가 뛰듯이 계단을 오르며 경쾌하게 소리쳤다.

"그럼 씻고 쉬세요!"

계단 너머로 금세 난희의 모습이 사라지자 조용히 열린 안방 문 사이로 명선이 모습을 드러냈다.

"왔니?"

"네. 아버님은요?"

"오늘 좀 늦으신댔다. 대경전자 신 회장이 드디어 손주를 얻었다는구나. 그 집도 어찌나 손이 귀한지."

흠음, 하고 내쉬는 한숨이 오늘따라 유난히 깊게 느껴져 걸음을 옮기려던 영칠의 마음도 무겁게 가라앉았다. 드러내 놓고 표현하진 않으시지만 한숨 끝에 묻어나는 은근한 부러움을 어찌 모를 리 있겠는가.

"어머니."

묵묵히 입을 다물고 있던 영칠이 불현듯 무언가 궁금한 것이 있다는 듯한 얼굴로 명선을 불렀다.

"응?"

"제가 만나는 사람이 있다고 말씀드렸을 때 어떠셨습니까?"

조금은 뜬금없기도 한 영칠의 물음에 잠시 미간을 좁히던 명선이 고개를 들어 아들의 얼굴을 바라봤다.

"처음엔 믿기지 않다가 반가웠지. 어떤 아이일까 궁금하기도 하고 조금 걱정이 되기도 하고."

"은채경 씨를 보시고 나서는요?"

연신 웃음을 지우지 않던 채경의 얼굴을 떠올린 명선이 보일 듯 말 듯한 미소를 드리운 채 입술을 움직였다.

"예쁘더구나. 모난 구석 없이 둥글둥글, 싹싹한 것도 마음에 들고, 애쓰는 모습도 보기 좋았고."

그런데 그건 왜 묻느냐는 눈으로 바라보던 명선이 문득 스며든 불안감에 얼른 웃음을 거두며 급히 말을 이었다.

"왜? 네 눈엔 달리 보이는 게야? 아니면 이름 때문에 여전히……. 혹 개명 신청을 하지 않은 게야?"

물끄러미 명선을 응시하던 영칠이 천천히 고개를 저었다.

"그런 것 아닙니다."

"그런데 갑자기 그건 왜……."

"토요일에 은채경 씨 어머님을 뵙기로 했습니다."

걱정으로 굳어 있던 명선의 얼굴에 금세 화색이 돌았다.

"토요일에?"

"네."

확인하듯 묻는 명선의 목소리에 영칠이 덤덤히 답했다. 입가를 끌어 올린 명선이 얼른 손을 뻗어 영칠의 팔을 톡톡 다독였다.

"그래, 진즉에 그랬어야지. 잘 생각했다."

하지만 화사해진 명선의 얼굴과 달리 영칠의 얼굴에는 잔뜩 그늘이 진 상태이다. 좀처럼 표정을 드러내지 않는 아들임을 알기에 명선은 영칠의 이런 모습에 자꾸만 눈길이 갔다. 인사를 드린다니 긴장되어 그런 건가 싶으면서도 차마 묻지 못한 명선이 슬쩍 말을 돌리며 영칠의 얼굴을 살폈다.

"가을에 시작한다던 드라마 때문에 힘이 드는 게니? 얼굴이 안 좋구나."

"드라마는 이렇게 어렵⋯⋯."

억눌렀던 뭔가를 토해내려던 영칠이 갑자기 입술을 꾹 다물고는 고개를 저었다.

"아닙니다."

드라마와는 상관없는 문제인 게야. 영칠의 반응을 지켜보던 명선의 시선이 깊어졌다.

"쉬세요."

단정하게 고개를 숙인 영칠이 몸을 돌려 자신의 방이 있는 방향으로 다리를 움직였다. 일찌감치 오피스텔을 얻어 독립한 작은형을 제외하고 1층엔 부모님과 제가, 그리고 2층엔 큰형 내외가 살고 있다. 소음을 만들어낼 아이들이 없는 집 안은 늘 고요함에 잠겨 있었다. 방으로 향하는 지금도 슬리퍼가 바닥과 마찰하는 아주 미세한 소리만이 들릴 뿐이다. 몸에 밴 듯 익숙하고 당연한 일상이기에 그는 한 번도 걸음을 내디딜 때마다 따라붙는 적막에 대해 거부감을 가져본 적이 없다. 하지만 오늘은 뭔가 낯설고 거북했다.

달칵.

방문을 열고 들어선 영칠이 손에 들고 있던 브리프케이스를 책상 위에 얹으며 넥타이를 느슨하게 끌어 내렸다. 아까부터 자꾸만 싸늘하게 변한 채경의 얼굴이 어른거렸다. 아파트 주차장에서 만났을 때와는 전혀 다른 모습이었다. 다른 사람의 감정 변화까지 신경 쓸 여력이 있는 것도, 또 원래 그런 주변머리가 있는 것도 아닌데 이상하게 그녀와 헤어진 뒤로 내내 가슴이 갑갑했다.

"굳이 설명하자면 제가 도영준 씨 부모님께 드릴 화과자를 샀을 때 제 앞에서 지갑을 꺼내 드셨던 마음과 같은 걸 거예요. 추가로 발생한 비용은 응당 지불하는 게 당연한 거라면서요. 그러니까 저도 그래야죠. 안 그러셔도 되는 걸 일부러 시간 내서 해주시는 건데."

그녀가 한 말을 떠올리며 영칠이 '화과자라……' 하고 중얼거렸다. 자신의 집에 인사를 드리러 오던 날, 차에 오른 채경은 무릎 위에 놓인 화과자를 보며 쑥스럽지만 제법 환한 미소를 짓고 있었다. 물론 제가 지갑을 꺼내 들기 전까지의 일이긴 하지만.

그녀가 스스로 이해하고 설명한 대로 자신은 분명 추가로 발생한 비용을 지불하려 했던 것뿐이다. 분명 그것이 당연한 일이라 생각했는데 제게 계좌번호를 알려달란 채경의 말은 묘하게 거슬렸다.

"굳이 설명하자면 제가 도영준 씨 부모님께 드릴 화과자를 샀을 때 제 앞에서 지갑을 꺼내 드셨던 마음과 같은 걸 거예요."

채경의 음성이 반복해서 귓전을 울렸다.

"은채경 씨도 이런 마음이었습니까?"

나직이 혼잣말을 중얼거린 영칠이 옅은 한숨을 뱉어내며 고개를 돌렸다. 머리가 아플 때면 한 주먹씩 초콜릿을 꺼내 먹던 간식 상자가 눈에 들어왔다. 평소 같았으면 벌써 손을 뻗고도 남았을 테지만 저 스스로조차 믿기지 않게도 전혀 단것이 당기지 않았다. 일단 뜨거운 물에 샤워부터 해야겠단 생각에 영칠이 빠르게 단추를 풀어 내렸다. 욕실을 향해 움직이는 그의 발걸음에는 흔들림이 없었다.

제10장 불꽃

"10,000시간의 법칙? 그게 뭔데?"

침대에 누운 그대로 전화기를 귀에 붙이고 있던 채경이 드디어 전화기를 손으로 옮겨쥐며 현아에게 물었다.

〈말 그대로 10,000시간. 어느 한 분야의 전문가가 되기 위해선 그만큼의 시간을 투자해야 한다는 거지.〉

"10,000시간이면 얼마야."

전화기를 고쳐 쥔 채경이 몸을 굴리며 중얼거리자 재깍 답이 돌아왔다.

〈416일 하고 16시간.〉

"그걸 그새 계산해 봤어?"

〈인터넷 검색해 봤지. 네가 묻는다고 바로 답할 정도의 두뇌였다면 지금쯤 카이스트 인공위성 연구센터에서 첨단 소형 위성을

통한 우주 탐구에 대해 연구 개발 중이지 않을까?〉

"아."

그 간단한 걸 왜 떠올리지 못했을까 하며 채경이 가볍게 피식거리자 이번엔 나름 단단히 각오를 다졌는지 꽤나 진지한 목소리가 들려왔다.

〈내가 여태 이 모양 이 꼴인 건 아직 그만한 노력을 하지 않았기 때문이라 생각하기로 했어.〉

"왜 갑자기 자학 모드야? 그만하면 너 충분히 노력한 거 맞거든?"

〈시끄러. 뭐라도 핑계 삼지 않으면 안 될 것 같아 내가 노력을 안 한 탓이라고 열심히 세뇌 중이란 말이야.〉

공모전에 당선이 되고도 또다시 공모전을 준비하던 현아는 그토록 가슴 졸이던 결과를 발표하던 날 제 머리 위로 쏟아지는 햇살을 바라보며 이렇게 중얼거렸다. '비록 성과는 없었지만, 쉬지 않고 공모를 준비한 나에게 수고했다고 말해주는 것 같아' 라고.

'비까지 내렸다면 기분이 정말 구질구질했을 텐데 이렇게 하늘이 맑잖아' 하고 덧붙이며. 그러다 잔뜩 술이 취한 어느 날엔가는 이런 제 삶이 죽어라 밀어 올려도 결국은 떨어질 게 뻔한 바위를 굴리는 시지프스와 다를 게 무엇이냐며 푸념했다. 그때 제가 했던 위로는 '자신이 조각한 완벽한 여인상이 정말 살아 있는 사람으로 변해 원하는 사랑을 할 수 있게 되었던 피그말리온처럼 네가 쓰는 대사 하나하나에 간절한 바람을 담다 보면 언젠가 너의 드라마를 피 같은 돈을 주고 다시 보기 하고 있는 나의 모습을 보게 될 것이다' 였을 것이다. 그런데 요즘 드는 생각은 그건 우리가 아닌 피그말리온이었기 때문에 가능했던 것이 아닐까 하는, 간절하던 믿음이 사라진 의심인 것 같다.

피그말리온 효과(Pygmalion Effect). 어찌 보면 현아가 주구장창 입에 달고 살던, 오랫동안 꿈을 그리는 사람은 마침내 그 꿈을 닮아간다던 앙드레 말로의 말과 다를 것 하나 없는 소린데, 누군 피그말리온처럼 절박하게 자신의 꿈을 조각하지 않아 매번 좌절하는 건 아니지 않겠는가. 결국 가슴에 품어야 할 건 희망이고 버려야 할 건 헛된 기대란 소리다. 희망은 품으면 품을수록 꿈에 가까워지겠지만 헛된 기대는 절망만 가져다주니까.

평소 같았으면 같잖은 위로라도 건넸을 테지만 엎드린 채 전화기를 쥔 채경은 아무런 말을 할 수 없었다. 아무리 간절히 바란다 해도 세상에 존재하지 않는 아프로디테가 제 소원을 들어줄 리 없다는 걸 그녀 역시 깨달았기 때문이다. 그런 건 인간극장 같은 다큐멘터리나, 혹은 일과 사랑을 동시에 쟁취하며 해피엔딩으로 마무리되는 드라마에서나 봄 직한 결말이었다. 나와는 정말 상관없는.

그래도…….

"그래도 너는 낙타가 바늘구멍 들어가는 것보다 힘들다는 공모전 당선도 됐었잖아. 10,000시간의 절반은 먹고 들어간다고 생각해."

〈나도 그러고 싶은데, 낙타가 코끼리 업고 바늘구멍 들어갔다 나온 사람도 다시 또 공모 준비 중이란 사실이 내 목을 죄어. 공모전 당선? 그거 다 같이 달리는 운동장에서 메이커 운동복 입고 뛰

는 선수 정도라고 보면 되는 거야. 와, 저 사람은 메이커 입었네 정도?〉

어쩌면 그럴지도 모르겠다. 유명 브랜드의 운동복을 입었다면 얼마간은 부러운 시선을 받게 될 테지만 그렇다고 먼저 결승선에 도달하는 건 아닐 테니까. 하지만 그렇게 힘든데 왜 그만두지 못하느냐 묻지 못했다. 글을 쓸 때보다 글을 쓰지 못할 때 미치도록 힘이 들더란 현아의 말이 떠올랐기 때문이다.

"까짓 10,000시간, 도전해라. 416일 하고 16시간? 1년 조금 넘는 시간인데, 뭐."

나라도 용기를 줘야겠단 생각에 툭 말을 뱉자 전화기 너머로 푸시시 바람 빠지는 소리가 들려왔다.

〈허, 너는 좀 다를 줄 알았는데.〉

"뭐가?"

〈나랑.〉

"응?"

〈그래, 1년 조금 넘게 죽어라 하면 될 것 같지?〉

"어."

〈나도 똑같은 생각을 했거든?〉

"근데?"

〈하루 3시간씩이면 3,333일, 거의 10년이고, 하루 8시간씩 투자해도 3년 반이 걸린다.〉

'무슨 소린지 알겠어?' 하고 묻는 현아의 목소리에 그제야 아, 하는 탄성이 흘러나왔다. 1년이 조금 넘는 시간이란 잠도 안 자고,

밥도 안 먹고, 응가도 안 싸고, 진밀 숨만 쉬며 매날려야 가능하다는 시간적 개념이다. 이런 아메바 같으니라고.

"하, 하하."

채경이 어색하게 웃자 쯧, 하고 혀 차는 소리가 들려왔다.

〈그러니까 앞으로 너도 협조하라고. 괜히 '삼겹살에 소주 한 잔?' 이러면서 유혹하지 말고.〉

나보다 네 위장에 먼저 협조 요청을 해야 할 텐데.

"알았어. 알았는데, 너무 무린 하지 말고. 응?"

〈걱정 마. 딱 수능 때만큼만 할 거야.〉

그럼 10년 후에나 볼 수 있단 소린데.

하루 세 시간 이상 집중하지 못하던 그녀의 고3 시절을 떠올리던 채경이 그래도 너만을 응원하는 내가 있으니 혹시나 삼겹살에 소주가 생각나거든 언제든 연락하란 말로 통화를 마쳤다.

"하아."

전화기를 내려놓은 채경이 옅은 숨을 뱉어내며 침대 시트에 얼굴을 묻었다. 시트에 볼을 댄 채 잠시 눈을 감고 있는데 지잉, 하고 느껴지는 휴대전화의 진동이 느껴졌다. 더듬더듬 손을 뻗어 뒤집혀 있는 휴대전화를 집어 든 채경이 손가락으로 쓱 밀어 문자 메시지를 확인했다.

〈안녕히 주무십시오.〉

매일같이 이어지고 있는 같은 메시지. 발신자는 예상대로 영칠이었다. 그날로부터 벌써 나흘이나 지나 있다. 이제 더는 병원에 가지 않아도 되는 손등에 남아 있는 희미한 흔적을 바라보며 '계좌번호나 알려달라니까' 하며 입술을 삐죽였다. 늘 보내던, '네, 도영준 씨도 안녕히 주무세요'라는 답 문자를 적기 위해 손가락을 움직이는데 다시 한 번 짧게 진동이 울렸다.

〈내일 4시에 가게로 찾아뵙겠습니다.〉

그러고 보니 내일이 토요일이다. 물론 주말 식사 시간대에 손님이 몰리는 건 사실이지만 그렇다고 딸내미가 만나는 남자 밥도 못 먹일 만큼 바쁘진 않다며 영옥은 당장 시간을 바꿀 것을 종용했다. 그리고 처음 인사 오는 건데 어떻게 가게로 부를 생각을 했냐며 등짝을 후려쳤다. 하지만 굳이 시간을 변경하고 싶지도, 또 그 사람을 집으로 부르고 싶지도 않았다. 따로 집으로 불러 밥을 먹일 만큼 친밀한 사이도 아닐뿐더러 한발 양보해 식사 시간에 맞춰 그를 가게로 부른다 한들 황태 일색인 메뉴 사이에서 젓가락 둘 곳 몰라 당황해하는 영칠의 모습을 마주하고 싶지도 않았다. 그렇다고 황태에 누텔라 잼을 발라줄 순 없는 노릇이 아닌가. 당장 전화해 시간과 장소를 변경하란 영옥의 말에 채경은 등짝을 맞아가면서도 완강히 고개를 저었다.

"차라리 잘된 거지, 뭐."

혼잣말을 한 채경이 물끄러미 전화기를 바라보다 썼던 내용을 톡톡 지우곤 간단하게 답했다.

〈네.〉

전송 버튼을 누른 채경이 끄응, 몸을 일으켜 앉아 노트북 전원을 켰다. 부팅되는 동안 이리저리 목을 꺾으며 톡톡 어깨를 두드린 채경이 마우스를 움직이곤 곧바로 키보드를 두드렸다.

"어?"

채경의 눈이 반짝 빛났다. 오랜만에 보는 뭘더님의 쪽지가 그녀를 반기고 있었다.

『오랜만에 뵙네요. 잘 지내고 계신가요? 전 요즘 미련을 버리지 못한 일 때문에 열심히 고민하고 있는 중입니다. 이제 얼마 뒤면 캐나다로 떠날 텐데, 괴로워 죽고 싶다 느낄 정도로 공부를 해도 시원찮을 판에 도저히 포기 못할 일에 매달려서는. ㅎㅎ

포기를 해야 하는 건지, 또 포기를 할 수 있을진 모르겠지만 포기하지 않는 순간까진 그냥 견뎌보려고요. 지나고 나면 아, 그 시간이 나에겐 꼭 필요했어, 라고 후회는 하지 않았으면 좋겠는데. 그래서 이 시간을 잘 보낼 방법을 찾는 게 지금 제가 할 수 있는 일이 아닐까 합니다.

어디선가 읽은 기억이 있는데, 고민이 있을 땐 베개가 가장 좋은 친구라고 하더군요. 오늘 밤은 저를 괴롭히는 고민을 훌훌 털어버리고 베개를 친구 삼아 잠을 자봐야 할 것 같습니다. 순데렐라님께도 편안한 밤이길.』

쪽지를 읽은 채경이 느리게 눈을 깜빡였다. 도저히 포기 못할

일. '혹시 여자?' 라고 생각하며 채경은 픽 웃었다. 세상 모든 고민을 남녀 문제로 국한해 버리는 제가 우스웠기 때문이다. 여자가 있을 거란 생각은 해본 적이 없는데 의외로 덤덤히 받아들여졌다. 유학을 떠나기 전에 얼굴 한 번 봐야 하지 않겠냐며 현아와 함께 의지를 불사르던 그때와는 전혀 다른 기분이다. 포기가 빠른 편이라 그런 건가. 암튼 잘됐으면 좋겠네 하며 중얼거리는 순간 들려온 현관 벨소리에 휙 고개가 돌아갔다. 항상 제가 문을 열고 들어오던 기훈이 오늘따라 벨을 누를 리는 없을 테니 아마도 가게를 마친 엄마가 돌아온 것이 분명했다. 노트북을 덮은 채경이 침대에서 몸을 일으켜 어기적어기적 걸음을 옮겼다.

달칵.

문이 열림과 동시에 채경의 시선이 가장 먼저 향한 곳은 바로 오늘도 어김없이 영옥의 손에 들려 있는 종이가방이었다. '오늘도 또?' 하는 얼굴로 바라보던 채경은 그보다 앞서 날아든 물음에 시선을 들어 올렸다.

"기훈이는?"

들어오자마자 기훈이부터 찾는 영옥을 보며 채경이 슬쩍 인상을 찡그리며 고개를 저었다.

"오늘도?"

"응."

거실 소파에 털썩 주저앉은 영옥이 심각한 얼굴로 방문을 돌아봤다. 다시 생각해 봐도 영칠을 집이 아닌 가게로 부른 것은 정말 잘한 결정인 것 같았다. 이런 분위기에서 어떻게 '기훈아, 토요일에 누가 오는데 같이 밥이나 먹자'라는 말을 건넬 수 있을까.

"내일 도영준인가 하는 사람 만나고 나면 밤에 기훈이 붙잡고 얘기 좀 해봐야겠다. 참, 이거. 그…… 아, 애플망고 아이스크림."

이미 보냉 포장이 된 아이스크림의 뚜껑을 열어 안에 든 내용물을 확인하고 있는 채경을 바라보며 영옥이 말했다. 한 손에 뚜껑을 든 채 아이스크림을 내려다보던 채경이 스윽 시선을 들어 올리며 입술을 움직였다.

"오늘도 그냥, 내가 좋아하는 거라 그냥, 그러니까 엄마가 직접 사온 거라고."

'그냥'과 '직접'이란 단어를 힘주어 강조하며 채경이 평이한 어조로 물었다.

"……응."

"그제는 W호텔 베이커리의 촉촉한 마블 케이크를, 어제는 바닐라 향이 끝내주는 바닐라빈 마카롱을, 오늘은 친환경 유기농 원료만을 사용해 소량만을 만드는 탓에 조금만 늦게 가면 절대 맛볼 수 없다는 이 수제 아이스크림을. 응?"

"……그렇지."

"그것도 엄마가 직접."

"……어."

"언제부터 우리 엄마가 딸내미 디저트 취향까지 이렇게 꿰고 계셨을까. 그것도 손 떨려서 쉽게 사 먹지 못하는 메뉴들로만."

"먹고 싶은 건 먹어야지, 뭘 그런 걸 가지고 손까지."

"엄마가 한입에 쏙 집어넣던 어제 그 마카롱은 한 개에 무려

4,000원이나 하는 건데."

"뭣이, 그 째깐한 것이 4,000? 오메, 돈이 썩⋯⋯."

정말 많이 흥분한 것인지 한동안 들을 수 없던 영옥의 사투리에 채경이 씩 입술 끝을 비틀어 올렸다.

"그러니까."

말을 끊어낸 채경이 스윽 몸을 숙여 영옥의 코앞에 얼굴을 들이밀었다.

"솔직히 부셔."

"불긴, 뭘?"

"어디서 난 거냐고."

애플망고 아이스크림을 내밀기 전, 원래 제 것이 아니라 엄마 것이 아닐까 하는 생각을 잠시 했다. 엄마를 좋아하는 누군가가 은근슬쩍 놓고 간 것을 차마 밝힐 수 없던 엄마가 그냥 너 주려고 샀다고 핑계 댄 것이라고. 하지만 그렇게 추측하기에 요 며칠 엄마가 들고 온 마블 케이크며 마카롱, 그리고 지금 제 앞에 놓인 아이스크림까지 모두가 완벽히 제 취향의 것들이다. 이것이 설마 그동안 감춰두었던 엄마의 취향일 리는 없을 테고. 그렇다면⋯⋯.

"실은 네가 좋아하는 거라고 갖다 주라 그러더라."

입술을 모은 채 생각에 잠겨 있는데 불쑥 영옥의 목소리가 들려왔다. 휙 채경의 고개가 돌아갔다.

"누가?"

"얘기하지 말랬는데."

"그러니까 누가?"

자꾸만 머뭇거리는 영옥의 태도에 기어이 큰 소리가 튀어나오고 말았다. 하아, 대체 누가…….

거칠게 앞머리를 쓸어 올리던 채경의 머릿속에 갑자기 떠오른 얼굴은 영철이다. 그의 얼굴을 떠올림과 동시에 말도 안 된다는 생각도 함께 밀려들었다. 그래, 말이 안 되는 거잖아, 그 사람 얼굴을 떠올리는 건. 그럼에도 자꾸만 어리석은 미련 한 자락이 그녀의 마음 끝에 동동 매달려 있다.

"그날 찾아왔던 그……."

영옥의 입술을 뚫어져라 바라보던 채경이 쉽게 이름을 떠올리지 못하는 그녀를 대신해 다급히 물었다.

"도영준 씨?"

"아니."

그럼?

"아, 서준우랬나?"

아슬아슬하게 요동치던 심장이 쾅 소리를 내며 박살이 났다.

"서…… 준우?"

그녀가 표정이 사라진 얼굴로 묻자 아직 채경의 상태를 인지하지 못한 영옥이 고개를 끄덕이며 답했다.

"응. 전에 가게 와서 너 찾던."

하아! 들고 있던 아이스크림 뚜껑을 내려놓은 채경이 그대로 손을 올려 얼굴을 쓸어내렸다. 이유는 알 수 없지만 가슴께를 슬쩍 스치는 허탈감에 입술 사이로 픽 헛웃음이 새어 나왔다.

"그저께 밤에 마블 케이크를 들고 찾아왔더라고."

다시 또 입술이 흔들릴까 꾹 힘을 준 채경이 고개를 내린 채 묵묵히 영옥의 말을 들었다. 가게로 찾아온 그는 꾸벅 허리를 숙이곤 마블 케이크가 담긴 쇼핑백을 내밀었다고 한다. 이게 뭐냐 물음에 그는 '채경이가 좋아하는 겁니다. 그런데…… 제가 줬다면 채경이 화낼 겁니다. 그러니 그냥 어머님이 사신 거라고……' 하며 붙잡을 새 없이 금세 사라졌단다. 뭔가 사연이 있음을 직감한 엄마는 일단 입을 다문 채 서준우가 시킨 대로 마블 케이크를 건넸고, 전후 사정을 알 리 없는 저는 그냥 맛나게 받아먹은 것이다. 그렇게 하루가 지나 그 다음날, 엄마의 예감대로 서준우는 마카롱이 든 종이가방을 들고 다시 가게를 찾았고, 급히 몸을 돌려 사라지려는 그를 데리고 근처 커피숍으로 들어갔다고 한다.

　"어제 그 빵은 총각이 말한 대로 내가 산 거라 그랬어요."
　"감사합니다."
　"저기, 내가 돌려 말하고 그런 거 잘 못해요. 그래서 말인데, 우리 채경이랑은 무슨 사인가요?"
　"예전에 같은 직장에 다녔습니다. 잠시 사귀었고요."
　"직장에 다닐 때면 한참 전인데, 근데 뭐 안 좋게 끝났나 보네."
　"제가…… 제가 채경이 마음을 많이 아프게 했습니다. 그땐 몰랐는데 헤어지고 나니까 정말 후회가……."
　"흠. 그럼 이딴 과자 조각을 들이밀 게 아니라 사과를 했어야지. 이건 필요 없으니까 도로 가져가요. 그런 줄 알았으면 어제 그 빵도 안 받았어."

"사과는 했습니다. 채경이도 사과를 받아줬지만, 그래도…… 다 쳤던 마음이 고작 한마디 사과로 치유될 수 있는 건 아니니까……. 그냥 채경이 좋아하는 거라도, 그렇게라도 뭔가 채경이한테……."

"그놈 혹시 바람피웠냐?"

찜찜해서 안 받으려고 했는데 너 주려고 산 거니까 너한테 줄 거 아니면 그냥 쓰레기통에 버리라고 하도 간절하게 말해서 할 수 없이 들고 왔다는 영옥이 슬그머니 채경의 눈치를 살피며 물었다. 그래도 사정은 알아야 앞으로 뭘 어쩌든 할 테니까.

"응? 바람피웠냐고?"

채근하듯 물어오는 영옥의 물음에 채경이 질끈 입술을 깨물었다. 바람을 피운 건 맞다. 그래서 헤어진 것도 틀림없는 사실이다. 하지만 다시 말해봤자 바뀔 것 없는 과거를 굳이 엄마에게까지 알려 덩달아 속상하게 만들고 싶지는 않았다. 이미 쿨한 척 사과까지 받아준 마당에……. 고민하던 채경이 가만히 고개를 저었다.

"그럼 대체 무슨 잘못을 저질렀기에 그렇게 남자가 안절부절못해? 응?"

기어이 답을 듣겠다는 듯 자리를 옮겨와 옆구리까지 쿡쿡 찔러대며 묻는 영옥의 목소리 위로 묵직한 음성 하나가 겹쳐져 울렸다.

"미안해. 그 말이 하고 싶었어."

"떠나기 전에 얼굴 보고 사과할 수 있어서 마음이 조금은 편하다."

"내가 많이 뻔뻔한 줄은 알지만, 가기 전에 밥 한번 먹을 수 있을까? 마리오, 그 앞을 지날 때마다 항상 네 생각이 났어."

내가 너무 모질게 대한 걸까? 아니야. 사과를 받아준 게 어디야. 그럼 된 거지. 더는 증오하지 않기로 한 거니까. 이제 더 이상 내가 뭘 어쩔 건 없는 거야.

"은채경!"

전혀 반응 없는 채경을 향해 영옥이 버럭 소리를 지르자 그제야 상념에서 깨어난 채경이 눈을 들어 올리며 입술을 움직였다.

"그냥 서로가 안 맞았을 뿐이야. 그래서 헤어졌어."

"에이구, 지지배. 네가 막 성깔 부리고 그런 거 아냐?"

고개를 푹 숙인 채 오직 채경이만 걱정하고 챙기던 남자를 떠올린 영옥이 파삭 미간을 찡그리며 딸을 돌아봤다.

"착해 보이던데. 나한테도 사근사근하고."

"그래서 어쩌라고."

"그냥 그렇다고."

그 도영준인가 하는 사람만 아니었으면 어떻게 잘 좀 해보라 그럴 텐데. 영옥이 쩝 입맛을 다시며 몸을 일으켰다.

"서준우. 혹시라도 또 찾아오면 이제 이딴 거 받지 말고 그냥 돌려보내."

"나도 그냥 돌려보내려고 했어. 근데 버리라는데 어째."

채경이 서서히 녹아내리기 시작한 아이스크림을 말없이 바라보고 있자 답답하다는 듯 영옥이 말했다.

"그래도 네 생각해서 사다 준 건데, 진짜 때려죽일 만큼 나쁜 놈 아니었으면 그냥 먹어줘. 아이스크림이 뭔 죄냐."

"나는 불편하니까 앞으론 받지 말고 돌려줘."

분명 처음엔 꽁꽁 얼어 있었을 아이스크림은 조금씩 시간이 지남에 따라 단단하던 모습을 부서뜨리며 녹아가고 있었다. 마치 서준우에 대해 단단히 쌓인 원망이나 미움이 조금씩 흐트러지는 것처럼. 아무리 어쩔 수 없다 해도 원망의 대상으로 서로가 기억되길 반길 사람은 없을 것이다. 그것을 위해 서준우는 나름의 노력을 하고 있는 중이고, 딱지가 앉아 있던 상처는 덕분에 희미한 흔적만을 남기며 아물어가고 있다.

하지만 한번 녹아버린 아이스크림은 다시 얼린다 해도 본연의 상태로 되돌아가지 않는다. 게다가 이미 녹아 흐르기 시작한 아이스크림에 미련을 두기엔 그에 대한 아쉬움이 조금도 남아 있지 않았다. 영옥이 방으로 들어가는 것을 확인한 채경은 흐물흐물 녹고 있는 아이스크림을 챙겨 주방으로 가져갔다. 통을 거꾸로 뒤집자 철퍽, 하고 아이스크림이 쏟아졌다. 먹을 것을 버린단 죄책감이 잠시 그녀의 마음을 괴롭혔지만 이내 손을 뻗어 수도 레버를 젖혔다. 쏴아. 시원한 소리와 함께 지저분하게 엉겨 있던 아이스크림이 깨끗이 씻겨 내려갔다. 물끄러미 그것을 바라보던 채경이 물을 잠그며 자신의 방을 향해 몸을 돌렸다.

❋

토요일 오후.

막 3시를 넘긴 시간을 확인하며 엘리베이터를 나선 채경이 터벅터벅 걸음을 옮기기 시작했다. 집에서 나오기 전, 청바지와 티셔츠를 놓고 심각하게 고민하던 그녀는 결국 하얀 데님 바지에 쉬폰 블라우스를 받쳐 입었다. 대신 별다른 머리 손질이나 화장은 하지 않고 입술에 살짝 립글로스만 바르고 나선 길이다.

7월을 코앞에 둔 탓인지 조금 덥다 싶은 열기가 햇빛이 반사된 도로를 통해 전해지고 있었다. 딱히 들뜨지도 가라앉지도 않은 기분으로 거리를 걷다 보니 어느새 가게 앞에 이르러 있었다. 문을 열고자 손을 뻗던 채경이 이내 손을 거둬들이고 시각을 확인했다. 약속 시각까지는 꽤 많은 시간이 남아 있었다. 몸을 틀어 주차장 옆 담배를 피우거나 커피를 마시는 손님들을 위해 놓은 벤치로 향한 채경이 그 위에 가만히 몸을 앉혔다. 머리 위로 그늘을 드리운 나무 덕인지 간간이 불어오는 바람은 꽤 선선하게 느껴졌다. 창문을 열어놓고 달리는 차에서 흘러나온 음악이 잠시 도로를 메우다 사라졌다. 싫지 않는 느낌에 슬쩍 입술 끝을 올린 채경이 그대로 눈을 감았다. 하루 사이 꽤 여유로운 사람이 되어 있는 기분이다.

"채경아."

얼굴 위로 쏟아진 낯익은 음성에 번쩍 눈을 뜬 채경이 제 앞에 커다란 그늘을 만든 채 서 있는 남자를 향해 멍한 시선을 던졌다. 해를 등지고 선 탓에 눈이 부셨지만 그렇다고 목소리의 주인을 알아보지 못할 리 없었다.

"준우 씨?"

벌띡 몸을 일으킨 채경이 여전히 저를 내려다보고 있는 준우와 마주해 섰다. 준우 씨라……. 이렇게 직접 호칭을 부른 건 헤어진 후로 처음이다.

"더운데 여기서 뭐 하고 있어?"

그가 다정한 음성으로 물었다. 마치 헤어질 때의 기억 따윈 가위로 싹둑 잘라낸 듯 무척이나 친근하게.

"왜 또 온 거야?"

달가운 멘트는 아니었지만 첫날처럼 인상은 찌푸려지지 않았다. 그냥 궁금해서 물어본 것 같은 지극히 평이한 말투였다.

"어, 그냥……."

말끝을 흐린 준우가 손에 들고 있던 종이가방을 등 뒤로 숨겼다. 하지만 이미 채경의 시선에 걸린 뒤다. 힐긋 눈동자를 움직인 채경이 덤덤한 말투로 물었다.

"그것도 나 주려고?"

"알…… 았어?"

눈이 마주친 준우가 어쩔 줄 몰라 하는 표정으로 고개를 숙였다.

"미안."

그의 입에서 풀 죽은 목소리가 흘러나오자 숨을 뱉어낸 채경이 준우를 향해 입술을 움직였다.

"준우 씨."

"응."

"그만하면 됐어."

나직이 뱉은 그녀의 말에 준우의 얼굴이 눈에 띄게 굳는 것이 보였다.

"충분히 고마워."

"무슨……."

"정말이야."

"불편하게 했다면 미안해. 나는 그저……."

천천히 앞머리를 쓸어 올린 준우가 살짝 떨리는 음성으로 말을 이었다.

"그저 뭐든 해주고 싶었어. 하지만 네가 날 불편해하니까 너 모르게라도 챙겨주고 싶었어."

마치 상처라도 받은 듯한 그의 눈빛에 채경의 마음도 함께 가라앉았다. 거꾸로 그에게 상처를 입힌 가해자가 된 기분이다.

"네가 좋아하던 것들을 사러 가면서 솔직히 기분이 묘했어. 다시 옛날로 돌아간 것도 같았고. 기억나니? 우리가 예전에……."

"은채경 씨?"

준우의 말을 막아서며 들려온 영칠의 목소리에 두 사람의 고개가 동시에 돌아갔다. 언제나 단정한 슈트 차림이었지만 오늘따라 유난히 더 근사한 모습의 영칠이 그녀의 곁에서 갸우뚱 고개를 기울이고 있었다. 벌써 4시인가? 동그랗게 뜬 눈으로 영칠을 올려다보던 채경이 퍼뜩 정신을 차리며 그에게로 몸을 돌렸다.

"오셨어요?"

"네. 그런데……."

영칠의 시선이 그녀의 뒤에 서 있는 준우에게로 향했다. 막 준우가 입술을 떼려는 순간 채경이 먼저 입을 열었다.

"아, 옛날 직장 동료인데 이렇게 우연히 만났네요."

그리고는 얼른 뒤를 돌아보며 준우에게 손짓했다.

"만나서 반가웠어. 조심해서 가."

정말로 털끝만큼의 미련도 담기지 않은 얼굴로 그녀가 인사를 하자 잠시 멍한 상태로 서 있던 준우가 그대로 몸을 돌려 천천히 걸음을 옮기기 시작했다. 이게 아닌데. 이렇게 가면 안 되는 건데. 화장실에 앉아 있다 그냥 나온 것처럼 뭔가가 찜찜하고 못마땅했다. 막 마음이 흔들리려는 순간이었는데. 하필 그때 나타난 그 남자만 아니었다면…….

그의 걸음이 우뚝 멈췄다. 스륵 고개를 돌리니 181㎝인 저보다도 키가 큰 남자를 올려다보며 뭐라 말하고 있는 채경의 모습이 보였다. 남자와 눈이 마주쳤다. 위압적인 눈빛에 잠시 어깨가 움츠러들었지만 곧바로 몸을 바로 세울 수 있었다. 석상처럼 서 있던 남자의 눈이 가늘어짐과 동시에 준우의 눈에서도 번쩍 불꽃이 튀었다.

설마 그때 그? 전에 까만 재규어에서 내리던 채경을 떠올린 준우가 얼른 주차장에 주차된 차들을 눈으로 훑었다. 하필 제 차 바로 옆에 주차된 재규어를 발견한 준우의 미간이 심하게 구겨졌다. 진짜 남자가 생긴 건가? 꾹 다물려 있던 입술 끝이 한껏 비틀렸다. 원인을 알 수 없는 분노가 가슴 안에서 치밀어 올랐다. 은채경, 네가 이러면 안 되는 거잖아.

앞에 선 채경이 무언가를 묻고 있었지만 묵묵히 한곳을 응시하고 있는 영칠의 귀엔 아무것도 들어오지 않았다. 지금 저와 시선을 부딪치고 있는 남자의 눈에 어려 있는 것은 분명 강한 경계심이었다. 게다가 손에 쥐고 있던 사탕을 빼앗긴 듯 활활 분기(憤氣)를 뿜어내는 얼굴이란.

"……씨, 도영준 씨?"

고개는 그대로 둔 채 시선을 내리자 말간 눈으로 저를 바라보고 있는 채경의 얼굴이 보였다.

"저기 서 있는 은채경 씨 옛날 직장 동료분은 뭔가 미련이 많이 남아 있는 얼굴입니다만."

"네?"

그녀가 돌아보려 하자 영칠이 다급히 그녀의 어깨를 잡으며 외치듯 말했다.

"아닙니다!"

"……?"

의아한 듯 영칠을 바라보던 채경이 할 말을 찾기 위해 입술을 달싹거리고 있자 슬쩍 고개를 돌린 영칠 역시 멋쩍은 듯 헛기침을 했다. 그의 손엔 백화점 로고가 찍힌 쇼핑백이 들려 있었다. 채경의 시선을 느낀 영칠이 아, 하며 입을 열었다.

"어머님께 드릴 홍삼을 좀 샀습니다."

그리고는 재빨리 말을 이었다.

"지갑 꺼내겠다는 말씀은 말아주십시오. 그땐 제가 생각이 짧았습니다. 불쾌하셨다면 용서하십시오."

아마도 그날 지갑을 꺼내 화과자 값을 지불하려 했던 때를 말하는 깃 같다.

"당연히 그래야 하는 거라고 생각했는데, 그래서 그랬던 건데…… 제가 겪어보니 기분이 좋지 않았습니다."

그가 깊고 까만 눈을 내려 가만히 시선을 마주했다.

"어머님 뵙기 전에 미리 은채경 씨께 사과드려야 할 것 같아 조금 일찍 왔습니다."

심장 위로 단단히 쳐났던 방어벽이 부스스 무너지며 쿵쾅 요동치기 시작했다. 흔들리면 안 되는데. 요 며칠 얼마나 다짐하고 철저히 준비했는데.

"죄송합니다."

순간 온몸에서 힘이 쭉 빠져나갔다.

커다란 성인 남자 입에서 나온 '죄송합니다'라는 말은 뭐랄까, 울퉁불퉁한 자갈길을 맨발로 걷는 느낌을 들게 했다. 몸에 좋은 줄은 알지만 어쨌든 불편한. 사과를 받는 것은 당연한 일이겠지만 또 저렇게 정색을 하며 몸을 숙이니 마치 별것도 아닌 일로 크게 야단을 친 유치원 선생님이 된 기분이다.

"됐어요. 지난 일인데."

그녀가 시선을 내리며 들릴 듯 말 듯한 소리로 중얼거리자 이내 단호한 음성이 들려왔다.

"시간이 지났다는 이유로 그냥 지나치고 싶지는 않았습니다."

그녀가 내렸던 시선을 들어 올리자 오롯이 저에게로 고정된 그의 짙은 눈동자가 눈에 들어왔다. 짙다 못해 새까만 눈동자가 지그시 그녀를 응시하고 있다. 책에서만 보던 일렁거린다는 표현이 어떤 건지 알 수 있을 것 같았다. 그 일렁거리는 눈빛에 빠져들 것만 같아 얼른 눈을 깜빡인 채경이 빠르게 고개를 털어냈다. 그리곤 머쓱한 얼굴로 얼굴을 매만졌다.

"나도 똑같이 했으니까 그냥 서로 퉁쳐요."

"퉁이라면……."

그가 말끝을 흐리며 바라보자 채경의 얼굴이 '설마 그것도 몰라요?' 하듯 눈이 동그래졌다.

"알고 있습니다! 상쇄하다, 그거 아닙니까."

우와! 퉁치다는 말을 이렇게 우아하게 해석할 줄이야. 일렁이던 그의 깊은 눈동자 안에서 재빠르게 개헤엄을 쳐 빠져나온 채경이 풀어졌던 표정을 추스르며 '그렇죠?' 하고 대꾸했다.

"하아, 다행입니다."

긴장으로 굳어 있던 어깨를 풀며 영칠이 해맑게 웃음 지었다. 이 남자, 어떤 캐릭터인지 도무지 감이 안 온다.

"정식으로 인사드리겠습니다. 도영준입니다."

영옥 앞에서 정중히 허리를 숙인 영칠이 반듯한 미소를 지은 채 몸을 세웠다. 훤칠하게 큰 영칠을 올려다보는 영옥의 얼굴에 복잡한 감정이 스친다. 허우대는 이렇게 멀쩡한데……. 못내 아쉬운 마음에 애써 미소를 짓던 영옥은 '홍삼입니다' 하고 내민 쇼핑백에 진심에서 우러나는 환한 미소를 지어 보였다.

식사 시간이 지난 가게는 한가했지만 대신 이모들의 눈과 입은 바쁘게 움직이고 있었다. '어디서 본 것 같은데'라며 고개를 갸웃거리는 이모의 중얼거림에 채경이 우뚝 걸음을 멈췄다. 도영칠 씨에게 쟁반을 휘두른 날, 홀에서 고스란히 그 장면을 목격했던 이모였다. 헉, 숨을 삼킨 채경이 재빠르게 달려가 이모의 팔을 잡았다. 아, 하고 뭔가를 떠올리던 찰나 귓가에 입술을 갖다 댄 채경이 나직이 속삭였다.

"엄마한테는 비밀. 예?"

두 손을 모은 채경이 간절한 눈빛을 보내자 '그때 그 남자, 맞지?' 하는 귓속말이 돌아왔다. 고개를 끄덕인 채경이 재차 부탁했다.

"사정이 좀 복잡한데, 암튼. 엄마 알면 난 그날로."

채경이 손으로 목을 긋는 시늉을 하자 언제 또 그런 사이였대, 중얼거린 이모가 염려 말라는 듯 툭툭 어깨를 두드렸다. 쓸데없이 말을 옮길 분이 아니란 걸 알기에 채경이 안도하며 쪼르르 두 사람 곁으로 달려갔다. 채경에게 힐긋 시선을 주었던 영옥이 드르륵 방문을 열었다.

"들어가요."

"네."

가지런히 구두를 벗어둔 영칠이 방으로 들어서자 그리 좁지 않은 방이 꽉 들어차는 느낌이다.

"앉아요. 근데 키가 꽤 크네?"

영옥이 방석을 내주며 슬쩍 묻자 공손하게 목례로 답을 한 영칠이 영옥이 먼저 자리에 앉는 것을 보며 답했다.

"네, 188입니다."

헉! 188이나 됐구나. 채경이 그의 옆에 자리를 잡으며 속으로 생각했다.

"호오, 부모님이 키가 크신가?"

"아버님이 그 연세치곤 좀 크신 편이죠. 형님들 모두 185가 넘습니다."

'형님들'이란 말에 영옥의 얼굴이 한 단계 더 화사해졌다.

"형님들이라면…… 막내?"

"네. 삼 형제 중 막내입니다."

"아아!"

영옥이 만족스러운 얼굴로 크게 고개를 끄덕이는데 똑똑 소리와 함께 조용히 문이 열렸다.

"여기……."

주방 이모 하나가 슬며시 다과상을 밀어주자 냉큼 자리에서 일어난 채경이 '이모, 고마워요' 하고 입술로 말하며 눈을 찡긋했다. 재빠른 손길로 주머니에 있던 각설탕의 껍질을 까 영칠 몫의 커피에 풍당 빠뜨린 채경이 태연한 얼굴로 잔과 과일이 담긴 접시를 옮겼다. 마음 같아선 생크림을 올려주고 싶지만 주머니에 생크림을 숨겨둘 재준 없었다. 대신 잔 받침대에 여분의 각설탕을 두개 더 놓아줬을 뿐.

"들어요. 아유, 집으로 불러 밥을 먹였어야 하는데 이놈의지…… 집으로 부르면 많이 불편해할까 봐."

이놈의 지지배라 튀어나오려는 것을 간신히 눌러 삼킨 영옥이 웃음 지으며 영칠을 바라봤다. 예상대로 놓여 있는 각설탕을 조심스러운 손길로 죄다 까 넣은 영칠이 잔을 들어 입가로 가져갔다.

기대치보다 훨씬 단 키피맛 때문인지 그의 눈썹이 휘익 움식였다.

"회사 다닌다고 들은 것 같은데."

막 커피잔을 집어 들려던 채경의 고개가 휙 소리 나게 들렸다. 아뿔싸. 도영네트웍스!

"네, 도영네트웍스라고, 드라마를 제작하는 곳입니다."

이런.

"그럼 거기서 하는 일이……."

아, 안 돼요!

"본부장직을 맡고 있습니다."

망했다.

"본부장?"

영옥의 동공이 커다랗게 열렸다.

"네."

그의 대답에 스륵 눈매를 좁힌 영옥의 시선이 채경에게로 날아왔다. 하하, 오늘 밤엔 매타작이란 무엇인가 그 의미를 곱씹게 되겠구나. 채경이 애정을 담뿍 담은 눈으로 영옥을 바라봤다. 그러나 돌아오는 살벌한 미소에 그만 눈을 감을 수밖에 없었다.

"젊은 나이에 능력이 좋은가 보네."

순식간에 표정을 바꾸는 변검술사처럼 금세 온화한 미소를 머금은 영옥이 흐뭇한 얼굴로 영칠을 바라봤다.

"아버님이 일궈놓으신 곳에 그저 자리만 차지하고 있는 중입니다."

"아유, 겸손하기까지."

지금 엄마의 눈에서 흘러넘치는 건 조금도 모자람 없을 정도로 넉넉하여 만족하다는 흡족함?

"우리 채경이랑 만난 지는 얼마나 됐어요?"

"이제 4개월이 되어가고 있습니다."

"아아!"

한껏 눈매를 훤 영옥의 시선이 다시 채경에게로 움직였다.

'뭣이여? 4개월씩이나야.'

오메, 오늘 밤 오동나무 안에 들어가 눕는 것 아닌가 모르겠네.

"나이는……."

"서른둘입니다."

영옥의 얼굴에 활짝 꽃이 피었다. 세 살 차이면 딱이네.

"나이가 있으니 집에서 결혼 재촉 많이 하겠어요."

"엄므."

분명 엄마라 발음했는데 이를 앙다무니 발음이 샜다. 슬쩍 고개를 돌린 영칠과 순간 눈이 마주쳤다. 미안해요. 그녀가 정말 미안한 얼굴로 그를 바라보는데 물끄러미 채경의 눈을 응시하던 영칠이 나직한 목소리로 대답했다.

"네."

"우리 채경이도 그 댁에 인사를 드리러 가야 할 텐데."

헥! 그러고 보니 영옥은 채경이 계약 연애 조건으로 이미 영칠의 집에 인사를 다녀온 사실을 알지 못한다. 등줄기로 막 식은땀이 흐르기 시작하는데 영칠이 작게 고개를 끄덕였다.

"안 그래도 오늘 어머님부터 먼저 뵙고 저희 부모님께 말씀드리려고 합니다."

"쿨럭."

뜻밖의 소리에 채경의 고개가 돌아가는 순간 영옥의 입가에 만족스러운 미소가 어렸다. 제 부모보다 자신을 먼저 찾아와 인사를 했다는 말에 영옥은 크게 감격한 얼굴이다. 아무렇지 않게 거짓말을 한 영칠은 정말로 태연한 얼굴이다. 뭐가 어떻게 돌아가는지 혼란스러운 것은 채경 혼자뿐이었다.

"부모님 아시면 서운하시니까 절대 우리 집부터 인사 왔다 말하지 마요. 응?"

"네. 그리고 말씀 편히 하십시오."

"아유, 그래도 어떻게……. 다음에 볼 땐 편히 할게요. 응?"

몇 시간 푹 곤 육수 안 황태처럼 흐물흐물해진 영옥이 입을 가리며 호호, 웃었다. 대체 뒷수습을 어떻게 해야 할지. 욕하면서 보던 막장 드라마도 이렇게 황당하진 않았는데. 바라보며 한숨짓는 채경의 얼굴에 짙은 그늘이 드리워졌다.

＊

"우리 막내, 잘하고 왔나?"

현관을 들어서자마자 들리는 작은형 영이의 목소리에 퍼뜩 고개를 들어보니 열 개의 부담스러운 눈동자가 반짝 빛을 내며 영칠을 반기고 있었다. 잠시 멈칫했으나 이내 태연하게 슬리퍼에 발을 꿰어 신은 영칠이 천천히 소파 쪽으로 걸음을 옮겼다. 우르르 무리도 함께 이동했다.

"그 댁 어머니께 예의는 잘 갖춘 게지?"

"아직 상견례 얘긴 안 나왔지?"

"너 보고 뭐라시디?"

"쓴 건 안 마십니다, 이러면서 내준 차 거절하고 그런 건 아니죠?"

소파에 앉자마자 쏟아진 질문이 영칠의 귓가로 어지럽게 쏟아졌다. 뭔가 못마땅한 듯 한쪽 눈썹을 씰룩 움직인 영칠이 앉아 있는 식구들을 차례로 바라봤다. 반듯하게 다물려 있던 영칠의 입술이 드디어 열렸다.

"저 서른두 살입니다."

"그러니까."

총알처럼 날아온 영이의 대꾸에 영칠의 입술이 미세하게 꿈틀거렸다. 곧이어 체념의 한숨이 흘러나왔다.

"예의 갖춰서 인사 잘 드리고 왔습니다."

"그건 도련님 생각이고요."

"그래, 네 기준에 맞추지 말고, 그 댁 어머니 표정은 어떠시든?"

초조한 얼굴로 물어오는 명선의 물음에 한 박자를 쉰 영칠이 자신만만한 표정과 말투로 대답했다.

"아주 좋으셨습니다. 더할 나위 없이 퍼펙트하게."

"정말?"

"제 입으로 이런 말씀 드리긴 뭐하지만, 제가 집에서나 이런 대접이지 밖에 나가면 얼마나……."

제법 근엄한 얼굴로 말을 늘어놓기 시작하는데, 팔짱을 낀 채 영칠의 말을 듣고 있던 영이가 픽 웃으며 몸을 바짝 들이댔다.

"우쭈쭈, 우리 막내, 서운하셨쎄요?"

"형님."

미간을 구기며 영칠이 낮게 음성을 깔자 다시 몸을 바로 세운 영이가 여전히 웃는 낯으로 입을 열었다.

"인마, 내가 너 업어 키웠다는 뻥은 못 치겠지만, 너 기저귀 차고 뽈뽈 기어 다닐 때 나 학교 다니던 거 생각하면 아직도 애 같거든?"

반박할 거리를 찾는 듯 눈동자가 바쁘게 흔들렸지만 마땅한 답이 떠오르지 않자 분을 이기지 못한 입술이 꿈틀거렸다.

"……지금 키는 제가 더 큽니다."

"아응, 귀여워."

"아유, 그만하세요. 이러다 막내 도련님 삐치시겠다."

영이와 난희를 향해 그만하라는 듯 손을 휘저은 인환이 다짜고짜 영칠을 향해 물었다.

"상견례 얘긴 안 나왔냐니까?"

"당신도 참. 우물가에서 숭늉을 찾으시는구려."

"내가 마음이 급해서 그렇지. 근데 왜 채경인 그 뒤로 한 번도 안 오냐. 보고 싶은데."

"제가 좀 바빴습니다."

"넌 없어도 되니까 채경이만이라도 좀 불러라. 내 맛있는 거 사준다고."

"맛있는 건 제가 사줘야 하는 거 아닙니까?"

불만 가득한 얼굴로 영칠이 고개를 들어 올리자 큭, 웃음을 터뜨린 영이가 턱에 손을 갖다 대며 눈을 키웠다.

"오올! 드디어 이 여자, 내 여자 포텐이 터지는 건가? 우리 막내, 은근 소유욕 강한걸?"

"포텐?"

인환이 미간을 꿈틀거리자 앉아 있던 난희가 빠르게 대꾸했다.

"요즘 애들이 쓰는 속언데, 숨겨져 있던 잠재력이 빵 터진다, 이런 뜻이에요. 포텐이 아마 Potential에서 나온 걸걸요?"

"근데 그게 어쨌다고."

여전히 난희의 설명이 이해가 안 간다는 듯 인환이 고개를 갸웃거리자 영이가 가볍게 정리했다.

"자기 여자니까 관심 갖지 말라는 거죠."

"뭣이?"

"그런 뜻은 아니……."

인환과 거의 동시에 터져 나온 영칠의 목소리가 칼로 뚝 끊은 듯 잘려 나갔다. 갑자기 적개심 가득한 표정으로 저를 바라보고 있던 얼굴 하나가 떠올랐다. 하하, 엉뚱하게 아버지께 불똥이 튀긴 했지만 내 여자니까 관심 갖지 말라고 발톱을 세운 것은 다름 아닌 채경의 예전 직장 동료라던 그 남자를 향한 것이었다.

가만, 내 여자? 누구? 은채경 씨가?

사람을 누구의 소유물로 생각한다는 발상 자체가 마음에 들지 않아 드라마에서 흔히 쓰이던 '내 여자'란 대사조차도 별로 마음에 들어 하지 않던 영칠은 방금 진 자신이 가졌던 생각에 충격을 받은 듯 멍하니 초점을 흐렸다. 채경을 자신의 여자라 여긴 것도 놀라운 일이지만 자신의 여자를 바라보던 그 남자의 눈길도, 그 손에 들려 있던 타르트 전문점 로고가 찍힌 상자도 마음에 들지 않았다. 그냥 우연히 만난 예전 직장 동료는 왜 타르트 상자를 든 채 그렇게 다정한 눈으로 채경을 바라보고 있었을까. 자신이 거기서 말을 끊지 않았다면 '네가 좋아하던 것들을 사러 가면서 솔직히 기분이 묘했어. 다시 옛날로 돌아간 것도 같았고. 기억나니? 우리가 예전에⋯⋯' 다음엔 어떤 말이 이어졌을지.

"어이, 막내?"

"⋯⋯."

"영칠아?"

그제야 퍼뜩 정신을 차린 영칠이 얼른 표정을 가다듬으며 영이를 바라봤다.

"영준입니다, 도영준."

"개명 허가 나올 때까진 영칠이지. 아, 요즘엔 빠르면 한 달 만에도 허가 결정문이 나온다던데, 법원에 신청서 접수한 지 한 달 되어가지 않나?"

"⋯⋯."

순간 영칠의 얼굴이 눈에 띄게 굳었다. 한 달이란 단어 때문인지, 아니면 개명 허가란 단어 때문인지 알 수 없었다. 다만 확실한 것은 앞으로 2개월이란 계약 기간이 남아 있긴 하지만 어쨌든 도영준으로 개명하게 되면 채경과의 관계는 끝이 난다는 것이다.

영칠이 벌떡 몸을 일으켰다.

"생각할 게 많아서 먼저 일어나겠습니다."

휙 몸을 돌린 영칠이 긴 다리로 성큼성큼 방을 향해 걸어갔다.

"근데 우리 막내, 뽀뽀는 하고 내 여자타령 하고 있는 거지?"

등 뒤에서 킥, 웃으며 뱉는 영이의 목소리가 들려왔지만 돌아볼 여유가 없었다. 우선 샤워를 한 뒤 차가운 우유에 팀탐(TimTam)을 적셔 먹으며 차분히 생각을 정리해 봐야 할 것 같았다.

고백

제11장

다음날 오후가 되었지만 준우의 기분은 조금도 나아지지 않은 채 여전히 가라앉아 있었다. 기껏해야 서너 시간 남짓한 수면 시간도 일조를 했을 테지만 이렇게까지 그의 기분을 발목까지 끌어내린 건 아마도 전혀 흔들리지 않는 채경의 태도 때문일 것이다.

"아, 옛날 직장 동료인데 이렇게 우연히 만났네요."

내가 그렇게까지 했는데 어떻게 나를…….

방금 샤워를 마친 탓에 물이 뚝뚝 떨어지고 있는 앞머리를 거칠게 쓸어 올린 준우가 후우, 숨을 뱉으며 거울을 바라봤다. 반듯하던 미간에 주름이 잡혀 있다. 잠을 제대로 못 잔 탓에 퀭하게 꺼진 눈가가 몹시도 거슬렸다. 이게 다 그 자식 때문이야. 어제 봤던 커다란 남자를 떠올리며 한쪽 입술을 삐딱하게 비틀었다.

"아, 나."

그가 다시 한 번 거칠게 앞머리를 쓸어 넘겼다.

채경이 좋아했던 게 또 뭐가 있더라. 밤새 떠올렸다. 애써 기억을 되짚으면서도 내가 왜 이딴 걸 떠올리고 있어야 하는지 한편으로는 짜증이 났다. 그런데 막상 떠오르는 게 별로 없으니 와락 신경질이 나면서 가슴이 옥죄듯 답답해 왔다.

"내가 나름 승부욕이 강한 편이거든."

그래서 그런 거야. 주문을 걸 듯 스스로에게 속삭인 준우가 뿌옇게 김이 서린 거울을 신경질적으로 문지르며 고개를 끄덕였다.

"준우 씨는 턱 선이 참 근사한 것 같아."

턱을 괴고 앉아 중얼거리던 채경의 목소리가 귓가에 스쳤다. 맞아, 그랬지. 싱긋 웃은 준우가 얼굴 옆선을 거울에 비춰보며 날렵한 턱 선을 손으로 쓸어내렸다. 아, 또 생각이 났다. 앙증맞은 손가락으로 제 턱 선을 쓱 쓸어내리곤 몰래 쪽 입을 맞추던. 발그레 볼을 붉히던 얼굴이 나이답지 않게 귀여웠는데. 그러고 보면 착하긴 했다. 나밖에 몰랐지. 그가 흐뭇하게 웃었다.

자신을 바라볼 때 반짝거리던 눈빛은 맑다는 말로 표현 못할, 아니, 그 안에 오직 그만 담겨 있단 뿌듯함을 안겨주었다. 그런데 왜 헤어졌더라? 그래, 지선영이 꼬리를 쳤기 때문이다. 조금 심심한 듯한 채경과는 달리 자극적이긴 했어. 그래서 나도 모르게 잠시 빠져들었지. 그러고 보면 결코 자신이 원한 이별은 아니있다. 지선영에 대한 감정은 어쩌면 그냥 두면 지나갈 바람과도 같은 것 이었을지도. 채경이 그렇게 예민하게 굴지만 않았어도 한두 달이 면 끝이 날 관계였을 것이다.

"아, 걔는 쓸데없이 자존심만 강해가지고."

아니다. 자존심이 깊이 다쳤다는 것은 그만큼 자신에 대한 감정 도 컸다는 소리다. 그러면서 왜 그렇게 상황을 극단적으로 몰아간 걸까. 그때 그렇게 보내지 말고 좀 더 붙잡고 달렸다면 채경은 여 전히 자신만을 바라보고 있을까?

그러고 보니 자신이 별로 해준 것이 없었다. 생각이 떠오르지 않은 건 그 때문일 것이다. 사내 연애이다 보니 주변의 눈치를 많 이 살폈다. 둘 다 먹는 것을 좋아해 맛집으로 유명한 몇몇 곳을 찾 아다녔고, 극장 몇 번, 커피숍 몇 번뿐, 이렇다 할 선물도 해준 기 억이 없었다. 내가 좀 너무하긴 했구나. 뒤늦은 후회가 슬며시 밀 려왔다. 지선영처럼 징징대기라도 했다면 좀 더 신경 썼을 텐데. 하여간 여잔 너무 착해도 탈이다.

"반지는 그렇고, 목걸이라도 하나 사줘볼까?"

남은 한 달여의 시간을 떠올리며 준우가 중얼거렸다. 그 안에 게임을 끝내야 하는데, 마침내 채경이 제게 매달리는 모습을 보고 가야 하는데. 한 달이면 충분하지 않을까?

"아들! 무슨 샤워를 그렇게 오래 해? 외출해야 된다고 하지 않 았어?"

문밖에서 들려온 목소리에 퍼뜩 정신을 차린 준우가 수납장에 곱게 개켜져 있는 수건을 집어 들었다.

"어, 지금 나가!"

채경에게 어떤 목걸이가 어울릴까 생각하는 준우의 가슴이 새삼 설레었다.

"입원을 하셨다고요?"

어김없이 영옥의 가게를 찾은 준우가 제 앞에 선 지배인을 바라보며 눈을 키웠다. 요 며칠 영옥과 함께 있던 그의 모습을 기억한 지배인은 별다른 경계 없이 준우를 향해 오늘 오전 채경에게 들은 내용을 덧붙여 줬다.

"심각한 건 아니고, 암튼 한 이틀 못 나오신다면서 채경이가 전화했더라고."

그 역시 아직 병원에 가보지 못한 터라 내내 걱정이 되는 건 사실이었다. 그래서인지 눈앞에서 풀 죽은 표정을 하고 있는 남자의 얼굴에 마음이 쓰였다.

"걱정되면 한번 가보든가요. 저기 혜명대병원이라던데."

아쉬운 얼굴로 몸을 돌리려던 준우가 손에 들고 있던 도넛 상자를 내밀며 지배인을 향해 미소 지었다.

"이거 도넛인데 가게 분들이랑 드세요."

그 길로 차를 몰아 병원으로 향한 준우는 지배인으로부터 들은 병실 호수를 입으로 중얼거리며 엘리베이터에 올랐다. 꽃바구니 대신 그의 손에 들려 있는 건 영양제와 과일주스, 그리고 수제 쿠

키를 함께 담아 포장한 선물 바구니였다. 아무래도 어른들껜 먹지 못할 꽃보다는 이편이 훨씬 실용적인 선물로 기억될 것이다.

그가 거울을 통해 매무새를 살피며 피식 웃음을 지었다. 아플 땐 누구나 마음이 약해지는 법이다. 그 곁을 지키는 채경도 별반 다를 것 없을 것이다. 아버지가 안 계시다고 했으니 어디든 기댈 곳이 필요할 것이다. 그 틈을 공략하면 된다. 만나면 따뜻한 눈빛을 지어줘야지.

땡 소리와 함께 들려온 기계적인 음성에 그가 엘리베이터 문을 나섰다. 화살표가 가리킨 81병동을 향해 몸을 튼 준우가 저벅저벅 걸음을 옮겼다. 8108, 8109, 8110……. 눈으로 호수를 훑던 준우가 '8111'이라 적힌 병실 앞에서 움직임을 멈췄다. 다시 한 번 호수를 확인한 준우가 가볍게 문을 두드렸다.

똑똑.

안에서 들려온 네, 하는 음성에 준우가 조용히 문을 열었다.

"준우 씨?"

예상치 못한 그의 등장에 의자에 앉아 있던 채경이 벌떡 몸을 일으키며 준우를 바라봤다. 2인실인 병실 안엔 잠이 든 듯 눈을 감고 누워 있는 영옥 외에 또 다른 중년의 여자 환자가 보호자와 이야기를 나누고 있었다.

"어떻게…… 온 거야?"

별로 달갑지 않단 표정으로 물어오는 채경 때문에 표 나지 않게 눈썹을 씰룩인 준우가 침대 옆 서랍장 위에 바구니를 놓으며 나직이 답했다.

"가게 갔다가."

아, 하고 고개를 끄덕이는 채경의 얼굴도 하루 새 부쩍 수척해져 있었다.

"어머님은 어디 많이 안 좋으신 거야?"

"그냥 좀……."

말을 흐린 채경이 여전히 잠들어 있는 영옥을 돌아보며 지갑과 휴대전화를 챙겨 들었다. 여전히 그가 불편한 것은 사실이지만 여기까지 찾아온 손님을 그냥 쫓아 보낼 수는 없었다. 그래, 예전 직장 동료가 엄마 병문안을 온 것뿐인데, 뭐.

"여기서 이러지 말고 나가자. 커피 좀 마셔야겠어."

"어, 그래."

"커피에…… 오늘도 시럽 듬뿍?"

병원 1층 로비에 자리한 커피숍. 주문을 하려던 준우가 채경을 돌아보며 묻자 그녀가 힘없이 고개를 끄덕였다. 커피 취향이 완전히 바뀐 게 맞구나. 어쩐지 낯선 느낌에 준우가 속으로 중얼거리며 직원을 향해 주문했다.

"뭘 좀 먹긴 한 거야?"

직원으로부터 받아 든 커피를 채경 앞에 놓아주며 준우가 물었다. 얼굴이 파리한 게 커피숍이 아니라 죽집을 데려가야 했나 보다. 갑자기 마음 한구석이 불편해졌다. 나랑 다닐 땐 그래도 늘 활짝 피어 있었는데.

"생각 없어."

"그래도 뭘 좀 먹어야지. 내가 나가서 죽 좀 사올까?"

"커피면 돼."

단호히 자르는 채경의 태도에 준우가 머쓱한 듯 '속 버릴 텐데' 하며 중얼거렸다.

채경이 담담히 커피를 마셨다. 그 모습을 물끄러미 바라보던 준우의 얼굴에 보일 듯 말 듯한 미소가 걸렸다. 아까 병실에 들어섰을 때 분명 남자는 없었다. 채경 혼자뿐이었다. 그건 무슨 뜻일까. 채경이 그 남자에게 연락을 하지 않았거나 연락을 했어도 오지 않았다는, 즉 별로 중요한 존재가 아니란 뜻이다. 나 참. 태워 죽일 듯이 노려보기에 무슨 대단한 사이나 되는 줄 알았더니 별것도 아닌 게 진짜.

"갑자기 어머님은 왜? 건강하셨잖아."

"그냥 일시적 쇼크."

"무슨 일 있었어?"

"그냥."

자꾸만 그냥이라 얼버무리는 것을 보니 말하기 힘든 사정이 있는 듯하다. 더 묻지 않는 게 이미지 관리상 좋을 것이다. 사실 꼬치꼬치 묻고 싶은 건 따로 있으니.

커피가 담긴 컵을 손에 쥔 준우가 슬쩍 채경의 눈치를 살피며 물었다.

"그 남자는 어디 가고 왜 혼자 있어?"

준우의 물음에 채경이 시선을 들어 올렸다.

"응?"

"어제 너랑 같이 있던 남자. 애인…… 아니야?"

'아니야?' 라고 물었지만 바라보는 눈빛엔 '아니지?' 하는 확신이 담겨 있었다.

"……."

순간 테이블 위에 올려두었던 그녀의 전화기가 드르륵 울렸다. 발신자를 확인한 채경이 서둘러 전화기를 귀에 가져다 댔다. 대답을 기다리고 있는 준우의 입술이 바짝 타들어갔다. 하필 이럴 때 전화가.

"응, 엄마. 일어났어?"

통화를 하던 채경이 다른 한 손으로 주섬주섬 지갑을 챙기며 몸을 일으켰다. 준우의 시선도 덩달아 따라 올라갔다.

"아니, 나 커피 마시러 잠깐 나온 거야. 지금 갈게."

앗, 답은 해주고 가야지.

엉거주춤 선 준우가 채경을 바라보고 있자 지갑을 손에 쥔 채경이 전화기를 들어 보였다.

"올라가 봐야겠다."

"어, 그럼 나도 같이 가."

"미안."

내키지 않는다는 듯 짧게 내뱉은 채경의 말에 준우가 마저 세우려던 몸을 멈칫 멈췄다.

"여기까지 와준 사람한테 예의가 아닌 줄은 아는데 오늘은 좀……."

"아……."

예의가 아닌 줄 알면서 이러면 안 되는 거지. 갑자기 실망감이 와락 밀려오면서 맥이 풀리는 느낌이다. 콘솔박스에 넣어둔 목걸이, 그거 딴 사람 줘버릴까 보다.

"대신 나 한국 떠나기 전에 밥 한번 먹자. 그 정돈 해줄 수 있지?"

'마지막인데 그것도 안 돼?' 라며 준우가 조심스레 묻자 '그래, 떠나기 전 마지막인데' 하며 입술을 모은 채경이 마지못한 얼굴로 고개를 끄덕였다.

그렇지! 허망하게 가라앉아 있던 준우의 까만 눈동자에 환희의 물결이 일렁거렸다. 그제야 반듯이 몸을 세운 준우가 채경을 바라보며 다정하게 물었다.

"바뀐 전화번호 좀 알려줄래?"

✻

"처음 뵙겠습니다. 도영준입니다."

"신태합니다."

은은한 피아노 연주곡이 흐르고 있는 레스토랑 안. 장신의 두 남자가 손을 맞잡자 힐끔거리는 시선이 노골적으로 쏟아지는 게 느껴졌다. 한쪽은 입고 있는 슈트만큼이나 틈 없이 단정해 보이는 남자이고, 다른 한쪽은 풍부한 여유가 느껴지는 남자이다. 이렇든 저렇든 좁지 않은 공간이 두 남자의 존재감으로 가득 차는 순간이었다. 자연스레 멋진 두 남자와 함께 있는 여자에게로 시선이 쏟아졌다. 부드럽게 웃으며 영칠과 악수를 나누던 태하가 옆에 있는 지윤을 소개했다.

"이쪽은 제 안사람입니다."

"강지윤이에요."

그녀가 미소를 띤 채 가볍게 고개를 숙이자 영칠도 목례로 답을 했다.

"안녕하십니까."

인사를 나눈 세 사람이 자리를 잡고 앉았다. 만남이 예정되어 있던 한 사람을 대신한 빈 의자가 세 사람을 맞고 있다. 슬쩍 빈자리를 돌아보며 태하가 먼저 입을 열었다.

"김민준 선생한테서 연락받으셨나요?"

"네. 교통사고 환자 때문에 갑자기 응급 수술에 들어가게 되었다고."

이때 다가온 직원에 의해 잠시 대화가 끊어졌다. 미소와 함께 메뉴판을 건넨 직원이 차가운 생수를 물잔에 따르자 점심 메뉴로 적당한 음식들이 오르내렸다. 이곳 레스토랑의 레드 와인 그레이비소스가 다른 곳보다 좀 더 달콤했던 것을 기억해 낸 영칠은 큰 고민 없이 무난하게 주문을 마칠 수 있었다.

"외과의 생활이 좀 그렇습니다. 특히나 흉부외과는 촌각을 다투는 경우가 많아서."

"이해합니다. 책을 읽으면서 정말 이렇게까지 하는가 의구심이 들 정도였으니까요."

영칠의 말에 태하가 가볍게 웃으며 입을 열었다.

"그럼에도 흉부외과에 대한 환상을 갖고 있는 사람들이 많습니다. 메디컬 드라마의 단골 소재로 그려질 만큼 극적인 요소를 많이 갖추고 있는데다 주인공을 맡은 배우가 워낙 근사한 덕에."

'카리스마 넘치는 남자 주인공과 자주 비교가 되곤 합니다' 하며 지윤을 돌아봤다. 언뜻 보기에도 그녀를 바라보는 눈빛에 진한 애정이 담겨 있는 게 느껴졌다. 두 사람을 감싸고 있는 기류를 온도로 표현할 순 없겠지만 무척이나 따뜻하단 느낌이었다.

"참, 이것."

잊고 있던 선물이 떠올라 의자 위에 놓아두었던 쇼핑백을 집어든 영칠이 태하에게 그것을 건네며 말을 덧붙였다.

"초코볼입니다."

"아."

태하가 뱉은 짧은 탄성에 영칠이 휘익 눈썹을 휘었다. 왜 그러시냐는 눈빛이다. 눈동자에 담긴 의문을 알아챈 태하가 빙긋 웃으며 입을 열었다.

"워낙에 극소수만 알고 있는 사실이라 그런지 캐릭터에 개성을 주기 위해 작가가 만들어낸 허구인 줄 알더군요. 그래서인지 책을 읽은 사람들 첫마디가 '진짜 초코볼 좋아하는 거 아니죠?' 였습니다."

"왜……."

이해가 되지 않는다는 듯 영칠이 찡긋 미간을 좁히자 태하가 느긋하게 몸을 세웠다.

"혹시 초코볼 좋아하십니까?"

태하의 질문에 영칠이 음, 하고 말끝을 늘였다.

"딱히 초코볼이라고 한정 지을 수는 없습니다. 달콤한 것을 모두 좋아하는 편이라……."

"그러실 거라 생각했습니다."

태하가 손에 들고 있던 쇼핑백을 들어 보이며 '이것 때문에' 하고 덧붙였지만 영칠은 여전히 이해를 하지 못한 표정이다.

"서른 넘은 남자가 초코볼을 좋아한다는 것을 보통은 자연스럽게 받아들이지 않거든요."

때문에 당연하다는 듯 자신이 책에서 읽은 그대로 그가 초코볼을 좋아할 거라 선물을 건넨 영칠의 마음을 누구보다도 태하가 먼저 이해를 한 것이다. 물잔을 들어 올린 태하가 빙긋 웃으며 영칠에게 시선을 주었다. 영칠이 알아들었다는 듯 가볍게 고개를 끄덕였다.

"그렇겠군요."

"Godiva. 제가 좋아하는 브랜듭니다."

그가 초코볼이 담긴 쇼핑백을 돌아보며 어깨를 으쓱해 보이자 영칠이 '다행입니다' 하고 다시 고개를 끄덕였다.

조용한 걸음으로 다가온 직원이 전채요리를 내려놓고 사라졌다. 차분히 식사가 시작되자 세심하게 지윤을 챙기는 태하의 손길이 분주해졌다. 원래 여자와 식사를 할 땐 저래야 하는 건가. 나는 어땠더라. 기억을 되짚던 영칠의 시선이 두 사람을 향해 고정되었다. 시선을 느낀 듯 태하가 고개를 들어 올리며 미소 지었다.

"코볼이 때문인지 입맛이 좀 까다로워져서."

"내가 무슨."

지윤이 곱게 눈을 흘기자 태하가 손을 뻗어 그녀의 말랑한 볼을 톡 건드리곤 영칠을 돌아봤다.

"아, 태명입니다."

그가 눈을 찡긋해 보이며 부드럽게 웃자 그제야 이해한 영칠이 인사를 건넸다.

"축하드립니다."

"감사합니다. 본부장님은 결혼하셨습니까?"

"아뇨, 아직."

"주변에서 성화가 심하실 텐데."

"그런 편이죠."

"훗. 예전 제 모습을 보는 것 같군요."

한입 크기로 잘라낸 생선살을 지윤의 접시에 올려주며 태하가 말했다. 자신에게는 없는 여유가 풀풀 묻어나는 모습이다.

"어떤 계기가 있었습니까? 아내 되시는 분과 결혼을 해야겠다는."

먹는 둥 마는 둥 포크를 움직이던 영칠이 진중한 표정으로 묻자 '글쎄요' 하고 고개를 기울인 태하가 지윤을 바라보며 입을 열었다.

"처음엔 그냥…… 사고 같은 만남이었죠."

그의 말에 지윤이 입술을 모았다.

"사고 같은 게 아니라 진짜 사고였다고요."

"그런가? 후후."

책에서 봤던 교통사고 현장에서의 첫 만남 장면을 떠올린 영칠이 포크를 내려놓으며 태하를 바라봤다.

"그럼 책에 나온 응급처치 신이 실제로……."

"네. 우리 둘 얘기만큼은 작가의 창작이 가미되길 원치 않았거든요."

"아, 너무 드라마틱한 만남이라 저는 당연히."

말을 끊어낸 영칠이 크게 숨을 쉬었다.

댕.

정신을 잃을 정도로 힘껏 제 머리를 후려쳤던 채경과의 첫 만남이 떠올랐다. 방금 전 태하가 말한 바로 그 사고와도 같은.

"그럴 수도 있겠군요."

그가 조용히 중얼거렸다. 이상하게 심장이 빠르게 뛰기 시작하는 것 같았다.

"지금 주차장으로 올라가는 중입니다."

병원 정문에 들어선 영칠의 차가 주차장을 향해 천천히 움직였다. 핸들 위에 손을 얹은 영칠은 이어셋을 꽂은 채 응급 수술 때문에 오늘 함께하지 못했던 민준과 통화를 하고 있었다. 신태하 부부와 헤어진 뒤 병원을 찾은 이유는 전문의 시험 준비로 바쁠 4년 차 레지던트에게 다시 또 시간을 내어 달란 부탁을 하기가 미안해 준비해 두었던 선물이나 전하고 돌아갈 생각에서였다. 아무래도 식사는 드라마 방영이 끝난 뒤에나 청해야 할 것 같았다. 넉넉잡아 전문의 시험이 끝난 1월 초나 되어야 홀가분한 마음으로 약속에 응할 수 있을 것이다.

주차장에 차를 세운 영칠이 조수석에 놓아두었던 쇼핑백을 꺼내며 문을 닫았다. 삐빅, 하고 문이 잠기는 소리와 함께 걸음을 떼던 영칠이 무언가를 바라보며 스륵 눈매를 좁혔다.

병원 1층 입구. 채경이 마주하고 서 있는 남자를 바라보는 영칠의 눈에 갑자기 불꽃이 일었다. 마음이 묵직하니 불편해졌다. 반듯하게 다물려 있던 입술 끝이 삐딱하게 올라갔다. 쇼핑백을 쥔 손에 불끈 힘이 들어갔다. 그가 저벅저벅 걸음을 옮기기 시작했다.

"내가 먼저 연락할까, 아님 네가 먼저 할래?"

배웅을 하기 위해 나온 병원 입구에서 준우가 그녀를 향해 들뜬 목소리로 물었다. 채경이 아마도 내가 먼저 하는 게 낫지 않을까 하며 막 대답을 하려는데, 어디선가 들려온 낮고 음산한 음성이 제 이름을 불러온다.

"은채경 씨?"

순간 등줄기에 오싹 소름이 돋으며 솜털이 쭈뼛 곤두서는 느낌이 들었다. 설마 그럴 리가. 로봇처럼 뻣뻣이 굳은 목을 천천히 돌리자 바닥을 딛고 있는 날렵한 구두코가 가장 먼저 눈에 들어왔다. 패를 쏘아보는 도박꾼처럼 조금씩 시선을 들어 올렸다. 긴 다리를 감싸고 있는 슈트가, 쇼핑백을 쥐고 있는 커다란 손이, 단단하게 벌어져 있는 어깨와 넓찍한 가슴이 제가 알고 있는 얼굴 하나를 연상시켰다. 꿀꺽 침 넘기는 소리가 마치 천둥소리처럼 요란하게 귓전을 울렸다.

"어제 뵀죠?"

조금은 의기양양한 목소리로 준우가 먼저 입을 떼자 채경이 질 끈 눈을 감았다. 의도치 않게 또 죄를 지은 기분이다.

"서준웁니다. 채경이 어머님이 입원을 하셨다기에……."

방금 전 그가 '은채경 씨'라며 깍듯이 존칭을 한 것을 떠올리며 준우는 '채경이'에 특히 힘을 주며 손을 내밀었다. 에이, 우리 채 경이라 할걸 그랬나.

"……."

아무런 반응 없이 준우가 내민 손을 한동안 바라보던 영칠이 천 천히 고개를 들어 채경을 바라봤다. 채경과 눈이 마주치자 짙게 가라앉아 있던 눈동자가 잠시 일렁이듯 흔들렸다. 평소 보이던 자 신감 넘치는 모습과는 전혀 다른 분위기에 채경이 작게 숨을 들이 마셨다. 영칠의 가슴도 크게 들썩이는 것 같았다. 지금 이 상황은 뭘까. 뭐라고 해야 하지? 오해하지 말라고? 그런데 뭘? 빠르게 머 릿속을 굴려봤지만 그저 혼란스럽기만 할 뿐이다. 저렇게 상처받 은 눈으로 바라보는 남자에게 무어라 설명을 해야 할지, 차라리 먼저 물어봐 주기라도 한다면 그저 병문안을 온 예전 직장 동료를 배웅하러 나왔을 뿐이라고 차근히 얘기라도 할 텐데…….

하지만 영칠은 아무것도 묻지 않았다. 그녀를 바라보고 선 채 입매에 꾹 힘을 주더니 그대로 몸을 돌려 병원 로비를 향해 뚜벅 뚜벅 걸음을 옮겼다.

"하! 뭐, 저런."

어느새 유리문 안으로 사라진 영칠의 뒷모습과 자신의 손을 번갈아 바라보던 준우가 헛웃음을 지었다.

"저 남자 뭐냐? 하!"

내민 손이 무안했던지 삐딱하게 선 채 얼른 팔짱을 낀 준우가 연신 헛웃음을 내뱉으며 큰 소리로 구시렁댔다. 표정이 사라진 얼굴로 물끄러미 그가 사라진 자리를 바라보던 채경이 힘없는 목소리로 입을 열었다.

"오늘 와줘서 고마웠어. 엄마한테 왔다 갔다고 전해 드릴게."

"어? 어."

"그럼."

별다른 인사 없이 채경이 몸을 돌렸다. 아, 씨. 전화할 거지? 안 하면 안 된다. 꼭 해야 돼? 입이 근질거리는 걸 꾹 참으며 준우도 몸을 돌렸다. 그래도 뭔가 성과가 있는 것 같아 뿌듯한 기분이 드는 오후였다.

엘리베이터를 향해 걸어가던 채경이 방향을 틀어 비상계단 쪽으로 몸을 움직였다. 지금 기분으로선 사람들로 빽빽이 들어찬 그곳에 몸을 싣고 싶지 않았다. 바로 병실에 들어가 아무렇지 않게 엄마를 마주할 수도 없을 것 같았다. 기분이 왜 이렇게 엉망인 건지 알 것 같으면서도 또 모르겠단 생각뿐이다.

정리되지 않는 감정의 기복이 너무나 심했다. 그 남잔 아무렇지도 않은데 혼자만 이렇게 애달아하고 끙끙대는 게 억울하게 느껴졌다. 내가 왜 이런 기분을 느껴야 하는 거지? 내가 뭘 잘못했다고. 울컥 눈물이 나올 것 같아 막 손을 얼굴로 가져가려는 순간 갑자기 와락 끌어당겨지는 강한 힘에 의해 그녀의 몸이 돌려세워졌다.

"아!"

무섭게 얼굴을 일그러뜨린 영칠이 그녀를 바라보고 있었다. 병원 1층의 비상계단 주변이다 보니 오가는 사람들의 발길이 바쁜 곳이었다. 하지만 결계가 쳐진 듯 서로를 바라보고 선 두 사람의 주변엔 먹먹한 적막이 짙게 드리워져 있었다.

"아파요."

벌써 벌겋게 변한 손목에서 느껴지는 통증에 채경이 애써 무심한 얼굴로 중얼거렸다.

"아프다고요."

이렇게 더 있다간 울어버릴 것 같은 기분에 조금 더 큰 소리로 말을 했지만 영칠은 잡고 있던 손의 힘을 풀지 않았다.

"왜 이러는 건데요."

"은채경 씨 어머님."

무겁게 잠긴 목소리가 영칠의 입술 사이로 잠시 흘러나오다가 이내 멈췄다. 조용히 숨을 고른 영칠이 그녀를 향해 똑바로 시선을 고정시킨 채 다시 말을 이어나갔다.

"어머님, 입원하셨습니까?"

"……."

"어째서 은채경 씨 예전 직장 동료도 알고 있는 사실을 저는 까맣게 모르고 있어야 하는 겁니까?"

억눌렸던 원망의 마음이 터져 나왔다. 마치 그것 때문에 화가 났다는 듯 희미한 분노가 스며든 말투였다.

"도영준 씨한테 전화드릴 만큼 중한 상태 아니었어요."

그녀가 한층 담담해진 목소리로 말하자 곧바로 영칠의 목소리가 날아왔다.

"그래서 예전 직장 동료한테는 연락을 하셨습니까?"

코앞에 바짝 얼굴을 들이대며 다그치듯 묻는 영칠의 물음에 입술을 깨물고 있던 채경이 와락 소리를 질렀다.

"아니요! 제가 전화한 거 아니거든요? 가게 갔다가 들었대요. 걱정돼서 찾아왔대요. 그런데 별로 내키지 않아 그냥 가달라고 그랬어요. 내가 뭘 잘못했는데요? 뭘 잘못했는데 이렇게 몰아붙여요?"

높아진 소리에 주변 사람들이 힐끔거리며 시선을 두기 시작했다. 조금은 억울하고 분한 마음에 눈가가 붉게 변한 채경이 여전히 손목이 잡힌 채로 따져 물었다.

"아침 11시도 아니고 밤 11시였는데, 그 늦은 시각에 전화해서 뭐라 그럴까요. 우리 엄마 쓰러졌어요. 빨리 좀 와주세요?"

"왜 못합니까?"

"도영준 씨 같으면 할 수 있어요?"

"할 수 있습니다."

채경이 가슴을 씨근덕거리며 바라보자 영칠이 낮고 조용한 목소리로 말했다.

"제일 먼저 생각나는 사람이 은채경 씨일 테니까요."

순간 뭔가가 툭 끊어지는 것 같았다. 펑. 머릿속에서 작은 폭발이 일어났다. 그 여파로 주변의 공기가 모조리 빨려 들어가며 진공상태가 된 느낌이었다.

멍하니 있던 채경이 얼른 고개를 털어냈다. 그가 한 말에 특별한 의미를 부여하지 않기 위해 힘껏 이성을 다잡았다. 하지만 쿵쾅거리는 가슴을 막을 수는 없었다. 견디고 서 있기가 괴로워 잡힌 손목을 빼내려는데 그의 진중한 목소리가 귀에 들어왔다.

"자꾸만 은채경 씨가 생각납니다."

그녀가 손목에 두었던 시선을 천천히 들어 올렸다.

"별로 은채경 씨와 상관없는 일인데도 꼭 은채경 씨랑 연관 지어 생각을 하게 됩니다. 너무 어려워서 그러지 않으려는데 저도 모르게 자꾸만 그렇게 됩니다."

그렇게 말을 하고 있는 영칠의 얼굴에도 자연히 혼란스러운 감정이 스며들었다.

"은채경 씨가 다른 남자와 있는 모습이 보기 싫었습니다. 제가 모르는 것을 그 사람은 알고 있단 사실에 화가 났습니다."

"도영준 씨……."

"제가, 은채경 씨를 좋아하는 것 같습니다."

진공관 안으로 빨려 들어갔던 공기가 한꺼번에 와스스 쏟아져 나온 것 같았다. 먹먹하게만 느껴지던 주변의 소음이 갑자기 확성기를 통해 부풀려진 듯 커다랗게 들려왔다.

✳

"오메, 마디마동 안 아픈 곳이 없네. 그 여편네 머리 가죽을 확 디끼났어야 했는디."

반쯤 넋을 빼고 있는 채경의 상태를 눈치채지 못한 영옥이 미간을 그은 채 중얼거렸다. 흥분한 탓인지 평소 자제하고 있던 사투리가 마구 튀어나왔다.

"어찌 그리 말투도 고약헌지. 이적지 혼자 숭쿠느라 기훈이 속이 워쨌을 것이여. 잘 묵지도 못헹게 그라고 모감지 딴 멸치맹키로……."

목이 타는지 옆에 놓여 있던 생수를 벌컥벌컥 마신 영옥이 아무 대꾸 없이 조용하기만 한 채경을 휙 돌아봤다. 눈을 반만 뜬 채경은 곧 침을 흘릴 듯 입을 벌린 채 허공을 응시하고 있었다.

"이적지 나 혼자 떠든 겨?"

"……."

"야, 은채경!"

몸을 굽혀 툭 그녀의 팔을 치고 나서야 채경이 영옥을 바라봤다.

"어따 정신을 팔고."

"어……."

"근디 저 바구니는 누가 갖고 온 거래?"

멍하니 있던 채경이 눈을 깜빡였다.

"서준우. 가게 갔다가 들었다고."

"힉! 꼬라지가 이란디."

"바로 갔으니까 걱정 안 해도 돼."

힐긋 채경의 눈치를 살핀 영옥이 슬며시 물었다.

"도영준 그 사람한텐 연락 안 했지?"

그 사람 많은 1층 비상계단 앞에서 '제가, 은채경 씨를 좋아하는 것 같습니다' 라고 고백한 영철은 대뜸 '몇 홉니까?' 하고 묻곤 곧장 병실 앞까지 올라왔다가 '그러고 보니 빈손입니다' 하고 혼자 중얼거리곤 '이따 전화 드리겠습니다' 하며 쌩 하니 사라졌다. 순식간에 몰아친 폭풍과도 같은 순간이 믿어지지 않아 채경은 될수 있는 대로 말을 아낀 채 아까의 장면만 하염없이 리플레이시키고 있는 중이었다.

"응."

채경의 대답에 긴장으로 굳어 있던 영옥의 어깨가 풀어졌다.

"잘했다."

연락은 안 했는데 엄마가 이 병원 8111호에 입원하고 있단 건알고 있어.

뱉지 못한 뒷말을 삼키며 채경이 어색하게 입술 끝을 올리는데 영옥의 풀 죽은 목소리가 들려왔다.

"그나저나 기훈이 얼굴을 어떻게 보냐."

어젯밤 벌어졌던 사건을 떠올린 영옥이 땅이 꺼져라 한숨을 쉬었다.

"그러게 적당히 좀 하지."

"그 여편네 허는 지서리를 보고도……."

다시 흥분하던 영옥이 손을 휘저으며 털썩 드러누웠다. 적당히 하지라고 말을 뱉긴 했지만 자신이 영옥의 입장이었대도 똑같은 행동을 했을 거라 고개를 끄덕였다. 세상의 어떤 엄마가 자기 자식을 함부로 대하는 이에게 너그러울 수 있을까. 다만 문제는 이런 영옥을 기훈은 전혀 '어머니'라 생각하지 않는다는 데 있긴 하지만.

사건의 발단은 어젯밤. 현관 밖에서 들려오는 요란스런 소음에 얼른 신발을 신고 나선 채경은 잔뜩 취한 채 문 앞에 널브러져 있던 기훈을 붙잡고 혼자 낑낑대다 마침 귀가하던 엄마와 함께 그를 집 안으로 들일 수 있었다. 간신히 침대까지 끌어다 누인 두 사람이 기훈의 양말을 벗기고 막 돌아서던 순간, '세현아' 하고 부르는 나직한 목소리에 우뚝 걸음을 멈췄다.

"세현이가 누구래?"

"나도 모르지."

술김에 나온 주정인가 싶어 다시 걸음을 옮기려는데 다시 들려온 '세현아' 하고 부르는 애잔한 음성에, 그리고 음성에 섞인 울음이 두 사람의 발목을 덜컥 잡았다.

"여자 이름 같은데, 짝사랑이라도 하는 중인가."

기훈의 입에서 흘러나온 여자 이름. 그것도 몸도 가누지 못할 정도로 잔뜩 취한 기훈의 입에서 흘러나온 세현이란 이름은 채경에게도 비슷한 추측을 하게 만들었다.

"혹 차였는가?"

영옥이 조용히 중얼거리는데 어디선가 지잉, 하는 진동이 느껴졌다.

"기훈이 전화 아냐?"

살펴보니 기훈의 바지 주머니 안에 든 휴대전화가 열심히 벨을 울리고 있었다.

세현.

전화기를 손에 든 채 휘둥그레 눈을 키운 채경이 영옥을 바라보자 잠시 망설이던 영옥이 전화기를 뺏어 통화버튼을 밀었다.

'여보세요' 하고 나름 교양 있는 말투로 통화를 시작하려 했던 영옥은 다짜고짜 쏟아진 음성에 그대로 입을 다물어야만 했다.

〈너 다시는 찾아오지 말랬지! 하나 볼 것 없는 고아 주제에 감히 누굴 넘봐!〉

귀에 대고 있던 전화기를 잠시 떼어낸 영옥이 다시 한 번 발신자를 확인하며 눈을 깜빡였다. 시방 이것이 뭔 소리다냐. 세현이가 아짐씨여? 근디 고아?

〈야! 너 대답 안 해? 한 번만 더 우리 세현이한테 집적대기만 해. 아주 그냥 학교서 얼굴 못 들고 다니게 해줄 테니까.〉

스피커폰이 아님에도 전화기를 타고 들려온 쩌렁쩌렁한 목소리는 방 안 전체를 휘감으며 영옥의 가슴에 불을 지폈다. '우리 세현'이라 함은 당연히 지금 통화 중인 상대가 절대 '세현'일 리가 없단 소리가 된다.

"잠깐. 저기요!"

한 손으로 지그시 가슴을 누른 영옥이 애써 태연한 목소리로 입을 열자 통화 상대자도 당황했는지 금세 확인하듯 묻는 목소리가 들려왔다.

〈여보세요? 신기훈 학생 핸드폰 아닌가요?〉

"맞습니다."

〈실례지만 누구세요?〉

"실례지만, 기훈이 엄만디 그짝은 누냐? 눈디 넘의 아들 가심에 못 박는 소릴 허냐."

〈……그럴 리가 없는데.〉

"그럴 리가든 저럴 리가든, 그랑께 시방 나불댄 주뎅이 땜시 우리 기훈이가 물 젖은 솜 뭉탱이 맹키로 처졌던 것이여? 썩을!"

〈이것 보세요.〉

"그래, 보자. 어디냐?"

〈허, 정말.〉

"켓구녕에 바람 내지 말고 싸게 말해야!"

'내빼기만 히봐' 하고 찾아간 그곳에서 두 엄마의 육탄전이 벌어졌고, 그렇게 잔뜩 혈압을 올린 영옥은 상대의 머리카락을 쥔 채 그대로 쇼크 상태에 빠졌던 것이다.

"기훈이도 지금쯤은 알았을 거인디."

작게 중얼거린 영옥이 채경을 바라봤다.

"집에 좀 가봐."

한껏 차분해진 영옥의 말투가 서서히 서울말을 찾아가기 시작했다.

"엄만 어쩌고."

"나야……. 암튼 얼른 좀 가봐."

영옥의 채근이 있기도 했지만 기훈이 걱정되는 것도 사실이다. 폭풍 같은 하루였다. 너무 거세게 휘몰아친 탓에 채경 역시 힘들었다. 머리는 멍하고 다리는 후들거렸다. 내색을 할 수 없기에 더더욱 죽을 것만 같았다.

"아, 얼른."

버티고 있어봤자 해결되는 것은 아무것도 없었다. '알았어' 하고 몸을 일으킨 채경이 주섬주섬 가방을 챙겼다.

"무슨 일 있으면 바로 전화하고."

"일은 무슨. 알았으니까 얼른 가. 기훈이 밥 좀 챙겨주고."

병실을 나선 채경이 터벅터벅 걸음을 옮겨 엘리베이터 앞에 섰다. 생각할 것은 많았지만 그렇다고 비상계단으로 발을 뗄 용기는 나지 않았다. 비상계단이란 단어를 떠올리는 것부터 벌써 심장에 무리를 주고 있었다.

"제가, 은채경 씨를 좋아하는 것 같습니다."

그의 목소리가 병원 복도에 잔잔히 울리는 것 같았다. 갈비뼈 안에 있는 심장이 귓가에서 뛰고 있는 것만 같았다. 얼굴이 화끈거렸다. 거울을 보지 않아도 얼굴이 붉게 달아오르고 있음을 느낄 수 있었다.

혹시 꿈을 꿨던 걸까. 도영칠 씨가 고백해 주길 간절히 바라서?

"설마."

내가 그 정도로 미치진 않았을 거야. 맥없이 웃으며 엘리베이터 숫자를 바라보고 있는데 지잉, 휴대전화의 진동이 느껴졌다. 가방을 뒤적여 전화기를 꺼내 들던 채경의 손에 힘이 들어갔다.

도영칠 씨.

발신자를 확인한 채경이 선뜻 손가락을 움직이지 못한 채 그대로 굳었다.

지잉, 지잉.

손안의 전화기가 연신 몸을 떨었다. 집에 가면 꼭 도영준 씨라고 고쳐야겠다고 생각하며 채경이 통화버튼을 밀었다.

"네."

〈도영준입니다.〉

발신자를 밝히는 단순한 음성일 뿐인데 그것마저 포근하고 따스하다 느껴졌다. 나, 미친 걸까?

"……집에 들어가셨어요?"

〈아뇨. 아직 주차장입니다.〉

"왜 아직까지……."

손이 떨려서 도저히 운전을 할 수가 없었습니다.

운전석 시트에 몸을 묻은 채 전화기를 바꿔 쥔 영칠이 차마 뱉지 못한 말을 삼키며 앞머리를 쓸어 올렸다.

"병원에 만날 사람이 있었습니다. 저기, 어머님은 좀 괜찮으십니까? 아까 찾아뵀어야 하는데……."

물론 정신이 없기도 했지만 걱정이 앞서는 바람에 허겁지겁 병실부터 올라가고 말았다. 그리고 문 앞에서야 빈손인 채로 들이닥쳤다는 것을 깨달았다. 한 번도 그런 적이 없는데. 바보 같은 자신을 탓하며 영칠이 미간을 찡그렸다.

〈엄만 괜찮아요. 내일이면 퇴원하실 거니까 엄마도 괜히 걱정시킨다고 알리지 말라 하셨거든요.〉

"그래도."

〈정말이에요.〉

너무나 완강히 거절하는 채경의 태도에 영칠이 슬쩍 한숨을 쉬었다. 아까의 고백 때문일지 모른다는 생각이 들었다. 제 자신조차 정리 못한 감정을 그렇게 횡설수설 쏟아내곤 병실 앞에서 도망치듯 돌아 나왔으니 당연히 채경 입장에선 어이가 없을 것이다. 어쩌면 화가 났을지도 모르겠다. 화를 내면 뭐라고 해야 하나. 죄송합니다? 하지만 사과를 할 순 없다. 사과를 하는 순간 채경에 대한 제 감정을 전부 부정하게 되는 것이 될 테니까.

하아! 엉킨 실타래를 푸는 동안 들으려고 꺼낸 이어폰이 불가사의하게 꼬인 채 주머니 밖으로 나온 것을 바라보는 것만 같았다. 정말 눈앞에 잔뜩 엉킨 실타래와 이어폰이 있는 듯 미간을 좁힌 채 뚫어져라 핸들을 응시하던 영칠이 불끈 주먹을 쥐었다. 이대로 포기할 순 없었다. 당연히 풀어야 했다. 그런데……. '나는 도영준 씨 안 좋아하는데요?' 라는 답을 들으면.

〈여보세요?〉

들려온 목소리에 영칠이 흠칫 어깨를 떨었다.

"내가 좋아하는 사람이 나를 좋아해 주는 건 기적이라니까……."

그만큼 어려운 일이긴 하겠죠. 어린왕자에 나온 글귀를 떠올리며 영칠이 중얼거렸다.

〈네?〉

잠시 침묵을 지키던 영칠이 입술을 움직였다.

"하지만 지금은."

좀 더 단호한 음성이 흘러나왔다.

"은채경 씨를 만나야 할 것 같습니다."

병원에 입원한 환자도, 또 근무하는 직원도 아닌 남자와 병원 입구에서, 그것도 하루에 두 번이나 마주칠 확률은 얼마나 되는 걸까. 그의 차 조수석에 앉아 멍하니 창밖을 바라보고 있던 채경이 나직이 한숨을 내쉬는데 적막을 가르며 불쑥 목소리가 날아들었다.

"지금 은채경 씨 뱃속 든든합니까?"

뜬금없이 들려온 영칠의 말에 창밖으로 고정되어 있던 채경의 시선이 휙 하고 돌아갔다.

"충분한 휴식과 수면을 취하지 못한 은채경 씨의 현재 상태로 썬 신경 전달물질의 합성과 대사에 필수적인 영양소라도 적절히 섭취하셨어야 뇌기능의 활발한 운동을 기대할 수 있어서."

도무지 이해할 수 없는 말에 채경이 느리게 눈만 깜빡이자 영칠이 다시 물었다.

"식사 언제 하셨습니까?"

"음……."

"점심 드셨습니까?"

"아뇨."

영칠의 미간이 움찔 좁아들었다.

"아침은요?"

채경이 가만히 고개를 젓자 영칠이 힐긋 시선을 내려 손목시계를 확인했다. 말이 아침부터지 결국 어제저녁부터 아무것도 먹지 못했다는 뜻이 아닌가.

다행히 병원에서 멀리 벗어나지 않았으니 근처에 죽 전문점이 있을 것이다. 운전을 하며 빠르게 주변을 살피던 영칠의 시야에 마침 죽집 간판이 들어왔다.

"우선 죽집으로 가겠습니다."

영칠이 급히 깜빡이를 켜며 우측으로 핸들을 꺾었다. 주차장에 차를 세우는 영칠을 보며 채경이 말했다.

"별로 생각이……."

"생각은 드신 후에 하십시오."

안전벨트를 풀고 차에서 내린 영칠이 뚜벅뚜벅 걸어와 조수석 문을 열었다. 어쩔 수 없이 벨트를 풀어낸 채경이 체념한 얼굴로 차에서 내렸다.

문을 열고 들어가자 딱히 재료를 가늠할 순 없지만 죽 특유의 고소한 향이 코끝을 찔렀다. 비어 있던 위장이 그제야 슬슬 요동을 치기 시작했다.

"어서 오세요."

입구에서 밝게 인사한 직원의 안내로 테이블에 자리를 잡고 앉자 벽에 붙은 메뉴를 빠르게 훑은 영칠이 채경을 향해 물어왔다.

"혹시 가리는 재료 있습니까?"

"아뇨."

채경이 답하자 물컵을 건네기 위해 다가오던 직원을 향해 영칠이 입을 열었다.

"수삼 전복죽 하나, 단호박죽 하나 주십시오."

"네."

물컵을 내려놓은 직원이 빠른 걸음으로 사라졌다. 식사 시간이 지난 죽집은 거짓말 조금 보태 숨소리가 들릴 정도로 조용했다. 마주 앉아 있기가 어색했다. 채경이 머쓱한 분위기에 시선을 돌리며 물컵을 집어 들었다. 영칠은 여전히 침묵을 지키고 있었다.

5분이 지났다. 뭐 하자는 건지 모르겠다. 마주 앉은 남녀가 하는 일은 오로지 자신들이 주문한 죽이 나오기만 기다리는 것뿐인 듯 주방 쪽만 노려보는 중이다. 숨이 막힐 것 같은 적막에 채경이 애꿎은 물컵만 못살게 구는데 마침내 쟁반을 든 직원이 다가왔다.

"수삼 전복죽, 어느 분이시죠?"

직원의 물음에 영칠이 손을 뻗어 채경을 가리켰다. 달그락 소리와 함께 죽 그릇이 놓이는 동안 영칠은 냅킨을 뽑아 반듯하게 깔곤 수저통에서 꺼낸 숟가락과 젓가락을 그 위에 나란히 올려놓았다.

"드십시오."

"……네."

천천히 숟가락을 집어 든 채경이 뜨거운 김이 모락모락 나고 있
는 죽을 떠 입에 넣었다. 쌉싸래한 인삼의 맛과 전복의 담백함이
어우러진 죽은 허기가 더해진 탓인지 꽤 맛있었다.

"도영준 씨도 드세요."

숟가락을 들지 않는 영칠을 의아하게 바라보자 그가 가볍게 고
개를 끄덕이며 손을 움직였다. 그리고 어색한 적막은 죽 그릇이
거의 비워질 때까지 계속되었다.

"저는 아이스 아메리카노요. 시럽 듬……."

아무 생각 없이 시럽 듬뿍이라 말하려던 채경이 입을 다물었다.
언제부터인가 자연스럽게 '시럽 듬뿍'이란 말이 입에 붙어 있었
다. 전에 서준우가 사다 준 아이스크림이나 마카롱처럼 달콤한 디
저트를 즐기긴 했지만 커피 취향만큼은 그러질 못했다. 시럽은 거
의 넣지 않거나 넣더라도 아주 조금 넣었다. 그런데 언제부터 이
렇게 변한 걸까.

"저도 같은 걸로 주십시오."

영칠의 주문에 채경이 번쩍 고개를 들었다.

"어, 왜요? 여긴 캐러멜 시럽을 뿌린 카페 비엔나도 있는데."

손을 뻗어 메뉴판에 적힌 내용을 짚은 채경이 의아하다는 듯 바
라보자 별다른 말 없이 메뉴판을 접어 직원에게 건넨 영칠이 '아
이스 아메리카노 두 잔 주십시오. 시럽은 둘 다 듬뿍'이라며 주문
을 마쳤다.

미소와 함께 직원이 사라지자 영칠이 고개를 돌려 채경을 바라

봤다.

"앞으로 전개될 분위기상 생크림과 아이스크림을 떠먹는 건 어울리지 않기 때문입니다."

전투에라도 나갈 듯 비장한 얼굴로 영칠이 말했다. 영칠이 말한 '분위기상'이란 표현에 채경이 입을 다물었다. 무슨 이야기가 시작될지 짐작이 되었기 때문이다.

주문한 커피가 만들어지는 동안 영칠은 조용히 침묵을 지켰다. 아마도 이야기 도중 나온 커피 때문에 대화가 끊기는 것을 염려해서인 것 같았다. 얼마 지나지 않아 투명한 각얼음이 띄워진 아이스 아메리카노가 테이블 위에 놓였다. 손을 뻗어 커피를 쭉 빨아마신 영칠이 먼저 입을 열었다.

"저는 나름대로 이성적인 사람이라고 생각하며 살아왔습니다. 어릴 때부터 항상 계획에 맞춰 생활하는 습관을 들인 탓에 어떤 일을 진행할 때면 먼저 구체적인 목표를 정하고 계획에 따라 생각하고 행동했습니다. 그런데 은채경 씨는."

그가 잠시 말을 끊고 숨을 골랐다. 담담한 척 마주 앉아 있던 채경도 표 나지 않게 슬쩍 숨을 삼켰다. 전에 이 비슷한 말을 들을 기억이 있다. 갑작스런 상황을 별로 좋아하지 않기 때문에 늘 한계 상황에 맞춰 계획을 세운다고. 아마도 날아온 돌 운운하며 자신과의 돌발적인 만남을 얘기했던 것 같다.

다시 돌아와 뇌기능 어쩌고 하면서 죽까지 사 먹인 걸 보면 뭔가 대단히 생각을 요하는 말을 할 것이 분명했다. 원래는 정말 이성적인 사람이란 것을 강조하는 걸 보니 아깐 잠시 정신이 나갔단 소릴 하려는 걸지도 모르겠다. 뭐지? 계약 기간 동안만큼은 진심으로 대해달라 해놓고 자기한텐 말도 없이 병원에 다른 남자와 있는 걸 보고 순간 욱한 기분에 뱉었던 걸까? 질투나 자존심 이런 것 때문에? 설마. 그렇게 대책 없이 나쁜 놈일 리는 없······. 하긴 지선영 손가락에 백 일 기념 반지를 끼워줬던 서준우도 그가 그렇게 대책 없이 나쁜 놈일 거란 상상은 해본 적도 없었으니까.

"은채경 씨한테는, 그게 잘 안 됩니다."

갑자기 불안감이 엄습했다. 내가 생각하는 대로 믿고 있다 뒤통수를 맞는 일을 다시 겪고 싶지 않았다. 고개를 숙인 채 영철의 말을 듣고 있던 채경의 심장이 점점 불규칙적으로 뛰기 시작했다.

"저기, 잠시만요."

찰나의 침묵과 함께 두 사람의 눈이 허공에서 부딪쳤다.

"혹시 아까 저 좋아하는 것 같다고 하신 거······ 이것도 도영준 씨 계획엔 없던 일이라는 말씀을 하시려는 건가요?"

채경이 불안하게 흔들리는 눈동자를 다잡으며 영철을 바라봤다. 그녀와 달리 영철의 눈동자엔 한 치의 흔들림도 없어 보였다.

"네."

머리 위로 커다란 바위가 떨어진 것 같았지만 채경은 애써 태연을 가장했다. 왜 그딴 말을 해서 남의 심장을 두근거리게 했냐고 버럭 화를 내거나 물을 끼얹는 따위의 바보 같은 짓은 하고 싶지 않았다. 어느 정도 마음의 준비를 한 탓인지 하, 하고 작은 웃음까지 새어 나왔다. 하지만 미세하게 떨리는 손끝은 굳은 의지로도 제어되지 않았다. 들키지 않으려 힘껏 쥔 주먹이 하얀 관절을 드러내며 그녀의 심정을 대변하고 있었다.

"제가 정말로 은채경 씨를 좋아하게 될 줄은…… 몰랐으니까요."

이 남자, 무슨 소릴 하는 걸까. 테이블 위로 시선을 박아 넣고 있던 채경이 멍한 눈을 들어 올려 영칠을 바라봤다.

"그래서 그렇게 횡설수설할 수밖에 없었습니다. 당황하실 거란 걸 알면서도 그땐 그렇게 말하지 않으면 안 될 것 같았습니다. 그런데 너무 제 생각만 한 것 같아서."

죄송하다며 그가 정중히 사과했다. 삼 개월간 사귀는 척하다 자기가 찬 걸로 하고 헤어지면 된다며 오만하게 턱을 들어 올리던 바로 그 도영칠 씨가 말이다.

채경의 눈에 서서히 초점이 맺혔다. 그제야 귓가로 들려온 남자의 말이 머리로 이해되기 시작했다. 긴장과 불안으로 경직되었던 몸이 일순 풀어지는 느낌이다. 움직임을 잊은 사람처럼 굳어 있던 채경의 눈에서 갑자기 툭 하고 눈물방울이 흘러내렸다.

"은채경 씨?"

영칠이 당황한 목소리로 채경을 불렀다.

"흐윽."

"은채경 씨."

"좋아한단 말을 무슨, 끅, 그렇게 복잡하게, 끅, 해요."

여전히 당황한 얼굴로 채경을 바라보던 영칠이 한쪽 눈썹을 치켜올리며 입을 열었다.

"눈물이 나올 만큼 복잡했다고는 생각하지 않습니다만."

"끅, 그건 도영준 씨 생각이고요. 끅."

"좋아하는 것 같다에서 좋아하게 될 줄 몰랐다로 바뀐 것이 그렇게 복잡했던 겁니까?"

"으흐흑!"

갑자기 터진 울음에 안 그래도 힐끔거리던 시선들이 한꺼번에 채경에게로 모아졌다. 이내 쏟아진 곱지 않은 눈길들이 영칠의 온몸을 스캔하듯 훑어 내렸다. 졸지에 여자를 울린 나쁜 남자가 되어버린 영칠이 난감하다는 얼굴로 주변을 돌아보았다. 저 나쁜 남자 아니라고 항변하듯 바라보던 영칠이 손을 들어 쓱쓱 눈썹을 문질렀다.

"그럼 복잡하지 않게 말씀드리겠습니다."

"……."

"제가 은채경 씨를 좋아합니다."

지그시 눈을 마주한 채 입술을 움직이던 영칠이 진중한 목소리로 덧붙였다.

"통자바칩을 추가한 벤티 사이즈 자바칩 프라푸치노에 생크림이 듬뿍 얹어진 아이스크림 와플을 곁들인 것만큼."

이보다 더 귀에 쏙 들어오는 비유가 있을까. 혹시나 한입이라도 뺏어 먹을까 잔뜩 털을 세운 고양이처럼 전전긍긍하던 모습이 떠올라 채경은 긴장의 끈이 팽팽하게 당겨진 분위기임을 잊고 그만 풉, 웃음을 터뜨리고 말았다.

"비유가 적절치 못했습니까?"

"아뇨. 밑줄 쫙, 돼지 꼬리 땡땡만큼이나 강렬했어요."

채경이 집어 든 냅킨으로 눈물을 닦으며 말하자 영칠의 입가가 미세하게 휘어졌다.

눈물을 닦는 척 고개를 숙인 채경은 얼굴을 가린 채 가만히 입술 끝을 들어 올렸다. 천국과 지옥을 오간다는 게 이런 느낌일 것이다. 롤러코스터를 타고 아찔한 경사지를 오르내린 기분이다.

벅차오르는 감정에 손바닥에 가려진 입술 끝이 바르르 경련을 일으켰다. 그는 나쁜 놈이 아니었고, 당연히 뒤통수도 맞지 않았다. 게다가 좋아한단 고백도 받았다. 그를 향해 시작된 감정 때문에 앓아야만 했던 시간들이 단번에 혼자서 몰래 즐긴 설렘으로 뒤바뀌어 버렸다.

실은 나도 도영준 씨가 좋아요, 라고 말하고 싶었지만 혀를 깨물 듯 독한 각오로 꾹꾹 눌러 삼켰다. 기다렸다는 듯 오케이를 했다가 괜히 매력 없이 쉬운 여자로 보이면……. 자칫 서준우 때처럼 금세 싫증을 내게 될지도 모른단 불안감에 그녀의 눈동자가 빠르게 흔들렸다. 그럼 며칠 생각 좀 해보겠다 애를 태우다 못 이기는 척 받아줘야 하나? 그랬다가 진짜 튕겨 나가면. 아, 이럴 땐 대체 어떻게 해야 하는 거지?

"혹시나 화를 내시면 어떡하나 긴장하고 있었습니다. 하."

살짝 벌린 입술 사이로 숨을 뱉은 영칠이 입이 타는 듯 커피를 마셨다. 그러고 보니 얼굴 가득 긴장한 표정이 역력하다. 감정 조절마저도 완벽할 것 같았던 남자의 흐트러진 모습을 목격하는 것은 그 의외성이 주는 특별함 때문인지 묘한 감흥을 일으켰다. 이 남자도 그녀와 다를 바 없이 긴장하고 고민하고 겁을 낸다. 그 사실이 더더욱 가슴을 뛰게 만들었다.

"자기 좋다는 남자한테 화내는 사람이 어디 있어요."

그녀가 혼잣말처럼 중얼거리자 영칠이 슬쩍 고개를 기울였다.

"저는 가끔 화를 냈습니다만."

그렇지. 절대 평범할 리가 없지.

쓱 눈물을 마저 닦아낸 채경이 '어째서요?' 하는 눈으로 영칠을 바라봤다.

"분명 관심 없다 밝혔음에도 멋대로 전화하고, 찾아오고. 한두 명이라면 모를까, 정말."

이 와중에 깨알 같은 자기 자랑을. 자기가 자기 입으로 자기 자랑을 하는데도 전혀 주저함이 없는 모습이다. 그런데 그것이 얄밉다기보다 어딘지 모르게 귀엽게 느껴졌다. 콩깍지가 제대로 씐 게 분명하다. 제발 도영칠 씨 눈에도 내가 그렇게 보여야 하는데.

"인기 많아서 좋으시겠어요."

살짝 치민 질투심 때문이랄까. 그녀가 입술을 모은 채 삐죽거리자 그가 단호히 고개를 저었다.

"피곤합니다."

아, 귀엽다는 말은 취소.

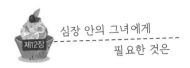

제12장 심장 안의 그녀에게
필요한 것은

"내리실 필요 없는데."

아파트 주차장에 차를 세운 영칠이 핸드 브레이크를 채우며 운전석 문을 열자 막 벨트를 풀어낸 채경이 영칠을 바라보며 말했다. 대답 대신 문을 닫은 영칠이 성큼성큼 걸어와 조수석 문을 열었다. 그가 차 문에 비스듬히 팔을 걸친 채 채경을 내려다봤다.

"잊으셨나 본데, 저 고백한 남잡니다."

아.

채경이 머쓱한 미소를 짓자 그는 그녀가 차에서 내릴 수 있도록 슬쩍 몸을 비켜섰다.

"어머님은 내일 퇴원하신다고요?"

"네. 근데 정말 안 오셔도 돼요. 그게, 암튼, 사정이 좀 있어서……."

물끄러미 바라보던 영칠이 입술을 꾹 다문 채 고개를 끄덕였다.

"알겠습니다."

어쩐지 목소리가 조금 딱딱해진 것 같다.

"저기, 삐치신 건 아니죠?"

자기 입으로 치사하진 않지만 뒤끝은 꽤 긴 편이라고 했던 것이 생각나 황급히 눈치를 살핀 채경이 조심스럽게 물었다.

"저 애 아닙니다."

하긴, 서른두 살씩이나 먹은 남자에게 쓸 어휘는 아니었다. 하지만 아무리 생각해도 진짜 삐친 게 맞는 것 같단 느낌은 신발 밑창에 들러붙은 껌처럼 도무지 떨쳐지지 않았다.

"아, 죄송해요."

어쨌든 실수를 한 것 같다는 생각에 채경이 급히 사과하자 그와 동시에 영칠의 얼굴이 빠르게 굳어갔다.

"……"

애써 평정을 유지하며 영칠이 차분히 생각을 정리했다. A가 B에게 고백을 한 상황에서 B는 다음과 같은 반응을 보이고 있다.

"내리실 필요 없는데."

"정말 안 오셔도 돼요."

"아, 죄송해요."

거듭된 거부와 사과. 처음 한 번이야 예의상이라 핑계를 대본다지만……. 물론 은채경 씨에게 자신과 같은 감정을 강요할 순 없겠지만 어쩐지 서운하고 조금은 원망스럽기까지 한 마음이 생기는 것은 어쩔 수가 없었다.

"들어가십시오."

턱이 씰룩일 정도로 입을 꾹 다문 영칠이 채경을 바라보며 말했다.

"네, 도영준 씨도 조심히 가세요."

"먼저 들어가십시오."

"……네."

가볍게 고개를 숙인 채경이 몸을 돌려 입구 계단를 올라섰다. 엘리베이터를 기다리며 힐긋 돌아보니 영칠은 여전히 차에 오르지 않고 입구 쪽을 바라보고 있다. 고백을 한 남자의 얼굴치곤 어딘지 모르게 잔뜩 우수에 차 있는 모습이다. 그의 고백에 확실한 답을 주지 않아서일까. 고민하는 순간 엘리베이터가 도착했다. 그녀가 엘리베이터 안으로 사라지는 순간까지도 영칠은 홀로 가을 화보를 찍고 있었다. 이제 곧 매미가 울 텐데 말이다.

비밀번호를 누르고 현관을 들어서자마자 채경은 바닥에 놓인 신발부터 살폈다. 가지런히 정돈된 기훈의 신발이 눈에 들어왔다. 집 안에 있는 것이 분명한데도 집 안은 쥐 죽은 듯 고요했다.

욕실로 들어가 손을 씻고 나온 채경이 냉장고를 열어 먹기 좋게 찢어놓은 황태며 마른 새우, 콩나물, 파 등을 꺼내 들었다.

쏴아, 탁탁탁.

서둘러 해장국을 끓인 채경이 작은 그릇에 덜어낸 국물을 홀짝이며 간을 봤다. 영옥이 끓인 것엔 감히 명함도 내밀지 못할 테지만 그럭저럭 먹을 만은 한 것 같다. 가스레인지의 불꽃을 조절한 채경이 참, 하고 눈을 키우곤 허둥지둥 밥솥을 열었다. 보온에 불이 들어와 있는 것만 확인했지 정말 밥이 있는지 들여다보지 않은 게 떠올랐기 때문이다. 다행히 밥이 남아 있었다. 새 밥을 해 먹이지 않았다며 등짝을 맞게 될지 모르겠지만 저만 입을 다물면 조용히 지나갈 수도 있는 문제다. 아니, 그보다 큰 문제는 과연 기훈이 밥을 먹으려 들까 하는 것이지만.

똑똑.

손을 들어 기훈의 방문에 노크를 한 채경이 들려올 목소리를 기다리며 시선을 내렸다.

달칵.

대답이 들려올 거란 예상과 달리 열린 문 사이로 잔뜩 초췌한 얼굴의 기훈이 모습을 드러냈다. 문손잡이를 잡고 선 기훈이 채경을 바라보고 있다.

아프냐는 말도 나오지 않았다. 겨우 하룻밤이 지났을 뿐인데 바라보는 제 가슴이 아플 정도로 기훈은 잔뜩 망가져 있었다.

"……밥 먹어. 국 끓여놨어."

"……."

"얼른."

미동도 않은 채 그대로 서 있기만 하는 기훈을 채경이 덥석 손을 잡아 주방으로 데려갔다. 길을 잃은 아이처럼 채경이 이끄는 대로 터벅터벅 움직인 기훈이 조용히 식탁 의자에 앉았다. 채경이 끓인 국은 불을 줄여둔 가스레인지 위에서 보글보글 소리를 내며 끓고 있었다. 묵묵히 밥과 국을 퍼 기훈 앞에 놓아준 채경이 숟가락을 집어 기훈의 손에 쥐어주었다.

"내가 끓인 거라 맛은 없을 거야. 그래도 먹어. 뜨거우니까 조심하고."

하얗게 마른 입술이 부들거렸다. 뚫어져라 국을 바라보던 기훈이 푹 고개를 숙였다. 그 모습을 바라보던 채경이 낮게 한숨을 뱉었다.

"그래, 너는 신기훈이고 나는 은채경이야. 엄마도 다르고 아버지도 다르고. 근데…… 왜 이렇게 속이 상한지 모르겠다. 내가 뭘 어떻게 해야 할지도 모르겠어. 내가 할 수 있는 건 고작 해장국을 끓여주는 것밖에 없는데……. 대체 왜 그랬냐고, 네가 왜 고아냐고 등짝을 내려칠 수도 없어서 너무너무 속상해."

어느새 눈가가 붉어진 채경의 목소리가 조용히 흘러나왔다.

"그러니까 얼른 먹어. 너는 고아 아니라고 나는 네 등짝을 때려줄 수도 없으니까 그냥 먹어. 이것도 안 먹으면 너 정말 나쁜 놈이야."

"나는 원래 나쁜 놈이야."

숟가락을 쥔 채로 기훈이 중얼거리자 채경의 입매가 무섭게 일그러졌다.

퍽!

채경의 주먹이 기훈의 등으로 날아들었다.

"그 말이 그렇게 쉽게 나와?"

퍽! 퍽!

"엄마한테 네가 어떤 자식인데 그 말이 그렇게!"

그녀가 잔뜩 힘을 실어 퍽퍽 주먹을 휘두르는 동안 기훈은 묵묵히 등을 내어주고 있었다. 제 풀에 지친 채경이 의자에 털썩 주저앉자 식탁 위에 있던 물컵을 그녀에게로 쓱 밀어주었다. 손을 뻗어 벌컥벌컥 물을 마신 채경이 금세 컵을 비우고 기훈을 바라봤다. 기훈이 씁쓸한 얼굴로 중얼거렸다.

"남매들은 곧잘 싸운다고 하더라."

한집에 살지만 기훈과 채경은 한 번도 싸운 적이 없었다. 남들 보기엔 그저 남매 사이가 좋았나 보다 생각될 테지만 그들 사이에서 그것은 그냥 외면과 양보가 만들어낸 당연한 관계에 지나지 않았을 뿐이다.

"그래서 우리는 남매가 아니라고?"

채경이 묻자 기훈이 가만히 눈을 깜빡였다. 대답이 없는 기훈을 바라보며 채경이 와락 입을 열었다.

"너랑 난 그렇다 쳐도 엄마한테 넌……."

"알아. 좋은 분인 거."

채경의 입술이 살짝 벌어지며 하, 하는 탄성이 새어 나왔다.

"좋은 분? 너한테 엄만 그냥 좋은 분이야? 그래서……."

잠시 숨을 삼켜낸 채경이 힘겹게 물었다.

"그래서 고아라고 그랬니?"

"그렇게 생각해야 했어."

"왜?"

"지금 살고 있는 이 집이며 대학 등록금, 심지어 먹고 입는 것까지 아무리 잘해주셔도 난 내가 이 집에 빌붙어 있단 생각을 떨칠 수가 없어."

"어떻게 그런 생각을……."

"그렇게라도 하지 않으면 나 너무 염치없는 거잖아. 지금 받는 것만으로도 넘치는데 더 바라는 건, 그건 안 되는 거잖아."

"너 바보야? 아니, 진짜 잔인하다. 너라면 끔찍하게 여기는 엄마한테 어쩜."

흥분한 듯 가슴을 씨근덕거리며 앞머리를 쓸어 올린 채경이 비어 있는 물컵을 들어 정수기 앞에 섰다.

"어제 전화 받을 때, 엄마 얼굴이 어땠는지 알아?"

"……."

"미친 사람처럼 달려가서 당신이 뭔데 감히 내 자식 눈에서 눈물을 뽑느냐며 머리끄덩이를 잡아 흔들 때, 병원에서 눈 뜨자마자 네 걱정부터 했을 때, 혹시나 당신 때문에 그 세현이란 애랑 완전히 끝나는 건 아닐까 전전긍긍하던 때도 엄만…… 엄마였어, 오직 자식 걱정만 하는."

쪼르르 물을 따라 마신 채경이 싱크대에 컵을 내려놓고 기훈을 돌아봤다.

"먹기 싫어도 먹어. 난 엄마처럼 이거 싫으면 딴 거 해줄까 같은 말은 못하니까."

스르륵 몸을 돌린 채경이 자신의 방을 향해 막 걸음을 떼려는 순간이었다.

"많이…… 다치셨어?"

들려온 목소리에 움직임을 멈춘 채경이 그대로 시선을 둔 채 기훈에게 말했다.

"궁금하면 그 밥 다 먹고 직접 가봐."

덤덤하게 말을 뱉은 채경이 이내 걸음을 옮겨 방으로 사라졌다. 시선을 내려 채경이 쥐어준 숟가락을 바라보던 기훈이 여전히 김이 모락모락 나는 국그릇으로 손을 움직였다. 적당히 식은 국이 입안으로 들어오며 따스한 온기를 보냈다. 너무 뜨거웠거나 혹은 차갑게 식었다면 먹지 않았을 텐데. 실없는 핑계를 대며 기훈이 피식 입술 끝을 들어 올렸다. 천천히 숟가락질을 하는 기훈의 붉어진 눈이 애틋하게 흐려졌다.

✳

"막내야?"

눈으로 술을 빨아들이기라도 하려는 듯 뚫어져라 제 앞에 놓인 잔을 노려보고 있는 영칠을 보며 영이가 슬쩍 고개를 기울였다.

"영칠?"

움직임 없는 그 모습에 휘익 눈썹을 휜 영이가 힘주어 이름을 부르자 그제야 영칠이 반응했다. 술잔에 고정되어 있던 시선이 스르르 영이를 향해 돌아섰다. 못마땅한 듯 눈을 맞춘 영칠이 나직이 말했다.

"사람들 있는 곳에선 그 이름 좀……."

말끝을 흐리며 영칠이 슬쩍 미간을 좁히자 픽 웃음을 삼킨 영이가 몸을 세우며 입술을 움직였다.

"그럼 도영네트웍스 드라마 제작기획본부장."

"네."

"할 얘기 있다며."

영이가 술잔을 집어 들며 묻자 잠시 침묵을 지키던 영칠도 손을 뻗어 달콤한 깔루아 밀크가 담겨 있는 술잔을 잡았다. 그런 영칠을 재미있다는 듯 지켜보던 영이가 꿀꺽 호박색 액체를 목으로 넘겼다. 여자 문제로군.

"요즘 '힐링' 준비 때문에 정신이 없지?"

"그런 편입니다."

"은채경 씨와는 자주 못 보겠네."

"아무래도."

영칠의 대답에 고개를 끄덕인 영이가 '그래도……' 하고 말끝을 늘이다 동생의 잘생긴 옆얼굴을 물끄러미 바라봤다.

"짧고 굵게 자주 하는 편이지?"

느릿하게 눈꺼풀을 움직이며 물어오는 질문에 영칠이 눈을 크게 떴다.

"뭐, 뭘 말입니까?"

절대 당황하지 않았다는 듯 차분하게 보이려고 했는데 의도와 달리 하필 목소리가 갈라져 나오는 바람에 바보같이 말을 더듬고 말았다. 그 바람에 얼굴이 확 달아올랐다.

"전화, 혹은 문자?"

영이가 어깨를 으쓱이며 말하자 영철이 술잔을 쥐고 있던 손에 꾹 힘을 주며 턱을 당겼다.

"그야 당연히 매일 합니다."

"오, 몇 번이나?"

몇 번? 영철의 눈썹이 획 올라섰다. 매일 밤 한 번 '안녕히 주무 십시오'라고 꼬박꼬박 보내긴 했는데.

"가끔은 두 번도 보냅니다."

영철의 대답에 영이가 가만히 입술을 모았다. 머릿속을 꿰뚫기 라도 할 듯 집요한 시선을 보내던 영이가 언제 그랬냐는 듯 금세 서글서글해진 눈으로 물었다.

"회사 일이 바빠서? 아님 피곤해서? 그것도 아님…… 의무감 에?"

아니라고 항변하려던 영철이 급히 입을 다문 채 미간을 좁혔다.

"하루에 한두 번 정도는 전화나 문자 주고받아야 하지 않겠습 니까?"

문득 계약 직후 사귀는 것처럼 보여야 한다며 제 입으로 했던 말이 떠올랐다. 처음엔 당연히 의무감에서였다지만 지금은 분명 상황이 달라졌다. 아니, 감정이 달라졌다. 수시로 채경을 떠올린 다. 그녀가 걱정되고, 그녀 때문에 화가 나기도 한다. 그런데 그녀 와의 관계는 별로 달라진 게 없어 보인다. 해준 것이 없다. 좋아하 는 이성에게 잘 보이기 위해 하는 어떤 행동, 혹은 노력도 해본 적이 없다. 몸에 밴 듯 익숙하게 부인을 챙겨주던 신태하 씨의 다정한 눈빛이 생각났다. 갑자기 은채경 씨에게 미안하단 생각이 밀려들었다.

"재주도 좋네. 우리 막내 심장은 하루에 한 번도 뛰고 두 번도 뛰나 보지?"

긴 다리를 꼬며 소파에 깊숙이 몸을 묻은 영이가 느긋한 얼굴로 물었다. 영칠의 눈에 깃든 무슨 뜻이냔 눈빛에 그가 스윽 술잔을 들어 올렸다.

"은채경 씨, 네가 말한 심장 안의 그녀 아냐?"

심장 안의 그녀. 그러고 보니 그런 말을 한 적이 있다. 그의 개명 의지를 막아선 가족들의 반대에 보란 듯 내뱉었던.

"그러게요. 저도 당당히 살아가고 싶었지만 제 심장 안의 그녀는 그렇지 못한가 봅니다."

발끈한 기분에 즉흥적으로 내뱉었던 '심장 안의 그녀'가 바로 식당에서 쟁반으로 자신의 머리를 후려치던 은채경 씨가 될 줄이야. 눈앞에 별이 번쩍 비치던 순간을 떠올리던 영칠의 입술이 부드럽게 호를 그리며 올라섰다.

"이야, 우리 막내가 진짜 사랑에 빠지긴 했나 보구나. 그런 표정도 지을 줄 알고."

잔잔한 미소와 함께 생각에 잠겨 있던 영칠이 얼른 고개를 들었다. 영이가 잔을 내려놓으며 싱긋 웃었다. 자신이 어떤 표정을 지었는지 전혀 알 수 없는 영칠이 어색하게 얼굴을 쓸자 영이가 지그시 눈을 맞추며 말했다.

"나는 우리 막내가 '안녕히 주무십시오' 같은 문자나 날리고 있으면 어쩌나 살짝 걱정했는데 쓸데없는 걱정이었네."

영이가 어깨를 으쓱이자 미세하게 눈을 키우며 턱 근육을 씰룩 움직인 영칠이 깔루아 밀크가 담긴 잔을 움켜쥐었다. 큭. 표 나지 않게 웃음을 삼킨 영이가 주머니에서 울리고 있는 자신의 휴대전화를 꺼내 들었다.

"음, 우리 귀여운 토끼."

발신자를 확인하며 전화기를 귀에 갖다 댄 영이가 한껏 다정한 목소리로 입을 열자 획 눈썹을 치켜올린 영칠이 '우리 귀여운 토끼?'를 중얼거리곤 미간을 찡그렸다. 이내 표정을 가다듬은 영칠이 시선을 내려 손에 쥔 깔루아 밀크를 한 모금 홀짝였다. 그리곤 남의 통화 따윈 관심 없다는 듯 무심히 고개를 돌렸다.

"오빠? 뭐 하고 있었겠어. 우리 귀여운 토끼 생각하고 있었지. 에이, 오빠가 왜 거짓말을 해."

하, 귓가로 들려온 말에 절로 입술이 벌어졌다. 오빠라니요. 낼모레 마흔이신 분이. 그리고 지금 거짓말하고 계시지 않습니까.

안 듣는 척 고개를 돌리고 있던 영칠이 속으로 항의하며 쫑긋 귀를 세웠다.

"바람둥이 같다고? 스읍. 우리 토끼는 어쩜 그렇게 예쁜 입술로 오빠 가슴에 상철 주지?"

"쿨럭."

저도 모르게 튀어나온 기침에 영칠이 얼른 입가에 손을 갖다 대며 통화 내용에 대한 반응은 절대 아니라는 듯 목을 가다듬었다.

"옆에?"

영칠을 힐긋 돌아본 영이가 통화를 이어나갔다.

"동생. 근데 우리 토끼가 다른 남자한테 관심 갖는 거 오빠 싫은데."

여자 앞에선 혈육도 소용없는 거로군. 영칠이 잔을 만지작거리며 고개를 기울였다.

"우리 토낀 나만 봐야지. 음. 착해. 나도 토끼밖에 없어. 이따 오빠가 전화할게. 그래."

통화를 끝낸 영이가 전화 벨소리를 무음으로 설정하며 여전히 고개를 돌리고 있는 영칠을 바라봤다.

"어디까지 얘기했더라?"

나도 토끼밖에 없어. 이따 오빠가 전화할게까집니다.

"아, 문자."

영이가 생각났다는 듯 둘째 손가락을 까딱거리며 눈매를 접었다.

"근데 정작 중요한 얘길 못했네. 나한테 하고 싶다는 말 있다며."

영이가 물었지만 말없이 눈을 깜빡인 영칠은 옅은 한숨만을 토해냈다. 동물과 대화가 가능하다는 능력자 하이지보다도 훨씬 더 능수능란하게 토끼와 통화를 마친 형님 앞에서 도저히 은채경 씨에 대한 고민을 늘어놓을 수가 없었다. 입이 떨어지지 않았다. 묘하게 자존심이 상했다.

"이번 OST 작업은 현은성 씨한테 그냥 다 맡겨볼까 해서요."

표정을 감춘 영칠이 별것 아니라는 듯 말하자 영이가 자세를 고쳐 앉으며 이마를 문질렀다. 통화를 하느라 흐름이 끊긴 것이 화근이다. 좀 더 자연스럽게 이끌었어야 하는데 급한 마음에 영칠의 마음을 살피지 못했다. 그냥은 절대 열리지 않을 텐데 어찌해야 하나.

"몇 곡 나왔는데?"

"가이드 녹음까지 마친 게 두 곡, 다음 달 초에 하나 더 나온답니다."

"음. 일단 들어보고 결정하는 것도 늦진 않겠네."

"네."

슬쩍 영칠의 눈치를 살핀 영이가 몸을 쭉 펴며 입을 열었다.

"나는 우리 막내가 너무 어렵더라."

갑자기 무슨 소리냐는 듯 영칠이 시선을 들어 올리자 아아, 하고 미소를 지은 영이가 테이블 앞으로 바짝 몸을 붙였다.

"우리 막내가 들어주는 건 참 잘하는데 너무 말이 없으니까. 그래서 좀 어렵다고."

영이의 말에 슬쩍 미간을 좁힌 영칠이 무감한 목소리로 말했다.

"필요한 말은 다 하고 있습니다."

"막내한테만 필요한 말?"

"그럼 누구한테 필요한 말을 해야 하는 겁니까?"

"그건 우리 막내가 판단해야 하는 거지. 누구에게 필요한 말인지, 그 사람이 어떤 말을 듣고 싶어 하는지."

입술을 꾹 다문 영칠이 생각에 잠긴 듯 물끄러미 잔을 내려다봤
다.

"……그걸 어떻게 다 알 수 있습니까. 나와 마음이 다를 수도 있
는데."

"그렇지. 마음은 겉으로 표현하지 않으면 알 수가 없으니까."

영칠의 낯빛이 조금 어둡게 변하는 것을 지켜보며 영이가 바로
말을 이었다.

"그러니까 표현을 해야 되겠지? 어떻게? 아주 적극적으로."

"열 번을 찍어도 안 넘어가는 나무도 있습니다."

갑자기 열 번 찍는 나무 얘기라……. 은채경 씨와 관련된 것이
라면 뭔가 앞뒤가 맞지 않는데.

물끄러미 바라보던 영이가 몸을 뒤로 기대며 팔짱을 끼었다.

"안 넘어가면 그 나무를 꼭 넘어뜨려야 하나?"

"네?"

"그냥 옆에 있어주면 되잖아."

"그냥 옆에요?"

어느새 어린아이처럼 순진한 눈망울로 물어오는 영칠의 물음에
영이가 고개를 끄덕여 줬다.

"그냥 옆에서도 얼마든지 마음을 표현할 수 있으니까."

"……."

"어디 도망 못 가게 꼭 끌어안고 말해줘, 네 마음이 어떤지."

영이가 슬쩍 영칠의 얼굴을 살폈다. 뭔가를 좀 더 물을 것 같던

영칠은 붉은 입술을 굳게 다문 채 생각에 잠겨 있었다. 뭐, 나쁘지 않은 징조다. 일이 아닌 여자 문제로 이렇게 고민 중인 영칠이라니. 거짓이 아니라 진짜 제대로 심장 안에 박혀 있는 모양이다. 손으로 쓱쓱 머리를 쓰다듬어 주고 싶은 것을 꾹 참으며 그가 싱긋 웃었다. 훗, 귀여운 우리 막내.

✤

"오늘도 고생 많으셨어요. 조심히 가세요!"

간판이 꺼진 가게를 나서는 사람들을 향해 채경이 밝은 목소리로 인사하자 얼른 뒤를 돌아본 모두가 그녀를 향해 손을 흔들었다.

"채경이 너도 조심히 가라. 참, 어머니 내일 퇴원하신댔나?"

"네."

"에이구, 바빠서 가보지도 못했네."

"엄만 그걸 더 좋아하실걸요? 헤헤."

"그런가? 암튼 몸조리 잘하시라고 전해."

"네."

사람들이 사라지자 꼼꼼히 문단속을 한 김 지배인이 탁탁 손을 털며 주차장 쪽으로 몸을 틀었다.

"가자. 태워다 줄게."

"운동 삼아 걸어갈게요."

"밤이라 위험해."

"골목도 아니고 큰길인데요, 뭐."

"그래도."

"전 괜찮으니까 얼른 들어가세요. 아드님이 눈앞에 어른거린다고 여기 이마에 쓰여 있거든요?"

채경이 환하게 웃으며 등을 떠밀자 머쓱하게 머리를 긁적인 김 지배인이 '그럼 조심해 들어가' 하고 인사하며 서둘러 사라졌다.

주머니에 손을 넣은 채경이 터벅터벅 걸음을 옮기기 시작했다. 밤 10시가 가까운 시간이지만 워낙 번화가라 그런지 전혀 가라앉지 않는 생동감이 느껴졌다. 불이 켜져 있는 간판들을 하나씩 올려다보던 채경이 주머니에서 빼낸 손으로 뭉친 어깨를 주물렀다. 앞질러 가는 사람들의 발자국을 쫓아 조용히 느린 걸음을 이어갔다.

지잉.

주머니에서 느껴진 짧은 진동에 전화기를 꺼내 든 채경이 재빨리 문자를 확인했다.

〈목소리 듣고 싶은데, 전화드려도 되겠습니까?〉

걸음을 멈춘 채 뚫어져라 전화기를 바라보던 채경이 삐죽삐죽 새어 나오려는 웃음을 참으며 볼을 부풀렸다.

"뭐 이런 걸 물어보고. 그냥 하면 되지."

이 남자, 키스할 때도 '키스해도 되겠습니까?' 하고 물어보고 하는 거 아냐? 농담처럼 웃었지만 그녀는 알 수 있었다. '목소리를 듣고 싶은데'라는 글자를 적기까지 그가 얼마나 많은 고심을 했을지. 전화기를 노려보며 한없이 썼다 지웠다 반복했을 영칠을 떠올리며 채경이 얼른 통화버튼을 눌렀다.

〈여보세요?〉

전화기를 쥔 채로 있었는지 한 번의 신호음이 울리고 바로 들려온 영칠의 목소리엔 당혹감이 잔뜩 배어 있었다. 음성이 살짝 갈라지기까지 한 걸 보니 아마도 전화가 올 거란 예상을 전혀 하지 못한 듯했다. 한 손을 주머니에 꽂은 채경이 발끝으로 톡톡 바닥을 차며 입을 열었다.

"저예요."

〈네, 안녕하십니까.〉

아무리 그래도 안녕하십니까라니.

전화기를 귀에 댄 채경이 눈만 깜빡거리고 있자 저기, 하고 다급한 영칠의 목소리가 들려왔다.

〈죄송합니다. 말이 잘못 나왔습니다.〉

"아……."

〈지금 밖이십니까?〉

영칠의 물음에 채경이 주위를 돌아봤다. 아마도 주변 소음이 전화기에 묻어 들어간 듯했다.

"네. 가게 마감하고 집에 가는 중이에요. 씻고 병원 가보려고요."

〈그렇군요.〉

잠시 머쓱한 침묵이 일었다. 사람들이 지나다니는 거리 한복판

에서 여전히 발끝으로 땅을 두드리고 있는 채경은 이색해 죽을 것
만 같았다.

〈밤이 늦어서 위험할 텐데. 제가 모셔다 드린다고 하면······ 또
거절하시겠죠?〉

조심스럽게 물어오는 목소리에 톡톡 바닥을 두드리던 그녀의
발이 움직임을 멈췄다. 시각이 너무 늦었는데, 혹은 오늘 두 번이
나 봤잖아요, 라는 대꾸를 하기엔 목소리에 묻어난 조바심이 충격
적이다 싶을 만큼 안쓰럽게 느껴졌다. 세찬 바람에도 끄떡없을 단
단한 바위 같던 남자가 떨리는 음성으로 채경의 대답을 기다리고
있는 것이다.

심장이 미친 듯이 요동을 쳤다. 전화기를 귀에 대고 있던 채경
이 갑자기 숨을 들이쉬며 입매를 굳혔다. 영칠의 마음을 알면서도
불안감이란 말도 안 되는 이유를 내세워 남자의 애를 태우고 있었
다. 아니, 어쩌면 말도 안 되는 우월감에 젖어 애달아하는 남자의
반응을 지켜보고 있는지도 모르겠다. 몰래 훔쳐 먹는 초콜릿의
맛. 그게 얼마나 나쁜 짓이었는지 머리를 강타한 죄책감에 얼굴이
달아오르는 것도 모르고 서 있던 채경이 질끈 입술을 깨물며 고개
를 숙였다.

〈아, 난감하게 해드렸다면 죄송합니다.〉

대답이 없는 것이 그 때문이라고 생각했는지 영칠이 얼른 사과
를 해왔다. 깨물고 있던 입술을 풀어낸 채경이 전화기에 대고 조
용히 말했다.

"데리러 와주세요. 실은 저도······ 도영준 씨가 보고 싶거든요."

집에 들어가 서둘러 샤워를 마친 채경이 머리를 말리며 옷장 문을 열었다. '뼥다구 부러진 것도 아닌데'라며 채경의 방문을 만류한 영옥은 오늘은 그냥 집에서 자고 내일 아침에나 오라고 당부했다. 하지만 영칠을 만날 핑계가 필요했다. 그렇다고 엄마가 걱정되지 않는다는 소린 절대 아니다.

쪽잠이지만 어쨌든 잠을 잘 때 편안하면서도 또 너무 신경 안 쓴 듯 후줄근해 보이지 않는 옷을 골라야만 했다. 대책 없이 보고 싶단 말부터 내지른 뒤라 더더욱 신경이 쓰였다. 어떡하지? 마치 산삼을 찾아 미친 듯 산을 헤매는 심마니처럼 옷 사이를 헤집던 채경이 힐긋 시계를 돌아보는 순간 휴대전화의 문자 알림음이 울렸다.

〈도착했습니다.〉

문자를 확인한 채경의 눈이 크게 떠졌다.

"벌써?"

옷은 둘째 치고 화장도 하지 않은 민낯이다. 눈에 보이는 대로 대충 집어든 바지에 한쪽 발을 꿰어 넣으며 한 손으론 쭉 짜낸 BB크림을 얼굴에 바르기 시작했다. 티셔츠에 머리를 집어넣은 채경이 립글로스를 바르며 왼손으로 빠르게 답 문자를 적기 시작했다.

〈지금 내려가ㅏ요〉

오타를 발견하고 다시 손가락을 움직이던 채경이 헉, 하고 소리를 냈다. X 버튼을 누른다는 게 그만 전송을 누르고 만 것이다. 하지만 좌절하고 있을 새가 없었다. 초조하게 아파트 입구를 바라보고 서 있을 영칠의 얼굴을 떠올린 채경이 조명 스위치를 끄며 후다닥 방을 나섰다.

간혹 샤워를 하고 난 직후에 살짝 예뻐 보이는 경우가 있는데, 제발 지금이 그때였으면 하는 바람을 간절히 중얼거리며 신발을 신었다.

문이 잠기는 소리를 귀로 확인한 채경이 엘리베이터 하강 버튼을 누르며 볼을 부풀렸다. 만나면 어떤 표정을 지어야 하지? 아앙! 좀 창피하긴 한데. 그녀가 살짝 어깨를 흔들며 최대한 귀여운 표정을 지었다.

땡.

볼에 바람을 집어넣은 채 눈을 깜빡이고 있는데 엘리베이터 문이 열렸다. 안에 타고 있던 학생 둘이 헐, 하는 표정으로 그녀를 바라보고 있었다. 이건 아닌가 보다. 재빨리 사랑니가 아픈 환자 코스프레에 들어간 채경이 손으로 턱을 문지르며 엘리베이터에 올랐다. 1층에 도착할 때까진 이렇게 볼에 바람을 넣고 있어야 할 것 같았다.

땡, 소리와 함께 엘리베이터 문이 열렸다. 서둘러 걸음을 옮기고 있는 학생들 너머로 낯익은 얼굴이 눈에 들어왔다. 비스듬히 차에 기대 있던 영칠이 몸을 바로 세우며 지그시 그녀를 응시하기 시작했다. 그도 급하게 나왔는지 손질되지 않은 머리가 스륵 내려와 이마를 가리고 있었다. 쇄골이 드러나는 브이넥 티셔츠 아래로 짙은 색의 진이 긴 다리를 타이트하게 감싸고 있다. 그냥 서 있기만 하는데도 온몸에서 폴폴 섹시함이 풍겼다. 뭘 해도 멋져 보이는 저 남잔 콧물을 흘려도 화보 속 모델인 양 근사할 것 같았다. 황홀감에 젖은 심장이 두근두근 난리를 쳤다. 그가 다리를 움직여 다가오는 모습에 채경이 꿀꺽 침을 삼켰다. 코앞에서 멈춰 선 그가 입을 열었다.

"전화 끊자마자 바로 달려왔습니다."

칭찬을 바라고 선 강아지를 보는 것 같다. 어쩐지 머리라도 쓰다듬어 줘야 할 것 같아 채경이 배시시 웃음을 지으며 그를 올려다봤다.

"잘하셨어요."

병원 진입로에 들어서면서부터 서서히 속도를 줄인 차가 환하게 불을 밝히고 있는 사각의 건물 앞에서 조용히 멈춰 섰다. 주차 라인에 맞춰 머문 차 주변으로 오롯한 적막이 감겨들었다. 가뜩이나 어두운 주차장 바닥 위로 까만 어둠이 소리 없이 내려앉았다. 시동이 꺼지고 핸드 브레이크마저 채우고 나니 서로의 숨소리마저 고스란히 들릴 만큼 고요해졌다.

"남동생이 하나 있다고 했죠?"

무릎 위에 올린 손을 꼼지락대던 채경이 뜬금없는 말로 입을 열자 '남동생 1' 이라 적어준 인적 사항을 떠올리며 영칠이 고개를 끄덕였다.

"네."

"저는 은채경인데 걘 신기훈이에요."

그녀의 설명에 잠시 고개를 기울인 영칠이 조심스러운 말투로 물었다.

"혹 입양을……."

"아뇨. 엄마가 재혼을 하셨어요."

"아."

"그런데 얼마 지나지 않아 새아버지가 돌아가셨죠. 기훈이랑 저는 분명 가족은 가족인데, 뭐랄까, 그냥 서로가 어렵기만 한 관계였어요. 저는 그냥 어렵다고만 생각했는데 기훈인 정말 많이 외로웠는가 봐요. 그걸 몰랐어요. 원래 제 얘기 잘 안 하는 앤데, 자기가 혼자라고 좋아하는 여자애한테 말했대요."

갑자기 이런 말을 하는 이유를 알 수는 없었지만 영칠은 아무것도 묻지 않은 채 묵묵히 고개를 끄덕이며 채경의 이야기를 들어주었다.

"어느 날부턴가 자꾸 술을 마시고 늦게 들어오는 거예요. 그냥 무슨 일이 있나 보다 걱정만 했는데 기훈일 탐탁찮게 본 여자애 엄마가 모진 소릴 하는 걸 엄마랑 우연히 듣게 됐어요. 피가 거꾸로 돈다는 표현이 어떤 건지 그때 알았어요. 그래도 전 선뜻 뭘 어쩌지 못하겠는데 엄만 정말 날듯이 달려가선 그 아줌마 머리채를 휘어잡더라고요."

그제야 시선을 돌린 채경이 머쓱하게 웃으며 영칠을 바라봤다.

"그래서 입원하신 거예요. 사정 설명하기가 복잡해 병원에 오시지 말라 그랬던 거고요."

말없이 듣고만 있던 영칠이 천천히 고개를 들어 채경과 눈을 마주했다.

"그런 사정이 있었군요. 그런 줄도 모르고 전…… 은채경 씨가 절 싫어하시는 줄 알았습니다."

"엑! 아니에요, 절대."

그냥 살짝 밀당을 해본 건데. 괜한 짓을 해가지곤.

채경이 금세 울상이 되어 입술을 모았다. 창피한 건 아니지만 그렇다고 남들 앞에 쉽게 드러낼 수도 없는 가정사이다. 때문에 병문안을 오겠다는 영칠을 극구 말리면서도 사정 설명을 하지 못했던 건데 이렇게 털어놓고 나니 의외로 마음이 훨씬 편해진 기분이다.

"그래서 아까 보고 싶다고 하셨을 때 저는…… 잘못 말했다고 하실까 봐 정신없이 달려왔습니다."

뻔뻔스러울 정도로 당당하던 모습은 어디로 가고 잔뜩 귀가 처진 강아지처럼 바라보는 눈길을 보자 마치 자신이 빨갛게 달궈진 쇠꼬챙이를 아무렇지도 않게 그의 가슴에 푹 꽂아 넣은 것만 같은 죄책감이 들었다. 정말로 다신 꿈도 꿔선 안 될 죽을죄를 지은 것만 같았다. 아, 어설픈 밀당의 대가가 이렇게 크게 와 닿을 줄이야.

"잘못 말한 거 아니에요. 사실은 저도…… 도영준 씨가 좋거든요."

자존심 따위는 국이나 끓여 먹는 거라고 생각하기로 한 채경이 질끈 눈을 감으며 자신의 감정을 고백했다. 주먹을 꼭 쥔 채 돌아올 반응을 기다리는데 불안하리만치 긴 침묵이 이어졌다. 궁금함을 이기지 못한 채경이 파르르 실눈을 뜨고 영칠을 바라봤다. 한 손을 왼쪽 가슴에 얹은 영칠이 묘한 표정으로 입술을 달싹이고 있었다.

"도영준 씨?"

"심장이 막…… 쿵쾅거리는군요."

작게 중얼거린 그가 시선을 들어 채경과 마주했다.

"하도 크게 들려서 귓속에 심장이 있는 것 같습니다. 제 심장 소리, 은채경 씨께도 들립니까?"

글쎄요. 제가 소머즈가 아니라서.

그렇다고 단호히 고개를 저었다간 와락 상처받은 얼굴을 할지 모른다. 어찌해야 하나 잠시 고민하던 채경이 빙그레 입술 끝을 늘였다.

"제 심장도 지금 막 뛰고 있는 중인데."

그러자 쭈뼛쭈뼛 움직이던 영칠의 입술이 부드럽게 휘어지며 미소를 그려냈다. 경계가 풀린 아이 같다고 해야 할까. 추운 겨울이었다면 주변 온도가 덩달아 올라갈 것만 같은 그런 미소였다.

"파리에 가면 반드시 가봐야 한다는 앙젤리나(Angelina)에서 몽블랑(Mont Blanc)과 쇼콜라 쇼(Chocolat Chaud)를 마주했을 때보다 더…… 떨리는 것 같습니다."

초조한 얼굴로 주문을 하고 그토록 기다리던 몽블랑과 쇼콜라 쇼가 드디어 테이블 위에 놓인 순간 그가 지었을 표정을 떠올리니 어쩐지 미안한 마음이 들었다.

"저, 그렇게 달콤한 사람이 못 되는데……."

채경이 작게 중얼거리자 영칠이 미간을 모으며 그보다 작은 소리로 말끝을 흐렸다.

"음. 맛을 볼 수는 없지만……."

"네?"

채경이 눈을 깜빡이며 묻자 얼른 표정을 고친 영칠이 빠르게 고개를 저었다.

"아닙니다."

그의 단호한 부정에 네에, 하고 고개를 끄덕인 채경이 머쓱한 듯 볼을 부풀리며 손가락을 꼼지락거렸다. 그러자 힐긋 채경을 바라본 영칠이 안절부절못하는 얼굴로 눈썹을 문질렀다.

"대화가 끊기면 안 된다고 했는데."

"네?"

다시 또 물어온 채경의 물음에 이번에도 아닙니다, 부정을 하지 못한 영칠이 기어들어 갈 듯 작은 소리로 말했다.

"대화가 끊어지면 어색하다고, 여자들은 말수 적은 남잘 싫어한다고 들었습니다."

"누가요?"

잠시 망설이던 영칠이 조용히 입을 열었다.

"작은형님이…… 그게, 제가 궁금해서 물었던 것이 아니라 우연히 술을 마시는 자리에서 얘기가 나와서……."

"아."

그의 설명에 답하듯 짧게 답을 하는데 영칠이 황급히 말을 덧붙였다.

"정말입니다."

그의 까만 눈동자를 바라보던 채경이 천천히 고개를 끄덕이며 네, 하고 답했다. 그리곤 슬쩍 미소를 머금은 얼굴로 입을 열었다.

"그런데 저는 너무 시끄러운 남잔 싫더라고요. 그냥 내 얘기 잘 들어주고, 내 생각 많이 해주고, 무조건 내가 우선인 사람. 그런데도 어쩔 수 없이 헤어져야 할 땐…… 헤어질 때 예의를 지킨다는 말이 우스울지 모르겠는데, 그래도 최소한의 예의를 지켜주는…… 그랬으면 좋겠어요."

느릿하게 눈을 깜빡이며 채경의 말을 듣고 있던 영칠이 시선을 들어 그녀의 눈을 바라봤다. 채경이 마주한 그의 얼굴엔 방금 전까지 보이던 상기된 표정은 어느새 사라져 있었다. 뭔가 할 말이 있는 듯 살짝 입술을 떼던 그가 다시 입매에 꾹 힘을 주며 말을 삼켰다.

은채경 씨가 이렇게 아픈 얼굴을 하는 이유가 혹…….

왜 갑자기 서준우란 남자의 얼굴이 떠오른 건지 알 수 없었다. 아마도 그건 은채경이란 여잘 좋아하는 남자로서 느낀 본능과도 같은 것일 것이다. 자신에게 특별히 피해를 주거나 한 적이 없음에도 서준우란 남자 앞에선 자꾸 발톱을 세우게 되는 이유와 마찬가지인.

"병원에서 주무실 겁니까?"

얼굴에 드리웠던 표정을 지우며 영칠이 묻자 채경이 아마도요, 라며 조용히 답했다.

"피곤하시겠군요."

"내일 아침이면 퇴원인데요, 뭐."

"혼자 계실 어머님을 생각하면 어서 들어가 보시라고 해야 하는데."

영칠이 뒷말을 잇지 않은 채 그대로 입을 다물자 궁금해진 채경이 눈을 조금 키우며 그를 바라봤다. 시선이 마주치자 얼른 벨트를 풀어낸 영칠이 차에서 내려 조수석 문 앞에 섰다. 그가 문을 열기 전에 벨트를 풀고자 고개를 숙인 채경의 귓가로 나직한 목소리가 감겨들었다.

"헤어지는 게 많이 아쉽군요."

그의 입에서 나온 소리가 맞는 건가 싶어 그녀가 번쩍 고개를 들자 관자놀이 부근이 희미하게 붉어진 영칠이 몸을 돌린 채 병원 건물을 올려다보고 있다. 육십갑자 만에 맛보는 설렘에 채경의 심장이 쫄깃쫄깃 몸을 꼬았다.

"내일 또 만나요."

차에서 내린 채경이 영칠을 올려다보며 작게 속삭이다 얼른 입술을 깨물었다. 내일 또 만나요라니. 허리에 두 손을 얹은 뽀미 언니가 살짝 무릎을 굽히며 했음 직한 인사말을 어떻게 서른두 살이나 먹은 남자에게 내뱉을 생각을 했는지. 오그라든 손끝을 숨기느라 힘껏 주먹을 말아 쥔 채경이 꿀꺽 침을 삼키며 눈동자를 굴렸다. 뚫어져라 채경의 얼굴을 바라보던 영칠이 절대 표현을 아끼지 말리던, 그러나 절대 서둘러서도 안 된다던 영이의 말—실은 여전히 이해 불가한—을 떠올리며 부드럽게 그녀의 손을 감싸 쥐었다.

"병실 앞까지 모셔다 드리겠습니다."

예의상 해보는 것이 분명한, '아이, 안 그러셔도 되는데' 라며 한쪽 어깨를 슬쩍 기울인 채경이 영칠의 옆에 바짝 붙어서며 걸음을 옮기기 시작했다. 잡고 있는 손에 힘을 줘야 하는 건지, 그냥 자연스럽게 흔들기만 해야 하는 건지, 손가락을 꼼지락거리면 안 되는 건지 온 신경을 손에 집중시킨 채 걷다 보니 둘 다 한마디도 입을 떼지 못하고 직진만이 입력된 로봇처럼 다리를 움직이고 있었다. 어떻게 병원 건물까지 들어왔는지, 엘리베이터엔 어떻게 올랐는지, 땡 소리와 함께 고개를 들어보니 어느새 8층에 도착해 있었다.

"⋯⋯!"

스륵 문이 열리고 복도를 향해 막 걸음을 옮기던 채경의 움직임이 우뚝 멈췄다. 덩달아 걸음을 멈춘 영칠이 무언가를 향해 시선을 고정시키고 있는 채경을 따라 천천히 고개를 돌렸다. 주머니에 손을 찔러 넣은 채 하얀 벽에 등을 기대고 서 있는 남자의 모습이 보였다. 병실 문 바로 옆에 선 그는 미동도 하지 않고 바닥을 바라보고 있었다. 채경이 걸음을 멈춘 이유는 분명 저 남자 때문일 것이란 생각에 영칠의 눈썹이 미세하게 꿈틀거렸다. 누구인지를 물어야 할까 고민하던 순간 채경의 입술이 먼저 열렸다.

"오늘은 병원에서 안 자도 될 것 같아요."

속삭이듯 조용히 말한 채경이 슬며시 미소를 머금으며 영칠을 올려다봤다.

"기훈이가, 아니, 동생이 와 있네요."

"아."

짧게 대답한 영칠이 그녀를 잡은 손에 힘을 주며 엘리베이터 하강 버튼을 눌렀다.

"덕분에 함께 있을 시간이 늘었군요."

수줍게 중얼거린 영칠의 입술 끝이 느슨하게 올라갔다.

제13장

두 번째 첫 만남
- - - - - - - - - - - - - -

"엥? 이게 맛이 왜 이러지?"

잡채를 버무리느라 끼고 있던 위생장갑을 벗고 보글보글 익어
가고 있는 갈비찜의 양념 맛을 점검하던 영옥이 고개를 갸웃거리
며 눈을 깜빡였다.

"왜, 뭐가 이상해?"

거치적거리니 제발 방에 들어가 있으라고 해도 각종 양념이 들
어 있는 싱크대 옆에 껌딱지처럼 붙어 있던 채경이 영옥을 바라
보며 물었다. 간을 보기 위해 들고 있던 작은 접시와 숟가락을 손
에 쥔 영옥이 손등으로 쓱쓱 이마를 문지르며 난감한 표정을 지
었다.

"달아."

"응?"

"달아. 꼭 꿀단지를 쏟아부은 것처럼."

뜨끔해진 채경이 눈에 띄게 쑥 줄어든 꿀병을 잘 숨겼던가 떠올리며 '에이, 설마' 하고 웃어 보였다.

"아닌데. 단데."

"어디 내가 한번 볼게."

수저통에서 숟가락을 집어 든 채경이 작은 접시를 챙겨와 양념을 덜었다. 호호 불어 간을 본 채경이 엄지손가락을 치켜세우며 영옥을 돌아봤다.

"이야! 맛있는데?"

"진짜?"

"응."

"내 입이 이상한 건가?"

"컨디션 안 좋으면 가끔 그럴 수 있어. 그래도 손은 맛을 기억하니까."

"뭘 얼마나 아팠다고. 근데 진짜 단데."

"맛있다니까 그러네."

아무 염려 말라며 다시 한 번 웃어 보인 채경이 등줄기를 타고 흐르는 땀을 식히며 숨을 쉬었다.

닷새 전 퇴원을 한 영옥은 몸을 추스르자마자 바로 영칠을 초대했다. 제대로 밥도 먹이지 못하고 식당에서 인사를 나눈 게 내 마음에 걸린다며 기어이 그를 집으로 부른 것이다. 영칠의 식성을 뻔히 알고 있는 채경으로선 이 노릇을 어찌해야 할지 난감했다. 일단 갈비찜을 좋아하더란 말을 흘리기는 했는데 그렇다고 전부 달달한 음식으로만 상을 차릴 수도 없는 노릇이었다.

〈어떡해요. 우리 엄만 음식 달게 안 한단 말이에요.〉
〈괜찮습니다. *ᴧᴧ*〉
〈억지로 먹다 체하면 어떡해요.〉
〈잘 먹을 수 있으니 너무 걱정 마십시오. (^_^)v〉

나름대로는 촌각을 다툴 정도의 중차대한 사안이었지만 엊그제부터 그가 덧붙이기 시작한 문자 이모티콘을 확인하는 재미에 빠진 채경은 전화 통화보다 먼저 문자부터 보낸 뒤 초조하게 답을 기다렸다. 하지만 엄마 앞에서 밥을 먹어야 한다는 걱정은 어느새 뒷전으로 넘긴 채경은 이내 피식피식 웃음을 삼키며 영칠이 보내는 문자를 즐기고 있었다. 이 남자, 왜 이렇게 귀여운 걸까. 떠올리는 것만으로도 콩닥콩닥 가슴이 설레었다. 정말 딱 연애를 하고 있다는 행복한 설렘에 흠뻑 젖어드는 기분이다.

"힉, 벌써 12시 반이네."

힐긋 시간을 확인한 영옥이 분주하게 손을 움직이기 시작했다.

"1시에 오기로 했지?"

"응."

"슬슬 상 차릴 준비 해야겠다. 기훈이도 같이 있으면 좋았을 걸……."

바쁘게 손을 움직이며 영옥이 말끝을 흐렸다.

그날 밤, '병원에서 잘까 했는데 집에 와 씻고 나니 너무 피곤하네. 대신 내일 아침 일찍 갈게'라는 채경의 전화를 받은 영옥은 병실 문을 열고 들어오는 기훈을 발견하며 그대로 석상처럼 굳을 수밖에 없었다. 제대로 시선을 마주치지 못한 채 쭈뼛쭈뼛 걸어온 기훈은 한참의 침묵 끝에 '괜찮으세요?' 하며 한마디를 중얼거리곤 이내 어깨를 늘어뜨렸다. 믿기지 않는 상황에 멍하니 입을 벌리고 있던 영옥이 얼른 고개를 털며 '응? 그, 그래'라며 허둥지둥하던 순간 벌컥 문이 열리며 뜻밖의 사람이 들어섰다.

"어? 김 사장님?"

노크도 없이 기세등등하게 들어서던 남자는 영옥을 발견하곤 금세 사람 좋은 얼굴로 인사를 했다. '임 원장님이 여긴 어떻게……'라며 말끝을 흐리는 순간 이마에 작은 거즈를 붙인 세현 엄마가 임 원장의 뒤를 쫓아 들어왔다.

"저 여자예요. 나 이렇게 만든 여자."

빨간 매니큐어가 반들거리는 손가락으로 정확히 영옥을 가리킨 세현 엄마가 도도한 표정으로 턱을 치켜들었다.

"세상에, 얼마나 무식하고 우악스러운지."

그리곤 기훈을 향해 돌린 시선을 싸늘히 내리꽂았다.

"그리고 여기 있네. 우리 세현이 쫓아다닌다는 놈."

"……"

남편으로부터 쏟아질 줄 알았던 위협, 혹은 경고가 머쓱한 침묵 속에 여전히 묻혀 있자 그제야 고개를 돌려 낯빛이 변한 남편의 얼굴을 확인한 세현 엄마가 의아한 표정으로 입술을 움직였다.

"여보."

"아⋯⋯."

할 말을 찾아 입술을 달싹이던 임 원장이 갑자기 영옥을 향해 허리를 숙였다.

"정말, 정말 죄송합니다, 김 사장님. 저희 집사람이 뭘 잘 모르고."

"여보!"

허공을 가르며 들려온 새된 목소리에 쿡 옆구리를 찌른 임 원장이 입을 앙다문 채 나직이 속삭였다.

"조용히 해."

그리곤 연거푸 고개를 숙인 임 원장은 '다시 찾아뵙겠습니다' 인사하며 아내의 팔을 잡아끌고 도망치듯 병실 밖으로 사라졌다.

한바탕 난리를 겪고 난 병실에 다시 고요가 찾아왔지만 어느 한 사람 입을 떼는 사람은 없었다. 같은 병실을 쓰는 옆 침대의 환자와 보호자조차 두 사람의 눈치를 살피며 숨을 죽이고 있었다. 간신히 정신을 추스른 영옥이 한 방에 있는 사람들에게 죄송하단 인사를 하고 조용히 병실 문을 나서자 기훈이 얼른 그녀의 뒤를 따라나섰다. 링거 폴대를 밀고 휴게실에 도착한 영옥이 의자에 앉자 소리 없이 다가온 기훈이 입술을 깨문 채 고개를 숙이고 섰다.

"앉아. 어깨 펴고."

그녀의 말을 따라 앉은 기훈은 그러나 여전히 잔뜩 움츠러든 채였다.

"네가 아무리 아니라고 해도 너는⋯⋯ 내 자식이다."

나직이 중얼거린 영옥이 기훈을 돌아보며 말을 이었다.

"부모는…… 자식을 낳아서 부모가 되는 게 아니라 자식 때문에 부모가 되는 거거든."

물끄러미 기훈을 바라보던 영옥이 그가 궁금해할 이야기를 툭 털어놓았다.

"아까 그 사람, 우리 건물 3층에 들어와 있는 임치과 원장이다."

영옥의 말에 기훈이 놀란 얼굴로 눈을 깜빡이자 그녀가 피식 웃음 지으며 중얼거렸다.

"곧 재계약인데, 가게세나 팍 올려 버릴까?"

"……."

"아버지 없는 것도 맞고 어찌 보면 엄마 없는 것도 맞으니 딱히 반박할 순 없다만, 그래도 그 여편네 입에서 다시 또 볼 거 없네 어쩌고 소리 나오면 그 건물 반은 네 거라고 해라. 그거 말고 지금 살고 있는 집이랑 일산에 땅도 조금 있다. 많진 않지만 은행에 묻어둔 돈도 좀 있고, 채경이랑 너 결혼할 때 쓰려고 사둔 금이랑 다 이아도 은행 금고에 맡겨놨다."

"……."

"그러니까 그런 걸로 기죽지 마라."

조용히 한마디를 덧붙인 영옥이 끄응 몸을 일으켜 덜덜덜 폴대를 밀며 사라졌다.

다음날 아침, 별다른 말 없이 영옥의 짐을 챙긴 기훈은 묵묵히 옆을 지키고 있다 그녀를 부축해 집으로 돌아왔다. 그렁그렁한 눈으로 '어머니, 그동안 제가 잘못했어요' 따위의 휴먼 드라마는 벌어지지 않았다. 하지만 기훈은 난생처음으로 영옥의 체온을 느낄수 있었다. 투박하고 주름진 그녀의 손이 흘린 미련을 알고도 모른 척 외면하며 슬쩍 스치던 순간에 전해진 그것을.

"기훈이가 밤새 병실 지킨 것만으로도 가슴이 터질 것 같다며?"

일부러 툴툴거리는 말투로 채경이 말하자 얼른 표정을 가다듬은 영옥이 고개를 끄덕였다.

"그래, 욕심이 너무 과하면 벌받지."

"싫어서 그런 건 아닐 거야. 아직까진 서먹하니까 그래서 자릴 피한 거지. 하루아침에 달라질 순 없는 거잖아."

"응."

빠르게 그늘을 털어낸 영옥이 가스레인지의 불꽃을 조절하는데 채경의 휴대전화가 요란하게 울렸다. 발신자를 확인한 채경이 입술을 세운 채 물끄러미 보고만 있자 몸을 세운 영옥이 그녀를 돌아보며 의아한 듯 물었다.

"왜 안 받아?"

"어? 어, 받아."

서둘러 방으로 들어선 채경이 통화버튼을 밀며 전화기를 귀에 갖다 대자 나직이 가라앉은 목소리가 귓가에 들려왔다.

〈왜 전화 안 해?〉

뭔가를 잔뜩 억누른 듯한 음성에 잠시 눈을 깜빡이던 채경이 '응?' 하고 되묻자 서늘할 정도로 낮은 음성이 되돌아왔다.

〈왜 전화 안 하냐고.〉

전화? 눈을 동그랗게 뜬 채 기억을 되짚던 채경이 아, 하고 작은 탄성을 뱉어냈다.

"미안. 내가 요즘 정신이 없어서."

뒤늦게 병원 앞에서의 대화를 떠올린 채경이 난감한 표정을 지으며 얼른 사과했다.

〈……〉

대꾸를 기다리던 채경의 귓가에 들릴 듯 말 듯 작은 숨소리가 이어졌다.

"여보세요?"

전화가 끊어진 것 같진 않은데. 전화기를 귀에서 떼어낸 채경이 여전히 통화가 계속되고 있음을 확인하곤 얼른 귀로 갖다 댔다.

〈내가 얼마나 기다렸는데.〉

"미안해. 깜빡했어."

〈깜빡? 어떻게 나랑 한 약속을 잊을 수 있어?〉

"일부러 그런 건 아닌데, 정말 정신이 없었어."

수화기 너머로 다시 침묵이 흘렀다. 영칠이 올 시간도 다 되어가는데. 초조한 마음에 힐긋 시각을 확인한 채경이 다급한 목소리로 입을 열었다.

"내가 나중에 전화할게."

전화를 끊으려던 채경의 귓가에 으르렁거리는 듯한 낮은 소리가 들려왔다.

〈오늘.〉

"응?"

〈오늘 밥 먹자고.〉

하, 밥 먹는 데 목숨을 건 것도 아니고, 끝을 좋게 마무리하고 싶어 수락한 밥 한 끼가 어째 점점 불쾌해지는 상황이었다. 희미하게 얼굴을 찡그린 채경이 머리를 쓸어 올리며 무뚝뚝한 말투로 대꾸했다.

"오늘은 내가 약속이 있어."

〈취소해.〉

명령하듯 들려온 말에 채경이 허, 하고 헛웃음을 삼켰다.

〈내가 네 전화를 얼마나 기다렸는지 알아? 지난 5일 동안 아무 데도 안 가고, 약속도 안 잡고, 어딜 가서 무얼 먹으면 좋을까 고민하며 종일 네 전화만 기다렸어. 근데 깜빡해? 깜빡?〉

바짝 혈압이 오른 채경이 후, 하고 숨을 골랐다. 어쨌든 전화를 하기로 하고 약속을 지키지 않았으니 제 잘못인 건 맞다. 하지만.

"전화 못한 건 미안한데, 지금 이 상황은 좀……."

〈미안한 거 알면 됐어. 사과 받아줄 테니까 지금 나와.〉

"준우 씨."

〈지금 나보다 다른 약속이 더 중요하단 거야? 대체 누군데? 어떤 놈을 만나는 건데?〉

허리에 한 손을 올린 채 눈을 깜빡거리던 채경이 고개를 한껏 뒤로 젖혔다 한결 차분해진 얼굴로 앞을 응시했다.

"지금 뭐 하자는 거야?"

〈약속 지키라고.〉

그래, 이 인간이 변할 수 있다 생각한 내가 미친년이었던 거지. 뭐, 좋은 기억으로 헤어져? 개뿔. 아, 진짜 아름다운 이별 따윈 세상에 없는 거야?

후, 하고 앞머리를 불어 넘긴 채경이 뻬딱하게 선 채 입술을 비틀었다.

"진짜 미안한데, 그 약속 못 지키겠거든?"

〈뭐?〉

"준우 씨하고 밥 못 먹겠다고. 아니, 먹기 싫다고!"

〈그, 그런 게 어디 있어!〉

"여기 있다!"

〈안 돼!〉

"돼."

입술에 꾹 힘을 줘서 또렷하게 발음을 한 채경이 시원하게 손을 움직여 종료버튼을 눌렀다. 띠릭, 소리와 함께 끊어진 전화기를 보는데 묘하게 통쾌한 기분이 들었다. 나 참, 서준우가 매달리는 꼴을 다 보게 되다니. 절레절레 고개를 흔드는데 곧바로 휴대전화가 울리기 시작했다. 서준우였다. 잔뜩 열받아 있을 얼굴을 떠올리며 얼른 수신 거부 설정을 한 채경이 탈탈 손을 터는 순간 문자 알림음이 들렸다.

〈5분 뒤쯤 도착할 것 같습니다. ┏(^^)┛ 〉

혹시 서준우가 다른 전화로 문자를 한 건가 잔뜩 긴장한 얼굴로 문자를 확인하던 채경의 얼굴이 배시시 풀어졌다.

"아유, 그냥 오지 뭘 또 이런 걸. 지난번 홍삼도 아직 잘 먹고 있는데."

영칠이 건넨 보따리를 받아 들며 영옥이 웃자 반듯하게 고개를 숙여 인사한 영칠이 미소 띤 얼굴로 말했다.

"어머님이 보내신 전복장입니다. 집에서 만든 거라 입에 맞으실지 모르겠다고."

"아이고! 이렇게 귀한 걸."

황금색 보자기에서 갑자기 금가루라도 떨어지는 양 금세 어쩔 줄 모르는 얼굴이 된 영옥이 손에 든 것을 내려다보며 숨을 들이쉬었다. 돈만 주면 살 수 있는 '상품'이 아닌, 정성과 마음이 가득한 선물이다. 죄 안 짓고 살다 보니 우리 채경이가 이렇게 복을 받게 되는구나. 영옥이 시큰거리는 눈가를 얼른 훔치며 미소를 지었다.

"어머님께 정말 감사하다고, 진짜 감사히 잘 먹겠다고 전해드려요."

"말씀 편히 하십시오."

"아참, 그러기로 했지."

얼른 냉장고에 넣어야겠네. 몸을 돌린 영옥이 서둘러 주방 안으로 사라졌다. 머쓱하게 선 영칠을 바라보며 채경이 손짓했다.

"손 씻고 싶음 저기요. 욕실."

"아, 감사합니다."

영칠이 욕실을 찾아 들어가는 것을 확인한 채경이 주방으로 들어섰다. 식탁 위엔 정성껏 준비한 음식이 먹음직스럽게 차려져 있다. 어느새 손을 씻고 온 영칠이 채경의 옆으로 다가오자 얼른 앉으라며 자리를 권한 영옥이 적당하게 담은 밥과 국을 영칠 앞에 놓아줬다.

"모자라면 더 먹는 게 나을 것 같아서. 잘 먹는 사람이 복스럽니 어쩌니 하지만 앉아 있는 사람 심정 모르는 것도 아니고, 불편한데 괜히 꾸역꾸역 먹다 체하면 큰일이고."

"네, 마음 써주셔서 감사합니다."

"식기 전에 얼른 먹어요."

"잘 먹겠습니다."

식사 예절이 몸에 밴 반듯한 손놀림으로 음식을 먹는 영칠을 바라보며 채경이 조마조마 가슴을 졸였다. 잠시의 틈을 타 갈비찜에 꿀을 투입하는 데엔 성공했지만 그 외의 음식은 전혀 손을 대지 못했다. 고추장 양념을 발라 구운 저 황태구이는 아마도 영칠 씨의 입엔 아주 많이 매울 것이다. 식당에서도 매일 보는 황태구이를 뭐 한다고 집에서까지 선뵈느냔 채경의 타박에 영옥은 이걸로 먹고살고 있는데 그래도 맛은 보여줘야 되지 않겠느냐며 고집을 피웠다. 물론 엄마의 마음은 이해하지만 엄마는 영칠 씨의 입맛을 이해하지 못할 것이다. 황태를 집은 젓가락이 막 그의 입안으로 향하는 순간 잔뜩 긴장한 채 바라보던 채경의 눈이 질끈 감겼다.

"음. 부슬부슬한 매콤함? 이런 표현이 맞는지 모르겠는데 황태에서 신선한 향도 나는 것 같고, 정말 맛있습니다."

꿈결처럼 들려오는 그의 목소리에 채경이 번쩍 눈을 떴다. 매워도 너무 맵지 않느냐며 미간을 구길 줄 알았던 영칠은 펜을 쥐고 앉은 음식 평론가처럼 반짝 눈을 빛내며 다시 젓가락을 움직이고 있었다. 영옥의 얼굴이 정월 대보름의 보름달처럼 환하게 밝아졌다.

"음식 먹을 줄 아네. 이 황태가 잘못 말리면 쿰쿰한 냄새가 나지만 바닷바람에 잘 말려서 숙성시킨 건 이렇게 좋은 향이 나거든. 양념에 들어간 고추장이랑 장은 내가 직접 담근 거고."

"역시 명불허전(名不虛傳). 괜히 소문난 맛집이 아니었군요."

"아이, 무슨 명불허전씩이나."

"모르셨습니까? 강남역 황태마루 하면 모르는 사람이 없던데."

"아이구, 그 정돈 아니라니까. 호호!"

지상 최대의 눈치작전으로 탄생된 달달한 갈비찜은 어느새 황태구이 예찬에 밀린 채 저 먼 안드로메다를 유영하고 있었다. 낯섦과 낯섦이 만난 자리에 남은 건 채경의 팔 위로 돋아난 닭살뿐. 엄마는 그렇다 쳐도 도영칠 씨가 이런 캐릭터일 줄은 진정 난 몰랐네.

"그나저나 우리 채경이도 그 댁 어른들께 인사를 드리러 가야 할 텐데."

영옥이 슬쩍 눈치를 살피며 말을 돌리자 가볍게 고개를 끄덕인 영칠이 나직한 목소리로 답했다.

"안 그래도 기다리고 계십니다."

"아아."

다시 얼굴을 활짝 편 영옥이 무척 궁금하다는 눈으로 영칠을 바라봤다.

"그때 물어본다고 해놓고 내가 깜빡했는데, 우리 채경인 어떻게 만난 건지⋯⋯."

헉! 길 가던 아무 남자한테 우산 씌워 달래놓곤 잘생겼다 쫓아다니더니 이름 촌스럽다 냅다 차버린, 헤픈데다 나쁘기까지 한 여자가 된 그 사연을 엄마한테까지 읊어야만 하는 것인가.

"그날, 봄비치고는 제법 많은 양의 비가 내리고 있었습니다."

내레이션처럼 시작된 그의 설명을 들으며 만사 포기한 듯 어깨를 늘어뜨린 채경이 등 근육을 씰룩거렸다. 이따 맞으려면 미리 풀어놔야⋯⋯.

"미처 우산을 준비하지 못한 탓에 하염없이 하늘만 바라보고 있는데 제 앞으로 은채경 씨가 우산을 쓰고 지나가는 겁니다. 순간 눈이 번쩍 뜨였죠. 거짓말처럼 제 다리가 움직였습니다. 마치 저그(Jug)에 담긴 쇼콜라 쇼(Chocolat Chaud)를 새하얀 잔에 따르지 않고 배기지 못할 때의 심정처럼."

바닥을 내려다보며 열심히 등 근육을 씰룩거리던 채경이 그대로 움직임을 멈추고 영칠을 돌아봤다. 가식이 전혀 담기지 않은 그의 얼굴은 정말 메뉴판을 보고 고민할 필요 없이 무조건 주문해야 한다는 몽블랑과 쇼콜라 쇼를 바라보고 있는 듯한 황홀감에 젖어 있었다. 그가 읊어낸 모든 것이 실제 두 사람 사이에서 벌어졌던 추억처럼 느껴졌다. 거짓말인데, 거짓말이 분명한데도 손끝이 떨리고 심장이 두근거렸다. 코끝이 지잉 울리고 눈가가 뜨끈해졌다.

"제가 우산을 씌워달라고 부탁을 드렸습니다. 그리고 헤어지기 싫은 마음에 커피를 사겠다고 근처 커피숍으로 데리고 갔죠. 그것이 두 사람의 첫 만남이었습니다."

조용히 말을 마친 그가 애정이 듬뿍 담긴 다정한 눈길로 채경을 돌아봤다. 시간이 멈춘 것 같다든가, 세상에 오직 두 사람만이 존재한다든가 하는, 사랑에 빠진 남녀를 표현하는 관용적인 문구가 식상함에도 불구하고 어째서 그렇게 꾸준히 쓰여온 것인지 이제야 그 이유를 알 수 있을 것만 같았다. 정말로 시간은 멈췄고, 세상엔 오직 두 사람만이 존재했기 때문이다.

❋

"아까 얼굴 화끈거려서 혼났어요."

아파트를 벗어난 영칠의 차가 막 도로에 진입했을 때 살짝 볼을 붉힌 채경이 두 손으로 얼굴을 문지르며 작은 소리로 중얼거렸다. 우려했던 것과 달리 영옥이 차려준 점심을 맛있게 먹은 영칠은 그로부터 한 시간 정도 더 그녀의 집에 머물다 일요일 오후의 남은 여유를 만끽하기 위해 조금 전 채경과 함께 집을 나선 터였다. 자신이 지나가던 순간 눈이 번쩍 뜨였다는 둥, 거짓말처럼 다리가 움직였다는 둥 낯부끄러운 말을 태연하게 늘어놓던 영칠의 모습을 떠올린 채경이 다시 달아오른 얼굴을 향해 빠르게 손부채질을 했다. 전방을 응시한 채 부드럽게 핸들을 돌리던 영칠이 아무것도 모르겠단 얼굴로 채경에게 물었다.

"무얼 말입니까?"

알면서. 뾰족이 입술을 세운 채경이 그를 향해 곱게 눈을 흘겼다.

"거짓말이요. 왜 그렇게 잘하는 거예요?"

그녀의 물음에 눈을 깜빡이며 잠시 뜸을 들인 영칠의 표정이 묘하게 변해갔다. 잔뜩 장난을 숨긴 소년의 눈빛처럼 조금은 짓궂은 표정에 바라보던 채경의 눈매가 스륵 가늘어졌다.

"배우 해도 될 것 같아."

투정하는 아이처럼 툭 내뱉은 그녀가 볼록 볼을 부풀리자 피식하고 작게 웃음 짓는 소리가 들렸다.

"귀엽습니다."

"콜록! 예?"

도저히 그의 입에서 나온 것 같지 않은 소리에 덜컥 사레가 들린 채경이 크게 눈을 키우며 묻자 입가에 잔잔한 미소를 머금은 영칠이 나직한 목소리로 입을 열었다.

"은채경 씨 그렇게 볼을 부풀리면 꼭 양 볼에 먹이를 잔뜩 채운 다람쥐를 보는 것 같습니다."

어, 그러니까 얼굴 반만 한 도토리를 볼이 터져라 입안에 쟁여넣은 그⋯⋯. 이건 귀엽다는 데에 중점을 둬야 하는 걸까, 볼이 터져라 많이 먹는다는 데에 중점을 둬야 하는 걸까.

"거짓말을 하는 것, 실은 무척이나 싫어합니다."

고개를 기울인 채 홀로 고민에 빠져 있던 채경의 귓가로 그의 목소리가 들려왔다. 그녀가 천천히 시선을 돌리자 담담한 음성이 차분히 이어졌다.

"정말 싫어하는데…… 그렇게 말씀드리고 싶었습니다."

낮게 가라앉은 목소리가 그녀의 귓가로 부드럽게 감겨들었다. 다람쥐 볼에 대한 치열한 고민 따윈 어느새 저 너머로 내팽개친 채경이 그의 옆얼굴을 물끄러미 바라보다 조용히 물었다.

"저 때문에요?"

그가 가만히 고개를 저었다.

"저 때문입니다."

어째서란 물음이 닿기 전, 영칠의 목소리가 들려왔다.

"계약 연애를 제안하던 그날을 제 기억에서 지워 버리고 싶기 때문입니다. 은채경 씨께 너무…… 부끄럽고 죄송스럽습니다."

운전 때문인지 아니면 그의 말대로 부끄럽단 이유 때문인지, 그저 전방에 시선을 고정시킨 영칠은 묵묵히 운전에만 집중하고 있었다.

부끄럽고 죄송스러운 게 어디 저만 하시겠습니까. 저는 도영칠 씨를 향해 쟁반도 휘둘렀는데.

어떤 말을 해야 할까 잠시 고민하던 채경이 이내 입을 열었다.

"계약 연애, 나름 낭만적인데. 왜, 드라마나 로맨스 소설에서도 가끔 나오잖아요. 우리 얘기도 가만 떠올려 보면 꽤나 로맨틱해요."

"드라마에 나오는 남자 주인공들은 모두 근사합니다."

"어우, 도영준 씨도 무지 근사해요."

빠르게 받아치던 채경이 장난스럽게 눈매를 좁히며 영칠을 바라봤다.

"에엑! 이런 거 노린 거구나. 확인받고 싶어서. 그죠?"

얼굴에 함박웃음을 지은 채경이 일부러 과장된 몸짓으로 영칠을 향해 얼굴을 들이대자 그가 피식 웃음을 터뜨렸다.

"아으, 웃으니까 빛이 나기까지."

"은채경 씨는 정말."

뒷말이 궁금한 채경이 '정말?' 하고 반짝 눈을 밝히자 그제야 그녀를 돌아본 영칠이 미소를 머금고 말을 이었다.

"은채경 씨와 함께 있으면 기분이 좋아집니다."

"음, 다행이네요."

부드럽게 휘어진 영칠의 입술을 물끄러미 바라보던 채경이 스르르 시선을 내렸다.

"너 때문에 행복하잖아."

떠올리고 싶지 않은 나직한 목소리가 조용히 귓전을 울리며 맴돌았다. 연애의 시작은 원래 그런 걸 거다. 웃음, 행복, 영원. 해피엔딩을 바라며 펼쳐 든 동화책처럼. 하지만…….

"소나기가 오려나 봅니다."

고개를 슬쩍 기울여 하늘을 살피며 뱉은 영칠의 말에 황급히 고개를 털어낸 채경이 얼른 창밖을 살폈다. 영칠의 말대로 까만 먹구름이 빠른 속도로 몰려들고 있었다.

"그러네요. 아마도 지나가는 비일 것 같아요. 저쪽 하늘은 완전

말짱해."

반반으로 가르기라도 한 듯 상반된 색을 하고 있는 하늘을 올려다보는 순간 후드득 소리와 함께 굵은 빗방울이 차체를 두드리기 시작했다. 예고도 없이 쏟아진 비에 미처 우산을 준비하지 못한 사람들이 들고 있던 가방 등으로 머리를 가리고 바쁘게 뛰어가고 있었다. 길게 늘어선 자동차의 후미등 불빛이 빠르게 움직이는 와이퍼 사이로 붉게 번져갔다. 비를 바라보던 영칠의 눈매가 미세하게 꿈틀거렸다. 뭔가를 발견한 영칠의 눈이 번쩍 빛을 발했다.

"잠시만 계시겠습니까?"

갑자기 우측 깜빡이를 켜며 핸들을 꺾은 영칠이 편의점 앞에 차를 세웠다. 무슨 일이냐고 묻기도 전에 황급히 벨트를 풀고 뛰어나간 영칠이 편의점 안으로 들어갔다. 급히 살 거라도 있는 건가. 고개를 갸웃 기울인 채경이 머리를 매만지며 창밖을 살피는데 무언가를 손에 든 영칠이 편의점을 나서고 있었다. 운전석 대신 조수석 문 앞으로 걸어오는 그를 보며 의아한 눈빛을 보내던 채경의 눈이 커다랗게 부풀었다. 비를 맞고 선 그의 손에 들린 것은 곱게 접혀 있는 여성용 우산이었다. 뜬금없이 사온 우산도 그렇지만 용도를 잊은 채 저렇게 들고만 있는 모습이 도무지 이해되지 않았다.

"대체 지금……."

황급히 안전벨트를 풀어낸 채경이 문을 열며 영칠을 바라봤다. 우두커니 비를 맞으며 선 그는 우산을 받으라는 듯 손을 내밀고 있었다. 그녀가 우산을 받아 얼른 버튼을 눌렀다. 촤악 하는 소리와 함께 우산이 펴지자 채경이 얼른 그를 향해 우산을 기울였다.

하지만 그보다 먼저 한 발 뒤로 물러선 영칠이 묵묵히 비를 맞으며 그녀를 바라봤다.

"실례지만."

한동안 침묵을 지키고 있던 영칠이 입술을 떼었다.

"우산 좀 같이 써도 되겠습니까?"

"……."

그제야 그가 비를 맞고 있는 이유를 알게 된 채경이 아, 하고 입술을 벌렸다. 별것 아닌 첫 만남쯤으로 치부하고 있던 채경과 달리 그는 쏟아지는 비를 고스란히 맞으면서도 이렇게 그녀를 위한 기억을 만들어주고 싶었던 것이다. 이 남자는 왜 이렇게……. 뜨거운 것이 울컥 올라오는 기분에 채경이 꿀꺽 숨을 삼키며 그를 올려다봤다.

무섭게 빗줄기가 쏟아지고 있었지만 보이지 않는 장막이 세상의 모든 소리를 덮은 듯 사방은 고요하게만 느껴졌다. 그를 향해한 걸음 다가간 채경이 우산을 씌워주며 작게 울먹였다.

"달콤한 커피 사주시면요."

굳게 다물려 있던 그의 입술이 부드러운 호를 그리며 올라섰다. 그녀가 잡고 있는 우산 손잡이 위로 커다란 손이 다가왔다. 손잡이 위로 감싸 쥔 손이 뜨거웠다.

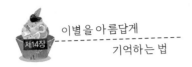

제14장 이별을 아름답게
기억하는 법

    집에 오자마자 따뜻한 물로 샤워를 한 채경이 젖은 머리를 수건으로 문지르며 방으로 들어섰다. 원래대로라면 생크림과 초코 시럽으로 범벅이 된 '달콤한' 커피를 마시고 있어야겠지만 흠뻑 젖어 물이 뚝뚝 떨어지고 있는 영칠의 상태를 무시한 채 커피숍을 들어갈 순 없었기에 곧바로 집으로 돌아온 것이다. '저는 괜찮습니다'라며 단호한 의지를 보였지만 이런 영칠과 달리 젖어드는 소파를 바라봐야 할 커피숍 주인은 전혀 괜찮지 못할 것이다. 잠시 미뤄두었다가 내일 마시면 되지 않겠느냔 채경의 회유와 설득에도 그는 한동안 미련을 버리지 못하는 모습이었다. 내일은 어쩌면 시간을 내지 못할지 모른다는 걱정 때문이었다.

    "저도 젖어서 좀 추운데."

살짝 젖어 있는 앞머리를 털어내며 그녀가 몸을 움츠리자 얼른 손을 뻗어 히터를 켠 영칠이 황급히 차를 출발시켰다. 초조한 얼굴로 속도를 높이는 모습을 보며 어느새 제가 이 남자의 '우선'이 되어 있구나 싶은 마음에 뭉클 가슴이 저려왔다.

"얼른 들어가십시오."

아파트 입구에 도착했을 때, 하늘은 언제 비를 내렸냐는 듯 맑게 개어 있었다. 따라 내리려는 그를 다시 주저앉히며 채경이 눈썹을 모았다.

"어디 히말라야 가는 것도 아니고 엘리베이터만 타면 바로 집인데 이런 모습으로 따라 내린다고 하면 제 마음이 편할 것 같아요?"

그가 뭐라 대답하기 전에 후다닥 걸음을 옮기던 채경이 잠시 뒤를 돌아보며 손을 흔들었다.

"이따 전화해요."

그녀가 입모양으로 작게 속삭이고 얼른 가라는 듯 손짓하자 마음을 정하지 못한 채 앉아 있던 영칠이 오른손을 살짝 흔들어 보이고 차를 출발시켰다. 저 남자라면 제 온 마음을 바닥까지 박박 긁어 퍼줘도 모자랄 것 같았다. 가슴이 마구 간질거렸다.

"하아."

명치 근처를 손으로 꾹 누른 채경이 의자 등받이에 수건을 걸어 놓으며 가방을 바라봤다. 혹시나 싶어 꺼두었던 휴대전화를 꺼내 전원버튼을 꾹 누르자 어마어마한 양의 부재중 전화와 문자 폭탄 이 날아와 있었다.

"헉."

그저 한두 통, 혹은 한두 개 다른 번호로 걸려온 전화나 문자쯤 을 생각했던 채경은 예상치 못한 상황에 입을 쩍 벌리며 황급히 손가락을 움직여 문자들을 확인했다.

〈전화 받아.〉

〈전화 받으라고.〉

〈은채경.〉

〈화 안 낼 테니까 얼른.〉

〈진짜 나 미치는 꼴 보고 싶어?〉

〈은채경!〉

〈야, 너 진짜 이럴래?〉

〈미안. 화 안 낼 테니까 전화 좀 받아.〉

〈제발.〉

〈전화 좀 받아줘.〉

〈채경아.〉

〈미안해. 내가 다 잘못했어.〉

〈채경아, 제발.〉

〈너 때문에 아무것도 못하고 있단 말이야.〉

〈나 밥도 안 먹었어.〉

헐. 얘 뭐래니.

전화기를 꺼놓은 몇 시간, 홀로 절절한 영화 한 편을 찍어놓은 준우의 황당한 결과물을 훑어보던 채경이 헛웃음을 지었다. 진짜 뭐라는 거야. 어이가 없단 말로는 도저히 표현할 수 없는 기분에 벌린 입술을 채 다물지 못한 순간, 정적을 가르며 벨소리가 울렸다. 저장이 안 된 낯선 번호. 아마도 혼자 영화를 찍고 있는 준우일 것이란 생각에 다시 수신 거부를 설정하려던 채경이 이내 마음을 바꿔 통화버튼을 밀었다. 이대로 피하기만 해선 문제가 해결될 것 같지 않겠단 판단 때문이다.

"여보세요."

그녀가 입을 열자마자 다급한 음성이 들려왔다.

〈채경아! 일단 전화 끊지 말고! 응?〉

천천히 걸음을 옮겨 침대에 털썩 앉은 채경이 담담한 목소리로 대답했다.

"알았으니까 말해."

〈전화 계속 했었어.〉

나도 눈이 있어서 알아.

〈내가 화를 내려고 했던 건 아닌데, 암튼 내가 다 잘못했어.〉

뭘 잘못했냐고 묻고 싶었다. 정작 이 남자에 대해 나는 아무 생각도 하지 않고 있었는데. 그런데 문득 궁금증이 일었다. 서준우가 원래 이렇게 사과를 잘하는 남자였던가. 우두커니 생각에 잠겨 있는데 다급히 확인하는 목소리가 들려왔다.

〈여보세요?〉

"듣고 있어."

〈아, 난 또 끊어진 줄 알고.〉

"그래서 하고 싶은 말이 뭔데?"

〈음, 그러니까, 그게, 그걸…… 실은 나도 잘 모르겠어.〉

"뭐?"

〈나도 내가 왜 이러는 건지 모르겠다고.〉

이런 멍멍이 같은 놈과 뭔가 대화를 시도해 보려 했던 제 자신이 갑자기 한심하게 느껴졌다.

"심심한가 보구나?"

체념하듯 그녀가 중얼거리자 바로 반박의 외침이 들려왔다.

〈아냐! 절대, 절대 그런 거 아냐!〉

"그럼 뭐 하자는 건데? 내가 우습니? 사과 한마디에 그래, 알았어 해주니까 아주 등신처럼 보였나 보구나?"

〈그런 거 아니라니까!〉

"그래도 최소한의 진심은 있는 줄 알았다. 그래서 그 진심을 믿었어. 언젠가 서준우란 남잘 떠올려도 얼굴 붉히지 않게. 그래서 다행이라고."

〈채경아!〉

"이름 부르지 마. 끔찍해. 소름 돋아."

〈전화로 이러지 말고 일단 만나. 만나서 얘기하자.〉

"만나서 이야기해도 별반 달라질 것 같지도 않아. 앞으로 모르는 번호는 절대 받지 않을 거니까 이런 전화는 그만했으면 좋겠어. 끊을게."

〈채경아, 채…….〉

띠릭.

종료버튼을 누른 채경이 그대로 전화기를 쥔 채 침대에 몸을 뉘었다. 방금 샤워를 한 몸에 더러운 오물을 잔뜩 뒤집어쓴 기분이다.

"뭐가 이래?"

손에 쥐고 있던 전화기가 연신 벨소리를 울려대고 있었지만 슥 시선을 내려 수신 거부를 설정한 채경은 그대로 몸을 돌려 시트에 얼굴을 묻어버렸다. 지금 그가 보이고 있는 행동이 전혀 이해되지 않았다. 뭔가를 잘못 생각했던 것일까? 헤어진 남녀는 어떤 이유에서건 함께 밥을 먹어서는 안 된다는 불문의 법칙 따위가 존재하고 있었나 보다. 이럴 줄 알았으면 병원을 찾아오건 말건, 고맙건 미안하건 그냥 딱 잘라 거절했어야 하는 건데.

Rrrrr, Rrrrr.

"이 자식이 진……."

다시 또 울리는 전화에 험악하게 눈을 키우던 채경이 금세 눈매를 접으며 통화버튼을 밀었다.

"네, 저예요."

집에 도착하자마자 전화기부터 꺼내 들었을 영칠의 얼굴을 떠올리며 채경이 한 톤 높은 음성으로 입을 열었다. 입가에 부드러운 미소를 지은 채 서 있을 그의 얼굴이 눈앞에 보이는 듯했다. 방금 전까지 그녀의 머릿속을 괴롭히던 우중충한 잡념이 말끔히 사라지며 핑크 하트 주머니를 단 용기가 불쑥 솟아올랐다. 배시시 웃음을 머금은 채경이 전화기에 입술을 바짝 들이대며 조용히 속삭였다.

"헤어진 지 얼마나 됐다고 벌써 보고 싶네요."

전화기 너머로 숨 참는 소리가 들리는 것 같았다. 창피한 기분마저도 행복이라 느껴지는 순간이다.

"밤에 무슨 아이스크림이야."

기어이 지갑을 들고 방문을 나서는 채경을 보며 얼른 시각을 확인한 영옥이 '저게 요새 살 찔 짓만 골라 하지' 하고 구시렁거리며 미간을 찡그렸다. 시원하고 달달한 게 당긴다는 채경의 중얼거림에 그럼 달달한 꿀물에 시원한 얼음을 넣어 마시라며 한차례 잔소리를 늘어놓은 그녀는 달다고 해서 다 같은 단맛이 아니라는 궤변을 내세우는 딸을 바라보며 와르르 사투리를 쏟아냈다.

"넘들 연애헐 찍엔 묵고잔 것도 못 묵고 고상고상 험서 살 뺀다고 용을 쓰덩마는 저 가시내는 암시랑도 않은지. 새 모이맹키로 묵어도 시원찮을 판에, 하이고. 장골 밥을 해치운 것도 모질라 아이스크림까정? 나는 생각만 해도 배지가 터질라그마."

"먹고 싶은 아이스크림은 벌써 문 닫아서 못 먹어. 그냥 편의점 아이스크림 하나만 먹고 올게."

"나가 차라리 베름빡을 붙들고 얘기를 허지. 말해봤자 나 주댕이만 아푸네."

팩 하고 고개를 돌리는 영옥을 보며 머쓱하게 웃음을 지은 채경이 '엄마 것도 하나 사다 줄까?' 하고 너스레를 떨며 어깨를 툭 밀었다.

"나가 어쩌다 이런 앳가심을 내질러 놨을꼬."

쯧, 하고 혀를 찬 영옥이 절레절레 고개를 젓자 몸을 바로 세운 채경이 기훈의 방을 향해 소리쳤다.

"신기훈! 너도 아이스크림 먹을래?"

"기훈이가 언제 그런 거 먹……."

괜히 귀찮게 하지 말라는 듯 영옥이 손을 휘휘 내젓는 순간 기훈의 방문이 달칵 열렸다. 기껏해야 '아니' 하는 목소리나 들려올 거란 예상과 달리 방문 밖으로 모습을 보인 기훈의 등장에 두 사람 모두 움직임을 멈춘 채 시선을 집중시켰다.

"……나는 별로."

나직하게 뱉어낸 그의 음성에 멍하니 넋을 놓고 있던 채경이 빠르게 눈을 깜빡이며 고개를 끄덕였다.

"응? 응, 그래."

기훈을 향해 어색하게 웃어 보인 채경이 거실 테이블에 놓아두었던 휴대전화를 챙겨 들곤 집을 나섰다.

현관문이 닫히는 소리를 들으며 엘리베이터 하강 버튼을 누르려던 채경이 뻗었던 손을 내리며 입술을 모았다.

"넘들 연애헐 찍엔 묵고잔 것도 못 묵고 고상고상 험서 살 뺀다고 용을 쓰덩마는 저 가시내는 암시랑도 않은지."

엄마 앞에선 아무렇지 않은 척했지만 슬쩍 신경이 쓰이는 건 사실이다. 고개를 내린 채경이 옆구리에 잡히는 살을 손으로 주물럭거렸다. 먹고 싶은 건 먹어야겠는데 살찌는 건 걱정이 되고.
"에이."
엘리베이터 앞에서 몸을 돌린 채경이 계단을 향해 털레털레 걸어가기 시작했다.

"아침에 조금 일찍 일어나 운동하면 됩니다."

악마의 잼이라고도 불리는 그 어마어마한 칼로리의 누텔라 잼 앞에서도 절대 무너지지 않는 영칠의 몸─실은 아직 미확인─은 모두 운동 덕분인 걸 거야. 그러니 나도……
스스로 부여한 정당성에 강한 믿음을 실은 채경이 아랫배에 힘을 주며 계단을 내려가는 순간 손에 쥔 휴대전화가 문자 알림음을 뱉어냈다.

〈미팅이 지금에서야 끝났습니다. ㅠ.ㅠ〉

얼른 문자를 확인한 채경이 빠르게 손가락을 움직였다.

〈많이 피곤하시겠어요. m(ㅜ.ㅜ)m〉

〈은채경 씨 얼굴을 보면 피곤이 풀릴 것 같습니다만, 시각이 너무 늦은 것 같습니다. ┌(oo_)┐ 〉

〈아잉. 저 지금 아이스크림 먹고 싶어서 요 앞 편의점 가고 있는 중이거든요. ^_^〉

〈마침 근처라 5분이면 도착합니다. 지금 바로 가겠습니다. ＼(^0^*)/〉

마침 근처일 리가 없다는 걸 알면서도 그의 빤한 거짓말에 이렇게 웃음 지을 수 있는 건 혹시나 하는 마음으로 그녀의 아파트를 향해 차를 몰았을 영칠의 마음이 느껴지기 때문이다.

새털처럼 가벼워진 다리를 후다닥 움직이기 시작했다. 빠른 속도로 계단을 내려가다가 삐끗 중심을 잃을 뻔한 채경이 가슴을 쓸어내리며 다시 걸음을 내디뎠다. 타다닥 소리를 울리며 마침내 1층에 다다른 채경이 여태 바닥을 향해 고정되어 있던 시선을 들어 올리며 밤공기를 들이마셨다.

"스읍, 흐억!"

그때 어둠 속에서 불쑥 튀어나온 검은 그림자에 소스라치게 놀란 채경이 휴대전화를 움켜쥐며 눈을 부릅떴다. 좀비처럼 퀭한 얼굴로 스윽 존재를 드러낸 사람은 다름 아닌 준우였다.

"여, 여기서 뭐 하는 거야?"

한 걸음 뒤로 물러난 채경이 경악한 얼굴로 묻자 잔뜩 일그러진 표정으로 나직이 대꾸했다.

"기다렸어."

털끝이 쭈뼛 서는 기분에 조용히 숨을 들이쉬던 채경의 귓가로 준우의 목소리가 이어졌다.

"전에 이 앞까지 바래다준 건 기억해 냈는데 호수를 몰라서 1층부터 15층까지 죄다 눌러볼까 하다가 그냥 너 나올 때까지 기다렸어."

하! 그랬다간 당장 신고가 들어갔겠지.

그녀가 어이가 없단 얼굴로 준우를 바라보자 그가 한 걸음 다가서며 풀 죽은 목소리로 말했다.

"그러게 왜 전화를 안 받아?"

"더는 나눌 말이 없는 걸로 아는데?"

"나는 있다고. 내 얘기도 들어봐야 할 것 아냐."

"하고 싶은 말이 뭔지도 모르겠다며!"

"내가……."

잠시 말을 끊어낸 준우가 가슴을 몇 번 씨근덕거리더니 이내 말을 뱉었다.

"내가 미친 것 같아."

내가 보기에도 그런 것 같다.

"처음엔 그냥 오기였는데, 진짜 오기였는데……."

오기? 귓가로 들려온 뜬금없는 단어에 쫑긋 귀를 세운 채경이 준우를 향해 시선을 고정시켰다.

"네가 좋아하던 것들, 같이 갔던 장소, 하나씩 기억을 되짚는 게 싫지 않더라. 아니, 점점 뭐랄까, 어이없게도 설레고 좋았어. 예전에 느끼지 못했던 감정들이 오래된 책장을 넘기듯 그렇게……. 처음엔 정말 오기 때문이었는데, 그 자식도 정말 맘에 안 들었고, 알고 보니 고만고만한 식당 집 딸이 아니라는 이유 때문이기도 했는데."

정작 혼란스러운 건 이런 말을 듣고 있는 채경 본인이었지만 그보다 더 혼란스러운 눈빛을 하고 있는 준우를 바라보느라 아무런 생각도 할 수 없었다.

"그리고는 든 생각이 후회였어. 내가 왜 그랬을까."

"저기, 잠깐만."

도무지 알아들을 수 없는 그의 말에 채경이 말을 자르자 단번에 고개를 저은 준우가 굳은 얼굴로 입을 열었다.

"아니. 내 말부터 들어."

너무도 단호히 막아서는 그의 태도에 입술을 다문 채경이 이어질 말을 기다렸다. 이렇게 장황한 서론이 있는 걸 보면 뭔가…….

"다시 시작하자."

"뭐?"

대체 무슨 말이 나오려나 잔뜩 긴장한 얼굴로 그를 올려다보던 채경이 한껏 벌어진 입술 사이로 김빠진 웃음을 뱉어냈다. 스님 샴푸 고르는 소리 하고 앉았네.

"다시 시작하자고."

"혹시 어이없다는 말 뜻 알아?"

"알아. 너 지금 기막히고 어이없는 거."

"아는데 이러는 거야, 지금?"

"그래서 나도 미치겠어."

"그럼 혼자만 미쳐. 괜히 나까지 끌어들이지 말고."

차갑게 쏘아붙인 채경이 막 몸을 돌리는 순간 털썩 무릎을 꿇은 준우가 맥없는 목소리로 중얼거렸다.

"미안해. 내가 정말 잘못했어."

보고도 믿기지 않는 광경에 채경이 우뚝 움직임을 멈췄다. 고개를 내린 시선 아래로 무릎을 꿇고 앉은 서준우의 정수리가 보였다. 이제 와서 이러는 이유가 궁금하긴 했지만 굳이 그것을 따져 묻고 싶은 생각은 들지 않았다. 설렘 따윈 애초에 존재하지 않았다. 오히려 온몸의 피가 차갑게 식는 느낌이었다. 앞머리를 쓸어 올린 채경이 앙다문 잇새로 말을 뱉었다.

"일어나."

준우의 어깨가 움찔 떨렸다. 하지만 몸을 일으킬 마음 따윈 없는 듯 준우는 조금의 움직임도 보이지 않은 채 그 자세를 유지하고 있었다.

"용서해 줘."

"사과는 그날 한 걸로 족해."

"그때 그건…… 진심이 아니었어."

이건 또 뭐래? 딱 거기까지가 아름다운 마무리였다며 그날을 회상하던 채경이 눈썹을 모으며 준우를 바라봤다.

"알아. 나는 내가 생각해도 진짜 나쁜 놈인 것 같아. 그래서 미안한데, 자꾸만 네가……."

덥석 손을 뻗은 그가 매달리듯 채경의 팔을 붙잡았다. 순간 꽝

음과 함께 달려온 차가 두 사람의 앞에 급정거를 했다. 마침 근처를 지나는 길이라던 영칠의 문자를 떠올린 채경이 아, 하는 탄성과 함께 질끈 눈을 감았다. 오해를 할 게 분명한데. 어쩐지 연애가 너무 순탄하다 했다.

달칵.

불같이 일어난 맹렬한 분노가 야차처럼 모습을 드러낸 영칠의 눈동자에서 들끓고 있었다. 먹잇감을 눈앞에 둔 맹수가 위협을 흘리듯 바드득 주먹을 움켜쥔 영칠이 준우를 노려보며 낮게 으르렁거렸다.

"우리 채경이한테서 손 떼십시오."

움찔 몸을 굳힌 채 삐걱삐걱 몸을 일으킨 준우가 '우리 채경이?'를 되뇌며 영칠을 바라봤다. 몸을 움직일 수 없는 건 그에게 팔을 잡힌 채로 서 있는 채경 역시 마찬가지였다. 묵직한 둔기로 머리를 얻어맞은 듯 시야가 흐릿해지며 작은 먼지 같은 게 반짝반짝 날아다녔다.

"당신이 뭔데?"

흉포한 눈빛을 번뜩이며 준우가 채경을 잡은 손에 힘을 주며 묻자 한 치의 망설임 없는 얼굴로 영칠이 말했다.

"우리 채경이 애인입니다만."

언젠가 꿈꾸던 장면인 것 같긴 한데, '애인'도 모자라 '우리 채경이'란 비현실적인 단어가 귓가에 난무하다 보니 가상현실 프로그램 속 주인공이 되어 있는 듯한 기분이 들었다. 그럼에도 불구하고 그녀의 심장은 지극히 현실적인 반응을 보이고 있었다. 온몸

세포 하나하나가 풋쳐 핸즈 업을 한 채 비명을 질러댄다. 꼬박꼬박 성까지 붙여 부르던 남자가, 그것도 '우리 채경이'라니. 이 상황에 할 말은 아니지만 정말 도영준 씨, 이렇게 멋있어도 되는 거예요?

갑자기 벌어진 상황에 모든 사고가 정지된 건 준우 역시 마찬가지였다. 내내 1등으로 달리다 갑자기 엎어진 육상선수처럼 핏기 가신 얼굴로 처연하게 서 있을 뿐이다. 폭주하던 감정은 한순간 싸늘하게 식어버렸다. 머릿속의 생각을 통째 들어낸 듯 까만 화면만이 눈앞을 수놓았다.

넋을 놓고 있는 사이 어느새 다가온 영칠이 빠른 손길로 채경의 팔을 잡고 있는 준우의 손을 풀어냈다. 그녀의 손가락 하나하나에 자신의 손가락을 얽어 깍지를 낀 영칠이 채경을 등 뒤로 세우며 준우를 바라봤다. 그의 너른 등이 준우의 얼굴을 가린 채 든든히 버티고 있었다. 그의 체온이 전해지는 순간 숨이 막힐 듯한 고요가 어둠 속으로 짙게 가라앉았다.

"내 여잡니다."

영역 표시를 위해 이를 드러내는 맹수처럼, 아니, EXO의 노래 가사처럼 그가 다시 으르렁댔다. 우리 채경이, 애인, 내 여자 3종 세트에 덤으로 나를 두고 두 남자가! 로망을 한 아름 가슴에 떠안은 채경이 슬금슬금 올라가는 입술 끝에 힘을 주며 시선을 내렸다. 제 손을 단단히 얽고 있는 커다란 손이 눈에 들어왔다. 내 남자예요. 그녀가 입속으로 중얼대며 슬쩍 입술을 깨물었다.

"채경아……."

망연한 목소리가 들려왔지만 그의 얼굴은 보이지 않았다. 그날 커피숍에서의 사과까지였다면 좋았을 것을. 무엇이 진심이고 또 무엇이 진심이 아니란 건진 알 수 없지만 열심히 가라앉혀 둔 흙탕물이 다시 또 진창이 되어버린 느낌에 씁쓸한 기분이 밀려들었다.

"이름을 부르는 것까지 막을 생각은 없습니다만, 서준우 씨의 목소리를 듣게 하고 싶진 않군요."

"다, 당신이……."

"아파하는 모습, 보고 싶지 않습니다."

주어가 생략된 말이었지만 채경을 배려하는 마음이 고스란히 담겨 있음을 알 수 있었다. 내가 그 앞에서 아파한 적이 있던가. 채경이 느리게 눈을 깜빡이며 기억을 되짚었다. 그가 잡은 손에 힘을 주는 게 느껴졌다.

영칠의 등 뒤에서 침묵을 지키고 있던 채경이 천천히 걸음을 옮겨 그의 옆에 나란히 섰다. 그의 등이 든든하긴 했지만 커다란 등 뒤에 숨어 상황을 모면하고 싶지는 않았다.

고장 난 인형처럼 어깨를 늘어뜨리고 선 준우가 떨리는 시선으로 채경을 바라보았다. 지금의 상황이 이해가 되지 않는다는 듯 커다랗게 벌어진 눈이 묵묵히 그녀를 응시하고 있었다.

"미안하다고. 내가 잘못했다고."

간신히 입술을 움직인 준우가 고저(高低) 없는 음성으로 중얼거렸다.

"응."

그녀 역시 무감한 목소리로 말을 받았다. 꿀꺽 숨을 삼키며 그녀의 얼굴을 바라보던 준우가 갑자기 허공을 향해 버럭 소리를 질렀다.

　　"내가 잘못했다고!"

　　"응."

　　"후회한단 말이야!"

　　"응."

　　"그러니까 너를……."

　　짤막하게 대꾸하던 채경의 입술이 조용히 움직였다.

　　"이기적인 억지일 뿐이야."

　　준우의 눈이 금방이라도 울 듯 고통스럽게 일그러졌다.

　　"그런 거 아냐!"

　　"나는."

　　담담한 얼굴로 입을 연 채경이 잠시 숨을 고르고 말을 이었다.

　　"나는 이제 아프지 않아. 아무렇지가 않아."

　　"……."

　　"그러니까 그날 내게 사과하던 모습까지는 기억할 수 있을 것 같아."

　　너무도 차분하게 말을 뱉는 채경의 모습에 믿을 수 없다는 듯 그녀를 향해 고정된 준우의 눈동자가 의지를 상실한 채 거침없이 흔들리기 시작했다. 일그러졌던 입술 사이로 신음이 새어 나왔다.

　　"밥 먹잔 약속은 못 지킬 것 같네. 가서 공부 열심히 해. 건강 조심하고."

여전히 자신의 손을 감싸고 있는 따뜻한 체온을 느끼며 그녀가 살짝 몸을 틀었다.

"가요."

영칠을 올려다보며 그녀가 맑게 웃음 짓는 순간 힘을 잃은 듯 다리가 꺾인 준우가 풀썩 바닥에 주저앉았다. 아무 미련이 없는 듯 한 번 돌아보지 않은 그녀가 저만치 멀어져 가고 있다. 채경의 뒷모습을 하염없이 바라보던 준우가 바들거리는 입술을 깨물며 주먹을 움켜쥐었다. 한껏 붉어진 눈에서 기어이 눈물 한 방울이 떨어졌다.

"씨. 네가 어떻게, 어떻게 이러냐."

손등으로 쓱 눈물을 닦아냈는데도 금세 눈앞이 부옇게 흐려졌다.

"내가 진짜 뭣 땜에."

그가 다시 눈물을 훔쳐 냈다. 창피하고 화끈거리고 화가 나서 미칠 것 같았다.

"아, 씨. 진짜 등신같이."

어느새 모퉁이를 돌아선 두 사람의 모습이 그의 시야에서 사라져 버렸다. 여름임이 분명한데도 싸늘한 한기가 심장까지 파고드는 느낌이다. 그가 삐딱하게 고개를 비틀며 입술을 깨물었다.

"시발, 자존심 상하게. 내가 너 때문에."

너 때문에 지금 우는 거냐?

말도 안 된다고 생각하며 그가 웃음 지었다. 끅끅 어깨가 들썩이도록 크게 웃는데 자꾸만 눈물이 나왔다. 어이가 없고 기가 막혔다. 세상에 태어나 처음 맛보는 진한 상실감이 심장 안으로 깊숙이 파고들었다. 그 안에서 갈래갈래 조각난 파편이 멋대로 심장을 헤집기 시작했다.

"하아, 너무 웃었더니…… 가슴 아파 뒈지겠네."

허공을 향해 잔뜩 짜증을 토해낸 준우가 인상을 구기며 고개를 떨구었다.

아, 시발, 자존심 상해.

힘껏 움켜쥔 주먹이 푸른 힘줄을 내보인 채 바르르 떨리고 있었다.

제15장 이렇게 달콤해서

근처 공원으로 들어선 두 사람의 손엔 편의점에서 산 하겐다즈 컵 아이스크림이 들려 있었다. 아마도 저녁 시간이었다면 산책 나온 사람들로 북적였을 공원은 둘만의 데이트를 즐기려는 연인들에게 자리를 내어준 채 교교한 어둠에 젖어 있었다. 나무 사이로 드문드문 보이는 주황색 조명이 아니었다면 그마저도 알아채지 못했을 정도로.

아이스크림의 뚜껑을 연 채경이 앙증맞은 스푼을 꺼내 크게 한 입 떴다. 그녀의 옆에서 보폭을 맞춰 걷던 영칠은 제 손에 들린 아이스크림을 내려다보며 깊은 고민에 휩싸였다. 길에서, 그것도 걸어가며 무얼 먹는다는 건 어렸을 때도 해본 기억이 없는 일이다. 그러나 그녀와 함께라면. 쥐고 있던 스푼을 움직여 아이스크림을 뜬 영칠이 머뭇머뭇 입술을 벌렸다.

사각.

시원한 단맛이 입안 가득 퍼져 나갔다. 그의 한쪽 눈썹이 휘익 올라갔다.

"길거리에서 먹는 아이스크림도 꽤…… 달콤하군요."

남들은 절대 할 수 없는 굉장히 독특한 경험을 하는 양 어느새 진지해진 눈빛과 음성에 채경이 피식 웃음을 머금었다.

"길에서 먹는 떡볶이도 맛있고 어묵도 맛있는데. 붕어빵이랑 호떡, 떡꼬치도 맛있어요."

눈을 스륵 좁힌 채경이 스푼을 입에 문 채 취조하듯 물었다.

"달고나 같은 거 한 번도 안 해봤죠?"

그 왜 국자에 해 먹는 거요. 설탕이랑 소다 넣고. 그녀가 손을 휙휙 저어 보이자 영칠이 느릿하게 고개를 저었다.

"아, 그게 얼마나 달콤하고 맛있는데."

제가 다 안타깝다는 듯 고개까지 뒤로 젖히며 아쉬워하는 채경을 보며 영칠이 '그렇습니까?' 하고 맞받아주었다.

"그럼요. 입에 착착 감기는 단맛이 초콜릿이랑은 또 다른, 암튼 먹어봐야 아는데."

그렇군요. 그가 가만히 고개를 끄덕였다. 분명 묻고 확인하고 싶은 마음이 산더미 같을 텐데도 그는 묵묵히 그녀의 이야기를 들어주며 고개를 끄덕이고 있었다. 소리가 되어 다가오지 않아도 세상 어떤 고백보다도 가슴을 설레게 만드는 힘이 있었다. 입에 물고 있던 스푼을 빼낸 채경이 영칠을 바라보며 걸음을 멈췄다.

"고마워요."

그녀가 입술 끝을 들어 올리며 나직이 말했다. 공원 길목의 가로등 불빛을 등지고 선 채경의 얼굴이 말갛게 반짝였다. 한때는 나만 제외한 모두가 행복한 것 같을 때가 있었는데 지금은 세상 누구보다 행복한 사람이 되어 있다. 이렇게 제 옆에서 아이스크림을 들고 있는 남자 때문에.

"뭐가 말입니까?"

들고 있던 스푼을 아이스크림에 꽂아 넣으며 그가 물었다. 물끄러미 그의 움직임을 지켜보던 채경이 살짝 말끝을 늘이다 입술을 움직였다.

"이렇게…… 옆에 있어줘서요."

영칠을 올려다보며 그녀가 맑게 웃었다. 아이스크림을 뜨던 손길이 그대로 멈췄다. 영칠의 목울대가 찬찬히 오르내렸다. 오롯한 적막의 한가운데, 두 사람의 시선이 부딪쳤다. 지그시 저를 응시하고 있는 그의 까만 눈동자를 보고 있자니 불현듯 가슴이 두근거렸다. 입술이 바싹 마르는 느낌에 그녀가 살짝 혀를 내밀어 마른 입술을 축였다.

"키스해도, 되겠습니까?"

설마 했는데 이 질문을 진짜 받게 될 줄이야.

그녀가 꿀꺽 숨을 삼키며 빠르게 눈을 깜빡였다. 어, 하는 새에 얼굴 위로 그늘이 지는가 싶더니 순식간에 입술이 틈 없이 겹쳐졌다.

"……!"

부드럽게 다가왔다가 금세 멀어진 입술의 감촉을 느끼기도 전,

고개를 기울여 다가온 그가 그녀의 귓가에 감미롭게 속삭였다.

"입술이 무척 달콤합니다."

그의 숨결이 닿는 귓불이 불에 덴 듯 뜨거웠다. 다리가 후들후들 떨려오고 심장이 갈비뼈를 뚫고 나올 듯 정신없이 쿵쾅거렸다. 언제 감았는지 모르는 눈꺼풀이 숨이 막힐 듯한 기대감에 부푼 채 파르르 경련했다. 채경은 숨길 수 없는 벅찬 감각에 홀로 전율하며 빠르게 심호흡을 했다. 그러나,

"······."

그녀가 눈매를 꿈틀 움직이며 슬며시 실눈을 떴다. 자신을 내려다보고 있는 영칠의 얼굴이 보였다. 밝히는 여자처럼 혼자만 눈을 감고 있었단 민망함에 화락 볼이 달아올랐다. 황급히 고개를 돌리려는 순간 그녀의 볼을 감싸 쥔 뜨거운 손에 의해 저지당했다. 문득 몸이 더워지는 것을 느꼈다. 입술을 꾹 다문 채 자신을 바라보고 있는 영칠의 눈빛에서 이글거리는 짙은 욕망을 읽을 수 있었다.

인자 비로소 짐승이 되는 것인감?

고개를 기울여 다가오는 영칠을 느끼며 채경이 스륵 눈을 감았다. 입술 선을 따라 다정하게 입을 맞추던 영칠이 살짝 벌어진 그녀의 입안으로 깊게 혀를 밀어 넣어 채경의 혀를 휘감았다.

"흐읍!"

절로 몸에 힘이 들어가며 어깨가 바짝 굳어왔다. 말캉하면서도 뜨거운 혀가 입안을 휘젓는 아찔함에 감은 눈 너머로 반짝반짝 별이 떠다녔다. 온몸의 피가 전력 질주를 하듯 세차게 움직였다. 오

돌토돌한 돌기가 느껴질 때마다 손끝 발끝이 찌릿찌릿했다. 툭. 들고 있던 아이스크림이 발밑으로 떨어졌다.

오메, 겁내 달달한 것.

나른한 한숨을 입술 사이로 흘려보낸 영칠이 고개 방향을 틀며 그녀의 머리카락 사이에 손가락을 찔러 넣었다. 거칠게 밀고 들어 오는 혀에 채경의 고개가 휙 뒤로 젖혀졌다. 서로의 입술이 더욱 깊게 포개지자 입안에서 뭉개져 도저히 알아들을 수 없는 말이 그 녀의 귓가로 웅얼웅얼 들려왔다.

"이어에 아오애어."

"우으오이에오."

눈을 감고 키스에 몰두해 있던 채경이 입술을 오물거리며 역시 웅얼거렸다.

무슨 소리예요?

채경의 입술을 길게 빨아들인 영칠이 그녀의 이마에 제 이마를 맞댄 채 가쁜 숨을 몰아쉬었다. 이마를 떼어낸 영칠이 그녀의 흐 트러진 머리카락을 정리해 주며 지독히 섹시한 음성으로 속삭였 다.

"이렇게 달콤해서."

하악! 온몸의 털이 쭈뼛 곤두서는 느낌에 그녀가 꼴깍 침을 삼 켰다.

"어쩌라는 겁니까."

나직이 말을 뱉은 그가 다시 입술을 겹쳐 왔다. 채경이 발꿈치 를 들어 그의 목에 팔을 감았다. 주저 없이 덮쳐 오는 그의 입술과

혀에 온 숨결을 내어주며 그녀가 받은 숨을 헐떡거렸다. 눈앞은 점점 흐려지는데 그럴수록 별들은 반짝거렸다. 일수 찍다 보면 계 타는 날 온다더니. 그녀가 살짝 벌어진 입술 사이로 농밀한 신음을 흘리며 빙긋 입매를 휘었다.

＊

"이번 주 토요일?"

"응. 토요일에 인사드리러 가기로 했어."

본의는 아니었지만 어쨌든 엄마를 속였단 죄책감이 그녀의 가슴을 무겁게 짓눌렀다. 하지만 때론 선의의 거짓말도 필요하다는 걸, 괜히 사실을 알게 되었다 후에 몰려올 폭풍을 생각하면 철저히 함구하는 것이 아무래도……. 물론 계약 연애로부터 시작된 그간의 사정은 둘만의 비밀로 고이 간직하는 것으로. '아시겠습니까?' 하고 지그시 저를 바라보던 영칠의 눈이 그녀의 결정에 큰 몫을 하긴 했지만.

"아이고, 그래, 잘된 일이긴 한데, 내가 왜 이렇게 긴장이 되는지."

아침을 먹느라 부지런히 수저를 움직이던 영옥의 손길이 조금씩 느려지더니 급기야 우뚝 멈춰 버리고 말았다.

"뭘 보내 드려야 하나. 그 댁 어른들은 뭘 좋아하신다니?"

"그야 나도 모르지. 근데 그냥 정성껏 준비하면 되지 않을까? 영준 씨 어머님도 전복장 좋아하는지 물어보고 보내신 건 아니니까."

"그런가? 아유, 그래도 이왕이면."

"아직 며칠 여유 있으니까 천천히 생각하지, 뭐."

"이것아, 준비를 하려면 시간이 걸릴 것 아냐."

그런가? 젓가락을 문 채 히죽 웃음을 지어 보인 채경이 옆에서 묵묵히 밥을 먹고 있는 기훈을 돌아봤다.

"너는 진짜로 튕기는 거야, 아님 튕기는 척하는 거야?"

어젯밤 또다시 과일 바구니를 들고 찾아와 매달리다시피 사정을 하고 간 임 원장 내외를 떠올리며 채경이 물었다. 세현이 밥을 먹지 않는다고 했다. 며칠째 아무것도 입에 대지 않고 그저 울기만 한다며 임 원장 부인도 함께 울먹였다. 그 밤의 사건에 대해 까마득히 모르고 있는 세현은 갑자기 처음 본 사람처럼, 전혀 기억에 없는 낯선 사람을 바라보듯 자신을 외면하는 기훈의 눈빛에 무척이나 혼란스러워했다고 했다. 그러다 우연히 모든 정황에 대해 알게 되었고, 제 부모에 대한 충격과 실망으로 식음을 전폐한 채 그렇게 내내 울기만 하고 있다는 것이다. 낯부끄러운 줄 모르는 인간들이라 욕해도 좋고 인간이 아니라 욕해도 좋다고 했다. 세현이는 아무 잘못이 없으니 그 아이만은 미워하지 말라고 사정했다. 아무것도 없이 텅 빈 눈동자를 대할 때면 이러다 잘못되는 것은 아닐까 너무나 두렵다고 했다. 부모 잘못 만난 죄밖에 없는 아이라며 그들은 기훈의 팔을 잡고 매달렸다.

"세현이란 애는 아무 잘못 없는 거잖아. 너, 세현이 좋아한 거아나?"

어떤 모진 말에도 절대 세현을 포기하지 않던 기훈이 병문안을 간 날 이후 갑자기 마음을 바꿔 등을 돌려 버린 것이다. 기훈의 사랑이 변해서가 아니란 걸 알고 있는 영옥과 채경은 그의 눈치를 살피며 전전긍긍할 수밖에 없었다. 아마 누구보다 힘든 건 마음을 감출 수밖에 없는 기훈일 테지만.

"혹시나 다른 사람 때문이라면, 그것이 행여 나 때문이라면……. 기훈아, 그러지 마라. 나는…… 암시랑도 않을게."

따뜻한 눈길로 기훈을 바라본 영옥이 이내 아무 일 없었다는 듯 밥그릇에 남은 밥을 싹싹 긁어 먹었다.

차가운 우유를 들고 방으로 들어선 채경이 책상 위에 올려두었던 팀탐(TimTam)의 포장지를 뜯어 양쪽 끝의 모서리를 조금씩 베어 물었다.

"먼저 대각선 방향으로 양쪽 끝의 모서리를 베어 먹은 뒤에 이렇게 우유에 담가 빨대처럼 쭉 빨아 드시는 겁니다. 그럼 자연스럽게 팀탐 사이로 우유가 스며들게 되죠. 다소 퍽퍽하던 과자가 마침내 촉촉하게 변했을 때, 그때 과자를 드시면 되는 겁니다."

우유와 같이 먹어야 진정한 악마의 과자가 된다며 행복한 얼굴로 시연을 보이던 영칠의 얼굴을 떠올린 채경이 모서리를 베어 먹은 과자를 우유가 담긴 컵 안에 집어넣으며 빙긋 웃음 지었다.

"단맛의 세계가 이렇게 무궁무진할 줄이야."

우유에 담긴 과자를 쭉 빨며 그녀가 작게 중얼거리는 순간 한옆에 놔두었던 휴대전화가 요란하게 울렸다.

현아.

발신자를 확인한 채경의 입가가 픽 올라갔다. 내 이럴 줄 알았지. 10,000시간은 무슨.

"여보쇼."

통화버튼을 밀어 귓가에 전화기를 갖다 댄 채경이 촉촉이 젖은 과자를 입안에 밀어 넣으며 노트북의 전원을 켰다.

〈소주에 삼겹살, 혹은 소주에 갈매기살, 그도 아니면 소주에 회가 당김에도 나 때문에 못 먹고 있을 것 같아서.〉

"아아, 그러니까 내 생각해서?"

〈응. 나만 한 친구도 없지?〉

"그럼. 너만큼 포기가 빠른 친구도 없지."

〈이, 씨.〉

"큭큭. 안 그래도 전화하려는 참이었지."

〈앗, 쫌만 늦게 할걸. 에이, 모양 빠지게.〉

"텔레파시가 통했던 거지. 좋게 생각해."

〈너 이렇게 긍정 마인드가 풍만할 때는 꼭 뭔가 콩고물이 떨어지더라. 비싼 메뉴 떠올려도 되는 거니, 나?〉

계집애, 하여간 눈치 하나는.

허공을 향해 곱게 눈을 흘긴 채경이 느긋하게 몸을 기대며 마우스를 딸깍거렸다.

"그래, 아주아주 비싼 메뉴 한번 떠올려 봐라."

〈진짜?〉

어깨를 올려 휴대전화를 괸 채경이 손가락을 움직여 아이디와 비밀번호를 입력했다. 오랜만에 도착한 쪽지가 빨간 빛을 깜빡이며 그녀를 기다리고 있었다. 반가운 마음에 활짝 웃은 채경이 서둘러 쪽지를 클릭했다.

〈대체 무슨 일인데!〉

"이 언니가 말이지, 드디어 연……."

신나는 얼굴로 자신의 연애 사실을 밝히려던 채경의 얼굴이 얼음을 뒤집어쓴 것처럼 그대로 굳어버렸다.

〈여보세요? 야, 은채경!〉

전화기를 타고 들려온 현아의 목소리가 쟁쟁 울렸다. 뭐라고 대구를 해야 한다는 걸 알면서도 머리로 도무지 이해되지 않는 쪽지의 내용 때문인지 해독 불가능한 외계어만 빙빙 맴돌았다.

〈왜 말이 없어? 야!〉

말을……. 음, 그래, 말을 해야 하는데…….

『떠날 준비를 마치고 나니 이런저런 생각에 마음이 조금 복잡하긴 합니다. 하지만 잘될 거란 기대도, 잘못되면 어쩌나 하는 두려움도 없이 그냥 내 맘대로 하고 싶다, 가능하면 내 자신에게 부끄럽지 않게 최선을 다하고 싶다, 주위를 돌아보지 않고 나만 보겠다 조용히 다짐을 해보았네요.

교복에 대한 미련은 여전히 살짝 남아 있긴 합니다. 아, 전에 제가 말씀드린 적이 있죠? 미련을 버리지 못한 일 때문에 여전히 고민 중이라고. 엄마는 여전히 별것 아닌 것에 집착한다고 혼을 내시는데 그래도 교복은 한

번 입어보고 싶었습니다. 교복 입은 중학생 형들이 정말 근사해 보였거든
요.」

그다음 말은 눈에 들어오지 않았다. 오로지 '교복 입은 중학생
형들이'만 형광색을 번쩍이며 눈앞을 날아다녔다.

초등학생이었어?

경악으로 크게 요동치던 채경의 눈이 다시 한 번 '중학생 형들'
을 훑으며 허망하게 가라앉기 시작했다.

〈야, 은채경!〉

순간 팟 하고 전기가 들어오는 느낌이 든다. 멍하니 화면만 바
라보고 있던 채경이 빠르게 마우스를 움직였다. '뮐더님'으로 가
득 찬 쪽지 목록이 네모난 화면 안에 들어찼다. 못 볼 것이라도 본
듯 몸서리를 친 채경이 전체 선택을 클릭했다. 달칵. 전체 체크가
된 쪽지들이 단 한 번의 손길로 금세 삭제되었다.

"하아!"

빼곡히 자리하고 있던 쪽지가 사라지자 하얀 공백이 눈앞에 드
러났다. 모니터에서 사라진 것처럼 그녀의 기억 속에서도 깨끗이
삭제되어야 했다. 한때 마음을 설레게 만들던 쪽지의 주인공이 초
등학생이었다는 이 황당하고 어이없는 사실은 절대 죽을 때까지
혼자만 간직해야 할 비밀이 될 것이다. 동요가 고스란히 드러난
얼굴을 손으로 쓱 쓸어내린 채경이 조용히 입술을 움직였다.

"현아야."

비장한 얼굴로 노트북을 종료시킨 채경이 모니터를 덮으며 몸

을 일으켰다.

"간만에 낮술 좀 푸자."

맨정신으론 도저히……. 그녀가 빠르게 옷장 문을 열어젖혔다.

✻

"아우, 전에 뵈러 갈 때보다 더 떨리는 것 같아요."

영옥에게서 건네받은 고추장 굴비를 품에 안고 있던 채경이 안
전벨트를 달칵 풀어내며 영칠을 돌아봤다. 오늘 처음 인사드리러
가는 것으로 알고 있는 영옥은 마침 알맞게 맛이 든 고추장 굴비
를 정성껏 포장해 그녀의 손에 들려주었다. 차에 오르기 전부터
이미 긴장으로 굳어 있던 어깨는 저만치 그의 집이 보이기 시작할
때부터 아예 돌덩이가 된 듯했다. 두근두근. 심장이 요란한 아우
성을 보탰다.

"제가 옆에 있는데도 말입니까?"

묵묵히 핸드 브레이크를 채우며 영칠이 물었다. 순간 채경의 입
가에 행복한 미소가 맺혔다. 그녀가 영칠의 팔에 바짝 몸을 붙이
며 그의 얼굴을 올려다봤다.

"울 쭌 씨가 옆에 있으니까 더 떨리는 거잖아용."

'도영칠 씨'에서 '도영준 씨'로, 그리고 마침내 '울 쭌 씨'가 된
영칠에게 찡긋 윙크를 하며 채경이 웃음 지었다. 입매에 꾹 힘을
준 채 채경을 내려다보던 영칠이 반듯하게 다물려 있던 입술을 움
직였다.

"이렇게 귀여워서 어쩌라는 겁니까."

스윽 고개를 내린 영칠이 그녀의 정수리에 입을 맞췄다. 신경 세포가 있을 리 만무한 머리카락인데도 그의 입술이 닿았단 이유 하나만으로 가슴에서 팡팡 불꽃이 일었다. 채경이 그의 팔에 얼굴을 묻으며 중얼거렸다.

"큰일 났다. 나, 영준 씨가 너무 좋아요."

"음. '너무'는 용언을 부정적으로 한정하는 부사이기 때문에 이럴 땐 정말, 혹은 매우 등으로 바꿔 표현하는 것이 바람직하다고 생각됩니다."

"어쩜 좋아. 너무 멋있어."

"정말이라니까요?"

"히히."

떨린다고 하면서도 내내 웃음을 지우지 않는 채경을 가만히 당겨 안으며 영칠이 피식 입술을 늘였다.

"숨기지 않고 표현해 줘서 얼마나 행복한지 모릅니다."

영칠의 품에 안긴 채경이 조용히 대꾸했다.

"숨기지 않고 표현해야 행복하니까요."

"음. 그 부분에 대해선 배워야 할 점이 많은 것 같습니다."

세상에 진지하지 않는 게 없을 것 같은 영칠을 바라보며 채경이 속으로 웃음을 삼켰다. 그리곤 슬쩍 어깨를 움직여 보았다. 딱딱하던 어깨가 제법 풀려 있는 듯했다.

"아, 이제 긴장이 많이 풀린 것 같아요."

그녀가 몸을 바로 세우며 크게 심호흡을 했다. 고추장 굴비 단지를 바짝 끌어안은 채경이 비장한 얼굴로 입을 열었다.

"많이 기다리실 텐데 어서 가요."

"입에 맞을지 모르겠구나."

현관 입구에서부터 어김없이 반짝이던 열 개의 눈동자가 고스란히 주방 식탁 주변에 자리하고 있었다. 전과 다름없는 따스한 환대였다. 그러나 처음 그것이 죄스럽고 불편하기만 한 기억이었다면 오늘의 방문은 마냥 기쁘고 행복하기만 했다. 말로 설명 못할 벅찬 기분에 그녀가 가만히 시선을 들어 올렸다. 그녀를 위해 정성껏 준비하였을 음식들이 식탁 위에 곱게 차려져 있었다.

어찌 입에 맞지 않을 리가 있겠나이까. 긴장 따윈 저만치 집어 던진 채경이 환한 미소와 함께 '잘 먹겠습니다' 하며 젓가락을 집어 들었다.

"많이 먹어라."

인환이 빙그레 웃어 보이자 채경이 네, 하고 눈을 접었다.

"해산물 모둠 냉채부터 맛보십시오. 톡 쏘는 겨자 향이 입맛을 돋워줄 겁니다."

소스 국자로 적당히 덜어낸 겨자 소스를 냉채와 함께 골고루 버무린 영칠이 채경의 앞접시에 먹기 좋게 덜어주며 눈을 맞췄다. 누군가 헉, 하고 숨을 들이쉬는 소리가 들린 것도 같았지만 이내 정적에 묻혀 버렸다. 잘못 들은 건가 하며 고개를 갸웃한 채경이 영칠을 향해 '고마워요' 하며 입술을 움직였다. 전복, 문어, 새우, 해파리 등 신선한 해산물과 곱게 썰린 채소들이 그녀의 접시 위에 담겨 있었다.

"요즘처럼 더운 여름엔 땀으로 인한 체력 손실이 많으니 특히나 잘 먹어야 합니다."

그가 단호히 덧붙이며 자신의 앞접시에도 냉채를 덜어 담았다. 어쩐지 주변의 시선이 일제히 쏠리는 것 같은 느낌에 채경이 고개를 들자 휙 하고 모두의 시선이 제자리를 찾아갔다. 아까부터 뭔가…….

"흠, 저기, 막내야?"

잠시 주저하는 듯한 영이의 목소리에 냉채를 먹던 영칠이 고개를 들어 올렸다. 기다렸다는 듯 모두의 움직임이 일순 멈췄다.

"네가 먹고 있는 냉채는 내가 알기론 절대 달다고 할 수 없는…….."

"알고 있습니다."

무덤덤하게 뱉는 영칠의 대구에 난희의 눈이 번쩍 뜨였다.

"그런데도 먹는다고요?"

난희의 물음에 영칠이 짧게 답했다.

"네."

"왜요?"

"맛있으니까요."

모두가 경악으로 굳어 있는 와중, 혼자만 아무 일 없다는 듯 덤덤하게 대답한 영칠은 맛있게 식사를 이어나갔다.

"내일 아침부터 함께 운동하는 게 어떻겠습니까?"

좀 더 있다가 가라는 인환의 만류에도 '데이트를 해야 합니다'
하며 꿋꿋이 그녀의 손을 잡아끌고 나온 영칠이 조금씩 차의 속도
를 높이며 채경에게 물었다.

　"운동이요?"

　"네. 보아하니 운동을 전혀 안 하시는 것 같아서. 건강한 몸을
유지하기 위해선 철저한 자기 관리가 필요합니다."

　"알긴 아는데…… 아침에 일찍 못 일어난단 말이에요."

　그녀가 뾰족이 입술을 세우며 미간을 좁히자 곧바로 그의 목소
리가 이어졌다.

　"퇴근 후에 함께하는 것도 괜찮은 방법이긴 한데 요즘 저녁 스
케줄이 너무 불규칙적이라……."

　드라마 준비 때문에 눈코 뜰 새 없이 바쁜 일정을 떠올리며 영
칠이 톡톡 손가락 끝으로 핸들을 두드렸다.

　"몸 상할까 봐 걱정이에요."

　그녀가 근심이 담긴 얼굴로 영칠을 바라보자 힐긋 채경을 돌아
본 그가 핸들을 움직이며 입술을 움직였다.

　"그러니까 함께 운동을 해줬으면 좋겠습니다만."

　자기 생각을 해서 그렇게 해달라 떼를 쓰듯 뱉은 말이었지만 실
은 채경의 건강을 챙기기 위한 그의 배려란 걸 모를 리 없다. 채경
은 그대로 고개를 끄덕이고 말았다. 세심한 부분까지 신경 써주는
그가 너무나 고마웠다.

　"알았어요. 알람 맞춰놓고 일어나면 되지."

　"출발할 때마다 모닝콜 드리겠습니다."

"매일 아침을 울 준 씨 목소리로 시작하게 되겠네요. 아웅, 설레."

그의 팔에 얼굴을 묻은 채 작게 웃음을 터뜨리는 채경을 내려다보며 영칠이 설핏 미소를 지었다.

"아침마다 뭐라고 깨워줄 건데요?"

그녀의 물음에 그가 물끄러미 생각에 잠겼다.

"가장 먼저 이름을 불러 드리고 싶습니다."

"우와! 아침마다 꽃이 되겠군요."

그녀가 헤헤 웃으며 '연습해 봐요' 하며 그의 팔을 툭툭 쳤다.

"은채경 씨."

그의 목소리가 나직이 울리자 웅크리고 있던 채경이 살짝 어깨를 흔들었다.

"아잉. 그거 말고."

"채경 씨."

"그것도 말고."

그녀가 다시 어깨를 흔들었다. 물끄러미 그녀의 동그란 어깨를 바라보던 영칠이 입술을 움직였다.

"채경아."

심장을 울릴 듯 들려오는 묵직한 음성에 얼굴을 번쩍 들어 올린 채경이 화등잔만 하게 커다래진 눈으로 영칠을 바라봤다. 거대한 종을 두드린 듯 은은하고 긴 울림의 여운이 그녀의 가슴 안으로 파고들었다.

"역시 이상한가요?"

입술을 꼭 다문 채 생각에 잠겨 있는 채경을 힐긋 바라보며 영칠이 물었다. 그녀가 가만히 고개를 저었다.

"아뇨."

"그럼……."

"뭐라고 설명해야 할지 모르겠는데, 아, 다른 사람들이 부르는 '채경아'가 그냥 커피라면 영준 씨가 부르는 '채경아'는 부드러운 스팀 밀크에 달콤한 캐러멜 소스를 넉넉히 더한 캐러멜 마키아토?"

커피를 빗대어 예를 든 그녀의 설명에 피식 웃음을 흘린 영칠이 천천히 핸들을 꺾었다.

"채경아, 라고 부르려면 그에 맞춰 어법(語法)도 달라져야 합니다."

"당연히 그래야겠죠."

"그럼 반말을 써야 할 텐데, 괜찮으시겠습니까?"

키스해도 되겠느냐고 물어보는 것만 하겠습니까.

"전 좋을 것 같아요. 맏이로 커서 그런지 어리광도 부려보고 싶었고."

"그럼 그렇게 하도록 하지. 실은 나도 늘 동생이 있었으면 했어."

"에?"

그녀가 동그랗게 입술을 모으며 눈을 키우자 천연덕스러울 정도로 태연한 얼굴을 한 영칠이 채경을 돌아보며 '왜?' 하고 물었다.

"어떻게 그렇게 기다렸다는 듯 바로……."

"연습했는데, 이것도 이상한가요?"

남자답게 뻗은 눈썹을 꿈틀 모으며 순식간에 진중한 표정으로 돌변하는 영칠의 얼굴에 웃음을 터뜨린 채경이 황급히 손을 내저으며 입을 열었다.

"아뇨, 듣기 좋아서요. 어른들 앞에서도 편한 모습 보여 드리는 게 좋을 것 같고."

"정말입니까?"

"네. 가끔은 너무 정중하니까……."

계약 관계 같을 때가 있단 말이에요.

뒷말을 삼킨 채경이 말갛게 웃어 보였다. 그런 채경을 힐긋 돌아보며 영칠이 말했다.

"한 번 바꾸면 되돌릴 생각 없는데."

채경이 두어 번 고개를 끄덕거렸다.

"이제 다신 은채경 씨라고 부를 일이 없다는 뜻입니다."

"네."

채경의 경쾌한 목소리를 들으며 묵묵히 운전을 하던 영칠이 정면을 응시한 채 말을 뱉었다.

"그리고 제가 도영준이 되어도 절대 헤어질 수 없는."

"네?"

채경의 물음에 짧게 피식 웃은 영칠이 안주머니에 손을 넣어 무언가를 꺼내 건넸다. 의아한 눈으로 흰 봉투 속의 종이를 꺼내 든 채경이 천천히 그것을 읽어 나갔다.

"사건 2013호파…… 개명?"

눈썹을 팽팽하게 치켜올린 채경이 잠시 영칠을 돌아보았다가 이내 고개를 돌려 나머지 부분을 읽어 나가기 시작했다.

"사건 본인 도영칠의 관계등록부 중 이름 영칠을 영준으로 개명하는 것을 허가한다. 어머."

그녀가 입가에 손을 올리고 그대로 말을 멈추자 몇 번이나 읽어 이미 내용을 외워 버린 영칠이 나직이 말을 이었다.

"이 신청은 그 이유가 있다고 인정되므로 주문과 같이 결정한다."

토씨 하나 틀리지 않게 다음 내용을 읊은 영칠이 싱긋 웃으며 채경을 바라봤다.

"이틀 전 받았습니다."

개명 허가 결정문.

"아."

그녀가 작게 고개를 끄덕이며 다시 손에 들린 결정문을 보았다.

"물론 구청에 가서 개명 신고도 해야 하고 신분증과 여권, 통장, 심지어 핸드폰 명의까지 모두 변경해야 하는 번거로움이 남아 있긴 하지만, 이로써……."

그가 어깨를 으쓱해 보였다.

"우와, 드디어……. 정말 축하해요."

채경이 눈을 접어 웃으며 조그맣게 박수를 쳤다. 우측 깜빡이와 함께 도로를 벗어난 차가 스르르 속도를 줄이며 멈춰 섰다. 데이트를 하러 간다던 차는 어느새 황태마루 주차장에 도착에 있었다.

'왜 여기로?'

창밖으로 도르륵 눈을 굴린 채경이 의아한 얼굴을 하자 그가 고요히 가라앉은 눈으로 채경을 바라봤다. 그의 단정한 입술이 또박또박 움직였다.

"우리가 처음 만났던 곳에서 확인받고 싶었습니다."

비록 식당 안은 아니지만. 그가 작게 중얼거리며 말을 이었다.

"결정문 뒷면을 봐주십시오."

그렇지 않아도 뭔가가 있는 듯한 이물감에 아까부터 뒷면을 돌려보려던 채경은 종이를 넘기자마자 눈에 들어온 동그란 물체에 그대로 숨을 멈출 수밖에 없었다. 한 겹 덧붙인 종이 틈새에 끼워져 있는 것은 바로 다이아몬드가 세팅된 심플한 디자인의 반지였다.

"제가 도영준이 되어도…… 앞으로 절대 은채경 씨를 놓아주지 않을 거란 소립니다."

아시겠습니까? 영칠이 눈으로 물었다.

"채경아."

깊고 풍부한 음성이 귓전에 울리는 순간 채경이 꿀꺽 숨을 삼켰다. 묵묵히 그녀의 눈을 바라보던 영칠이 입술을 움직였다.

"나와 결혼해 줘."

놀란 듯 크게 떠진 눈망울에 그렁그렁 눈물이 맺히기 시작했다. 흑, 하고 그녀가 고개를 숙이자 손에 들린 결정문에서 반지를 뽑아낸 영칠이 조심스러운 손길로 네 번째 손가락에 반지를 끼웠다. 더없이 다정한 눈으로 채경을 바라보던 영칠이 팔을 뻗어 그녀의 어깨를 끌어안았다.

"멋없는 청혼이라 미안하지만 결정문을 받는 순간 이 생각밖엔 나지 않아서."

심장이 저릿하게 울린 탓에 급히 심호흡을 한 채경이 영칠의 가슴에 얼굴을 묻은 채 눈을 감았다.

"이렇게 근사해서, 어쩌라는 거예요."

코끝이 발개진 그녀가 투정부리듯 중얼거리며 툭 어깨를 밀었다. 순간 정직하게 다물려 있던 입술이 부드러운 곡선을 그리며 휘어졌다. 그녀를 안았던 팔에 좀 더 힘을 주자 목덜미에서 올라온 비누 향이 그의 후각을 자극했다. 심장이 뛰는 것이 느껴짐에 살며시 그녀의 볼을 감싸 쥔 영칠이 자신을 바라보도록 채경의 고개를 들어 올렸다. 지그시 그녀의 맑은 눈을 응시하던 영칠의 눈매에 열기가 스며들었다. 그의 숨결이 가까이 느껴진다고 생각하는 순간 어느새 입술이 맞닿아 있었다. 고요함이 내려앉은 차 안엔 오로지 두 사람의 숨소리만 가득했다.

기훈
외전

달칵.

방문을 닫고 들어선 기훈이 건조한 얼굴을 쓸어내리며 가방을 내려놓았다.

회계원리, 세법개론, 재무관리, 경영학……. 책꽂이에 빼곡히 꽂힌 책들이 그가 내년 2월에 있을 공인회계사 시험 준비 중이란 사실을 알려주고 있었다.

물끄러미 그것을 바라보던 기훈이 굳게 닫혀 있던 입술을 열었다. 하아! 폐 속에 가두어두었던 숨이 허공으로 흩어졌다.

"왜…… 말 안 했어?"

눈물을 그렁그렁 매단 채 묻던 세현의 목소리가 떠올랐다. 가슴이 아려오는 느낌에 기훈이 가만히 눈을 감았다. 눈을 감으면 잊힐 줄 알았던 세현의 얼굴이 바로 눈앞에 있는 듯 생생해졌다.

"그동안 그걸…… 왜 참고만 있었어."

툭.
세현의 눈에서 눈물이 떨어지는 순간 기훈의 심장도 덩달아 추락했다. 아무렇지 않을 거라고, 이제 아무렇지 않게 잊을 수 있을 거라 마음먹었던 다짐들이 형체를 잃은 채 가닥가닥 부서져 버렸다.

"미안해서 어쩌라고. 나보고 어떡하라고."

바들거리던 몸이 기어이 바닥으로 주저앉는 것을 지켜보면서도 그는 다가가 손을 뻗지도, 그녀를 일으켜 주지도 못한 채 그 모습을 지켜봐야만 했다.

"그만 만나자. 힘들다."

바스러질 듯한 여린 등을 바라보며 침묵 끝에 뱉어낸 말이었다. 그가 몸을 돌리는 순간 어엉, 하는 울음소리가 들려왔다. 속절없이 빠져드는 늪의 한가운데 선 것처럼 바닥을 딛고 선 다리가 한없이 무겁게 느껴졌다. 이를 악물고 포악스럽게 주먹을 말아 쥐며 바닥에 고정된 다리를 억지로 움직여 걸음을 옮겼다.

어어엉. 그녀의 울음소리가 진득하게 딸려왔다. 잠시 멈칫하려던 다리를 원망하며 이내 마음을 다잡았다.

"좋게 타이르면 알아들을 줄 알았는데, 어른 말이 우스웠나 보네."

뾰족이 날을 세운 채 발아래 놓인 물건 보듯 자신을 내려다보던 여자의 눈엔 경멸이 가득 담겨 있었다. '부모님은…… 안 계셔'라고 흘린 말이 그녀의 귀에까지 흘러들어 간 모양이다. 그게 아니라고 부정을 할까 하다가 사실 틀린 말도 아니다 싶어 그냥 입을 다물었다.

멋대로 고아일 것이라고 판단해 버린 여자는 가차 없이 말을 쏟아내었다. '고아'라는 단어 하나에서 연관된 모든 부정적인 것들—예를 들어 가난 따위—이 그녀의 입을 통해 흘러나왔다. 하나뿐인 외동딸을 너같이 별 볼일 없는 남자와 만나게 하려고 애지중지 키운 줄 아느냐며 코웃음을 쳤다. '주제도 모르는 게 어디서 감히'라며 얼굴을 붉혔다. 정작 얼굴을 붉히고 싶은 사람은 자신이었음에도 말이다.

그럼에도 묵묵히 수모를 견딜 수 있었던 건 그가 가진 믿음 때문이었다. 그녀 말대로 지금의 그는 무엇 하나 내세울 것 없는 별볼일 없는 놈이 분명했다. 그것은 부정할 수 없는 사실이었다. 하지만 누구보다 열심히 미래를 준비하고 다져왔음은 자신할 수 있었다. 정말 죽을힘을 다해 노력하고 또 노력했다. 자신이 설계한 미래는 어느 누구도 감히 건드리지 못할 정도로 단단하고 견고해야만 한다는 믿음 때문이었다. 충분히 준비했다고 생각했고, 그래서 흔들리지 않을 수 있었다. 그런데…… 흔들려 버렸다.

"어제 전화 받을 때 엄마 얼굴이 어땠는지 알아? 미친 사람처럼 달려가서 당신이 뭔데 감히 내 자식 눈에 눈물을 뽑느냐며 머리끄덩이를 잡아 흔들 때, 병원에서 눈 뜨자마자 네 걱정부터 했을 때, 혹시나 당신 때문에 그 세현이란 애랑 완전히 끝나는 건 아닐까 전전긍긍하던 때도 엄만…… 엄마였어, 오직 자식 걱정만 하는."

엄마가 아니라고 부정하던 이 때문에 그가 흔들려 버렸다. 제가 아팠던 것보다 훨씬 더 아파했을 어머니의 고통이 느껴졌다. 알면서도 늘 외면하고자 했던 고통이 어깨를 잡아 앉힌 누군가에 의해 고스란히 목격된 기분이었다.

"앉아. 어깨 펴고."

휴게실에서의 모습이 떠올라 그가 숨을 삼켰다.

"네가 아무리 아니라고 해도 너는…… 내 자식이다. 부모는…… 자식을 낳아서 부모가 되는 게 아니라 자식 때문에 부모가 되는 거거든."

겉으로만 돌던 저 때문에 그런 수모를 당하고도 여전히 저를 자식이라 감싸는 어머니가, 차라리 그것이 가식이었다면 덜 힘들었을 진심에 그는 가슴으로 눈물을 흘릴 수밖에 없었다.

"그만 만나자. 힘들다."

절대 제 입에서 나올 리 없을 거라 믿었던 이별을 통보하며 나도 견딜 테니 너도 제발 견디라며 간절히 바라고 기도했다. 하지만,

"세현이가 며칠째 밥을 안 먹어. 물도 안 마시고 아무것도 입에 안 대. 학생, 내가 이렇게 빌게. 내가 잘못했어. 제발 우리 세현이 좀 다시 만나줘. 저러다 잘못될까 무서워 죽겠어."

당장에라도 달려가고픈 마음을 다잡느라 피가 배도록 입술을 깨물어야만 했다. 등신같이 왜, 네가 왜……

아무렇지 않은 듯, 저와는 아무 상관이 없다는 듯 며칠을 보냈다. 하지만 몸만 살아 있다는 표현이 맞을 것이다. 머릿속은 텅텅 비었고, 가슴은 새카맣게 타들어가고 있었다. 틈만 나면 시선이 향하는 휴대전화는 이미 삭제했지만 절대 잊히지 않는 전화번호를 두드리고 싶은 손가락에게 점령당해 있었다.

"혹시나 다른 사람 때문이라면, 그것이 행여 나 때문이라면……. 기훈아, 그러지 마라. 나는…… 암시랑도 않응게."

식사 중에 들은 소리가 귓가를 어지럽혔다. 정말이냐고 묻고 싶은 걸 꾹 눌러 참는 저를 보며 미친놈이라며 속으로 혀를 찼다. 그런데 정말 미친놈이 맞는가 보다. 그녀가 잘못되면 어쩌나 밀려오는 불안감이, 그 공포가 그의 마음을 빠르게 잠식해 왔다. 간신히 막아두었던 둑이 툭 터진 기분이다. 심장을 타고 발밑까지 흘러넘친 그리움과 걱정에 부들부들 손이 떨렸다. 그가 번쩍 눈을 떴다. 손을 더듬어 주머니에 넣어두었던 휴대전화를 꺼내 들었다. 톡톡톡 손가락이 움직이자 곧이어 신호음이 들렸다.

〈…….〉

전화기 너머에선 아무 말이 없었다. 그 먹먹한 침묵을 온전히 가슴으로 느끼고 있던 기훈의 눈가가 벌겋게 달아올랐다.

"왜 밥을 안 먹어."

잔뜩 잠겨 갈라진 목소리가 울대를 울리며 흘러나왔다.

"그러다 아프면 어떡……."

〈아파. 나 아파서 죽을 것 같아.〉

수십 개의 유리 조각이 단번에 그의 가슴을 꿰뚫는 기분이다. 아득한 고통에 숨이 콱 막혔다. 숨을 들이쉰 기훈이 애써 목소리를 쥐어짰다.

"병원에 가."

〈…….〉

대답이 없자 초조해졌다.

"병원 가라고."

〈병원에 가도…… 오빠 볼 수 없잖아.〉

전화기를 쥔 손에 불끈 힘이 들어갔다. 관자놀이에도 불뚝 힘줄이 솟았다.

〈오빠, 보고 싶어.〉

울먹거리는 가녀린 목소리에 그의 심장이 울렸다. 얼굴 가득 미소만 짓게 해주고 싶던 그녀가, 결혼해 함께 가정을 꾸릴 거란 행복한 상상을 안겨주던 그녀가 전화기 너머에서 울고 있었다.

"너 인마, 그렇게 울면……."

꿀꺽 숨을 삼키던 그가 뒷말을 이을 새 없이 벌컥 방문을 열고 뛰쳐나갔다. 집 안에서 절대 서두르는 모습을 보이지 않던 그가 다급히 신발을 신는 것을 보며 채경이 의아한 듯 고개를 기울곤 기훈을 향해 물었다.

"급한 일 생겼어?"

문을 열기 위해 손을 뻗던 기훈이 그녀를 돌아보며 대답했다.

"중요한 걸 잠시 잊고 있었어."

현관문을 열고 바람처럼 뛰어나가는 기훈의 뒷모습을 물끄러미 바라보던 채경이 이마를 긁적였다.

"방금 그거 웃은 거지?"

벌게진 눈에선 뚝뚝 눈물을 흘리면서도 입매는 활짝 올라가 있는 기훈을 떠올리며 채경이 중얼거렸다. 도무지 판단이 서지 않는 상황에 끔뻑끔뻑 눈을 움직이던 채경이 그와 동시에 손에서 울리기 시작한 전화기를 바라보며 방싯 미소 지었다.

"어머, 올 쭌 씨네?"

통화버튼을 밀어 귀에 갖다 댄 채경이 살랑살랑 몸을 움직여 금세 제 방으로 사라졌다.

에필로그

"어……."

초음파 모니터를 들여다보던 의사가 톡톡 손가락을 움직여 선택한 영상의 화면을 확대했다. 무언가를 진중히 확인하려는 듯 안경을 치켜올린 의사는 모니터 가까이로 몸을 기울이며 뚫어져라 화면을 응시했다.

열흘 전 임신 사실을 확인한 뒤 이어진 두 번째 병원 방문이다. 오늘은 아기집과 난황을 볼 수 있을 거란 의사의 예고에 진료실 문을 열고 들어오는 순간부터 이미 두방망이질을 하고 있던 가슴은 말을 아낀 채 내내 모니터만 들여다보고 있는 의사에 의해 싸늘히 가라앉고 말았다. 기대와 흥분으로 잔뜩 부풀어 있던 채경은 그리 넓지 않은 공간에 무겁게 가라앉아 있는 적막에 표 나지 않게 숨을 들이쉬어야만 했다. 입을 떼지 못하고 눈만 깜빡이고 있던 채경이 마른침을 삼키며 의사에게 물었다.

"저기, 뭐가 잘못됐나요?"

"음. 자연 임신인 거죠?"

"네."

메이드 인 몰디브이긴 하지만 확실한 자연 임신이다. 시도 때도 없이 나눈 몸의 대화로 그렇게 덜컥 허니문 베이비가 들어설 줄 꿈에도 상상 못한 채경은 수납장 안에 새로 사놓은 생리대를 바라보며 1년을 묵겠다며 중얼거렸다. 처음 임신 사실을 확인하고 오늘까지 물론 얼떨떨하기는 했지만 특히나 기뻐하시는 시부모님 덕분에 하루하루가 새롭기만 하던 채경은 뭔가 잘못된 건가 절망하며 어깨를 늘어뜨렸다.

"아기집이 두 개네요."

아기집이 두 개면……. 휘둥그레 눈을 키운 채경이 발딱 고개를 들며 의사를 바라봤다.

"그럼 쌍둥이란 말씀이신가요?"

"네."

순간 지옥을 오간 듯 철렁 내려앉았던 심장이 빠르게 요동치기 시작했다.

"아유, 저는 또 뭐가 잘못된 줄 알고."

그녀가 가슴을 쓸어내리며 크게 안도하자 살짝 고개를 기울인 의사가 조용히 말끝을 흐렸다.

"그런데……."

그런데 또 뭐요?

다시 쿵 떨어진 심장에 그녀가 번쩍 눈을 키웠다.

"아기집 하나는 난황이 두 갭니다."

아기집이 두 갠데 아기집 하나는 난황이 두 개?

의사의 말을 금세 이해하지 못한 채경이 얼떨떨한 얼굴로 눈을 슴벅거리자 그녀를 향해 천천히 손가락 세 개를 펼친 의사가 청천 벽력과도 같은 말을 했다.

"세쌍둥이란 뜻입니다."

"예에?"

"축하드립니다. 세쌍둥일 임신하셨네요."

"으헉!"

"설마 그게 세쌍둥이 태몽일 줄이야……."

영준의 부축을 받으며 진료실 앞 소파에 몸을 앉힌 채경은 여전히 진정이 되지 않은 얼굴로 '아, 어떡해'를 연신 중얼거렸다. 확실하게 심장 소리를 들을 수 있다는 다음 검사 때부터 함께 들어가자던 채경의 부탁으로 초조하게 진료실 앞을 서성이던 영준은 갑자기 들려온 외마디 외침에 닫혀 있던 문 안으로 와락 뛰어들었다.

영준의 돌발행동을 저지하기 위해 급히 따라 들어온 간호사에게 괜찮다는 듯 얼른 손을 내저어 보인 의사는 '아기들이 저돌적인 아빠를 닮은 모양입니다' 하며 껄껄 웃었다. 영문을 몰라 하염없이 채경과 의사만 번갈아 보던 영준은 뒤늦게 머리를 강타한 '아기들?'을 되뇌며 크흑, 눈물을 터뜨렸다. 188cm나 되는 커다란 남자가 훌쩍훌쩍 눈물을 훔치는 모습을 한동안 지켜보던 의사는 '남편 되시는 분이 참…… 감성적이신가 보네요'라며 애써 눈매를 접어 보였다.

"지난주에 꿨다던 그 꿈?"

품에 안긴 채경의 정수리에 가만히 턱을 얹은 영준이 그녀의 등을 토닥이며 묻자 금세 끄덕거리는 답이 돌아왔다.

지난 금요일, 영준의 품에 안겨 꽃잠에 빠져 있던 채경은 누군가 하얀 접시에 담아 건네준 자르르 윤기가 흐르는 초콜릿 코팅의 반짝거림이 섹시하기까지 한 세 개의 에클레어(Eclair)를 냉큼 손에 쥐며 활짝 웃음을 지었었다. 꿈이었음에도 절로 입맛이 다셔질 정도로 코끝을 자극하는 달콤한 향과 먹음직스러운 모양에 보는 것만으로도 절로 배가 불러오는 기분이었다. 그런데 진짜로 세 배나 불러올 줄이야.

"세쌍둥이면 배가 얼마나……."

걱정스러운 얼굴로 자신의 배와 손에 들린 산모수첩을 내려다보던 채경이 볼을 부풀리는 순간 지잉, 휴대전화가 울렸다.

〈아가, 아직 병원이니? 나는 조금 일찍 들어왔다. 아기 초음파 사진이 보고 싶어 재촉하는 건 절대 아니고. ^_^〉

시아버지 인환의 문자를 확인한 채경이 언제 우울했냐는 듯 얼굴을 활짝 펴며 몸을 바로 세웠다. 갑자기 환해진 채경의 얼굴을 바라보며 누구냐는 듯 영준이 눈을 맞추자 방긋 웃은 채경이 휴대전화를 들어 보이며 입술을 움직였다.

"아버님."

산모수첩에 끼워져 있던 초음파 사진을 휴대전화로 찰칵 찍은 채경이 빠르게 손가락을 움직여 답 문자를 적었다.

〈사진 먼저 보내 드려요. 저희도 지금 바로 성북동으로 갈게용. 〉,◊

문자를 전송한 채경이 휴대전화를 턱에 괴며 어깨를 늘어뜨렸다.

"아, 세쌍둥이란 말씀을 어떻게 드려. 놀라시면 어떡하죠?"

콧등을 찡긋거리는 모습을 더없이 사랑스럽단 눈으로 바라보던 영준이 그녀의 뺨을 가만히 쓸며 고개를 저었다.

"어쩌면 손자 일곱을 통해 당신의 못다 이룬 꿈을 이루고자 하실지도."

"에에?"

늘어뜨렸던 몸을 세우다 기침까지 한 채경이 등을 두드려 주는 영준의 다정한 손길에 숨을 고르곤 입술을 모았다.

"에이, 설마……."

뾰족이 입술을 모은 채 자신을 바라보는 채경에게 나른한 미소를 지어 보인 영준이 그녀의 몸을 부축해 일으키며 걸음을 옮기기 시작했다.

"세쌍둥이 낳고 나면 네쌍둥이 바라실지도 몰라."

덤덤한 말투로 뱉은 영준의 말에 채경이 그만 입을 떡 벌렸다.

채경의 어깨를 감싸듯 둘러 안은 영준이 그녀의 이마에 제 이마를 갖다 대며 피식 웃었다.

"걱정 마. 나도 일곱이나 되는 아이들과 널 나눠 가질 생각은 없으니까."

보폭을 맞춰 자박자박 로비를 가로지른 두 사람이 병원 문을 열고 밖으로 나왔다. 꽃향을 머금은 봄바람이 두 사람 사이를 스쳐 지나갔다. 왠지 가슴이 뭉클해지는 느낌에 당연한 듯 곁에 버티고 선 영준의 어깨에 고개를 기댔다.

"어지러워?"

차 문을 열어주려던 영준이 그녀의 얼굴을 걱정스럽게 내려다보며 물었다. 고개를 저으며 한숨처럼 웃은 채경이 그의 품에 더더욱 깊이 얼굴을 묻으며 숨을 들이쉬었다.

"향기가 포근해서. 이러고 있으면…… 정말 좋아."

그녀의 머리를 쓰다듬기 위해 다가오던 손이 잠시 머뭇거렸지만 이내 부드럽게 머리를 쓸어내린 영준이 슬쩍 고개를 기울여 채경의 귓가에 조용히 속삭였다.

"임신 초기엔 조심해야 한대서 간신히 자제하고 있는 중인데, 여기서 이러면 정말 곤란해."

풉, 하는 소리와 함께 부드럽게 휘어진 눈매가 이내 유혹적인 눈빛을 반짝였다. 턱 근육을 단단히 당긴 채 입매를 씰룩인 영준이 빠른 손놀림으로 채경을 조수석에 앉혀 안전벨트를 채우곤 뛰듯이 운전석으로 향했다.

"안 되겠다. 성북동 말고 우리 집 먼저."

아찔해지는 정신을 다잡으며 스타트 버튼을 누른 영준이 눈을
부릅뜨며 핸들을 움켜쥐었다.

　부웅!

　저만치 멀어지는 영준의 차 뒤로 끝 모르고 퍼먹다 보니 어느새
바닥을 드러낸 누텔라 잼처럼 달콤한 향이 졸랑졸랑 따라붙었다.
어느 따뜻한 봄날의 오후 풍경이었다.

The End

 작가 후기

    문득 떠오른 대사 하나에 무작정 글을 쓰게 되는 경우가 있습니다.
    〈이렇게 달콤해서〉는 '이렇게 달콤해서, 어쩌라는 겁니까.' 라는 한 줄 대사에 꽂혀 쓰게 된 글이었네요.
    가뜩이나 달콤한 것을 좋아하는 저로서는 특히나 영칠 씨의 입맛에 심하게 동화된 채 작업을 했던 것 같습니다. 당연히 글을 쓰는 내내 초콜릿을 달고 살아야 했지만요.

    매 글마다 애정하지 않는 캐릭터가 있을 리 없겠지만 이번 글은 좀 더 다양한 인물들의 독특한 개성을 표현하고자 노력했던 것 같습니다. 물론 준우는 아니야, 라고 불만을 토로하실 분들이 계실 테지만 그래도 불쏘시개 역할은 충실히 담당했으니 너무 미워하진 말아주세요. ^^

    흔쾌히 특별출연을 해준 〈힐링〉의 태하와 지윤이도 모처럼 반가웠습니다.
    소설에서나마 메디컬 드라마로 재탄생시키는 작가의 사심에 홀로 흐뭇한 미소를 지어 보았습니다.

흡입하듯 먹어댄 초콜릿 탓에 당 수치가 살짝 걱정되긴 했지만 그래도 함께 해주신 분들 덕분에 행복하게 작업을 할 수 있었습니다.

어설픈 작가를 위해 항상 응원 보내주신 독자분들께 다시 한 번 감사 인사 드립니다.

제목처럼 달콤한 글이 되었으면, 하는 바람을 가져 봅니다. 팍팍한 현실 속, 나른한 오후에 즐기는 달콤한 커피 같은 글이 된다면 정말 행복할 것 같습니다.

예쁘게 다듬어주시느라 고생하신 청어람 문혜영 부장님과 편집부 직원분들께 감사드립니다.

2014년 새해, 좋은 계획 잘 세워서 소망하시는 모든 일들 이루실 수 있기를 바라봅니다.

건강하시고, 행복하세요.

르비쥬 드림.

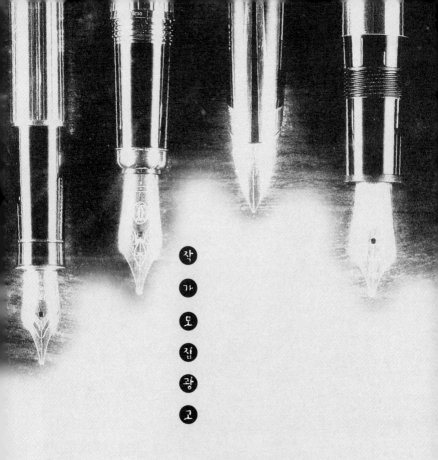

작
가
모
집
광
고

도서출판 청어람의 문은 항상 열려 있습니다.
실력있는 작가 분들의 많은 관심 부탁드립니다.

TEL:032-656-4452 • FAX:032-656-4453
http://www.chungeoram.com
e-mail:chungeorambook@daum.net